绘画治好了我的抑郁症

[瑞典]大卫·桑杜姆 著　曾瑶 译

四川文艺出版社

图书在版编目（CIP）数据

绘画治好了我的抑郁症 /（瑞典）大卫·桑杜姆著；
曾瑶译. -- 成都：四川文艺出版社, 2025.3.
ISBN 978-7-5411-7100-0

Ⅰ. I532.55

中国国家版本馆 CIP 数据核字第 2025TA7552 号

I'll Run Till the Sun Goes Down
Copyright © 2015 by David Sandum
This edition first published by Sandra Jonas Publishing House

著作权合同登记 图进字：21-2025-037 号

HUIHUA ZHI HAO LE WO DE YIYUZHENG
绘画治好了我的抑郁症
［瑞典］大卫·桑杜姆 著　　曾瑶 译

出 品 人	冯　静
出版统筹	众和晨晖
选题策划	包子谭
责任编辑	路　嵩
内文排版	苏　鹊
封面设计	叶　茂
责任校对	段　敏

出版发行	四川文艺出版社（成都市锦江区三色路 238 号）
网　　址	www.scwys.com
电　　话	028-86361802（发行部）028-86361781（编辑部）
印　　刷	三河市兴博印务有限公司
成品尺寸	168mm×235mm　　开　本　16 开
印　　张	21.5　　字　数　330 千
版　　次	2025 年 3 月第一版　　印　次　2025 年 3 月第一次印刷
书　　号	ISBN 978-7-5411-7100-0
定　　价	68.00 元

版权所有·侵权必究。如有质量问题，请与出版社联系更换。028-86361796

《海面》，2001—2003年
大卫·桑杜姆
约翰·斯文森藏品

致我被迫离开的母亲，玛利亚

《旋转的云》,2005年
大卫·桑杜姆
特雷·朗恩思藏品

序言

在大卫·桑杜姆的画里，我最先注意到的是风景画，灰色、红色、黄色和绿色打着转儿，充满色彩张力。大卫画过许多不同的题材与人物，但本质上他就像是风景画的爵士艺术家。就像所有出色的画作一样，这些作品有能力将观众带到一片将不可能变成可能的沃土。

世界格局在持续发生变化，当前的时代比以往更多地在气候、经济和政治上进行分门别类。我们的生活被瞬息万变、易于引发焦虑的景象所包围。在这种情况下，大卫如同制图师和认知考古学家一样，带领我们一次又一次地通过剖析，发现寻常中的非凡。他向我们展示丰富性与可能性——艰难时期的指路明灯。通过他的作品，我们不难猜测，在艰难的时刻，也正是这两盏灯为他指明了方向。他就像一名炼金术士一样，将自己人生经历中的痛苦与焦虑转化成多彩、奇妙、鲜活的，充满可能性的东西。

我是几年前在网上卖颜料时认识大卫的。不久后，我们邮件往来的主题已经远超金钱交易和艺术材料，跨越到一切关于颜色、象征主义及艺术家生活的领域，其中也包括大卫的人生。他的生活可谓真正的冒险，虽然在不同的阶段他有不同的叫法。我们就他人生的许多篇章进行了交流、修改与再调整，总是要问"这里发生了什么故事"。大卫画的风景，虽说都基于真实的地点，却处处暗喻着这样的人生：活力的、多变的，与黎明争艳，与夕阳赛跑。

在我人生不断变幻的风景里，我也问过同样的问题："这里发生了什么故事？"从挪威的莫斯到新墨西哥阿尔伯克基的旅途很长，沙漠让人头昏眼花。我穿越白色平原和古老的地下礼堂，沿着峡谷的古遗址寻找答案。我处处搜寻，真正的故事是什么？去哪里找？它是否被藏在黎明前的岩画里？还是躲在哪个农民紧张的梦里，梦里双眼张望着1947年7月烟雾缭绕的荒原上那变了形的金属碎片？[①] 抑或在摄影家安塞尔·亚当斯小心翼翼暂

[①] 指1947年美国著名的UFO事件——罗斯韦尔事件，报道称有飞碟坠毁在新墨西哥州罗斯韦尔市。本书注释均为译注。

停了时间的沙漠月夜里？无人能答。但当我站在古老的加利斯特墓地外，一只手拿着我的尼康相机，另一只手落在墓地的围栏上，看着云团蜂拥而来，我终于明白，并没有什么真正的故事要寻找。这种恍然大悟是可怕的，是一种触电般的醒悟，但与此同时，又是迷人的。我意识到唯一的故事是由我们自己创造的，而正是此刻，真正的冒险开始了。

在风景变幻莫测，滋生焦虑与不确定性的世界里，大卫鼓励我们超越不确定，放远目光看向那一切皆有可能的领域。通过他的艺术作品，他推动观众创造属于自己的故事。大卫给大家展示了创造的工具：可能性，色彩与丰富性。在这个复活节的周日，在我们庆祝新的开始与重生时，让我们再次铭记，这些工具能够改变我们所见的风景，创造新的视野。

新墨西哥大学
杰森·布兰肯希普博士

前言

怀着谦逊之心,我向各位深入、仔细地讲述自己罹患抑郁症的故事,包括其中的痛苦和黑暗,我的应对和抗争。这个故事充满着爱与痛,以及关怀我的人无尽的付出,包括照顾我的人、密友、家人——尤其是我的妻子和孩子们。

我希望这本书能令绝望的人产生共鸣,让孤独的人知道自己被需要,让某些人意识到,现在还不是离开这个世界的时候。重要的是要记住,我们都是紧密相连的,就像伟大的阿根廷裔智利小说家及剧作家阿瑞尔·多夫曼所言:"最后,我们都是汇入大海的河流。"

为保护相关人士隐私,本书中的病人、护士及医生均做化名处理。

大卫·桑杜姆

《面向未来》，2005年
大卫·桑杜姆
丹尼尔森家族藏品

目 录

01　不确定的未来　001
02　特别的地方　011
03　离开锡安　018
04　拥抱与亲吻　024
05　面试　030
06　陷入IT旋涡　042
07　倏然理解蒙克　048
08　有点不对劲　055
09　两个糟糕的选择　065
10　最后一击　071
11　心理疗愈　077
12　波希米亚人之死　088
13　困在两个世界之间　100
14　在梦中奔跑　107
15　违背我意　113
16　精神病旅馆　123
17　CJ和德古拉　136
18　火灾　144
19　我没疯　155

20	海豚精神	167
21	夏加尔在心中	174
22	过去的魅力	178
23	信	185
24	自杀的解药	191
25	野兽归来	201
26	迷失的孩童	209
27	再次支离破碎	215
28	黑猫	223
29	大哭	229
30	跌至谷底	238
31	背后的故事	249
32	对话	258
33	坐牛酋长	266
34	猫王永存	273
35	专家	279
36	最后的审判	291
37	圣尼古拉的放逐者	302
38	拉里和笨蛋	310
39	她的身边	317
40	接受馈赠	323
	致谢	329

01　不确定的未来

> 这些天，我被压力充斥，甚至连平静的时刻都会感觉不安。事实上，平静下来只会让我的状态变得更糟糕。因此，我尽量到处活动，避免让自己闲下来。难以想象，我曾经也是一个知道如何放松的人。但现在的我总是精神紧绷，生怕自己一事无成。我没把自己看作一个十足的完美主义者，我只是需要保持忙碌，仅此而已。
>
> ——1999年12月15日

醒来的时候，我的脖子僵硬，头痛剧烈——哪怕再多睡一分钟也好啊。我强忍着再睡回去的冲动，逼自己坐了起来，伸手把床边的窗推开，寒风立刻涌了进来。

我抱着侥幸的心理看了眼时间，希望是自己把闹钟设早了。可惜，我没那么幸运。我努力集中注意力，开始深呼吸——鼻子吸气，嘴巴呼气，想象自己在一片遥远的土地上，那里的树木跟弗吉尼亚一样绿，水跟鲍威尔湖一样蓝，远离一切压力和重担。但仅仅过了几秒，这番景象便消失得无影无踪，只留下我面前的白砖墙。

我好几次向学生公寓提出粉刷墙面的请求，刷成浅黄色或者暖绿色，但都被拒绝了，他们说学生公寓的墙面按要求只能是白色，而且只有学校职工能改动。他们的答复跟我生活的其他方面一样，在严格的规矩之下，但近来这种模式对我而言，煎熬多于享受。是的，我得遵循社会的规则——要工作、要高效，各方面都要拿高分，当个好丈夫，做个好爸爸。但这一切变得越发枯燥乏味，如同那面白墙。

但我又能跟谁去抱怨呢？一部分的我热爱学习，做事努力。我曾经是个说干就干，能把事情做成的人——有人说这是我的才能。上大学不是来发牢骚的，而是为了更好的未来先做出一些牺牲，以获取成就自我的自由。

这么一来，墙的颜色也就变得如我的统计学教授所言——"影响较小"了。就要毕业了，夜幕降临，最后一门考试就要结束，我即将像马丁·路德·金一样大喊："我自由了！感谢上天，我终于自由了！"我不用再熬夜苦读，摆脱了肠胃疼痛和眼睛酸胀。学位证书是我通往大写的自由世界的门票。

我扫了一眼我的妻子，她睡得很沉。我知道我爱她。有些人跟我说过，他们不确定自己是不是真的爱自己的妻子，这一点我完全无法理解。爱可不仅仅是激情与浪漫，没有谁能一辈子都保持着热烈的情感。婚姻也包括忠诚与携手共进。

话虽如此，我也不得不承认，近来我们的关系像爬坡般吃力。我也弄不明白，为什么我会有"冷淡"的感觉。我们的生活轨道完全分开，她忙着照顾孩子们，就近在旁边的托儿所上班，我忙着工作和上课。我们唯一在一起的时光就是在我不用泡在图书馆学习的某个周日下午去公园。也许那些老夫老妻们经常提醒的事情是真的——日渐疏远是很危险的。独居生活？我可想象不来。

无论我们的关系是不是有些摇摇欲坠，外部的环境都即将改变。我们计划搬回斯堪的纳维亚，在郊区买个房子，像其他人一样开面包车出行，这样我们也才能跟他们一样，有朝一日送孩子去读大学，推动人生的车轮前进，延续美国式的生活方式。在美国住了快六年后，我连做的梦都是英语的。毕竟这可是"应许之地"，在这里梦想和桌上的食物一样重要，而成功的定义是"走在他人之前"——这可是我全心全意信奉的理想。

像大多数带孩子读大学的年轻夫妇一样，我们没有太多选择。辞掉工作意味着家庭没有保障，付不起学费。如果减少对学习的投入，可能就毕不了业。这是一场艰难的博弈，每个过来人都知道最终成功的人寥寥无几，但我已经很接近了，我永远都不会放弃。人生的真谛就是，要成功就必须奋斗。

我挣扎着快速下了床，踉踉跄跄走进了浴室。这小小的浴室是为身材只有我一半的人打造的，浴缸小到我得把脚撑到墙上才能伸直腿。看着镜子里的自己，我的眼袋比平时还要乌青。我低头避开镜子里这可怕的场景，三两下刷完了牙——刷得太快，吐出的泡沫沾着血。我回到卧室，抓了双干净的袜子穿上，又套上前一天穿过的T恤和牛仔裤——我累得无暇顾及着装了。

在小小的既是厨房又当客厅用的开间里（估计是20世纪60年代哪个拿了圣诞奖金又想省钱的书呆子设计出来的），我注意到周围一片寂静，安静到能听见自己的呼吸声，这说明我们两个儿子——3个月大的安德里亚和4岁的亚历克斯还在睡觉。这种平静给我带来了强烈的愉悦感，与此同时，我又万分内疚——因为独处而窃喜，算什么好父亲啊。

看了眼手表，我的反思被倏然打断。我迟到了，真该死！这一年里最不能出岔子的就是今天。今天是"帝国主义时代"课程的期末考试，塞策教授认为迟到是软弱的表现，尤其在考试的日子，只能领个不及格。要真是这样，我就职世界领先咨询公司的计划可就全毁了。

在校车到站前，我大概只有两三分钟了。我从冰箱里抓了一罐牛奶猛灌下去，慌乱中洒了点在胸口。但没时间管那么多了，我套上夹克、帽子和手套，把背包甩上肩膀就跑出了门，心里暗暗想着自青春期以来每天早上都告诉自己的一句话：今晚一定早睡。

一开门，寒风刮起厚厚的雪，狠狠地打在脸上。我可太讨厌冷天了！就因为我从瑞典来，美国人总觉得我肯定喜欢冰天雪地。不少人还以为，我们开门就能看到北极熊在街上溜达，瑞士阿尔卑斯山脉就在附近，一出门就是齐膝的雪。但像大部分瑞典人一样，我痛恨寒冷，要不然冬天那几个月怎么会都去克里特岛和加纳利群岛度假呢？

想到校车有时会提前到，我就跑了起来。当我急匆匆赶到车站时，黑暗里等候的一群群人眼睛齐刷刷地看向了我，我长吁了口气。在学校住了快两年，候车的这些人很多我都认识，大部分是留学生——也有来自阿拉斯加或者加利福尼亚的"国内外国学生"[1]，我跟他们没有什么共同话题。

我跑得上气不接下气，有点要干呕的感觉。我找了个没什么人的路灯，把包扔进了灯下的雪地里。校车迟到了。我有点气恼，但一想到即将到来的期末考试我就紧张得不行。不应该啊，我都考了几百次试，是个老手了。但这是不一样的紧张，一种世界末日前喘不过气的紧张。

就在那时，一股熟悉的刺痛袭来，像被一把尖刀刺中了心口。这不是

---

[1] 阿拉斯加地广人稀，1867年由俄国卖给美国，远离美国本土；而加州移民数量庞大。故有此调侃。

《峡谷之音》，2003—2005年
大卫·桑杜姆
艺术家个人藏品

第一次了，我能肯定是犯心脏病了。所有症状都对得上：胸口疼，想吐，刺痛感甚至蔓延到了左臂。我随时都有可能一头栽倒在雪地里死掉，但又无能为力。

我动也不敢动，只能牢牢站着，盯着雪花从空中摇摇摆摆飘荡下来，落在我的脸上。每一片雪花看上去都是那么平静且有序，接受着属于它自己的终点与命运。奇怪的是，我也有一样的感觉，觉得自己即将走向命中注定的终点。

完全没想到的是，什么都没发生。疼痛慢慢减轻了，我又长长吐了一口气，这次特别大声，引得好几个学生侧目。

我注意到，风停了，除了远处偶尔有车子驶过，一点声音都没有，仿佛外面的世界被瓦萨奇岭隔绝在了盐湖谷之外。

我肯定会怀念这个地方的，以后的生活不可能还像现在一样。我们离开瑞典之后发生的事情太多了。年纪轻轻就搬到这儿来，是很大胆的一步，当时我才22岁，我的妻子柯丝蒂比我还小一岁，我们才结婚一年。19岁的时候，我去丹麦参加摩门教青年大会，在跳舞的时候认识了她。她留着一头长长的金发，非常漂亮，散发着无穷的魅力，我一下就坠入了爱河。第一首曲子刚跳完，我们就形影不离，一个朋友调侃我到处招摇炫耀。不管炫不炫耀，两年后（历经无数的两地来回奔波——她老家在挪威莫斯，我住在瑞典哥德堡），我们结婚了。

我们一起住进了我在哥德堡的老房子，一开始的日子比想象中困难得多。婚姻专家都说，第一年是最难的。的确没错，双方磨合起来很不容易。拿我们来说，柯丝蒂觉得自己从来都融入不了我的瑞典朋友圈。而我也意识到，要解决这个问题，只能换个地方生活。美国看起来是开启新生活的完美选择——柯丝蒂的妈妈是美国人，所以她有双重国籍。我高中的时候在盐湖城的学校做过一年交换生，去过加利福尼亚、佛罗里达还有这两地之间的其他州。

我们就这样收拾东西离开了，非常疯狂。但人生不就应该不可思议吗？谁又不想一生中至少冒一次险，纵身一跃进入未知世界呢？于是，我们辞了职，卖掉了屈指可数的家具，在没有任何计划的情况下就离开了。除了犹他州邦蒂富尔一个朋友答应给我们一个房间借宿和口袋里的1500块美金，我们什么都不确定。

不过，借宿的事情未能如愿，对方的妻子表现得不情不愿，我们也觉得打乱了人家的生活，于是我们借了他们的面包车出去找房子。转了几个小时后，我们在穆雷市的高速路口附近发现了一栋还不错的公寓楼。第二天，我们就搬进了一套小小的一居室。业主看我们只有行李和一些杂七杂八的东西，说地下室有些旧家具可以借我们用，我们乐意地接受了。

接下来，我们就得跟时间赛跑了，得赶在下个月的租期之前找到工作。最后，我在附近的富兰克林柯维公司找到了一份流水线上的工作。我每天像个机器人一样站在流水线旁，忍受着思念家乡亲友的痛苦，觉得自己做了一个极为错误的决定，特别凄惨。相反，柯丝蒂说她像找到了家一样自在。我们真的能够找到共同的归属地吗？

一天下班后，我向经理提出了辞职。柯丝蒂担心我们的生存，不过后来事情却出奇顺利。在朋友的提点下，我去了商场的一家钟表店上班，而柯丝蒂则被犹他大学某位热爱挪威的人聘用为秘书。

要想未来有更好的发展，我知道自己得重返校园，于是我开始在附近一所大学上早课和晚课。一年过去，我们成了社区的一分子——我们去布莱顿滑雪，而不是跟游客去挤帕克城；买面包不去超市，而是去大丰收烘焙；跟当地人一起去米尔溪峡谷，在瀑布下吃烧烤。犹他州的美令我痴迷，特别是南部的红石之乡，令人仿佛身处外星球。

柯丝蒂和我都被犹他大学录取了，同时我们也都在工作。后来，两个儿子出生，犹他州有了家的味道，而斯堪的纳维亚则完完全全地陌生了。

这一切，谁又能料到呢？

不过，也不全是一帆风顺。我一直睡不着觉，与其说睡不着，不如说我整个人都垮了。醒着的时候更糟，疲倦感一阵接一阵地席卷而来，但就是睡不着，每天还一直犯恶心。我在想，自己究竟出了什么问题？有时，中午刚吃了点东西喉咙就发紧，剩下的东西都吞不下去，有好几次还冲去洗手间吐了，吐完后觉得自己像瘾君子。身体已经受不了，只能用这种方式警告我，让我停止。但我不想停下来，我离毕业的目标已经近在咫尺。

难道我跟其他几千名做着同样事情的学生有区别吗？其他全日制的学生不也是一样，每天勤勤恳恳在学校学习？要不然招聘中介怎么会说学位很重要，学位是我们有目标、有自律能力的体现呢？不，我不过需要休息一下罢了。我只需要回老家看看，在海边待一阵。我需要听到海浪拍打海岸的声音，这就足以让我恢复健康了。我特别想念大海，犹他是个可爱的地方，但这儿没有海，我知道没有海，我活不下去。

今天，我约了迪恩打壁球，试着让自己开心起来。迪恩·梅是我的好朋友，也是教授和导师。我认识他是因为我上了他的犹他历史课。他这个人跟谁都能聊天，更衣室里遇到的人，也包括服务员、学生——最后总会以深刻的私人谈话作为结束。他被学生提名了好几个教学奖项，而且由于他经常在一档犹他历史节目里露面，当地人也都认得他。

我们第一次说上话的时候，我还挺紧张的，当时我去他办公室讨论关于戈休特印第安人的学期论文，谈完之后，他问我："我在想，你是欧洲人，那你是不是会打壁球？"

"什么？"

"壁球，运动，不是蔬菜。"①

"噢，会打，"我笑着说，"这儿也打壁球吗？"

"是啊，我们也打，健身房有几个壁球场。好多年前，我还是学生的时候在德国学会了打壁球，也一直保持着这个习惯，但我的球友最近刚毕业，我正缺搭档呢，你意下如何？"

"那我试试看……"

---

① Squash 在英文中有壁球和南瓜之意。

"不怕，我教你，那我们就这么说定了。"他朝我伸出了手，"周一中午这个时间可以吗？"

到现在，我们已经打了很多年球了——每周一11点左右，打完就边蒸桑拿边聊天，再一起吃午餐。一开始，我被他打得落花流水，但渐渐地我学会了怎么打，后来打得也不错。但我最喜欢的还是打完球后的聊天，想讨论什么都可以。有时候，他会帮我看论文，甚至帮我修改。由于他平易近人的态度，他的辈分与头衔慢慢地从我们的关系中被抹去，我将他视作我最亲密的朋友之一。

要说有谁能解释发生在我身上的那些事——犯恶心、胸口疼、焦虑，那就只有迪恩了。

雪还在下个不停，我们已经等了45分钟，校车连个影子都没有。我的脚趾都快冻僵了，只能靠不停地跺脚摆臂来保暖。等了那么久，多数学生都走了，只剩下几个还没死心的，像我一样自我安慰：等车总比在风雪天里赶路要好。

还有20分钟就要考试了，恰恰是步行穿过校园去考场所需要的时间。我是继续等还是走过去呢？要是走过去，那现在就得出发。但要是迟到了怎么办？塞策教授可能连门都不让我进，之前就耳闻过类似的事情。期末考试在总分的占比高达40%，考不了的话事情可就严重了。我打心眼里知道塞策教授讨厌我，他不会相信我的校车故事的。

迪恩跟我说过，我对塞策的恐惧是毫无理由的，他是个温和慈祥的人。但在我看来，穿着保守的棕色西装、胡子灰白的塞策就从来没对我好过。根据可靠信息，一年前他反对过我申请学院的奖学金。虽然我承认这些天我对多数人都持怀疑态度，但塞策只不过是又一个自以为是的浑蛋罢了。

尽管成绩很好，但我眼中的自己还是一事无成，我觉得有些教授对我恨之入骨，即使他们公开称赞过我。因为一直被这些想法所困扰，我便更加努力学习，超过了必要的程度，引起了身边人的注意。我的妻子经常让我放轻松，说我"每件事都做得太过了"。也许她说得没错，我已经失去了放松的能力。

无论是对是错，我对自己的健康问题闭口不谈，除了一次胸口疼得太厉害，我不得不让柯丝蒂开车送我去急诊。我笃定自己是心脏病发作，于是说服前台的护士让我插到队伍的最前头，直接送进观察间，贴上缆线，接受高度关注。

但心电图显示心脏没有任何问题，10分钟后医生就让我走了，建议我回家休息一下。难道刚刚的疼痛都是我凭空想象出来的？要是我的心脏没问题，那问题在哪儿？疼痛是多么剧烈、多么真实啊！

"大卫，"柯丝蒂说道，"你确定不是你太夸张了？"

"夸张？你生小孩时差点把我的手捏碎，那才叫夸张。"

说我夸张究竟是什么意思？之前住在盐湖城的发小约翰，最近也总这么说，我都快忍不住想给他脸上来一拳了。

我承认，我有时是挺固执己见的，但这次他们错了，我没夸大任何东西，那可是真真切切的剧痛。我知道自己过不了多久就会重回急诊室，面对不容乐观的诊断结果，到那时，那些该死的医生和其他不以为然的人就会知道，他们欠我一个合理的道歉！

近来，最令我讨厌的是关于我看起来有多糟糕的言论，喋喋不休，不请自来。没有哪一天是清净的，我完全不理解，为何素不相识的陌生人也能说出这种话来。

"谢谢，您看起来也挺不行的。"我一般这么回答。

在筋疲力尽的时候，回嘴也不能让我好受一些。我有次跟迪恩提起这些多管闲事的评价，他一点儿都不担心，说他看过的疲惫学生可不少，我肯定没事的。相反，我的父亲觉得我有"心身耗竭综合征"——这个词最近在瑞典很流行，被称为"下一个世界流行病"。

然后是来自另外一个历史教授麦卡蒂的话。在他办公室讨论了一会儿之后，他问我最近怎么样——这个问题从他这个只关心自己的人嘴里说出来，的确有点奇怪。

"你看着太憔悴了。"他说，"你是个好学生，但人总是要休息的。"

察觉到他由衷的关心，我差点儿没绷住，被他看在了眼里。他在校园通讯录上找了起来，然后在纸上写下一个电话号码。"你给学校的这个地方打电话，他们可以帮忙解决这些问题，没什么好羞耻的。"

什么问题？我心想，但我没问。我压根儿不知道他在说什么，都要毕业了，我把那张纸扔进了垃圾桶。

　　迎着飘雪，终于看到了校车车灯微弱的光。车上挤满了人，但我们实在等太久了，只得硬挤上去。我站在车门的踏板上，死死抓住车窗，眼睛看着魁梧司机的侧面。

　　到达下一站的时候，司机抓起麦克风喊了起来，车顶的大喇叭传出他的声音："抱歉啊各位，我知道今天期末考试，但车子已经满了，塞不进人了，你们得等下一辆了。"接下来的每一站他都这么操作，留下一群群暴怒的学生。

　　15分钟后，我们到了学校，我冲进历史楼，三两步跑上了二楼，空荡荡的楼梯回荡着我的脚步声。要是没迟到的话，这会儿走廊肯定站满了聊天、看书的学生。

　　到了教室门口，我先缓了缓，稳住呼吸，然后慢慢推开门，想着塞策教授肯定站在门后等着让我回去。结果什么事都没有发生——映入眼帘的是100个学生狂写卷子的背影。我想悄悄地溜进去，没想到门在我背后砰地关上了，后三排的学生齐刷刷转过身来看着我。我敷衍地朝大家点了点头，好让他们收回注目礼。之前听人说过，如果来迟了就不要跑到前面去坐，于是我在角落找个空位子坐了下来。几秒钟后，助教给我发了卷子，试卷上提供了两个论文题目，要求考生选择其中一个题目展开写作。

　　我紧张地扫视了一圈教室，寻找塞策教授的身影，发现他坐在前面，像英国绅士一样跷着优雅的二郎腿，在读一本看起来有些年份的书，穿着那件穿了整个学期的棕色西装，表现得对我们来不来考试完全不在意。毕竟，他反复说过，大学不是高中。在他身边，放着老旧的皮革公文包，即将装满决定我们命运的答卷。

　　因为学得很用功，看到只有两个论文题目时，我感到胸有成竹。但当我仔细阅读题目时，才发现一个都没有看懂。突然间，剧痛又回到了双肋之间，并蔓延到了每一个指尖，痛感达到了全新的高度。身体的一切本能都在告诉我，起身，冲出门，一直往前跑。

　　心里是这么想，我还是坐在位子上一动不动，这一切是解释得了的——癌症、高血压，也许是父亲说的"心身耗竭"就要发生了。我差点喘不过气，便大口大口地呼吸起来。我担心会影响其他学生，但大家都在埋头答卷，只有我什么也没做。

宝贵的时间在一点点流逝，我唯一能做的就是试着恢复自己的状态，把头埋在桌上，让冰冷的桌面紧贴脸颊。休息了五分钟，我恢复了足够的力气自己坐起来，重新阅读题目，即便我还是一点建设性的想法都没有。

考试时间已经过去一半，我清楚自己考试合格的概率很小。过去几个星期背的东西都从我的记忆里凭空消失了。我弄出了点动静，左边一个家伙转过来看了看我，像是觉得我有病。有生以来，我第一次感到真切的愤怒，我想站起来，打到他满地找牙。但我能做的，只不过是绝望地瞥了他一眼，他转过身去，摇了摇头。

就在放弃的节骨眼上，我看了眼其中一个题目，"解释并讨论19世纪后期的英国帝国主义"，就在顷刻之间，我记起了一个名字、日期，随后，所有的记忆就像果冻一样被整个儿地挤了出来。我奋笔疾书起来，直到助教提醒考试还剩五分钟。

写完最后一个句子，我感到胃一阵抽痛。我的身体并没有因此放松，双手僵硬，手心黏糊糊的，嘴巴很干，汗水顺着脊柱流了下去。考试时间到，学生们争先恐后地交了答卷。我迫切想出去呼吸新鲜空气，也加入了交卷的队伍。我给助教递过去蓝色的答题本，问他是不是能提前将我的分数和成绩用邮件发给我。得知我是高年级的毕业生，他点了点头说："祝你在现实世界一切好运。"

到了外面，我和成群的学生一起，从南校区走到了北校区，最后和图书馆门口的人群汇集在一起。多数学生要么行色匆匆，要么面无表情，有一些则散发着轻松的气息，打趣逗笑。我什么感觉都没有，整个人像被掏空了一样，仿佛失去了呼吸能力，不能动弹，什么也看不清。

我不知道为什么没有开心的感觉。这一天我已经期待了很久，连要如何庆祝胜利的细节都计划好了——到迪斯餐厅吃顿丰盛的早餐，吃饱之后就在校园里散步，像吉恩·凯利在《雨中曲》里一样边唱边跳。

但我提不起劲儿做任何事情，我不想吃火腿和鸡蛋，我唯一能感受到的，是对不确定的未来的恐惧。

02　特别的地方

> 我曾经觉得人生被刀割成片后风干了。如果我做了正确的事，也就是爱邻如己和辛勤工作，一切就都会很顺利。但现在这种信念不知怎么却消失殆尽了，留下一头雾水的我和与日俱增的绝望。世界慢慢变得越来越黑暗，有时我觉得自己只需要好好地放松、休息一下，和柯丝蒂一起去夏威夷待几个月，一切就都没事了。但与此同时，我又觉得这是个谎言，整个世界就是一个巨大的谎言。我16岁时写了一首诗，我时常想起，诗的最后一句是"深渊，跌进了深渊，我的灵魂触不到底"。
>
> ——1999年12月16日

轻轻地，几乎是虔诚地，我敲了敲迪恩办公室的门。"进来吧，大卫。"他招了招手让我进去，"我电话马上就打完。"

因怕打扰他打电话，我小心翼翼地在角落一张古董扶手椅上坐了下来，端详起他办公室里五花八门的藏品来——小小的农场工具、黑白照片、古董车牌、怀表、发条时钟、旧玩具、模型小人，当然，还有成排码得整整齐齐的书刊，俨然一个私人图书馆。

墙上挂着两幅画，其中一幅是巨大的肖像油画，迪恩的儿子蒂姆是画家，这幅画就是他画的。另外一幅是《2001：太空漫游》的海报，这部电影引发了迪恩极大的共鸣——这也是他冒险精神的有力体现。

我一边等着，一边放松地陷进椅子。筋疲力尽的我盯着迪恩的芭蕉盆栽发起了呆，繁茂的枝叶在桌上肆意伸展，好似一头狂野的食肉怪。

突然，迪恩情绪高涨的声音把我从恍惚中唤醒。

"恭喜啊伙计！拿到了你的学士学位！"看到我疲倦不堪的样子，他补充道，"又通宵挑灯夜读啦？"

"没有，"我打着哈欠说，"我两点半就睡了，已经破了早睡的纪录。"

"真不知道你们这些孩子怎么做到的。"他摇了摇头，"你们这些年轻人要睡个好觉怎么就那么难？"

"我猜你肯定是早睡早起的那种人吧？"

"是啊，但作为一个在爱荷华小农场长大的人，我没得选，必须五点钟起来给奶牛挤奶，晚了它们就暴跳如雷。不过，对我来说，早起反倒是能好好思考一段时间。"

"我可做不到，"我笑了，"光是那股味儿都受不了。"

"只能说，我俩有各自的局限之处。"他朝窗外看向学校的林荫大道说，"我特别喜欢这片景色，看着车子在这个优美的山谷来来往往，让我感到充满能量。有时候，我们这些学者也会被困在桌子后面，停滞不前，但幸好有这么一扇窗户，我才得以呼吸。"

他顿了顿，然后对着我转过身来："你怕得要死的塞策教授那门课，期末考怎么样？"

"不好说，挺奇怪的，一开始我大脑一片空白，什么都不记得，但后来慢慢记起来了，就疯狂地答题，能不能考过，我完全没把握。"

"你肯定没问题的。你有没有挂过科？"

"没，但刚好在毕业前挂的话，我不就走了大运了？"

迪恩若有所思，然后从桌子后面拉过来一把椅子，在我旁边坐了下来。

"我一直在想，还记得上学期布里亚教的统计学课程吗？你当时一直觉得自己要挂科，听得连我都担心起来，但最后你还是拿了很不错的分数。跟我说说，为什么最后没挂科？"

"不知道，可能是因为他人好？"

"人好？这可是大学，不是慈善协会。那我的课程呢？一个班93个学生，你拿的是最高分，难不成也是因为我对你好？而且，给你打分的不是我，是两个助教。"

"不，其实我能考好的，就是……就是最近我太紧张了。"

感受到迪恩在倾听，我想把所有的问题都跟他一吐为快——胸口疼，胃不好，还有情绪崩溃。但他早已看得清清楚楚。"我知道你最近压力很大，"他说着，把手放在我的肩膀上，"相信我，我知道重压下的人是什么样的。这些年来，我目睹过好几百个跟你一样的学生，一边读书，一边养家糊口——这不是什么简单的事。但你成功地拿到了学位，你应该为自己感到骄傲，我是为你感到骄傲的。"

他站起身来,朝窗边走去说:"这座山谷难道不漂亮吗?"他沉默了一会儿,又朝我转过身来,"现在我该和谁打球?"他笑着问道,"好的壁球搭档可遇不可求啊。但你要搬回老家,我也很为你开心。你爸爸和继母,还有柯丝蒂的父母,一想到能把孙子们接回身边,肯定都高兴坏了。"

"希望吧。"

"你还什么都不懂……你知道这天让我想起什么了吗?"他说着,转移了话题,"我从杨百翰大学毕业的第二天,走进了哈佛,那可是一段极为紧张的经历。生活一下子变了,从犹他搭火车到波士顿,一个人站在哈佛园里,想着要和这么多优秀的人一起生活,我怕是一天都熬不过去。但我最后成功了,跟你一样,熬一天是一天。这少许坚持所能达成的结果简直太奇妙了,不是吗?"

"不过我们学校可不是哈佛。"我笑着说。迪恩并不觉得好笑。

"你知道我学到什么了吗?"他温柔地说,"人就是人,无论身处何方。我在东方教过书,德国、埃及,无论在哪个地方,人们问的问题都是一样的。唯一重要的是你度过人生的方式,和你心里的想法。"

听完他这番话,我更崇拜他了。不仅仅是因为他从爱荷华农场进了哈佛和布朗读书,也因为他是如此地谦逊。

我们又聊了一会儿,我终于鼓足勇气讨论起我的健康情况来。"我最近感觉不太好,"我小声说道,"胸口经常疼,吃了东西再走动的话还老是犯恶心。"

"看过医生了吗?"

"看了,但什么都没发现,该做的测试和检查都做了,心电图也做了全套,结果就说是压力导致而已。"

"那就好……我是说没有发现异常就好。像我刚刚说的,压力不是什么好对付的东西,我自己也跟它较量过。不是什么大事,但当时事情一多,我就容易情绪抑郁。后来,我慢慢也学会了怎么应对,相比起年轻时,我应对压力的能力好很多了。现在的我,一觉得被压得快要窒息,就去像羚羊岛这样的地方,整理一下自己混乱的思绪。"

"混乱的思绪——这个说法我很喜欢,"我说,"我也有爱去的地方。"

"看,我们又心有灵犀了吧。"

"说好了，你来瑞典找我的时候，我就带你去看我的地方，行不？"

"当然了，"他脸上露出愉悦的表情，"到时你可不能反悔哦。"

回到家，虽然跟迪恩聊完后我的精神好了很多，但一想到还要去商场上夜班，就很烦。我要是聪明点儿，当时就该早点辞职。但圣诞节就快到了，我也不想在这个节骨眼儿上走，所以我也同意尽可能多排班——毕竟我们需要钱。

我在商场这家钟表店已经上了五年班，平时要加班，节假日也要上班，应付难伺候的钟表主、怒气冲冲的客人和不满的员工。但酬劳非常可观，附加保险和宝贵的工作经验。不过，我已经准备好迈出下一步了，接下来要去斯堪的纳维亚好几家大型咨询公司面试。生活在变得越来越好，过不了多久，我就要胳膊下夹着笔记本电脑，穿着锃亮的皮鞋出差，在公务舱读《金融时报》，彻底脱离零售行业了。

离上班还有大概一个小时，我走进了客厅，柯丝蒂坐在地上，侧身靠着沙发在给安德里亚喂奶。亚历克斯坐在她身后，捧着鸭嘴杯喝苹果汁，目不转睛地看着他最爱的电影——《花木兰》。他看太多次了，多到我都莫名地担心起来，直到别的家长让我放心，这种情况其实很正常。"小孩儿都这样，他们的大脑仿佛得不停接受重复的东西，才能学会运作。"

坐在地上的妻子眼睛直勾勾地看着前方，这是一种女性安静地忍受煎熬时特有的凝视。虽然孕期一切顺利，但分娩的过程简直就像一场浩劫。柯丝蒂就像一个斗士，她的力量令我惊异，但她很快就用尽了全身的力气。我也像被掏空了身体一样，那个时刻我的脸肯定特别惨白，因为我听到医生向护士说："看一下孩子爸有没有事。"然后我就被扶到座椅上，手里被塞了一瓶蔓越莓汁。

放在以前，男的陪妻子进产房可不是什么合乎规矩的事情，但现在我们得陪在她们身边，抓着她们的手一起深呼吸。老实说，我宁可按以前的老派路子来，西装笔挺、手捧鲜花，站在产房外等消息。见证我两个儿子来到这个世界的过程，固然很不可思议，只是我对痛苦和鲜血，有着切切实实的忌惮。

小宝宝发出的声音把我从往日的回忆中拽了回来，我跪在柯丝蒂身边，温柔地碰了碰她的脸颊："我拿到学位了……一切都结束了。"

孩子们就要开始上学,我们得买房子,然后就要一直背负房贷。再过几年,我们就不可能再回斯堪的纳维亚了。

这会儿我又想起了斯堪的纳维亚法定的每年五周带薪假、公费医疗、夏天的海边——吃全世界最新鲜的大虾、最美味多汁的草莓。而且还能住在家人附近,别提有多奢侈了。

我最不愿意想象的画面,就是七老八十的时候倚在门边,跟我的孙子们讲述"那个古老国家"的故事。"讲点儿瑞典话给我们听听!"他们会笑着起哄。然后我说几个没营养的单词,他们会缠着让我再说一遍——不是说我的孙子们当美国人不好,他们已经是了,但我还是想让他们看看我成长的地方,体验我经历过的事情,说我的母语。妻子说我自私,放在这方面倒也没错——我渴望给我的两个儿子(还有未来的孙子)展示我的秘地,带着儿孙们一起去我熟悉的大海游泳,听他们唱我上学时都要唱的传统歌曲,使他们能听懂瑞典童话作家——阿斯特丽德·林格伦的奇妙故事。

在对这种未来的、不确定的场景的幻想中,我意识到事情永远无法令我满意——我要么常常思念家乡,要么想念美国。但我知道要安定下来,过上大家口中的"平常生活",我需要扎根。

是的,我丢掉了我的根,现在我得深挖以找回它们。

《海边聚居地》,2004—2009年
大卫·桑杜姆
艺术家个人藏品

017

03　离开锡安[①]

近来，我经常思考我的葬礼。我能看到亲友们都在哭泣，我的妻子和两个儿子坐在前排，唱着我挑选的歌，双眼呆滞。参加葬礼的人都穿着黑色的丧服，葬礼的主导人虔诚地讲述着我的好，而我就站在他身后看着这一切。随着葬礼接近尾声，我突然意识到一件可怕的事情，那就是我再也不属于他们的圈子，而他们的圈子没有我，依然在继续。我必须从现在开始享受生活，不然就太迟了。

——1999年12月20日

夜里下了雪，积雪足足有20英寸，铲雪机不知疲倦地运作着，筑起一道白墙。在这片迷人的景色背后，便是蜿蜒的落基山脉——犹他人无论走到哪里都会想念的群山。

但对我们而言，没有太多恋恋不舍的时间了。一整个星期，我们都在打包和搞卫生，把带不走的东西扔了或者送给别人，把能卖的东西也都卖了。现在，我们的公寓干干净净，就等着退房了。我也完成了最后一篇论文。我们甚至把家里1996年产的斯巴鲁翼豹卖给了平先生——一位来自中国的工程系留学生，他几乎不会说英语，还没拿到犹他驾照。他拍着胸脯跟我保证，没有驾照购买汽车在犹他州并不犯法，我也不打算说什么。

因为应对我们短时间内的出行问题，迪恩把他的面包车借给了我们。开着他那辆1991年的克莱斯勒大捷龙，就像是坐着软绵绵的垫子一样舒服，车子也帮我释放了部分压力。孩子们非常喜欢这辆车，要是我们决定留在美国，我估计会让迪恩把车卖给我。安德里亚在座位上睡得特别香甜，亚历克斯对他的儿童座椅也十分满意，坐在上面俯瞰着路过的车辆。在后座的置物袋里，亚历克斯还翻到了迪恩的观鸟指南，便马上迷上了观鸟，对喜鹊、秃鹰和麻雀特别着迷。

透过后视镜看着亚历克斯满足的面容，我不禁愧疚起来。他还没意识

[①] 耶路撒冷的锡安山，此处象征天国。

到自己的生活就要发生巨大的变化，这一切都是因为他的父母决定要去地球的另一边生活。

直到圣诞节早晨，我们才发现家里一点吃的也没有了。最近这段时间的生活充满动荡，我们完全忘记了传统节日。深感疲惫的我下了车，准备去找点晚餐吃的东西。

过去五年来，每次假期我都是工作到平安夜，第二天睡上一整天。圣诞节这天，在空荡荡的大街上开着车，有种奇怪的感觉。我在瑞典有过类似的情况，但从未在美国遇见过。在市中心努力寻找开着门的餐厅，我强烈地感受到一种客居他乡的感觉，艳羡地看着其他人都在家里和家人庆祝节日。我可真是蠢啊，搬家本来就不是容易的事，我好像还嫌难度不够大一样，非得选在圣诞节第二天搬。我对搬回老家这件事积极过了头，导致在过节的时候，全家人筋疲力尽地坐在空荡荡的公寓的地板上，没有礼物，连食物都没有。

因见一家开着门的店都没有，我就进了电话亭，给迪恩拨了电话，看看能否去他家过节。但听到他说他的孩子刚到，我跟他说了声"圣诞快乐"便挂了电话。我继续漫无目的地开着车，直到看见7-11便利店还开着门。

10分钟后，我带着四根卖相可怜的热狗、六听雪碧、几个巧克力蛋糕和一包多力多滋玉米片回了家。我进门时，妻子用一种看疯子的眼神盯着我。

"就这些？"她说，"没别的了吗？都怪我们没早点准备。还买了什么？"

"只有这些了。"说着，我把一袋子买来的东西给她递过去。

打开锡纸包装，我不得不承认里面的"冷狗"看起来实在太寒酸了。见状，她叹了口气便哭了起来，大颗大颗的眼泪顺着脸颊不停滑落。

因为觉得很愧疚，我一个字也不敢说，但最后秉着男性必须"解决问题"的直觉，我打破了沉默。

"怎么了？"我略显急促地问道。

她什么也没说，只是摇了摇头，把脸埋进我的胸膛，抽泣着。亚历克斯在旁边疑惑地看了看，露出担忧的神情。

"没事的，"我对着只有4岁的孩子说，"妈咪就是有点儿累了，你能不能帮爸爸找个枕头给妈妈呀？"

像是对我的信任特别感激，他郑重地点点头，便开始认真地翻找起枕头来。我这时全部的注意力都在柯丝蒂身上。

"我从来没想到事情会这么令人难受，我这辈子还没有这么委屈过。"

"有这种感觉再正常不过了，换作谁都一样，我也有种很奇怪的感觉。"

她很快便冷静了下来。过了一会儿，亚历克斯拿着他的小枕头过来了。他把枕头递给了柯丝蒂："给，有了这个妈妈会感觉好很多的。"

"谢谢甜心，"她说着，用袖子擦了擦脸上的泪，"你对妈咪可真好。"

该休息了，我关上了百叶窗。看着我们从瑞典搬过来时用的行李箱，我脱下鞋子，躺到地板上，身边是我的妻子和孩子。

"亚历克斯会记得这段经历的，"在柯丝蒂睡着前，我对她说，"我还清晰地记得5岁那年，我们家搬家给我带来的兴奋劲儿。"

很快我们都进入了梦乡，那些热狗我们一口没碰。

休息了一个小时，我起身悄悄地把东西都装到面包车上。站在停车场外面，我看到我们房子里浴室的灯亮了，柯丝蒂和孩子们都醒了。东西装好后，我花了点时间回想着我们在这里经历的时光——多数都是美好的。

再最后看一眼我们的公寓，我们放心地把它交给了下一对学生夫妻。在车里安置好孩子们，我们让他们跟第一个家挥挥手道别，便在黑暗中驱车前进。

我们在我嫂子海蒂的房间里度过了在犹他的最后一夜，她也是一名大学生，今年去了爱达荷过圣诞，因此热情地让我们住她那里。她提醒我们，她的两个韩国室友可能还在，而且街区治安不是很好，要小心一点。

我和柯丝蒂一人抱着一个熟睡的孩子，进了海蒂黑黢黢的公寓。公寓里没人，进到别人空荡荡的家里，让我觉得有点儿不自在。

柯丝蒂开始往地上铺毯子和枕头，准备安置孩子。因为担心有人偷车里的东西，趁着这个当儿我把行李箱都搬了进来。在折腾完一切后，两个孩子仍然沉浸在睡梦里，这让我们松了口气。看着她忙碌的身影，我突然很佩服她在这种情况下仍然非常淡定，有着高效的执行力。就在我快分崩离析的时候，"母狮子"从背后走了出来，不慌不忙地接管大局。

孩子们酣睡着，行李箱也安然无恙地放在屋里，柯丝蒂和我在客厅的地板上躺了下来，眼睛看着天花板。这是那种情侣之间不需要言语便能交流彼此内心的时刻，我们都知道现在得抓紧时间睡觉，再过几个小时，迪恩就会来接我们去机场了。

柯丝蒂马上就睡着了，而我却连休息都做不到，身体里的肾上腺素一次又一次极速释放，令我犯起恶心来。没过多久，我躺在浴室的地上，和恶心作斗争。凌晨三点，我几乎是全线崩溃了。

我梦到一个人在黑暗中醒来，发现自己躺在一张大床上，不知道在哪里，凭借空气里潮湿的味道，我意识到自己身处异地。周遭的漆黑令我恐惧，我下了床，摸索着走。梦里，我能看到自己在黑暗中游荡。

我努力让自己冷静下来，电子手表发出一些微弱的光，我摁下按钮，结果大吃一惊，原来已是中午。我慌了起来，周围乌黑一片，空气沉重潮湿，让我犯了幽闭恐惧症，喘不过气来。我手忙脚乱地沿着墙摸索，想找到窗户。顺着墙我经过了一条长长的走廊，最后进了一个巨大的客厅，客厅里放着一个大火炉和华丽的英式庄园家具。我跌跌撞撞地朝前走，墙上整整齐齐地挂着镶有厚重金边的肖像画。

前面几步路的地方，我看到隐隐约约有窗帘的轮廓，我急忙跑过去，一把拉开窗帘，却只看到另外一面厚重的墙。

我不由得跪在地上开始抽泣。

我发着抖，带着恐惧醒来。好长一段时间后，我才意识到自己是在做梦。但身处黑暗的感觉却挥之不去，伴随着一阵阵的胃绞痛。我打开水龙头，用冰冷的水洗了洗脸，想让自己清醒一点。随后，就像梦里那样，我觉得压力铺天盖地袭来，我瘫坐在地上，哭了起来。

我肯定是弄出了声响，身后响起了敲门声。

"你还好吗？"柯丝蒂问道，"你在哭吗？"

"没，我胃太疼了。"

"把门开开。"她不悦地说道，"你为什么总要把自己锁起来？"

我把门锁打开了，柯丝蒂进来时，我正双手抱膝蹲在地上，见此，她却非常淡然。可能是发现我浑身没有力气，她抓住我的胳膊，像搀扶伤兵一样把我扶到沙发上，往我身上抖开一条毯子，关了灯。我立马就睡着了。

凌晨五点半的时候，闹钟响了。这次睁开眼不再是梦里的场景，我松了口气,赶忙站起来,胃里还隐隐残留着痉挛的不适。

我们一句话没说,飞快地收拾好了。为了让大家感觉稍微正常点,柯丝蒂贴心地准备了爆米花、雪碧和奶酪当早餐。

"我胃这么痛,你觉得我还能吃得下吗?"我说,"我宁可饿死也不要吃。"

过了许久,前门传来轻轻的敲门声,迪恩来了。很快,我们就看到了他明亮清爽的脸庞。

"你俩准备好私奔没?"他开着玩笑探进头来。

"不,谁知道我们现在是在干什么呢。"我答道。

他一手抓起一个行李箱,给了我一个坚定的眼神。

"大卫,这是你注定要做的事情,你闯过了前面的种种难关,就是为了走到今天。"

迪恩把行李放上车又折回来,这次,他关心起柯丝蒂来——她正蹲在地上忙着给孩子们穿戴整齐。

"你怎么样了?要帮忙不?"他问道。

"不了,谢谢。"她回答的样子却恰恰表明她其实很担心。她给亚历克斯穿上夹克,把他放进推车,给他吃水果谷物圈,好让他安静下来。

所有东西都安置上车,听到大门在我们身后关上,我如释重负。离开这个鬼地方可真是太好了,接下来无论遇到什么都好,我再也不要踏进这个房子半步。

车子沿着主路行驶,我全神贯注地盯着窗外,像一个得知自己第二天即将失明的人一样,努力想把所有细节都刻进心里。所见之景都如同田园诗歌一般——在自家车道取报纸的老人,一户人家正在门口铲雪,两个胖胖的女人在竞走……明天他们大概率还是会做一样的事情,只不过那会儿我将人在欧洲,讲一门他们闻所未闻的语言。一想到这儿,便有种奇怪的感觉。

到了机场,安德里亚因为肚子饿哭闹起来,亚历克斯想要上厕所,所以我和柯丝蒂一人带着一个孩子,兵分两路。与此同时,迪恩用行李车推着我们的行李在值机柜台帮我们排队。

我们照顾着孩子,心里慌得不行,生怕错过了航班。10分钟后,我们找到了迪恩，他已经排到了队伍的最前面，一脸从容不迫。

"都说了肯定没问题，"迪恩指向一个留着精致小胡子、胖胖的中年服务人员，"我刚刚跟这位好先生说过了，他会直接送你们登机，必要的话，登月也可以。"

当我手伸进背包里掏机票和护照时，抖得不行，虽然检查了几百次，但我还是害怕最后一刻什么都找不到。

"先生，您今天过得还愉快吗？"服务人员用一种常规的口气问候道。

"还行，谢谢。"我一边说，一边翻动着包里的东西。

我把机票递上柜台。我很怕出问题，因为我知道，任何打击都会让我全线崩溃。

"是去挪威吗？"

"是的，先生。"

"我听说挪威是很不错的国家，我姨妈以前在那儿生活，非常喜欢。"

"太好了。"

"先生，您这边所有手续都没问题了，祝您旅途顺利。"

留给我们的时间非常充裕，我们沿着大厅走，最后在一个角落停了下来，准备休息一会儿。

"那我就走啦，"迪恩说，就像他平时经常会说的，"我还有点事儿要去处理。"

"等等，先拍个照片！"柯丝蒂说，伸手把相机拿了出来，我和迪恩对着相机微笑，她按下了快门。

"到了那儿跟我说一声。"他说。

"我会的。"我努力假装正常。

"什么都别担心，你会没事的。"

迪恩抱了抱我和柯丝蒂，轻轻在亚历克斯和安德里亚的脑袋上拍了拍，然后向出口走去。看着他的背影消失在茫茫人海，一股强烈的失落感涌上我心头，我不知道自己还能不能再见到他。

还是别有那些想法了，不吉利。

04　拥抱与亲吻

　　人类尽全力追求稳定，不惜一切代价抵抗变化。我们希望维持现状，即便我们的进化源于改变。我们想要同时确保安全，追求一致与可预见性，但与此同时，时间不等人，要即刻采取行动才能前进。这个过程导致的焦虑在某些人身上要更加严重。我认识一些人，他们绝对不会搬离自己出生的街区去追寻梦想，因为一旦这么做，就会扰乱原本的秩序。而另外一部分人则无比渴望自由，以至于他们完全漠视稳定所能带来的平和，一心追寻遥不可及的梦想。我决心要找到两者之间的平衡点。变化过多会损毁我的平和，变化过少则会让生活变得索然无味。正是这无休止的挣扎造就了我。

——1999年12月27日

　　谢天谢地，经历了这些压力之后，我们登上了回家的航班。飞机上的时间过得很快，亚历克斯一路上都很兴奋。出乎意料的是，小宝宝几乎全程都在酣睡。在明尼阿波利斯和阿姆斯特丹的转机都非常顺利，我们离斯堪的纳维亚越来越近了。

　　我的胃还是很疼，我用尽了每一丝力气坚持。没错，关于身与心之间的联系，我倒是因此有了一点了解。压力和疲劳对肌肉和身体状态有着最为深远的影响——这一点在我的胃上体现得尤为明显，压力越大，胃就越疼。

　　"你还在紧张什么？"我们飞越大西洋上空的时候，柯丝蒂不止一次问我，"我们赶上了所有航班，很快就能见到家人了。"

　　但我的心依然忐忑不安，根本无法有任何期待。这点我可没乱说，习惯性忧虑的人总是能找到令自己苦恼的东西。虽说我也不是时时刻刻都忧心忡忡，但也许我本质上就是这样的人。

　　现在，我满脑子想的只有一件事——实现当咨询顾问的职业梦想。但我只有一次机会，就一次。要是没把握住机会，我们跟岳父岳母一起生活的时间就会延长到我觉得不健康的水平。像所有人一样，我耳闻了不少关于和另一半的父母一起生活的故事。比如他们是如何控制你的生活,事无巨细地打听,我完全想象得出来是一种什么样的感觉。要是我跟妻子拌嘴,她就会和她妈妈诉苦,吃饭的时候我岳母就会用"那种眼神"盯着我。我岳父呢,一开始肯定尽可能和我保持距离,但要不了多久,我们就会在门廊上讨论我的"未来展望"。

我可不要!

但柯丝蒂不是那样的人。不过,重温一下我们结婚之前一起读的那本关于婚姻的书也许有点帮助。"千万别跟父母倾诉自己的婚姻问题,"书里这么指导,"要成熟,学会主动跟伴侣沟通你的烦恼。"

但我打心底知道根本没有担心的必要。我很喜欢柯丝蒂的父母,特别是我的美国岳母,我能跟她聊上好几个小时,而我的岳父也从来没有做过任何让我觉得冒犯的事情。

"冷静一点!"我跟自己说。听着机舱的嗡嗡声,我努力让自己休息一会儿。

飞机朝着奥斯陆加勒穆恩机场的方向开始下降,我们向窗外看去,目之所及都是被皑皑白雪覆盖的松树。这番景象熟悉又陌生,这里看起来更像是一片充满传奇与神话的土地,而不是我将定居的普通地方。

突然间,我就开始紧张起来,不受控制地想着起落架在半空中掉落,飞机在跑道上全速贴着地面摩擦前行,燃起熊熊烈焰,最后撞毁在附近的机库里。这起悲剧占据了当晚全世界所有媒体的头条,遇难者的身份照片被放在一个个的小格子里一同展示。此前,我压根儿没注意到的乘客将永远和我们联系在一起,我左手边看报纸的先生,身后戴着超大眼镜的老妇人,过道那边一直在与别人聊天的女孩儿。我看到了自己的照片,他们找我爸拿了一张很丑的旧照,看到照片里自己的脸,我的心都僵住了。我隔壁的格子里是我妻子的照片,非常漂亮,几年前在派对上拍的。这必然会引起公众强烈的情绪反应,毕竟谁都不愿意看到一个金发少女香消玉殒。

好在没看到两个孩子的照片。

飞机着陆了,我猛地从白日梦中惊醒。

入境挪威可没我们从美国出境麻烦。柜台后的工作人员连我们的护照都没查,直接问我们的国籍。我们挨个回答,我说瑞典,妻子说挪威,轮到亚历克斯了，听完我们对他的耳语，他说："美国。"

工作人员笑了笑，说我们一家真够国际化的。

在行李提取处，我又担心起我们的行李来。一件又一件行李上了传送带，但没有一件是我们的。我焦虑地来回踱步，亚历克斯则抱住我的腿被拖行。

柯丝蒂一点儿也不着急，与我相反，她兴奋得容光焕发，好似嗅到了众多亲人正在附近等待。我真羡慕她，我丝毫没有这种感觉。

并不是我不爱我的家人，只因离家的时间太长，我已经习惯了独立，那一刻我一点儿归家的感觉都没有。我在瑞典的堂表亲肯定不会大老远来给我们接机，只有爸爸和继母卡丽开了四个小时的车过来。但他们专程来机场倒让我很紧张，毕竟我和他们的关系很复杂——也正是这一点让我对自己很失望，所以我更倾向于自己已经是成年人，放下了过去，迈上了人生的新阶段。

我脑子里唯一浮现的画面，就是爸爸带着新娘回家的那天，大概14年前吧，我们小孩子都没参加婚礼。对于一个15岁的男孩儿来说，那是很难消化的处境。他们回家时，我四个姐妹去了路口迎接，但我留在家里，坐在窗边，感觉备受侮辱。从来没有人问过我的意见，要是他们觉得我生母能随便被人取代，他们就大错特错了。几天后，我父亲与生母的结婚照被换下，从那时起，我开始叛逆。

我极少谈及这些事，但现在又要见到他们了，这些情绪再次蜂拥而至。我问自己，为什么会这样。几个月前，我甚至给继母写了一封信，为自己当时制造的麻烦道歉。我在信中承认，她的存在对于我父亲和几个兄弟姐妹来说非常重要，尤其是领养的弟弟马库斯，他患有唐氏综合征，她把他照顾得很好。虽然我对男女之间的拥抱与亲吻看得很淡，但现在看来，克服掉自己因父亲续弦而产生的反感与叛逆的情绪是正确的。

我告诉自己，要是母亲还健在，一切都会是另一种模样，这些情绪就不会存在。

我为什么要为了一件谁都控制不了的事情而恼怒？没有谁谋害了我的生母，是癌症。我不能因此责怪任何人，唯一能控诉的只有无常的人生。但我仍然有心结没有打开，现在它们就像是泡泡一样，浮上了水面。生母的死带给我很大的痛苦，而父亲不仅没有给我足够的关怀，反而还找了新的妻子。所以说，在这个回归的时刻，我会幻想起另一种场景也就不奇怪了。我想象生母站在出口等着我——她的儿子大学毕业归来，她也将第一次见到自己的孙子。

但这也解决不了我和父亲的复杂关系。我和他就是完全合不来，无论做什么事都不在一个频道上。他做事有条不紊、慢条斯理，梦想当一名货车司机，副驾上坐着他的狗；而我却非常冲动，缺乏耐心，想到什么就要立刻完成。即便父亲享有"世界上最好的人"这样的口碑，但对缓和我俩的关系也无济于事，常常只会让我在对他发完脾气后感到内疚。

多数人都会说"过去的事就让它过去吧"，或者"宽恕才是通往天堂的道路"，这些年来我都试过，但我终究没有战胜自己的情绪。

我对自己说，出了门给他一个拥抱就是——你知道他爱你，别犯傻了。

当我看到所有行李都整整齐齐地码在两辆推车上时，有些惊讶。我把亚历克斯放到其中一辆推车上，但并没想要把安德里亚放到另一辆车上。我和柯丝蒂决定，我先带着亚历克斯推着第一辆手推车出去，再返回来接上柯丝蒂、安德里亚和另外一辆手推车。

我带着亚历克斯朝出口走去，一出门便被亲友的欢呼包围，大家挥着挪威、瑞典和美国国旗。亚历克斯第一次见到这么大的阵势，紧紧搂着我的脖子不放，柯丝蒂10岁的妹妹费了老大的劲儿才把他抱走。看着她把亚历克斯抱进亲友团中间，我跟大家打了声招呼，告诉他们我要折回去接柯丝蒂、小宝宝和剩余的行李。

大厅几乎没有人了，柯丝蒂盘腿坐在一张长凳上，显得很疲倦，但脸上带着灿烂的笑容。她问："你找到他们了吗？"

"找到了，两家人都来了。"

"真的？"

"是啊，一大群人，就等着你和宝宝呢，你再不出去他们可得把墙拆了。"

听到这儿，她脸上闪着光，背上安德里亚就冲了出去。

这是这些天来第一次有独处的机会，我浑身酸痛，在长凳上坐了下来。我知道自己在"发作"的临界点上，真想永远待在这张长凳上。过了一会儿,我意识到自己不过是在自我欺骗罢了,便起身推着沉重的推车向出口走去。但这次门口并没有扑面而来的欢呼声,浩浩荡荡的一群人已经随着人流远去。

我看到远处柯丝蒂侬偎在父母怀里正放声大笑,她找到回家的感觉了。

我瞥见我的爸爸,他正四处张望,见我走过去,他快步地迎上来,给了我大大的一个熊抱,我僵得跟一块木板似的。

"欢迎回家!"他脸上带着骄傲的神情,"你们全家一起回来,真是太好了。"

这本该是高兴而不是紧张的时刻,但我几乎喘不过气,铆足力气也只是轻声回了一句"嗨",紧接着便找借口去了洗手间。男厕空无一人,我把自己锁进最靠里的隔间,瘫软地靠在墙上。泪水顷刻间疯狂地涌了出来,我几乎无法呼吸。强烈的情感让我不堪重负,我觉得自己犯了一生中最大的错误。

我不知道自己在那儿站了多久,看着眼泪从鼻尖一颗接着一颗掉落,在地上汇成一小摊。我就要崩溃了。

眼泪终于停了下来,我洗洗脸,梳梳头,整理了一下厚重的夹克外套。我去年夏天买下这件外套简直就是犯蠢,虽然打了七五折,但实在是太大太重了,家里没一个行李箱能塞得下。我妻子特别讨厌这件衣服,说我穿着就像电影《绝地战将》里史蒂芬·西格尔的穷配版。即便如此,我还是带着这件毛茸茸的衣服跨越了大半个地球。

为什么我出门总有那么多东西要带呢?

回到主楼,机场已经没有人了,我们的大部队也已经走远,到了入口那儿。我爸爸在队尾的地方推着我留下的行李箱。我赶到他身边时,他立刻停了下来,又给了我一个拥抱。

"跟我说说,旅途还顺利吗?你看着很累。"

"噢,我还好,"我说,"我只是担心两个孩子,但一切都非常顺利。"

"你带着你的小家庭回来可真是太好了,住瑞典还是挪威都无所谓,美国就太远啦。"

在行李都装进三辆车后,我的岳父第一次和我寒暄,礼貌地和我握了握手。"你要换钱吗?"他问道,"我带了金卡,能免费在这儿换。"

我接受了他的提议,把口袋里的400美元给了他。还清所有债务后,剩下的钱就是这些了。

"就这些吗?"他看着很惊讶。

"是的,我还在等最后一次薪水到账,然后可能退税也能退一点儿,但现在就只有这些。"

我觉得自己特别傻,他惊讶是正常的。我一心想着在离开美国前还清所有债务,但忘了我们回老家之后也需要钱。在他把我们的美金换成挪威克朗时,我满脑子想的都是一个问题——我得快点,快点振作起来。

05　　面试

　　真希望自己有魔法药水，让我增强力量，带走我胃部的病痛。奇怪的是，与此同时我又充满期待，相信自己没问题——每年有成千上万的人找到好工作，凭什么我会找不到？但压力越来越大，我只有一次机会，成败就在这次。我回想起中学时跑400米的情景——跑第一个100米时，我全力冲刺；到了200米时，我的腿开始抽筋；到300米时，已经痛得不行了；最后100米靠的基本就是意志力，完全无法在最后一圈冲刺。读大学掏空了我几乎所有的力气，面对这个成功之路上毫无仁慈可言的世界，我那所剩无几的力气已经无法应对了。

——2000年1月4日

　　当我六七岁的时候，经常窝在沙发上听柴可夫斯基的音乐，一听就是好几个小时，幻想着最为美妙的情节。比如，骑士勇战恶龙，迷路的公主被洞穴巨人和漂亮的仙女所救。我从来都不需要童话故事书，有柴可夫斯基便足够了。我现在还能想起《胡桃夹子组曲》充满活力的橘色封面和上面跳跃的舞者。

　　面试斯德哥尔摩最负盛名之一的咨询公司的前一天晚上，我情愿倾尽所有换取年少时那种平和的心境，把生活的苦难放置一旁。可惜，现实是我的妻子和儿子睡得香甜，只有我在我们临时过渡的床上（由三张双人床拼在一起）翻来覆去。我们睡在岳父母的地下室，现在这儿堆满了行李箱和小孩儿的衣服。虽然第一眼看上去很糟糕，但实际也没那么差，我们有属于自己的私密空间，在舟车劳顿后能好好休息一下。

　　"你准备好应对接下来的日子了吗？"柯丝蒂突然低声问道。

　　"嗯，已经尽我所能准备好了。"我说，"我读了四年大学，不是来逃避现实的。"

　　"我知道，但我就是担心……"

　　"担心什么？"

　　"担心我们犯了大错，我在盐湖城的时候就想告诉你，可你不听。"

"你这人怎么回事？明天的面试那么重要，你起码也给点支持吧。"

"对不起，"也许是为了缓和气氛，她补充道，"但我觉得我们很勇敢，多数人都没有这个胆量。但凡这个世界还有一丝公平，你就能拿到这份工作。"

说完，她亲了亲我的脸颊，转过身，马上又睡了过去。即使在高压的环境下她也能正常生活，这点总是令我钦佩。在这种情况下，我得先崩溃才能睡着。这是我常规流程的一部分，努力，崩溃，振作，努力，再次崩溃。这个夜晚也不例外，有一个多小时的时间，我在黑暗里睁大双眼，祈求上帝赐予我这份工作。活到现在，我似乎没有如此渴望过一件事情。

我在几个小时后醒来，仍然觉得肾上腺素冲击着全身。时钟显示五点，离设的闹钟还有一个小时。我知道自信将是接下来这一天最重要的东西，如此一流的企业才不会浪费时间给对自己没有信心的人。哪怕露出一丁点儿的软弱，我立刻就没戏。

我洗了一个热水澡，穿上新买的海军蓝西装。这件西装让我感到自豪，是岳父母祝贺我毕业的礼物。看着镜子里的自己，感觉像古时候准备作战的将军。我把黑色的皮鞋擦到发亮，然后悄悄折回卧室，找出一条相对保守的红领带。

努力想让自己放松一点，我瘫坐在房间角落一张皮座椅里，看着我熟睡的家人，感觉自己担负着巨大的责任。我的人生和未来全靠这一天了。我有点儿坐不住，走到窗边拉开了窗帘，眼睛适应了光线之后，映入眼帘的是花园里被皑皑白雪覆盖的果树。

我对自己说，正视你的恐惧吧，勇敢点儿。

我快速地喝了橙汁，吃了点儿挪威小麦面包和羊奶酪当作早饭。岳母开车送我去了车站。我站在黑暗里瑟瑟发抖，嫉妒起还在温暖的被窝里睡觉的柯丝蒂。

在各种消极的设想下，我的胃又痉挛起来：要是公车没来怎么办？要是错过了航班怎么办？要是忘带东西了怎么办？

但公车按时到站了，我的恐惧少了一个。我迫不及待地三两步跳进温暖的车里，微笑着把钱递给司机。他看都不看我一眼，按下操作板上小小的按钮，给了我收据。不等我走到座位，车便开了起来，这辆车几乎是空的。

我在车子中部找了个位子坐下来，像一个前往监狱的囚犯，把头靠在窗户上。寒风吹在脸颊上只会让我更紧张，于是我想方设法专注于当下要做的事。学校就业中心有个人说："求职者未被录用的头号原因是，他们没有仔细了解心仪的企业。"

于是，我把这家公司的信息又过了一遍——公司的情况，部门和目标，甚至是个别高管的名字。但很快我就停了下来，双手紧紧压着疼痛的胃部，静静地祈求自己再撑一天。

公车到达奥斯陆加勒穆恩机场时，我胃疼到几乎没法下车。我尽力与恶心和疼痛抗争，专注地想着我父母的家族格言，我正是在这句格言的影响下长大的——Nil Desperandum，一个拉丁短语，意思是"永不绝望"，这句话现在刻在我母亲的墓碑上。

登机时，我把机票递给空姐，她递回票根时，眼里多了一分敬重，这也马上改变了我的态度。也许是因为我穿着笔挺的西装，或者是头等舱的票使然，但她流露出的敬重让一切都截然不同。

被带到座位上，我坐了下来，像个英国绅士一样优雅地跷着二郎腿。空姐推着杂志小车经过我身边时，虽然我很讨厌商业新闻，但还是要了一本《财富》，而不是《人物》。我拒绝了早餐，我可不想让胃冒任何险，一杯巴黎水就够了。

我要面试的这家公司位于斯德哥尔摩市中心，到达公司大楼时，正下着鹅毛大雪。我几乎是扎进旋转门，冲入大厅，径直向前台的漂亮女士走去。

"您好，"她微笑着说，"您是今天早上跟我们有预约吗？"

"对的，我来面试。"

她往电脑里输入了我的名字，让我稍等。我踱起步来，观察着大厅里沿着墙等候的人——他们看着都是最佳状态，有的在阅读，还有几个正在笔记本电脑上忙碌。还有一个男的，双目呆滞，估计是没戏了。我笔挺地站着，希望在面试官到达时给对方留下最好的印象。

没等多久，两位女士便从安检门出来，叫着我的名字，非常准时。我用力地跟她们握了握手打招呼，并自我介绍。能做到的我都做了，挺直了背，保持合适的距离，恰到好处的眼神交流，说的话不多也不少。

两位女士看着都是很好的人：年长的那位介绍自己是人力资源总监，看着严肃，令人紧张；另外一位则是变革管理小组——我面试岗位的所属部门的负责人。她更加友善，也更加放松、随和。我希望面试由她来主导。

人力资源总监向前台要了我的访客证，然后将它夹在我西装外套的口袋上。

我们依次通过一个狭窄的廊厅，很快地就迎来公司的运营场面——许多隔间里坐着年轻的专业人士，用总监的话来说，他们正在"耕耘"。

最后，我们进了一间办公室，她们让我在一张大大的红木会议桌前坐下。我有点儿胆怯起来，这个会议室能容纳的人可不止三个，但现在，我一个人坐在桌子的一头，面对着坐在另一头的两个人。

总监看着有点沉默寡言，但她的第一个问题无比友好。

"桑杜姆先生，"她朝我说道，"从你的成绩和拿的奖学金看，你是个非常有远见的人。请说说为什么选择我们公司吧。"

这个问题在我的预料之中，我不假思索地回答："因为贵司在本领域处于领先地位，就像你们的资料册说的，是一家'与你共成长'的公司。而且我对变革管理也很有兴趣。"

"这个怎么说？"她往后靠了靠。

"因为成就业务的不是流程，是人，只有人不断提高能力，业务才会有真正的发展。"

年轻的那位女士笑了笑，我知道这道题自己答了满分。不过那位总监嘴角动都没动，直接跳到了下一个问题。

"我看你有组织传播的学士学位，跟我们讲讲都学了些什么吧。"

我恰到好处地用一些术语说："组织传播其实就是对人在业务中的交流过程进行研究。我学习了管理、谈判和公共关系的课程，也正是这些课程让我具备了进入这个领域的能力。"

面试非常顺利，不过结束的时候，两位女士提醒我今天还有两轮面试——我最害怕的事情还是发生了。对于长途跋涉来面试的候选人，企业一般都会把所有面试安排在当天完成。

下一轮在三楼，意味着要面对更高层级的人员。回想着第一轮面试的情况，我稍带迟疑地迈进了电梯。对于第一轮面试，虽说我觉得自己的表现很不错，但感觉还是很复杂，毕竟打动那位总监很困难，她看着是位很强势的女性，很可能是通过牺牲私人时间和社交活动从底层一路打拼到当前的位置，现在只想着要得到应得的尊重。

助理在电梯口等我，是位年轻的女士，看着非常精明干练，可她的工作内容却是陪伴像我这种可怜的废物在企业的城堡里转来转去。想到这里，我几乎同情起她来。

"先自我介绍一下，"她说着伸出了手，"我是人力资源部的莉娜·拉尔森。"

"很高兴认识你。"我带着自信说。

"面试到现在还顺利吧？"她轻快地问道。

"我觉得挺好，但面试这种东西说不准。"

"完全理解你这种感觉，不久前我才体验过。"

我们经过了更多的隔间，里面的人忙得压根儿都没心情看我的胸牌。

"你在这家公司多久了？"我问道。

"一年出头。"

"你不介意的话，我想问，你喜欢这儿吗？"

"噢，不介意，我挺喜欢这儿的。这儿的人都很友善，工作也很有挑战性。但有时候吧，不管你做的是啥，工作就是工作而已。"

"挺好，"我笑着说，"我还在想，这家公司里是不是全是超人呢。"

最后，我们到达了目的地，进了一个挂着"仅限员工进入"牌子的房间。看到房间里有窗户，我松了口气，这样不仅有自然光进来，我还能看看外面的世界。莉娜问我要不要喝点什么，我才意识到自己都快脱水了，就麻烦她拿瓶巴黎水。

"我们这儿只有咖啡和普通的水，要巴黎水的话，我得去问问。"

"噢，没事儿的，普通的水就好。"

她回来后就安静地在我对面坐了下来。时间一点点过去了，但面试官还没出现，我开始觉得有点不自在。为了让自己保持冷静和专注，我决定开口说点什么。

我压低了声音："跟我讲讲，咨询顾问都是什么样子的？"

她说："我还是新人，进来的第一年主要就是在公司里和团队一起做项目和任务，就是我现在在做的，基本不会离开办公楼。不过，有三个星期要去纽约参加企业大学开设的入职培训。"

"公司还有大学？"虽然我早就知道了，但还是装作一副吃惊的样子。

"是的，来自世界各地的新员工都要到那里培训。"她说起纽约的兴奋劲儿触发了我对美国的热爱，我仿佛看到了自己在中央公园一边吃着甜筒，一边散步的样子。

"入职培训是什么样的？"

"课程很紧张，但很棒，能学到很多东西，还能认识有意思的人。这也是这家公司的优点，我们努力工作，但也知道如何放松玩乐。公司有经费，每周五大家都一起出去喝啤酒。"可惜的是，她不知道自己面对的是一个这辈子滴酒未沾的摩门教教徒[①]。

我们回到了沉默中继续等待。又过了15分钟，莉娜说她得走了，但她让我放心，她会去搞清楚究竟是怎么回事。看着门关上，我走到了窗边，看了看对面公寓被雪覆盖的窗户，然后盯着路上的车水马龙。我觉得自己像被禁锢了起来，无处可逃，但我也知道，如果不想成为失败者大军中的一员，我就必须得坚持住。

时间又过去了许久，我甚至开始怀疑他们是不是把我给忘了，还是说这是一个特殊考验环节。就在我准备离开时，一位男士进了房间，大衣上落了雪。

"让你等了这么久，实在太抱歉了，"他上气不接下气地说，"我的航班晚点了，这天气可太糟糕了！"

"噢，没事的。"我努力掩饰懊恼的情绪。

"不会很久的，我们得加快速度了。"这句话一出，我就知道对我有好处了。

第二轮面试也很顺利，而且更多是信息交流。对方给我介绍了公司情况、部门组成和我应聘岗位的工作内容。他走之前跟我说，第三轮面试也

---

① 也称耶稣基督后期圣徒教会，信仰耶稣基督，总部位于美国犹他州盐湖城。

在这个房间，由公司合伙人来面试。

独自等待时，我脱下了夹克，在房间踱起步来。但转念一想，不穿夹克的话显得邋里邋遢的，我就又穿上了。有好几分钟的时间，我一直在看笔记，思考可能的场景，但后来我觉得完全没有必要。恰恰这时，合伙人冲了进来。

我对他的第一印象不是很好。虽然从阿玛尼套装和设计师眼镜可以看出他地位不凡，但他的领带系得很随意，波斯花纹也和西装不搭。他个子很矮，光头，身材肥胖，令我不禁揣测起他的年龄来：我在脑海里给他加了点儿头发，减掉30磅，估计比我小5岁——对于这么高的位置而言，他也太年轻了。

要是这样可太糟了，我必须先下手为强。我之前想象的合伙人是一个有冲劲、善交际的人，可这家伙看着就像是毕生都只跟数字打交道的人。我有着多年销售阅人无数的慧眼，一看我就知道这类人可不是那么容易能打动的。他就是亚里士多德口中那类"为理性主导的人"——一个按逻辑行事的人，不会轻易因为真挚的笑容而对你有好感。对他而言，钱比人重要，他会当着我的面直言不讳。我感觉自己就像斗牛士新手，面对着蓄势待发的牛。

他把我的资料从公文箱掏出来，在桌上摊开我的简历和前两轮面试的笔记。

"今天在我们这儿过得还不错吧，桑杜姆先生？"他问道。

我心想简直是炼狱般的一天，但嘴上还是说："是的，先生，大家对我都非常好。"

"那就好。"他说着，眼睛还在看着资料，"你应该也很清楚了，这是面试的最后一轮，这一轮结束后，今天面试过你的人会对你的工作能力做一个评估。最终的决定由全体面试官共同做出，每个人的意见都包括在内。"

"是的，非常明白。"

"在送你回奥斯陆之前，我也有些问题想问问你。我会给你一些假设的场景，然后你告诉我你最先想到的是什么。坦诚回答，这些问题没有对错，我只是想了解一下你的想法和思路。"

"好的。"

"首先，想象你被派到一家大型企业，去查明他们亏损的原因。经过你的分析，你得出结论：必须得裁掉一百名员工。你会如何跟员工传递这个信息？"

整个面试过程中，我第一次不确定该如何回答，但我知道必须快速作答，任何迟疑都会被他判定为能力偏差。

"我会向他们解释裁员的必要性，如果不裁员，所有人都会失业。"

听到我这么说，他往后靠在了椅背上，说："我明白你的出发点，但要是情况并非如此呢？他们其实不会失业，裁员只是一个节省成本的策略，你会怎么说？"

这是一个棘手的问题，要是我企图掩盖真相，便有不诚实之嫌；要是我提议以另外一种方式来避免裁员，则显得太理想主义了。于是，我选择将责任转移。

"那我会说，这是董事会做出的决议，并对他们的结论进行解释。"

他摇起了头："不，你不能那么说，你代表的就是董事会，你得承担责任——这就是他们聘请你的原因。你觉得你能承受这样的压力吗？"

我心跳加速，感觉领口紧得让我喘不过气，我把首先想到的东西说了出来："那我会说，除了裁员，别无他法，这是个令人遗憾的决定，但这是基于公司整体利益做出的决定。公司只有盈利才能生存和发展。我绝不会撒谎。"

话音刚落，我就知道我的回答非常差劲，既暴露了我对弱者抱有极大的同情，又体现了我的好胜心几乎为零。

合伙人看起来非常疑惑，甚至可以说是一头雾水。他草草地做了点笔记，说："行，我们进行下一个场景。萨博汽车正在考虑将他们的工厂从特罗尔海坦搬到丹麦，但不知道具体搬到丹麦的哪个地方。这是丹麦的详细地图，告诉我你会选择把工厂放在哪里，为什么。"

如果说第一个问题出乎我的意料，那么第二个问题可谓让我毫无防备。我的大脑一片空白，一丝惶恐涌上心头。为了多争取点儿时间，我抓起笔研究起地图来，祈求脑子里能闪现灵光。但大脑里什么都没有。

"慢慢来，"他怜悯地说，"不着急。"

我仔细想了很久，绝望地回想起商务课程讲的东西来，希望哪怕能找到一丁点儿有用的东西。最后，我给出了一个傻得不能再傻的答案，明知道一点关系没有，我还是说，总部应该安置在港口附近。

"没了吗？"他问，几乎是带着胜利者的口吻，"我立刻就能告诉你至少十个理由。"

这头牛用角穿透了我的胸口，等着踩烂我的头骨。

原本就疲惫不堪的我感觉受到挑衅，结果犯了面试的大忌——我爆发了。

"先生，恕我直言，"我说，"我在这儿坐了一天，答了一天关于战略和盈利的问题，但迄今为止，我并未听到一个关于组织中的人的问题，而这本该是变革管理的核心所在。您提到您有一个战略部门，那为何不让这个部门来做策略规划，我来负责解决缺乏工作动力的员工呢？"

听到这里，这位高层松开了手中的笔，向我投来茫然的神情，仿佛他无法确定我究竟是勇还是蠢。接着，他喝了点儿水，抬起胳膊擦了擦前额。

"大卫，我就实话实说了，我之所以问这些，是因为我清楚，这个岗位的人不会仅仅满足于完成本职工作。我们所有的咨询顾问，无论是在IT战略部、会计部还是变革管理部，都面临过我问题中提到的那些情况，你得有这种心态才能融入。"

我心里一沉，意识到一致决定面试结果的说法纯属扯淡，他是唯一一个拍板的人。绝望的我做出了最后的选择。

"听着，"我自信地说，"我的策略能力可能不是最好的，但我会学习，把我送到纽约去参加培训，我敢保证，我一定以胜者的身份归来。"

他低垂着眼睛，对我的话一点儿没买账。我知道他已有定论，便抢在他前起身，握了握他的手，说："谢谢，但我现在得去赶飞机了。"我转身走出了房间。

他紧紧跟了上来，穿过大厅，在电梯口赶上了我。

"你知道怎么走出去吗？"我摁下电梯时，他问道。

"知道，下去然后就出去了。"

接下来，他说出了我最不想听到的一句话，等于在我的棺材上钉死了钉子:"我们回去讨论一下,一周左右会联系你。一路顺利。"

下行的电梯仿佛走不到底。我交回通行证,穿过吹着暖气的大门,迈进了寒冷中。

我沿着大路走,车子在我两侧来来往往呼啸而过,没有人能看见我的眼泪。我能想象到,当告诉柯丝蒂这个失败的噩耗时,她脸上会是什么表情。一个小时前,我还觉得自己所向披靡,而现在呢,一个男人凭狭隘的个人意见,就将把我清扫出局。

不知为何,我走进了附近一家麦当劳。我拿着点好的20块鸡块和一杯饮料坐了下来。我思考起前两轮面试的成功,很快地重获了自己存在的意义。也许第一轮面试那位友善的女士会站出来反抗人力总监和合伙人,坚持公司需要聘用一些敢于发声、关心员工的人。但我知道,这不过是我的幻想而已。

我只吃了一点儿,把剩下的扔掉之后,又重新迈进了寒气中,朝着车站走去,准备搭大巴车回机场。疲惫感铺天盖地袭来,我的头天旋地转,有那么一瞬间,我以为要栽倒在路边了。我找到了一张长凳歇了几分钟,终于恢复了点力气,把剩下的路走完。车站挤满了人,多数人因为太冷都宁可站着。我在候车亭坐了下来,闭上双眼。

车到了,好几十个人走过去,开始有序地上车,我也加入了他们。轮到我迈上台阶时,我的身体瘫住了,完全不听使唤,无论我怎么努力,都使不出劲儿移动身子。我就一直站在原地,像个傻子一样阻碍着队伍的前进。有人嚷嚷了起来,还有一人使劲儿在我背后一推,但我仍然一动不动。司机让我上车,我没说话,他又问我是不是还好,我还是没反应。

终于,来拯救我的天使出现了,站在我前面的一位善良的女士转过身来,温柔地扶我上去。看到我状态特别糟糕,又有一位好心人让了座。坐下时,我听到自己的身体在说"到极限了,受够了"。

当我坐上从机场回家的大巴时,"最漫长的一天"这个表达再合适不过了。我感觉这次面试像是过了好几个星期。

在车站的疲劳发作简直毫无道理,人们常说每个人都知道自己的极限所在,可我根本不知道那是什么意思。之前的心脏病发作、胃绞痛,还有现在这个身体麻木,一切都让我怀疑自己生存下去的能力——我是不是能够养家糊口,当个好丈夫、好父亲?在缺乏实现目标所需要的能力时,我是不是还能拥有有意义的人生?

从更高的层面说,在人生如此残忍与不公的情况下,我是否还能成为其中一部分?一百个为什么涌进了心里:为什么有些人生来要在垃圾堆里找残羹剩饭,而有些人一出生便继承了巨额财富?为什么这个世界接受为了商业利益而砍伐雨林的做法,即便这么做无异于让全人类冒着窒息而亡的风险?为什么贪婪的军阀在国人都要饿死的情况下,还要去偷盗救援物资?一个基于基督教价值观的国家,为什么能允许奴隶制的存在?为什么希特勒在战争末期明显毫无胜算的情况下,还要牺牲上百万无辜民众的性命?

这个世界就是有太多的恶才做不到善。怀着这个想法,我的愤怒燃烧了起来。

你们试试去跟那些生来别无选择的人说去,我不明白为什么这些陈词滥调的说法还能存在。

因为失望仍在内心喋喋不休的我从公文包里翻出了耳机和CD随身听,放起那些总能让我梦想的音乐——布鲁斯·霍恩斯比和The Range——我14岁那年第一次去美国发现的乐队,当时我的母亲刚刚去世几个月。家里的一些朋友出资让我和妹妹玛莲娜去他们家住一段时间,估计是想减轻父亲的负担。

听着《未选择的路》,我顿觉自己坚不可摧,迷失在美国西部舒爽的、令人振奋的风景里。霍恩斯比、布鲁斯·斯普林斯汀、约翰·梅轮坎普和詹姆斯·泰勒将我对美国的热情完美地提炼了出来,那是勇者的家园。听着霍恩斯比的《南部之景》,我沉浸在音乐里,有好一阵子仿佛徜徉在满天星星的犹他大峡谷里。

我想起了我的初恋科莱蒂,我好几年都没想起她了。对我而言,她是这个地球上最漂亮的存在了,蓝眼睛,卷头发。

我特别喜欢科莱蒂,她永远都是那么乐观、开心。很难解释清楚为什么我当时那么爱她,不过在那个年纪,你也不清楚自己为什么会爱某个人,你就是会爱上。

我的寄宿家庭并不支持早恋,和多数保守的摩门教家庭一样,他们坚信16岁前不得恋爱,并将其视为准则。科莱蒂那会儿只有14岁。偏自由派的摩门教教徒则认为我的寄宿家庭太极端了，而少数非摩门教的人则觉得我们全是疯子。

科莱蒂的父母是偏自由派的摩门教教徒，有时候也邀请我参加他们的家庭活动，但我的寄宿家庭禁止我去。因此，她和我只能无奈地选择在晚上溜出去，而这也让我们的相见变得刺激了不少。好笑的是，我们如此单纯的"情事"，却在街坊邻居里引发了巨大的骚动。

秋天的一个晚上，我在午夜后溜出家门，在蟋蟀歌声的环绕下，我穿过一小块玉米地，朝着附近一片大的樱桃林走去。看到科莱蒂站在那儿，沐浴在月光下，我感到幸福与激动。她问我是否被别人亲吻过，我说没有。她便用双臂环住我的脖颈，飞快地给了我一个吻。我在回家的路上觉得自己是全世界最幸福的人。

虽然后来科莱蒂为了排球队的一个明星把我甩了，但她是我的初恋，当我回想起二人的那段时光，我感到怀念，甚至是感激。

我被拉回了现实，坐在一辆前往莫斯的大巴后排，回归失败。不管是布鲁斯·霍恩斯比还是对初恋的回忆，都无法改变今天的事实。我胸口深深的、刀割一般的痛印证了这一点。

06 陷入IT旋涡

"失败"这个词出现在我的脑海里。我已然失去了对人生的掌控，对自己万分失望。"为时未晚"，多数友人会这么说，"你还年轻，时间还多着呢。"但我并没有这种感觉，我觉得自己很老，老得不能再老了。

——2000年5月15日

开着新买的丰田卡罗拉旅行车去上班，我专心地看着前面的一条蜿蜒的小道，这是我去往位于科尔博滕（奥斯陆附近）的办公室的捷径，能快10分钟。而每天我都带着同样的问题：我究竟在干什么？

这段时间，我一直把失望和不安藏在心里。挪威画家奥拉夫·莫斯贝克的一段话恰恰是我的体会："人类最危险的特质便是我们渴望知晓一切，理解一切，回应一切。扼杀我们的是对暴露自己薄弱之处的畏惧。"这正是我所感受到的重担——人生失控，毫无信念和方向地苟活，徒劳地追求梦想。

深知事情已严重脱离正轨，我只能祈求奇迹出现，这也是我从车站发作事件所学到的。即便如此，我还是想方设法继续追求成为顶级咨询顾问的目标。另外三家咨询公司都在第四轮或者第五轮面试拒绝了我，拒绝的理由也都一样：我的人情味太过了，缺乏冷酷无情的策略。

因为太想从岳父母家的地下室搬出来，我最终还是无奈地认输了。我开始找工作，去了一家中型IT企业面试销售岗位。

"你真的确定没问题？"销售总监在最后一轮面试里问道，"我们不期望你所有IT的东西都懂，但你必须做到快速学习，无论遇到什么事情都能应对。这个岗位的要求就像是要一个不会滑雪的人一次性学会单板滑雪、越野滑雪和高山滑雪。不是每个人都干得了的。"

对于这个级别的工作，我知道哪怕有半点迟疑，便会失之交臂。于是，我直视着他的双眼说："我会学，也会把事情做好。"我表露出足够拿到这份工作的坚定。

作为一个说到做到的人，我一头扎进了这个全新领域，我要记住奇怪的缩写，学习节奏非常紧张。如果我是10分钟就能组装好宜家家具的人，估计也没什么问题。可惜的是，这个领域的东西对我而言如同天书，我仿佛在错误的时间走进了错误的地点。

我不停地想，要是那些咨询公司录用了我，人生肯定要好上许多。但是这个时候想这些事情压根儿没用。而且，IT行业很赚钱，我又具备销售的能力，无论卖什么产品，道理都是相通的。没有专业IT知识，我就把重点放在自己擅长的地方——人。很快，我便找到了属于自己的领地：预约会议，将正确的人分配到合适的任务中去。正是这些工作让公司领导注意到我，看到我的能力。但这并没有帮我达成销售目标。

无论如何努力，我都无法对自己的新工作提起兴趣。这个行业与我的性格相差甚远，冷冰冰的计算过程，为的是让比特和字节顺利运行。我有很多朋友很想得到我这份工作，的确，听起来很高大上。可我觉得自己就像个傻瓜，每次听不懂别人说的术语时，我都感觉自己被一眼识破。

不过，我现在是一名系统集成销售代表了，负责销售互联网解决方案、系统集成、服务器、外包、技术支持、通信线路等等，你能想得到的我都卖。产品清单仿佛没有尽头，每次我刚学会一个术语，便有10个新的蹦出来。我的老板对此特别清楚，让我去参加了一个又一个研讨会——今天去参加康柏的，明天去参加IBM的……这些研讨会上唯一的好东西就是食物，要不是因为那些午餐，我早就无聊死了。

几个星期后，我的销售额开始上升，做成了好几单交易。而且，由于把大量时间投入工作，我也赢得了一定的口碑，大家都觉得我是个性格外向、工作认真、能成大事的人。领导甚至在一次公司大会上点名表扬我。之后，我又给另外一个部门牵线搭桥，引荐了一次潜在的赚钱机会。公司CEO（首席执行官）给了我"月度团队合作之星"的称号。

不过认可越多，压力也越大，我需要带来更多的销售成果，而且速度要快。造成这种局面我也有责任。公司前辈其实并不欣赏那些竭尽全力取得管理层关注的新人，从那一刻起，我明显地感受到了变化，之前一些很乐意帮助我的同事现在开始和我保持距离，还在背后说我的不是。管理层站出来为我撑腰，但也要求我赶上业务进度，毕竟是我自己说能做好的。

在这段难熬的日子里，唯一让我感觉轻松的就是，这些状况我此前都经历过——在学校的时候，即便我觉得无比迷茫，还是努力地完成了所有繁重的课程，度过了无聊的课堂时光，无论是统计学、代数，还是自然地理。如同我当年做的那样，默默坚持，度过每一天，不要想太远。

每一天里最难熬的部分还不是紧张的办公室时光，而是在奥斯陆开车。面对一个陌生城市里数不尽的单行道，比起开会，要找到正确的路线与地址，压力可大多了。那会儿还没有GPS导航，每次找地方都能让我抓狂，得提前花好几个小时规划路线，经常搞得前一晚没多少时间睡觉。有那么一两次，我甚至花钱请了辆出租车在前面替我开路。

估计有人要说："这有什么好紧张的？晚到个15分钟又怎么样？"

我只能说，当你辛苦了六个星期才得到和某个大企业老板开会的机会，你肯定不会姗姗来迟。我知道，如果要做出成绩，我必须比其他人精明，这样才能保持领先的位置。

有一天我在奥斯陆开车时，在错误的地方转了弯，结果陷入了交通拥堵，到处都是车，自行车和行人到处乱窜。我在路边停了下来，发现握着方向盘的双手在不停颤抖。因为怕出问题，我便取消了会议，直接开回了办公室。

"炒了我，或者怎样都行，"我跟经理说，"但我没法儿一直孤军奋战下去了。"

在耐心听我说完之后，他给我提供了一个喘息的机会。解决方法很简单，他把我调到他的办公室，将我们两个人的销售指标合并。我成了他的学徒，比起去听别人讲授干巴巴的课，我更喜欢直接跟着他学习一手的经验。这个安排也给了我冷静下来的时间和稳步成长的机会，简直是天赐的礼物。

作为团队的一员，我重获希望，感觉焕然一新。我开发潜在客户，安排会议，两个人一同出席。当经理回答客户刁钻的问题时，我便在一旁认真学习。我们出去都是开我的车，但他会告诉我怎么走，极大地消除了我对开车去陌生地方的焦虑。最后，我搭建起了一个能让自己发挥能力的销售框架。

然而，还不到一个月，我就被要求去向销售总监报到。销售总监是一个来自北方的中年男人，我走进他的办公室时，他看起来很热情，反倒是我的经理显得很冷漠。

"请坐。"销售总监说，指着最后一张空椅子。我坐下时，他在桌上放了一张纸，摆在我面前。

"这是你新的指标。"他说道，不给任何讨论的空间，"我们仔细考虑了你的情况，但不能再继续像这样浪费资源了。你在这里的时间足够多了，是时候独立了。我们需要优秀的成员来负责大买卖，而不是到处跑客户。我让人把你的东西搬到你的办公室了，合同你拿去看看，今天下班前签完拿回来就行。"

他笑着拍了拍我的肩膀，说管理层对我很有信心，我一定没问题。说完他便离开了。

经理转过来对我说："对不起，我实在无能为力了，都决定好了。"

他们离开后，我感受到一种无法描述的孤独，我从来没料想过会发生这种事，我又要独自开车在奥斯陆慌张地转来转去。我赶紧找到我的新办公室，把放在箱子里的东西整理出来。再没有比这个房间更糟糕的了——正对着总监的办公室，还全是落地玻璃，一举一动都在大家视域里。

看到指标时，我内心一沉，不仅比之前的指标高，原来的客户也不在清单里，这就意味着我得从零开始。我的收入除了工资，大部分要靠佣金，因此接下来几个月我既辛苦，又拿不到多少钱。他们这是把我钉死在十字架上了。

我怎么承受得住呢？最近我的手经常抖，脚也不听使唤，时常感觉人生已然失控。我努力不去想这些东西，把精力放在更高更远的目标上——让我的家人过上像样的生活。

在内心深处，我不止一次地想起那句话——"永不绝望"。

在家庭方面，我们逐步站稳了脚跟，在岳父母家的街对面租了属于我们的房子。在和他们同住的几个月里，柯丝蒂的父母让我们的生活轻松了不少，他们帮忙带小孩，尽其所能给我们提供支持。我非常感激。能回到父母身边，柯丝蒂也很开心。

有一天开车去上班的路上，我在想，回到斯堪的纳维亚的感觉可真奇怪啊。我其实没怎么去瑞典，除了有几个周末去老家哥德堡看望亲友，多数时间我都是一个人在街上走，努力想找到以前那个大卫的感觉。以前的大卫觉得，他永远都不会离开这片土地，这是全世界他最爱的地方。但现在，即便是人头攒动，街头仍然给人一种冷清的感觉。商店和餐厅看起来也很陌生，多数朋友都有了自己的圈子。即使是去海边，我也无法和旧时的自己取得任何共鸣，就连风都刮得更加凛冽——在斯德哥尔摩的面试惨败后，这种感觉就一直挥之不去。如同我已不在，一切都是虚无的，空的。

柯丝蒂仍然不明白，为什么没有一家咨询公司雇用我。"我不懂，"她说，"他们找不到比你更好的人了。"奇怪的是，我却捍卫起他们的决定来，说是因为自己没有通过面试。她便好笑地看着我，说我不应该那么说

《等待上台表演》，2004年
大卫·桑杜姆

自己。她知道我内心很受伤，这件事也一直困扰着她。她不知道的是，我的伤有多厉害——我在慢慢变成另外一个人，这个人每天晚上洗澡的时候都会在浴室止不住地崩溃，乃至大哭。白天，我是雷厉风行的商务人士；夜里，则是悲伤的小丑。

公司的停车场停满了新的奔驰、宝马和奥迪，我把我的丰田卡罗拉也停了进去。我刷了门禁卡走了进去，朝前台的秘书笑了笑。

"早啊，我们的女将！"我朝她说道，认可她的重要性。

她报以微笑："你今天出外勤吗？"

"是啊，有几个会要开，要是有人打电话找我，就说我下午回办公室。"

我在空荡荡的桌子前坐下，打开电脑，映入双眼的是看不到头的邮件、日程表、备忘录，当然，少不了要去的研讨会。

我在想，究竟谁会是赢家——即将上台的小丑，还是准备好了恶评和嘲笑的观众？

07 倏然理解蒙克

  我很想念某些东西，但具体不知道是什么。也许我怀念少年时代和朋友一起打曲棍球，或是想念我的母亲，我一直觉得她有一天会回来。昨天晚上，我梦到她回来了，住在市郊树林里一个小小的临时庇护所里。她看起来很悲伤，说再没有人关心她了，她觉得很孤独。我一直跟她解释说，是因为这些年来大家都以为她不在世了，然后不停地哀求她回来看看我们，可她不听。之后，我又回到庇护所里，但她已经不见了。我满脸泪水地醒来。这个梦生动地折射出我的空虚，更愿意思考过去，而非未来。

——2000 年 5 月 17 日

  一天晚上，我下班回家，把公文包扔在角落，上楼走到客厅，一头栽进沙发。一般来说，我会大喊一句我回家了，但听到亚历克斯大声在玩耍，我便闭上了双眼，因为我知道最终大家都会找到我的。不久之后，柯丝蒂经过客厅，停住了脚步，一脸惊讶地看着我："嗨，我都不知道你在家呢！"她把宝宝安德里亚放在我脚边，便进了厨房。

  我太累了，想休息一会儿，但宝宝一直吵着要抱，这个计划便被打断了。有那么一阵，我任凭他哭，听着他吵着要抱的声音。但没过多久我就坐了下来，把他抱在怀里，贴面哄着他。我爱我的儿子。之后，他开始拉扯我的头发，接着4岁的亚历克斯狠狠地朝我旁边的空位冲了过来，差点把我俩撞倒。

  "嘿！你这是干什么？"因为着实吓了一大跳，我大声地批评起他来。亚历克斯的脸马上从兴奋变成了难过。我能看出来，他在努力把眼泪憋回去。泪水决堤时，他猛地跑回了房间。愧疚感袭来，我走到厨房把宝宝递给柯丝蒂。她指了指在做的饭，没有接过去。

  "我得去找亚历克斯，"我说，"他跑掉了。"她点了点头，把安德里亚抱了过去。

  亚历克斯在房间里，脸埋在双臂之间，眼泪顺着脸颊往下掉。他脸上的表情让他看起来大了好几岁。我知道，我得纠正错误，便慢慢地在他身边坐了下来。

"对不起。"我尽可能平静地说，"我不该那样吼你，我知道你只是因为看到我很开心，但你撞过来的时候太用力了，我差点把宝宝掉地上了。"

他还在哭，没有回应。他坐着，眼睛直勾勾地看着前方，仿佛我不存在一样。看到他如此伤心，我觉得自己是世界上最糟糕的父亲，便也哭了起来。我不知道为什么这么普通的一件事就让我感到大受打击，我只知道在这个微不足道的瞬间，我在工作上的所有疲惫和沮丧都一股脑地发泄了出来。

看到我也在掉眼泪，亚历克斯很困惑，可能是因为此前他从没见我哭过。带着他那完美的犹他口音，他问道："爸爸，你为什么哭？"

"不知道，儿子，可能是因为我太累了。"

"妈咪说，人们哭是因为受伤了。"

"是的，没错，"我回答道，惊异于他的同理心，"我受伤是因为我本不该吼你的。"

"没事的，爸爸。"他微笑着说，然后跳下了床，像没事发生一样跑开了。正常情况下，我肯定会欣慰一笑，甚至为自己儿子如此成熟的表现而开心。但我却感觉极度愧疚，我不再是个好人，也不配拥有这么美好的家庭，更不配得到儿子的原谅。

我想透透气，便打开窗户，倚靠在窗沿，让新鲜空气进来，大口大口吸着气，抵抗着窒息感。几分钟后，我终于调整过来，有了足够力气走到厨房。我悄无声息溜到柯丝蒂背后，像结婚前我常做的那样，双手环抱住她的腰。我需要她。她吓得身躯一震，慢慢地转过身来，脸上带着笑容，但很快她便发现了不对劲的地方。

"怎么了？"她问道，"你眼睛都红了。"

"噢，没事，每年这个时间我都容易过敏。"我知道这种说辞并没多大的说服力。我突然觉得身体由内而外开始发冷，我抽回了双手，但她往我胸口靠了靠，不让我走。

"别走，"她说，"你心不在焉的，你确定真的没事？"

"不知道，"我说，有种不安的感觉，"我很迷茫，我不知道上班的时候在干什么，我甚至怀念起读书的时候来。如果现在能让我回到学生会大楼里跟几百个学生坐一起，吃饭的时候喝口汤，让我倾尽所有我都愿意。几个月前，谁能想到我现在会说出这种话？"

"噢，有这种想法很正常的。"听到我没做什么蠢事，她松了口气，"肯定很快会好转的，经历了那么些事，要是还感觉特棒，那才叫奇怪呢。"

听到这些话，我本该感到幸福，但就在10分钟内，我第二次感觉一切都毫无意义，并且非常想要独处。我放开柯丝蒂，说我需要去呼吸点儿新鲜空气，然后就跑下了楼。我几乎喘不上气来，我得离开这儿去别的地方，随便哪儿都行。

我开着车漫无目的地走，我只是需要逃离——整个世界，每个人。这种感觉不是第一次出现，它已在我内心滋生数年——需要独处，一个人去看电影，独自坐在黑暗中，思考如何克服面前的问题，告诉自己没有理由不开心。

很快，我就到了莫斯市中心，我们的新家乡，一个约有三万人口的地方。现在，我得决定是直行去海边，还是开远一点。最后，我决定去海边，从孩提时期起，每到需要思考的时候，我都会去有海的地方。

我经过桥，前往阿尔比，八年前柯丝蒂正是在那儿答应了我的求婚。最近我经常来这里，要么带着家人，要么自己下了班单独过来。这个地方很美，美到令我觉得上帝创造这个地方的时候费了更多心思。这个地方又称"奥斯陆峡湾上的珍珠"，有着大片的茂密树林和草地，红色、黑色的火山熔岩和浅色的海水、沙滩，给人一种身处地中海的感觉。

快到了，我沿着长长的大道往前开，大道两边是高大的橡树，我时不时朝左边看一眼，看向远处古老的白色大宅。一百年前，这里肯定是富人们爱去的地方。我幻想着女人们戴着大大的帽子，穿着白色长裙在林中漫步，男人们穿着西装、戴着草帽，就像莫奈油画里的野餐图景一样。几个世纪来，像挪威表现派画家爱德华·蒙克之类的艺术家，都喜欢来阿尔比寻找灵感。是的，我能感受到——这就是蒙克画里的地方。他不仅仅只画像《呐喊》那样的内容，他也非常喜爱自然。

停车场几乎是空的，要是在夏天肯定到午夜都人头攒动，但现在还是春天，天气还是有点儿冷。到这个时候，多数散步和慢跑的人也都走了，对我来说不失为一件好事。

我开始穿过树林，朝着西海岸走去。这里的石头和巨浪将我纳入了它们的孤寂。温度比我想象的要低得多，我把外套拉了拉，裹住了脖子。我的胸口还是疼，我呻吟着用右手用力地摁着胸廓正中，仿佛这么做能把痛楚赶走。

树林传来嗒嗒的声音，三个人遛着狗从我身边经过，我觉得疼得越来越厉害，于是避免跟路人有任何眼神接触。这个时候，我想起几个星期前在蒙克博物馆看到的一幅画：《卡尔·约翰街的夜晚》。这幅画让我很不适，甚至可以说是心烦。一个孤独的黑影背对着观众，沿着奥斯陆的主街卡尔·约翰街走去，和迎面而来的人流背道而驰，这群迎面走来的人就跟僵尸一样，睁着大而空洞的双眼。

突然间，我完全理解了这幅画，蒙克画的并不是人，而是他自身的

《卡尔·约翰街的夜晚》，1892年
爱德华·蒙克
卑尔根艺术博物馆

恐惧——他的灵魂被疏离带来的绝望所包围，他与上千万人身处同一个世界，却孑然一身。

快走到小路尽头的时候起风了，我听到远处海鸥歌唱的声音，空气里也带着一丝咸味。这儿多数人都觉得海鸥是"笨鸟"，只会抢东西，制造麻烦和噪声。但我一直很喜欢它们不费吹灰之力便能在空中翱翔的能力，乘风而行，偶尔微微动动翅膀调整航线。我的母亲说，海鸥是一种诗意的动物，上帝将它们放在地球上是为了让我们想起大海。想象一下，我小时候第一次读理查德·巴赫的《海鸥乔纳森》，看到里面的主人公海鸥乔纳森时有多兴奋。这本书传递出来的关于飞翔、自由和探索的信息，引发了我深深的共鸣，也进一步阐释了我母亲的话。

离水域不远的地方，我找到了一块隐蔽的地方，就在两块巨石之间。感受着冷风的吹拂，我眺望远处的地平线，思考自己最近的行为和感受，为此寻找合乎逻辑的解释。你不笨！我想着，你是个有脑子、会思考的人，想想为什么会这样。是29岁就过早迎来了中年危机？营养不良？还是说我身上有什么不治之症，只是医生还没发现？

我细细思考着所有可能的原因，但最后还是认为，我只不过需要时间来恢复罢了。没错，我需要休息，我只想躺在石头沙滩上再也不起来。我只是耗尽力气了，而且我知道自己的内在发生了巨大的变化，从充满安全感、目标明确、有追求，变得胆小、绝望、能理解蒙克古怪的艺术语言。

我又一次哭了起来，最近我哭得很频繁。与日俱增的惶恐令我甚至想要一头扎进冷水里，直到体温过低而死。整个过程大概会要多久？我不禁想，10分钟？可能得20分钟？也许我能加快整个流程，尽量让自己迅速意识模糊——溺水的水手们都描述说这是个美妙的时刻，而我恰好需要这样的时刻。想到这儿，我赶紧摇了摇头，驱散这病态的念头。

天快黑了，橙色的云在整片天空上渲染开来。我数着浪涛打到礁石上那三秒钟的时间，数着数着，不免有些厌倦。就在我想起身离开时，在我右边几米远的地方，一对水鸟迎着浪优雅地盘旋而下。我不禁想，它们是怎么在寒风凛冽的天气下保持冷静的？难道鸟儿就不惧怕死亡吗？

我仔细观察起它们来，它们的行为看不出一丝忧虑的痕迹，它们平和地拨着水，时不时把头埋进水中寻找食物。

《翱翔》，2011年
S. L. 唐纳森

那才是我应有的人生态度——什么都不在意。但话又说回来，我不是鸟，我属于一个复杂得多的物种，有着高度发达的大脑；人类造出了原子弹，还上了月球。这个物种取得的成就和迸发出的灵感，一个人花上几百辈子都学不完。

但鸟儿才不管你人类的丰功伟绩呢，而且它们的生活也不容易。在原油泄漏的海面动弹不得，在冰冷的冬日活活被冻死，眼睁睁看着自己的孩子被捕食者吃掉。但它们好像在说，我们和人类只有一点不同，人类希望能控制大自然，甚至是控制自己的生命，更多地将精力投入在积累、进步和统治上。人类是地球的法外狂徒、叛变者和闹事者，即便取得了如此之多的成就，但他们永远都低于其他物种一等，因为他们对死亡的恐惧如此之大，以至于自己说服自己：自己无法被毁灭，自己所向披靡。

"这种事情我们才不做呢，"鸟儿不情愿地说，"对我们而言，死亡是生命里再自然不过的一件事了，当大自然决定开启循环时，死亡便会出现。"

没错，答案只有鸟儿知道。也许我的母亲由始至终都深谙这一点，这也是她想在自己的墓碑上雕刻一只海鸥的原因吧。对海鸥而言，没什么好担心的，它们只要活着，完成生存所必须做的事，甚至是吃垃圾也不介意。它们无休无止的嚎叫令人心烦意乱，但这其实是它们彼此沟通食物所在地的方式。无论什么时候，只要你听到海鸥的声音，你便能知道，海就在附近。

我的母亲也一样，海鸥对她有着更加个人层面的意义，她一开始非常讨厌它们，但最后学会了去爱它们。我对自己能做到这一点吗？学会再次爱自己，把"失败大户大卫"再次变得有价值。就在这时，一只海鸥从我头顶飞过，在空中微微地倾了倾翅膀。

08 有点不对劲

> 这个世界充斥着困惑，人们在街上如胆小的鬼魂般游走，像开启了自动驾驶模式一般开着车。恐惧是一种感受——害怕被拒绝、害怕失败、害怕痛苦、害怕被抛弃、害怕死亡。而我不觉得每个人都是这么看待世界的，只有我是这样。我那些美好的感受究竟去哪儿了？
>
> ——2000年7月14日

我在办公用的记事本上写下一句话："夏天到了，但当你被困在办公室的时候，这又有什么意义呢？"

这是我一年中最喜欢的时间，虽然由于花粉过敏，我并非时刻都那么愉悦。我才知道，我渴望已久的"斯堪的纳维亚四周带薪假的福利"，要等我工作满一年才有。于是，在多数客户和同事都在钓鱼或者去丹麦晒太阳的时候，我被困在电脑前工作。

明年就可以休假了，我给自己打气，加油。

奇怪的是，这个季节慢吞吞的步伐反倒使我更加疲惫。有一天早上，我刚进办公室，便出现了一阵严重的窦性头痛，疼得我简直想把头骨给砸开，但我仍然坚持微笑着跟前台秘书打了招呼。回到座位后，我彻底陷入了思索中，没注意到经理站在门口。

"你还好吗？"他问道，"你看起来不大对劲。"

"好多了，"我嘟囔着说，强挤着笑容转过身去，"被人关心的感觉可真不错。"

"我是认真的，"他说，"你最近看着总心不在焉，脸色也不太好，你看过医生了吗？"

"没，我为啥要看医生？"

"我觉得你得去看看，反正最近公司也不忙，你今天要不就休息，去检查一下吧。"

虽然不大情愿，我还是接受了他的建议。不知不觉便站在了医生办公室门口，等着见又一个找不到症结的健康专家。

我最担心的是医生会开具"休息"的医嘱。我也想过不看了直接走人，然后跟领导说医生没查出什么毛病，我的身体一切安好。但想到有人真的在关心我，感觉也很不错。不过，要是我的身体真的有了问题怎么办？要是我得了无法治愈的癌症怎么办？

医生自我介绍说他叫伯格的时候，我僵住了，他和我最害怕的教授之一同姓。但我很快就放松下来，因为我发现他跟我之前看过的医生不一样，他穿着蓝色牛仔裤和套头衫。

"我叫亨里克，"他握了握我的手，扫了一眼患者单，"你叫……桑杜姆？"

"叫我大卫也行。您听着是瑞典人，瑞典哪儿的？"

"来自一个你肯定没听说过的小镇，不过我在哥德堡读的书。"

"那是我老家！"我兴奋的样子就像找到了失联多年的朋友。

"噢，哥德堡哪儿的？"

"弗罗伦达。"

"不错！"他笑着说，"离海很近，夏天非常漂亮，冬天嘛，风笔直地从你的身子贯穿而过。"

"没错，描述得再精准不过了。"

接着，他突然问道："那么，哪里不舒服？"

我深吸了口气，决定对他实话实说："我觉得，我好像有什么过敏问题……有时候呼吸很不顺畅，偶尔还会胸口痛。"

"胸口痛的问题，之前看过医生吗？"

"看过，但不是在这儿看的，我六个月前刚从美国回来。我在那边去了两次医院，以为自己是心脏病发作，但每次他们都没发现什么问题。"

"你这个年龄会胸口痛？"他皱着眉头问道，"听着有点儿怪，经常痛吗？"

"对，最近常常会痛。"

"描述一下怎么个痛法，是锐痛，就是某个地方刀割似的痛，还是一整片受压似的隐隐作痛？"

"一般都是这儿疼。"我指着胸口左侧的一个地方说。

"你做什么工作的？"

"我是IT销售，跟慢节奏沾不上边。在美国那会儿，我很多年一边读书一边兼职工作，之后便搬到这里开始了新工作。过去这段时间，我要处理的东西太多了。"

"听起来你压力非常大啊，"他的表情很严肃，"对于过度劳累的人来说，出现这些症状也很正常。"他往我胳膊上套了个重重的血压测量仪，说："放松。"他边说边收紧臂套。增压结束那一刻，我感觉脉搏都要冲破脑袋了。

我两眼盯着天花板时，他仔细地听着听筒。

"结婚了吗？"他边说边解开臂套。

"结了。"

"有小孩吗？"

"两个男孩儿，大的4岁，小的应该……9个月。"

接着，他检查了我的胸腔，让我坐回桌子对面的座位。"你的心脏听着没什么问题，"他说，"血压和脉搏有点儿高，但压力之下高一点儿也很正常。你有睡眠问题吗？"

"有，我一般都要一两点才睡着，有时更晚。"

"你会经常心情不好，很忧虑吗？"

"心情不好指的是？"

"你会经常觉得悲伤，觉得一切都没意义吗？"

这个问题让我停下来思考。"是的，我觉得是。"我还是给出了答案。

"你需要休息，"他说，"我建议请两个星期假，尽可能地放松。"

"等等，两个星期是不可能的，我有太多东西要做了。这是我的新工作，我不能冒丢饭碗的险。"

"听我说，"他温柔又坚定地看着我，"你得相信我，我从你眼睛里就能看出来，你需要休息，而且你有好几个抑郁症的症状。如果你的公司对此有任何疑问，让他们给我打电话。"

走出医生办公室的时候，我觉得很迷茫，甚至愤怒。我这辈子被人叫的外号也不少，但绝对没人说过我是疯子！我可不是什么无药可救的人物，说我心身耗竭还行，说我抑郁未免也太过了吧。

给上司打电话的时候，我的手都在抖。要是说这个世界有什么事情是我不喜欢的，那就是求人帮忙。

"医生怎么说？"他问道。

"他建议我休息两周。"

"你要是病恹恹地上班，对我们来说也没什么好处，而且你的健康才是最重要的。现在业务反正不紧张，你要么就休一个月假，好好恢复身体吧。请两周病假和两周事假，怎么样？"

换作平时，我肯定要花点时间仔细算算要少多少工资了，但我居然想都没想就答应了，我已经累得没有力气思考这些了。

接下来的两周在迷迷糊糊中度过了，就像是有人把我的开关关掉了。在犹他州的时候，要是给我一个月的时间和家人在一起，我可得高兴坏了。但现在我一丁点儿噪声都受不了，每天我都在焦虑和担忧中度过，一点儿胃口都没有；即便是小得不能再小的事情，我都做不了。更糟糕的是，我们的财务状况岌岌可危。

我的工资根本支撑不了搬家和安家的费用，比如新家电和冬天高昂的电费。我父亲给的一大笔钱可算是救了我们，他戏称为"过桥贷款"，我想都没想就接受了。

睡眠的问题变得更严重。连续好几天，我都彻夜未眠，直到孩子们早上醒来才迷迷糊糊睡去。有好几次我努力睡过去了，结果总是一身冷汗地醒来，醒来时不知道是白天还是黑夜，甚至连星期几都想不起来。有些天我甚至动也不动，一整天都躺在床上，毫无心情，毫无力气。

亲朋好友们提了各种各样帮我恢复的建议——多喝点儿果汁，出去度假，每天跑五公里。但唯一有用的建议来自岳母——看书。我觉得抛开一切一头扎进一个好故事也不失为好主意，便在火车站买了美国作家米切纳的《墨西哥》。但看了大概15页后我还是无法集中注意力，便不看了。

柯丝蒂则给了我更多的私人空间，她不许亚历克斯进卧室。有些天，我俩几乎不说话，她偶尔会来看看我，问我觉得怎么样，我便说我太累了不想说话。亚历克斯有时会偷偷溜进来把我叫醒，问我能不能跟他玩儿或者给他讲故事。我昏昏沉沉的，只能跟他说爸爸生病了。直到柯丝蒂和孩子们都睡着，我才慢慢地爬下床，去厨房把剩饭剩菜一扫而光，或者出门进行夜间漫游。

《夏夜》，2004年
大卫·桑杜姆
古斯塔夫松家族藏品

    有时我开车到海边，要么游夜泳，要么坐在被浪拍打的礁石上。一般来说，我从前不会在一片漆黑的海水中独自游泳，但现在这些都不是我在意的东西。我的恐惧跃动着，生怕水下有什么东西埋伏着伺机而动，但这可能只是斯堪的纳维亚夏天夜晚的自然光线作祟而已。

    我安静地潜入水里，小心翼翼地朝着地平线游去。游个几分钟，我便屏住呼吸潜入海里，听着海洋的低鸣，感受呼出的气泡向头顶飘去。有时我会突然有点儿害怕，生怕自己吵醒巨大的海怪，便慌不择路地全力朝岸边游去。待安全抵达地面，我便坐下来，任凭思绪飘荡。然后，趁天还没亮，街道空无一人的时候，我就听着快转眼球乐队的《夜泳》驱车回家。

这首歌捕捉了许多我的感受——孤独、黑暗、脆弱和年少的忧愁。整个夏天的好几个月里，每次夜泳结束，我都一遍又一遍地听着这首歌。

我也不懂为何有时我能去到海边，而其他时候接连几天我都无法动弹。我觉得唯一的原因就是，我的人生里再也没有有意义的事情。我从来没想过自己其实病得很重，唯一担心的事情就是要回去工作，因为辞职并不是选项。有一次，我甚至觉得我死了的话对谁都好。死亡对我而言，再也不是年少时那种抽象的概念。

有一天早上醒来时，我觉得自己大限已到，脑袋后面肿起一个大包，头痛欲裂。这可不是开玩笑的，那是一个真真切切的大包，就像我年幼时母亲给我看的长在她乳房上的囊肿。

我这辈子都忘不了她招呼我进入房间的那天，看着我那保守、谦逊的母亲敞开了她的浴袍，我立刻被不适所包围。我感觉奇怪的事情在发生，这是我理解不了，也不想理解的事情。看出来我很紧张，她安慰我说没事，然后小心翼翼地拿起我的手放在乳房小小的肿块上。

"摸一摸，"她说，"这就是让我生病的东西。"

我第一次触碰时，心情很平静，因为我想象不出这么小的东西能伤人。但之后，我被深重的情绪所吞噬，便快速地抽回了手，跑出了门。

对我来说，看到她因生病而脆弱是一件非常难过的事情。在此之前，她就像一个勇士一样保护着我，但那一刻，她卸下了铠甲，那个即将夺取她生命的疾病就在那里。

母亲再也没跟我谈过癌症的事，除了有一次她刚做完手术，随手给我看了看她新植入的假体。

"手术很成功，"她说，"我会好起来的。"

但事情并没有朝着这个方向发展，几个月后，父亲把我们几个孩子叫到一起，说癌细胞已经扩散到她的肺部，她可能会死。虽然很难过，但他说起这事的时候就像讲生活琐事一样稀松平常，就像这是一件我们必须处理的事情。这个消息是个巨大的打击，但我没想过她真的会死，甚至觉得自己要是那么想的话会是一种背叛。我的母亲是不朽的，她不会死。

过去这些年，我经常想起浴袍事件。我觉得她给我看并不是想吓我，相反的是，母亲本能地知道自己的小孩在想什么，她肯定是知道我容易不安，总是想着她的病。

又或者，这只是母亲一时冲动做出来的，那会儿她正在接受化疗，备受折磨，经常呕吐，却没有医疗协助。不是说医院不愿意帮忙，是因为她说"我宁可待在家"。到了末期，应该用吗啡止痛时，她却选择相信那些承诺把她治好的自然疗法医生。

我经常想起，她在那个房间里忍受的折磨有多可怕，房间的窗帘一直是放下来的，窗边放了个给她吐的垃圾桶。她去世前几个月，我唯一看到她的时候，就是父亲拿她的桶出来清洗，把门半掩着。

现在，我也长了个肿块。惊慌失措的我把柯丝蒂叫醒，她睡眼惺忪地看着我。

《焦虑群体》，2006年
大卫·桑杜姆

"怎么了？"她打了个大大的哈欠，看了看钟说，"现在才早上六点半。"

"我头痛得太厉害了，就像有人用高尔夫球杆朝我后脑勺打了一下，而且后面长了个肿块一样的东西。"

"肿块"这个词得到了她的重视，她马上坐起来查看我的后脑勺。

"看看，"她把我的头往前挪了挪，"我还是挺担心肿块的，也许没什么，但最好还是检查一下。今天是周六，门诊不上班，你想的话，我陪你去急诊看看。"

"不用了，"我说，"你睡吧，我弄明白了叫你。"我去洗手间接了水，一口气吞了四颗止痛药。

一个小时后，柯丝蒂坐在我身边打着哈欠，我们一起开车去急诊。她很坚持，我也知道跟她吵没用。我们离开家时，岳母站在门口说："祝你好运，肯定没事的，但查一查比较好。别担心孩子，有外婆呢。"

一路上，柯丝蒂没有一丝忧虑的样子，也许她到现在已经习惯了我的杞人忧天，陪我一起只是一个出门透气的借口而已。但这次她会知道我没有大惊小怪——真的有东西很不对劲。

到了急诊室，我们去窗口填了单子，然后在满满当当的候诊室坐了下来。我四周看了看，一个发着高烧的小女孩倚靠在她爸爸的怀里浑身颤抖，一个男孩儿看上去估计是手骨折了，坐在我们身边的老人狂咳不止。我知道我们得排很久的队。柯丝蒂坐下来五分钟后便睡着了，我的腿也开始难受起来，怎么放都不舒服。

柯丝蒂睡醒后又陪我等了一个小时，然后回去看孩子。我们说好，看完医生后我给她打电话。

现在只有我一个人了，我后悔得要命，没有带书来看。这里只剩下女性时尚杂志和一本两年前的赛车期刊。我都不想看，于是闭上双眼，想着自己要是真死了怎么办。我只有29岁，前面9年都在努力工作以安顿生活，现在看来都是为了什么？在自己想都没想过要定居的国家，在这里的医院里慢慢等死？

我想象着自己死了，家人没有我会是什么样子。两个儿子长大了，才貌双全。我觉得很自豪，但一想到自己的妻子跟别的男人在一起，可就没那么开心了。她一开始肯定很难过，死亡总是让人伤心。但最终她还是会放下过去,然后爱上另外一个男人。她偶尔也会想起我,但随着时间的流逝,我终将尘封在她的潜意识里,在那儿腐烂。

她会生更多孩子,只有在亚历克斯长大时,看着他的眼睛,她才会再次想起我。这样看起来可太不公平了。

在候诊室待了快五个小时后,我开始思考,在这个我以为的肿瘤上我浪费了多少时间。护士在背后肯定笑死了,在打赌我会等多久。就在我打算离开时,护士叫了我的名字。

医生很高,戴着小小的圆眼镜,看着很有文化。谈话时,我发现他也是瑞典人。

"这儿的医生都是瑞典人吗?"我问道。

"也不全是,但差不多了。"他笑着说。他显然很忙,说话直截了当。

我突然感觉头好了不少。我既紧张又尴尬地告诉他,今早上头痛得厉害,而且后脑勺有肿块。

他站了起来,像大猩猩抓虱子一样检查着我的头。

"你头痛有多久了?"

"有几天了,但这个肿块是今天早上才有的。"

"你会不会经常犯恶心?"

"会,尤其是早上。"

"得验血检查一下。"他说。这下,我的死期理论有了充分的论据。

"医生,你觉得是怎么回事?肿瘤吗?"

"年轻人,我觉得肿瘤的可能性不大,验血只是想看看会不会是细菌。护士会叫你的,可能要等一会儿,结果出来了我就叫你。"

"你是说今天就能有结果吗?"

"是的,这可是急诊。"他说完就走了。

抽完血,我又回了可怕的候诊室。医生出现在门口时,我正要睡着了。

"检验结果表示没有感染,"他说,"你放心回家吧。"

"你确定不是肿瘤吗?"

"我确定。"

"但不是肿瘤的话会是什么?"

他摘下了眼镜,仿佛要跟我坦白:"老实说,大卫,我觉得是因为你压力太大了。压力会导致肌肉收缩，有时候会形成像这样的结节。一般来说，疼痛会出现在胃部、背部和颈部，而肿胀会出现在肌肉上，所以问题在于你的脖颈，不在于你的头。我建议你尽快找一下你平时看的门诊医生。我这边会给你开点消肿的药。"

意识到自己不会死，我站起来，握了握他的手，仿佛他帮了我一个大忙。"我现在感觉好多了，"我说，"谢谢你这么快拿到结果，不然我都担心今晚怎么睡着。"

出了医院，我呼吸着新鲜的空气，给柯丝蒂打了电话。"你能现在过来接我吗？我好饿，而且没得什么不治之症……没事，没什么大事……是的，我没事……不，他们很确定，没有大碍。"

09　两个糟糕的选择

　　近来我总觉得麻木不堪，再也不关心任何事情。我不想拥抱妻子，觉得两个孩子太吵，朋友们又总是说些令我厌烦的话，我的人生看着像是一个巨大的失败。但这些我都没有对人说，要是他们注意到我深深的黑眼圈，我便说是身体不舒服。大家都觉得我需要休息，但我没有哪一刻不在休息，休息压根儿就没有用。我坚信，即使让我睡上一百年，我还是会觉得筋疲力尽。

——2000年7月26日

　　事情在短时间内所发生的变化总是令人惊叹。有人会突然病入膏肓，倾家荡产，又或者一夜暴富。走进伯格医生的诊室复诊时，我感到自己的人生出现了巨大的转折点。

　　"感觉怎么样？"我轻轻关上门坐下之后，伯格医生问道。

　　"不太好，我不知道究竟是出了什么问题，但感觉所有事情都像大山一样压在身上。有时我睡不着，但有时我能躺在床上睡好几天。真的，我感觉无论做什么事情都非常困难。"

　　伯格医生坐了下来，缓缓地后仰靠在了椅背上："几个星期前，我接了个急诊室的电话，我估计你身体还是不舒服。"

　　"你怎么知道的？他们给你打电话了？"

　　"因为我跟你的急诊医生经常轮流值班，他看到你填的单子上面写了我是你的主治医师，在没有透露你病情的情况下，他提醒我要跟进你的情况。那么，跟我说说，你那次是怎么了？"

　　我努力挤出一丝笑容，说："我醒来的时候头痛得非常厉害，一摸后脑勺发现肿了一块。我以为长了肿瘤，但检查之后医生说不是细菌感染，也没有危险，就给我开了些药，吃完很快就消肿了。"

　　"肿块完全消了吗？"

　　"对……但一开始肿得有梅子那么大。"

　　"那就好，"他说着点了点头，"家里怎么样？妻子反应还好吗？"

"她给了我时间休息,但我们俩精神都挺紧张的,当两个精神紧张的人共处一室时,你很难指望能冷静处事。"

"的确,"他说,"这就是为什么有时候人们需要一些专业的协助,这也是我接下来要做的事。"

我知道他要做什么了——又是那套好好休息、不该去上班的老话——我并不反对,但我得养家糊口,便说:"你要是指我的工作,我必须得回去上班了。"

"明白,"他说,语气非常冷静,"我知道要做到这件事很困难,但你得先把工作放一边,重视自己的健康。你的身体正在用每一件事情向你传递信号,疲惫、焦虑、失眠、胸口疼、脑袋长肿块,你得停下来好好倾听你的身体。"

他是如此地直言不讳,我僵住了,然后像个婴儿般哭了起来。真是莫名其妙。

有那么一会儿,我不受控制地在医生面前哭泣,最后他给我递了张纸巾。在陌生人面前崩溃大哭,让我感到有失脸面,于是我说:"要是您真的想知道,我可以告诉您,我的人生一团糟,我也不知道自己还能不能坚持下去,一切都让人太窒息了,就像我已经穷途末路了。"

"跟我仔细说说你的这些想法,"他说,"你有没有过自我伤害或者自杀的念头?"

"什么?"

"你有没有想过要伤害自己?"

这个问题听着很奇怪,就像我犯了罪,要被送去坐牢一样。

"我有时会想到死亡,"我的声音小到像在说悄悄话,"因为这是最容易得到解脱的方式……"

我用手捂住了脸,不敢相信从自己口中说出来的话。

仿佛有意为之,伯格医生暂停了一会儿,然后往前靠到桌子上说:"我能确定你有心身耗竭,同时还有一些抑郁症的症状。我想多跟你谈谈这方面的东西。你过去看的一些医生可能没有发现,但我之前在精神科工作了很多年,面对过这种情况。这没有什么好丢脸的,因为我们也是最近几年才开始对这种病有较为全面的了解。现在,我们有很好的药物能辅助你治疗，你听说过'百忧解'吗？"

我难以置信地摇了摇头。是的，我知道百忧解，是一种看似能解决一切问题的灵丹妙药，而且还没有任何副作用。但我更清楚的是，没有什么药能够让时光倒流，消除已经造成的伤害。人生不是这么运作的，人生是粗犷而艰难的，跌倒的人要么唉声叹气、抱怨，要么爬起来继续前行。认为一颗药丸就能消除内在痛苦的想法，完全荒谬至极。

几个月前，我跟一个朋友在奥斯陆吃午饭，他告诉我，他的妻子患上了抑郁症，在吃百忧解。我直言不讳地说出了我对这种药的看法。

"是个人总有情绪低落的时候，"我冷漠地说，"谁又有资格来判定是不是真的有危险？记住我说的，过不了几年他们又要说，罹患抑郁会让人断腿呢！"

听到我这番话，我朋友完全有理由生气，但他却说自己一开始也这么想，直到情况恶化，两人差点离婚，他才放弃了这种态度。他说："医生非常明确地告诉我，我必须接受她的状况是疾病所致，要不然她永远都不会好转。我不确定自己是否完全理解了医生的意思，但我在努力。"

随后我便转移了话题，但现在他们也开始向我推销同一种东西，那番对话便浮上了我的心头。虽然斯堪的纳维亚和其他的西方地区一样，广泛接受了百忧解，但我不接受。

"如果你不同意吃药，"伯格医生说，"那我建议你考虑找治疗师做一下心理疏导。反正你要么吃药，要么接受心理治疗。"

我觉得他这么做真是太不公平了，要我在两个糟糕的选项中做选择。我摇了摇头，但也没把话完全说死："我向你承诺，我会回家好好想想，但现在我必须得回去工作了。关于心理治疗的事情，我过几天答复你。"

离开伯格医生的诊室，我再次出现了对独处的强烈需要，我需要好好思考，理解目前的境遇。虽说我拒绝了医生的要求，但老实说，有一部分的自己已经被他说服。

在海边待的时间实在是太多了，我决定打破常规，开车去内陆一个从未去过的地方。20分钟后，我拐进一条狭窄的泥路，直到难以前行。我把车停好，走进树林里，随意地走着，想着美国作家梭罗的那句话，"世界保全于荒野之中"。

天气很暖，阳光灿烂，穿越浓密的灌木丛时，我汗流浃背。小树的枝叶抽打着我的脸，我不禁大骂起梭罗来。就在我想要放弃时，我瞥见一条被踩出来的小路，肯定有人来过这儿，或者就住在附近。我犹豫了，我不确定会不会遇到人。最后，我还是决定看看这条小路究竟通往何方。很快，我便步入了一块广阔的麦田，站在及腰高的麦田里，我看到前方有白色的农舍和红色的谷仓。

我朝着农舍走去，惊喜地听到远处传来音乐声——小收音机播放出来隐隐约约的声音。走近时，我起了一身鸡皮疙瘩，正在播放的音乐是U2乐队的《我尚未找到我所寻找的》。

在这个偏僻的地方，此时此刻，居然放起这首歌？这首歌对我来说有特殊的意义，它很好地描述了一个男人尽管拥有他想拥有的一切，但仍然对人生有着深深的渴求。这预示着有什么可怕的事情要发生？农舍的窗户敞开着，白色的窗帘在风中飘荡，我一边小心翼翼地从窗口走过，一边回忆起恐怖片的场景来，故事一般都是发生在这样的地方。我想象自己被一个疯子从背后扎了一刀，又或者，一个不知道从哪儿冒出来的小女孩儿怀里抱着洋娃娃，带着严肃的表情和探寻的意味盯着我。

我本能地捡起一块石头紧紧攥在手里。挪威人已经习惯看到人们在城郊游荡——夏天摘蓝莓，秋天采蘑菇，又或者只是纯粹散步。但我们保持着对他人财产和隐私的尊重，不想给别人带来困扰。

经过农舍时，我做好了准备，生怕从哪儿突然冒出来人，又或者狗突然从角落里扑出来。但什么事都没有发生，我继续沿着小路前进，很快音乐声便消失在背后，我如释重负地松了口气。

我不敢再继续往前走太远，就离开小路爬上了山脊。我在一棵大橡树下坐下，开始处理脑子里无休无止的问题。

首先，我并不相信伯格医生说的——我可能有抑郁症，怎么看都不可能，他凭什么只见了我两次就下这种结论？他对我或者我的过去压根儿不了解。我偶尔想想死亡怎么了，谁不是呢？我们都是凡人，否认终归一死的行为是幼稚的。

其次，谁又会在一开始就把"感觉"作为一种医学症状来进行诊断？过度劳累的时候，是个人都会觉得情绪不佳，身体疲惫。即便我接受抑郁

《树根：一种自画像》，2003—2010年
大卫·桑杜姆
维森巴赫家族藏品

症是一种疾病这个说法，那又该如何区分普通的情绪不佳和医学意义上的情绪不佳？

我身体疲倦，心里充斥着强烈的恐慌。我在草地上躺了下来，盯着天空。大自然的沉静让人觉得麻木，甚至害怕。我突然意识到为了保持镇定和医生抵抗，我用尽了所有的力气，但事实上，我一直都清楚自己根本没办法回去，坐在工位上工作。我要如何继续假装自己精神抖擞，打电话，拜访客户，完成指标，在奥斯陆错综复杂的道路上找到正确的方向？

我越是这么想就越意识到，成功者大卫已经死了，他被自己残忍的期望歼灭了——这也再次激发了自杀的念头。我幻想着重新来到这个特殊的地方，吞下100颗阿司匹林，割开我的手腕，而后看着自己慢慢消失，如愿以偿地得到了休息。

但我想起了两个儿子，也记起了母亲葬礼给我留下的痛苦，我很快地驱散了这个念头。

10　最后一击

> 在短暂的"休假"后,我回去上班了,我不知道自己是如何铆足的力气。这就是那种时刻,你什么也不想,只是机械地做事情。我的整个身体系统都在告诉我,不能这样,但我还是做了。我从未觉得像现在这样不对劲,而且谁都能一眼看出我的问题有多严重。上帝啊,请帮帮我,我真的不知道自己在干什么。
>
> ——2000年8月27日

我走进树林是为了寻找某些东西,找到能解释我当下境况的答案。我什么都没有找到,但我发现了一件事:我的潜在价值正在受到攻击。这一点,我非常清楚,如同有人站在我身旁,在我耳边轻语。

抑郁威胁着我所信仰的一切东西。好人是不会难受的,他们过着快乐的生活,愿意为他人牺牲自己的时间和需求。而从小到大,我被教导着要过好自己的生活。如同其他宗教和团体一样,摩门教会引导你如何让世界变得更好:接受好的教育,说话文明,做人诚实,努力工作,避开咖啡、酒精和烟草,婚前避免性行为,找一个信仰摩门教的好姑娘结婚。对于某些人来说,这张清单看起来很难实现,但我从未这么想过。

一些退出摩门教的人对于"那些规矩"很是不满,但我却从不觉得有什么问题,即便是不知不觉陷入抑郁深渊的情况下。我的软弱是我自己造成的,不是上帝。现在想想,我从未对上帝有过意见。但人生中的一切东西现在看来都是虚无的,一切都很荒谬,甚至是想起上帝这件事来,或者任何跟健康的精神世界相关的东西。不,我现在宁可不要想着上帝,不少亲友建议我向他们寻求帮助以渡过难关,但我觉得,要是他们想帮的话早就帮了。我不是在挖苦,但目前我的确不想向他们倾诉。

或许,我应该更加努力地学习,找到回归正轨的方法,也许解决问题的答案就藏在圣经故事里。我记得有天早上,我和我的表亲坐在沙发上,听着父母读经文。年幼的我已经能与圣经故事感同身受,我特别喜欢这些故事,因为简单易懂。

我最喜欢的故事是《十锭银子》，讲的是一个老板在外出做生意前，给了三个仆人一笔钱打理。做完生意回来时，他问仆人们都用这笔钱做了什么。第一个人，拿了五个塔兰特币（或者说五锭）汇报说他用这笔钱做了投资，又赚了五锭；第二个拿了两锭，说也赚了两锭；但第三个人只拿了一锭，他坦白说因为怕丢，就把钱埋在了地里。前两个仆人得到了奖赏，而第三个仆人则被批评太懒惰，因为他至少可以把钱放在银行里收点利息。

这位老板把懒仆人的钱给了第一个仆人，并在深夜把他撵出家门，对此，我一直觉得有些残酷。但母亲说，耶稣是在教导我们要明智地运用自己的天赋，不然的话这些天赋便会为他人所有。如果我们运用得好，同时也帮助别人的话，我们在人生中做的每一件事都会创造出加倍的价值。

这个故事是我人生中做出的许多大决策的基础，我不想被别人认为是一个无法进步和发展的人。有太多人埋没了自己的才能，在无用的事情上浪费时间。人生就是一场战斗。伯格医生却说什么我需要放慢节奏，我才不管呢，我知道的是，要成功就必须努力和有所牺牲。因此，抑郁基本就是我信仰的所有东西的对立面。

即便如此，我还是开始理解，如果一直秉承如此高的标准，我是活不下去的，我的人生必定要发生改变——除非突然有什么奇迹出现，某天醒来我发现自己已经从混乱中解脱。可以说，我鄙夷目前的情况。

但从我重返工作岗位那一刻起，我便觉得内在一片空洞，并且想知道别人是不是也是一样的感觉。伯格医生说，这种想法其实是抑郁造成的，全世界有好几百万人经历过一样的情况，虽然很少有人拿出来讨论。"这就表示抑郁在扩散，"他说，"但许多人仍觉得这是很私人的事情，认为寻求帮助难以启齿。事实上，这是一种疾病，就像流感一样，是由于大脑出现了化学失衡。"

这种解释对我来说毫无道理可言，出现某些想法怎么可能是疾病？不管是对是错，能正常工作的时间都来之不易。一开始，恐慌只是偶尔发作，但我知道，很快我就会在人前崩溃，到时每个人都会嘲弄地看着我，心想"这家伙失控了"。这种开会开一半，便借口接重要电话去卫生间调整情绪的把戏，我还能玩多久？要么就是和潜在客户坐在咖啡厅里，对方说的东西我一个字都没听进去，这种情况还能持续多久？

我做的一切都是为了生存下去，要是有人问我感觉怎么样，我只会说挺好。我从来就不是一个撒谎好手，每次说假话时都觉得自己是个骗子。因此，我尽可能离开办公室，把更多的时间用来见客户——此举也能取悦管理层，根据"管理大全"的指引，他们得让销售走出办公室，才能实现更高的指标。

短期内这个办法还是挺有用的，大家看到我时还是像往常一样跟我微笑，和我问好，每个人都被困在自己小小的世界里。

但这个应对策略有个巨大的缺陷：不在办公室的时间越多，就意味着我有更多的时间要开着车在奥斯陆穿街走巷，在压力之下赶赴各种会议，有时候一天我要开上四五个会。结果就是，此前偶尔出现的恐慌发作变成了日常生活的一部分。

人在觉得走投无路时体现出来的忍耐力是非常了不起的。

出乎意料的是，这紧张的几周里，我在客户身上多花的时间有了回报，我收到了大量的订单。有些订单花了我几个月的时间，有些不费吹灰之力从天而降。其中一个订单是来自一个汽车品牌巨头，全国有八十多家经销店，因此需要特别重视。很快，我就开始参加公司为大客户举办的活动，乘直升机飞越奥斯陆峡湾，公司甚至给我涨了工资。

近来的成就让我焕发了些许精神，但这并未带来人生的转折。无眠的夜晚仍在持续，胃疼也在加剧，我仍被极度绝望所包围。

我迫切想找到清晰的解释，于是我开始阅读任何我能找到的东西。有一天，我在亚马逊上买了二十多本书，从《凡·高书信集》，到弗洛伊德的《超越快乐原则》，我快速地浏览着每一本书，希望能从中找到解决的魔法。

直到现在，我还没有变得更加聪明。我在不同的地方寻找契合我目前症状的碎片。有一次，我读到美国著名行为学家亚伯拉罕·马斯洛的一篇日记，讲述了他在医学院的一段经历：

> 我观摩的第一场手术，我记得很清楚，堪称是去神圣化的典范。在神圣与禁忌面前抛开敬畏、隐私、恐惧以及羞怯，在伟人面前放下人性及其他类似的属性。这台手术将用电动手术刀将罹患乳癌女患者的胸部切去，利用热切割的方式来阻止癌细胞扩散。主刀医生时不时对切割方式

进行冷漠的讲解，毫不在意那些难受得冲出手术室的医学新生。最后，他把乳房切下，随手朝大理石台面抛去，落下时发出"扑通"一声。

主刀医生对于人性缺乏尊重，令我万分愤怒，那儿躺着的是一名患病的女性，赤身裸体暴露着自己的病处，将自己的性命交给了医生。她是某些人的母亲、姐妹、妻子，但她却被视为垃圾一般对待。是的，我听到了那"扑通"的一声，清晰而响亮，不仅仅是因为我的母亲也经历了相似过程的手术，而且让我觉得自己就像那块切下来的肉一样，被随意地扔掉，没有任何意义。这个故事里唯一让我看到一丝希望的人，是那些因为恶心而冲出去的学生，他们是有人性的。马斯洛明显和我看法一致。

那声"扑通"我记了30年，那块肉从一个神圣的物体变为一团脂肪、无用的垃圾，即将被扔到垃圾桶里，没有祈祷，没有任何仪式，如同在最原始的文盲社会时代……在这里，整个过程是一个纯粹技术的处理方式：专家毫无感情，冷酷、冷静，甚至带着一丝狂妄。

我上班迟到了10分钟，没有跟前台打招呼，径直地走了过去。我在办公室坐下来，随手把皮革公文包扔在角落里，便打开电脑查看日程。今天全是会议，再过20分钟就得出发开第一个会。通常，我都会机械地开启一天的工作，但那天出现了一些变化。通常能被忍住的恐慌，这时犹如恶性肿瘤一般扩散到了我的全身，我害怕得给医生打了电话。

"您好，"我的声音在颤抖，"伯格医生在吗？我这儿有紧急情况。"

"伯格医生现在在给病人看病呢，很忙。"护士说，好像我是一个想插队的小孩，她又问，"能问一下您是哪位，有什么事情吗？"

"我是大卫·桑杜姆，是伯格医生的病人，他跟我说如果情况恶化的话给他打电话，我现在的情况很糟糕。"

"我现在没办法让他来听电话，但我可以帮您捎个信儿。"

"您能去找一下他吗？拜托了，情况真的很紧急。"

"行吧，您稍等。"

事情怎么会变成今天这个样子？不久前，我还觉得伯格医生很讨厌，总是阻挠我工作，但现在我几乎是求着让他给我一分钟时间。我屏气等着护士回来。

"他现在接不了电话，但他说今天午饭后可以安排见您，可以吗？"

"可以的，谢谢您。"

我穿过大厅走向经理的办公室——以前我还觉得自己前途一片光明的时候曾经和他共享的办公室。我敲了敲开着的门。

"大卫，"他抬头看了我一眼，又继续打字，"我现在有点儿忙，只有一两分钟的时间。"

"我想告诉你，我今天不是很舒服，约了午饭后去看医生。"

"怎么了？"

"不知道，可能又是过敏吧。"

"没问题，下午就休假吧，"他说得好像一切在预料之中一样，"你是得好好查查什么原因，有什么情况跟我说。"

"谢谢……抱歉打扰了。"

我快步走出大楼，像被扼住了喉咙，我需要空气，不然就要死了！

一个小时后，我在医生的诊室外面等着，这次我就没那么神气，也不敢那么凶狠了。没错，我的情绪一直很低落，但是这次不一样，我能感觉得出来。我的内心已经无法承受了，已经到了极限。如果说这是一场严刑拷打的话，正是在这个节点，为了结束痛苦，你会说任何对方想要你说的话。我的伤口裂开了，血不停往外涌。太迟了，已经透不过气了。

我知道我的人生将就此发生变化。

伯格医生安静地握了握我的手，请我坐下。他看起来很担心，神色中带着同情。想起自己躲着他的电话和信件，我感觉自己蠢得不行。

"你怎么样了？护士说你在电话里听着不是很好。"

"不好，但我也不知道为什么会这样。"

医生挠了挠头说："你现在可能很难明白，但从医学角度来说，并不难解释。其实就是压力之下产生的变化以及它们对人体的影响。想一想过去一年你经历的事情就清楚了。大多数人每年只能应对两三个剧变，比方说亲人去世，离婚，生小孩，得重病，离职或者毕业，还有搬家。"

"是的……"

"而你的话，我数了一下，光是今年就经历了七八件大事，加上你之前在美国的生活节奏也很紧张，是个人都受不住。很多年轻人觉得自己所向披靡，但每个人都有极限，无论是生理还是心理的。你能坚持这么久，已经很出乎我意料了。"

"所以你早就知道会变成这样？"

"不，但我猜会发生，但不到最后一刻，谁都不知道。"

"那现在怎么办？"我双手紧紧抱着身体，"我感到自己在垮掉，但完全不知道应该怎么办。"

"你最近自杀的念头还多吗？"

"是的，经常有这种想法，我想死，但是没有胆量去做。"

"大卫，这就是抑郁和焦虑在作祟，你必须立刻接受帮助，从治疗的角度来说，我们要么给你开药，要么把你转到心理医生那边去，但最好还是两种都做。"

"我不吃药，"我抗拒地说，"绝不！"

"没关系的，"他看起来很失望，"我不会强迫你用药，但我也不能对你那些自杀的念头视而不见。我现在马上给医院的危机干预中心发一封信，我也希望他们联系你的时候，你能立刻赴约。还有，你要跟我保证，一旦你有自杀倾向就立刻和我联系，好吗？"

"好的，我还是一个说到做到的人。"

如果说，那天有流星撞地球的话，我肯定毫不畏惧——因为我完完全全地麻木了。也许是由于惊愕的原因，我被强烈的虚无感包围，仿佛正站在商店的橱窗前看着我的一生。没有什么是真实的，我的手，我的双眼。我只想回家，把自己锁在浴室里，放下窗帘，再也不跟任何一个活人说话。如果这就是抑郁症的话，那我的确是患病了。

我的办公室将保持着我离开的原样，桌上摊开着笔记和纸，椅子上放着公文包，墙上贴着励志性的名言，还有潜在客户的名字。一切就像是我下班之后遭遇了车祸，或者突发心脏病死去。

我再不会回去了。

没有告别，也没有解释，我就是穿过旋转门的又一个过客而已。

11 心理疗愈

> 心理治疗在我看来是极为困难的事情,因为它基于两个极端的存在。一边是心理医生,完美的人,冷静而自信,睁着智慧而又和善的眼睛听你倾诉,永远都能给出正确的答案。另一边是患者,有缺陷的人,情绪低落,心情焦虑,眼里无光,完全依赖于医生的判断。有时候,我会想,这两种完全不一样的人联袂,究竟是如何一同解决错综复杂的心理问题的。
>
> ——2000年11月19日

我从停车场走到莫斯区域医院,路上的雪在我脚底嘎吱作响。寒冷的天气真是没有丝毫的仁慈,我慢慢拖着身子往前走,脑子里盘旋着各种各样的问题:我在哪儿?我在干什么?为什么我的人生会变得如此糟糕?

过去几周来,我接受了自己患有抑郁的事实。一开始很困难,但从想通的那一刻开始,我再也没有任何反驳的念头。

我恶化的速度比预想的要快得多。一点小小的噪声就令我无比难受,这也使得我很难跟孩子们共处。我有史以来第一次完全不与人接触,白天睡觉,晚上醒来,有时我就坐在客厅,凝视着黑暗。

一想到工作,我便犹如被击碎一般,我也知道回去是不可能的,即便我内心非常愧疚。我让同事们失望了,特别是我的销售经理,他对我那么有信心,还帮我争取到了涨薪。但我一点为此振作的想法都没有,抑郁症肯定是世界上唯一一种将受害者对于好转的渴望剥夺殆尽的疾病了。

越走近医院,我就越担心,不想跟别人说我有心理疾病。若说了人们该会怎么看我啊?17岁时,我看过心理医生,那会儿父亲再婚,我的生活犹如一团乱麻,尽想着从高楼大厦上一跃而下,或者突然冲到大巴车前,但这些事情我谁都没讲过。父亲那会儿认为,我的不开心完全是在"故意找碴儿",就将我送到医院看医生。

但当我见到这位所谓的"奇迹创造者",我立刻就知道我们之间不会有任何火花。这个医生没有表现出丝毫兴趣,只是冷冰冰地问了我几个问题，多数是关于我父亲的。在听完我毫无掩饰的回答后，他说我不应该因为母亲的死或者父亲的再婚而责怪父亲。"你要支持他，"他说，"他需要你的理解。"最后，他下结论说，我没有生病，只不过是态度有点问题。

我大骂他脑子有病，然后冲出了房间，从那一刻起，我发誓再也不见这些庸医。但今天我又站在了这里。虽然1988年之后我成熟了不少，但这副30岁的身体仍然觉得自己只有17岁。

医院入口处传来有人活动的声音，几个穿着病服的病人正在外面透气，一些人抽着烟，一些人坐在长凳上思考着什么。一群护士聊着天急匆匆地走过。两三辆出租车在等乘客。

我不喜欢医院，这里的人要么在和死亡作斗争，要么在死亡中解脱。我也讨厌医院里的味道，还有充斥着消毒水、缺乏人情味的环境，而这一切都会导致——如马斯洛描述的，在手术过程中，身体组织遭到随意抛弃。虽说通过见证我妻子生产的过程，我对医院的看法有所改观，但现在，我再次把医院和痛苦联系在了一起。

进入大楼，我去了咨询窗口，接待员把小小的窗往旁边推了推，面无表情地说："您好，有什么可以帮到您？"

"不好意思，"我觉得有些难为情，"能告诉我心理科在哪儿吗？"

"心理科的大楼还在建，现在在临时地点办公，停车场隔壁那排板房就是。"

我又走回了寒气里，很快就找到了像是给建筑工人临时栖身的房子。经过一条短短的木质便道，我来到了门前，门上挂着一个小小的标识牌——"DPS—地区心理服务"。

我内心挣扎了一下，是要进去还是开车回家。但我可是跟伯格医生保证过的。

我又一次面对着推拉窗后的接待员，但这一次推拉窗的玻璃很厚，还上了锁。她正忙着接电话，用手示意我稍等。

我踱了几步进了候诊室看看，心突然跳得很快，这个地方跟医院有着一模一样的消毒水味道，即便他们做了一些差劲的装饰，想让这个地方有点家的感觉——地上铺着块红地毯，放了两张黑沙发，沙发与沙发之间立着一张小小的书桌，角落里放着几株丝兰属植物。

墙上挂着好些照片，安塞尔·亚当斯拍的《黄石公园》漂洋过海来到了莫斯，被装裱得很漂亮。这里没有多少人知道这位传奇美国摄影巨匠兼慈善家，我是在大学的艺术入门课上认识他的，并欣赏他的作品。亚当斯的作品旁边，是一幅巨大的金字塔印刷画，另一个我很喜欢的艺术家保罗·克利的《帕尔纳瑟神殿》。虽然大部分人都对克利多彩的几何画感兴趣，但我最喜欢的作品一直都是《金鱼》。

《金鱼》，1925年
保罗·克利
汉堡美术馆藏品

克利是个优秀的艺术家，但在这种地方看到他的作品，不免让我觉得有点儿阴森。毕竟纳粹政权将他的艺术视为一种"堕落"。并不是说克利真的是什么堕落之人，但当我站在心理候诊室时，这个词又加深了我的恐惧，害怕社会将有心理疾病的人视为低等生物。

还有一幅凡·高《向日葵》的印刷品——这个好像是所有医院的标配装饰。但放在这儿又显得有点儿奇怪，毕竟在有些人眼里，凡·高就是心理疾病的代言人。《向日葵》是他和保罗·高更在南法时画的，当时他陷入极端心理危机，最后割掉了自己的一部分左耳。37岁时，他用一把左轮手枪结束了自己的生命。

接待员的电话还没结束，一个瘦瘦的年轻女孩在我后面走了进来，但她只是朝玻璃窗里招了招手，就在沙发上坐了下来。这肯定是常客了。

接待员终于打开了窗，示意我过去，她笑着说："有什么可以帮您的吗？"

"我叫大卫，我跟贝里特·桑德拜约好了两点钟。"

她又给了我一个微笑，在记录本上找了找，然后拨了电话。她挂了电话说："您早到了10分钟，先坐会儿，贝里特很快会下来找您。"

我在一张黑沙发上坐下，对面是一个年轻女孩。她直直地盯着前方，双眼空洞而冷漠。她特别瘦，看起来不费力便能将她拦腰折断，及肩长发染成了黑色。我不禁想起电影《天才也疯狂》里的一句台词，理查德·德莱福斯扮演的心理医生问他的小儿子："你为什么总是穿黑色？你对死亡为什么这么迷恋？"儿子说："我可能只是在悼念我失去的童年吧。"

我很好奇这个女孩子为什么来这儿——可能是厌食症，或者她遇到了特别可怕的事情，比如被强奸或者虐待什么的。她看着失了魂一样，我能看出来，她仿佛早已死掉了。我突然觉得自己在对他人评头论足，于是开始试着想别的事情，结果脑子里出现了一个更加令我不安的想法……

她是怎么看待我的？

我尝试着预测心理医生会问我什么问题，我又该怎么答，就像我之前准备咨询公司的面试一样。我想知道这个医生会是什么样的，是严肃还是平易近人。我还想象起她的办公室来。

她一定是平易近人的那种，要不然我就不看了。我病了，再也不想应付那些没有同情心、自以为是的浑蛋了。

就在这时，一个女人走到门口，叫了我的名字。对面的女孩儿抬头看看她，然后看看我，又把头低了下去。我站起身来，正式地和这位女士握了握手。

"你就是大卫吧，"她说着，干练地冲我一笑，"我是贝里特，很高兴认识你，跟我来。"

我们爬上窄窄的楼梯来到二楼，穿过长长的走廊，走廊两边各有十几个房间。快到走廊尽头时,有一个开着门的房间,她很有礼貌地请我进去。

现实中的心理医生还有医生办公室,和我想象中的简直差了十万八千里。她又瘦又白,穿着牛仔裤和款式简单的浅蓝色上衣,短头发,有几簇头发挑染了,像是为了让自己看起来更年轻一点。虽然她可能就40岁出头,但脸上的皱纹还是挺明显的,加上她苍白的肤色和鹰钩鼻,给人感觉饱经沧桑。但她的眼睛很是仁慈,甚至闪着光,让我立刻就感觉很自在。她浑身散发着我需要的东西:友好、沉稳和尊重。

她的办公室很朴素,一边放着一张电脑桌,另外一边是两张沙发椅,面对面摆着,中间有一张小的咖啡桌。我注意到桌上放着一些喉糖、一本笔记本、一支笔,还有一盒纸巾。

我不会用到纸巾的。我想起另外一个自己极力想忍住哭泣的时刻——母亲的葬礼。整个过程我都在咬紧下唇。男人总是觉得,哭是一件有失尊严的事情,原因不得而知。治疗乐队的《男孩别哭》在我脑海里响了起来。

我们坐下来之后,贝里特问我要不要吃颗喉糖,我接受了。她把笔记本摊开在大腿上,挺了挺背,然后头往前倾了一点儿。

"你紧张吗?"她问道,"大多数人第一次来都会紧张。"

"有点儿……"

"完全没有让你紧张的事情,"她说,"我是来帮你的,就这么简单。"

她说的话让我感到不自在,因为我仍然不知道接受治疗是不是正确的选择。现在的情况有点奇怪,因为我一般不会产生不安全感。我当了多年的销售,和陌生人会面对我来说如同家常便饭;我还学过语言交流专业,多数人都会觉得我有充分的人际交往技能。

但此时此刻,我所有的谈判知识和实现双赢的技巧通通远离了我。这可是我的人生啊,我们要触碰的是我内在最为神圣的地方。她真觉得,凭借一个心理学学位,我就会愿意跟她分享我最为隐秘的东西吗?我暗暗下定决心,但凡她表露出一丝操控我的迹象,我就马上走人。

"我们开始之前,"她小心翼翼地笑了笑,"我要先说明一下,我不是医生,而是这个医院的精神科护士。我在处理危机方面接受了大量的培训,在精神科也有多年的经验。埃林德·安东森医生时不时会来参加我们的面谈，讨论用药或者其他疗法。我想先把这些都说清楚，也希望你不要介意，因为医院业务繁重，没有足够的医生来应对病人的需求。"

"没关系。"我也挺想看看，她对我的认真程度会不会超过护士这个身份。

"那好，"她稍作停顿后，直视着我的双眼说，"很重要的一点是，我们对彼此要做到完全坦诚，你要把最真实的情况告诉我，你能保证做到吗？"

"能。"我还是感到紧张，诚实对我来说，从来不是问题。

"另外，你也要知道，你在这里说的任何事情都在严格保密之下，这是法律要求我做到的职业准则。"

听到这儿我放下心来，但这句话也进一步凸显出了事态的严重性。虽然我跟伯格医生说过自己有轻生的念头，但这个过程更像是朋友之间的分享。

她继续说道："今天我们不会讨论太多细节，虽然我很想让你跟我讲一下你目前的情况，但在你开始之前，我要先给你念一下来自你主治医生的信，这封信里解释了你为什么会在这里。"

她从笔记本后面抽出了一封信，给我念伯格医生写的转诊信，最后一段是这么写的：

> 大卫多次提到自己有自杀的倾向和冲动，而且表现出其他重度抑郁和急性焦虑的症状，这些症状包括失眠、不安、忧虑、忧郁和恐慌发作。我认为情况非常紧急，建议你尽快给他面诊。

她读出来的每一个字，都触动着我的情感，我感到自己是如此的渺小，像一只坐在狮子面前的老鼠。这份报告里写的东西是真实的，但又是令我困惑的，因为这是第一次有人把我的困难以这种形式和语言描述出来。什么是恐慌发作？

有那么一段时间，我不知道该说什么。也许我该跑掉，然后假装一切安好？我这么想着，但一动不动。我坐在那儿，强忍着快要决堤的眼泪。

看到我的情绪反应，贝里特停了下来，不是因为她在思考要说什么，而是在等我回应。我实在不知道能说什么。大约一分钟后，她问："我读这封信时，你有什么感觉？"

"很难过，"我说，这次我挣扎着说出话来，却控制不了眼泪顺着脸颊流下来，"我从来，从来没有从这个角度看待过我的情况。"

"没事的，"她说着把纸巾盒递给我，"这是我和你接下来在这里要做的事。虽然这里是危机干预中心，不是长期治疗机构，换句话讲，我们要做的是先努力把火扑灭。我知道这很令人困惑，但抑郁症本身就是这样，对于出现的种种情况，患有抑郁的人通常也不明白为什么会这样。这就是我们在这里的意义，我们要一点一点弄清楚，像剥洋葱一样。"

在这之后，我们没说多少话。这么多难以承受的感觉一口气浮出水面，我根本说不出话来。听我描述完日常的生活情况后，她决定我们一周见三次。她让我保证，要是我再有自杀的想法，必须立刻打电话或者直接来急诊室。

我们再一次握手道别。结束第一个疗程，我觉得既痛苦又解脱。虽说来精神治疗机构是一件令人难受的事情，但能遇到一个关心你的人——不是伯格医生那种医疗形式的关心，而是一种更深入、更富人性的关怀，也很令人欣慰。

时间一周周地过去，我的情况更糟了，我躺着的时间越来越久，有时我在床上一直躺到第二天夜里孩子们上床睡觉。然后我又整晚地醒着，直到他们醒来。他们起床时，我又回到床上，像一具尸体一样躺在那里。

我睡着的时候，经常做噩梦，要么睡不安稳。有时我会满身冷汗，高度惊恐地醒来。渐渐地，我开始在卧室角落的地板上，或者其他奇怪的地方睡觉，而这只是我莫名开始形成的多种诡异习惯之一。

柯丝蒂的应对出乎意料地好，你可能会觉得她肯定要评头论足，说我奇怪得很。但她却没有任何意见，随便我怎么睡——即便是我睡在地上，她在床上。我做噩梦时，会躺到她身边，她便安慰我说"没事的，大卫，一切都很好"，等到我攒足了力气，就又爬下床，向所有神明祈祷，不要让我重回恐怖的梦境。

在我完成第一个疗程两个月后，我跌跌撞撞地走进贝里特护士的诊室赴约，疲惫不堪，甚至话都说不了。下午两点这个时间实在是太早了，我下定决心问她，能不能改到三点，这样我能多睡一会儿。有好几次，她提出想把时间改到中午，我都直截了当地拒绝了，还威胁说，要是提前就不来了，她只能作罢。

这一天我很紧张，因为安东森医生要参加会面。我不喜欢他，一直都不喜欢。老实说，我很怕他。他很高，大大的脑袋，一头波浪似的白发，看起来总是很严肃，难以接近。他是DPS的负责人，一流的心理医生。更令我不自在的是，贝里特对他特别敬重，她三番五次地说起他有多聪明，他能来给我做评估，我是多么幸运。

"别老想着在掌权人面前表现了，"我想告诉她，"这些人不值得！"

我怕他，是因为他有能力让贝里特给我用药，我对天发誓：绝对不会让这种事情发生。他就这么偶尔来看两眼会诊，瞄几下我的记录，难道就能对我有所了解？不可能，我绝对不会让那个骗子给我喂扼杀大脑的药。

从伯格医生第一次提起药物治疗开始，我便一直在反对。一颗药丸就能让你开心，那绝对是有史以来最大的骗局。吃颗药就能解决所有问题？不可能。这只不过是医药公司赚得盆满钵满的魔方罢了。买账的人要么是傻子，要么就是太绝望了，以至于不知道什么对自己有好处。他们难道没看过杰克·尼科尔森演的《飞越疯人院》吗？里头的护士长拉切特就是安东森医生，恶魔的化身。我知道那些小小的五颜六色的药丸有什么功效，它们让人对痛苦麻木，失去正常生活的能力，然后在某个角落里腐烂。

冒着被人认作是偏执狂的风险，我觉得自己完全有理由相信事实便是如此。我的奶奶在20世纪40年代被送进了瑞典的精神病医院。她曾告诉我她所经历的那些事——把她和几十个真正的疯子关在同一个房间，这些疯子们每天对着墙号叫。有些夜晚，工作人员会毫无预兆地进来把她带走，对她实施电疗法（现在叫"电休克疗法"，简称ECT）。她在那个地方待了整整三年，直到她的母亲告诉主治医师，要是再不把她的女儿放出来，她自己都要疯了。所以，无论贝里特跟我说了多少次时代已变，现在未经病人同意就使用ECT是犯法的，我都不会让他们以那种方式来治疗我。

安东森医生进来时，我正安静地坐着。他和贝里特互相点了点头，我知道他们肯定有所谋划，于是便尽量避免跟他们有任何眼神接触。

"大卫，"贝里特说，"安东森医生和我对你的病情进行了讨论，我们认为你的病情太严重了,必须接受药物治疗。你的生活完全失控,我们必须进行干预来帮助你。"

"我不会接受的,我知道我的权利。"

"我们知道你的想法,"她说着,飞快地看了一眼安东森医生,然后又把目光转回我身上,"你害怕给你吃的药会有害,导致癌症,或者让你生病住院。但我向你保证,这些药物一点危险都没有,对吗,埃林德?"

"她说得没错,"安东森医生说道,"我们使用的药物不会造成伤害,如果健康的人服用抗抑郁药,一点副作用都不会有的。我听说了你奶奶的遭遇,但请你相信我,20世纪40年代以来,科学实现了长足的发展,有上百万的人通过药物治疗恢复了正常生活。"

"我不管,"我说,"我不接受。"我狠狠地咬着手指,咬出了血。

"我们觉得你的健康状况已经恶化到无法控制了,"安东森医生的语气变得非常冷峻,"你需要药物来帮你恢复,贝里特说你经常有自杀的倾向,整夜失眠,在地板上睡觉,时常有焦虑感。你不能这么继续下去了,贝里特非常担心你,我也是,你要从今天开始服用药物。"

我觉得被逼到了角落,想朝他们大喊,做一些疯狂的举动,从窗户跳下去,或者冲他们破口大骂。但我只是坐在那儿,动弹不得,开始不受控制地抽泣。

有好几分钟的时间,我哭着,他们谁也没说话,耐心地等我停下来。当我最终冷静下来时,贝里特靠过来,轻轻地碰了碰我的肩膀,这让我又哭了起来。贝里特便说:"怎么了?我没见你哭得这么厉害过。"

我想回答,但说不出话来。过了很久,我终于挤出了一句话:"你们想对我做什么就做吧,我已经不在乎了。"我完全投降了,在我看来,我签署了"转让人生"的协议。

安东森医生交给贝里特一张处方,说他还有会议就离开了。门在他身后关上时,我松了一大口气,怪兽离开了。

"你感觉好点儿了吗?"贝里特问我。

"是的,他走了,我就好了……"

她摇了摇头:"我不理解,你为什么这样看待他。埃林德是全国最好的心理医生,你真的很幸运。"

"不管你说什么都没用,我不信任他,可又有谁在乎我的感受呢。"

"我们在乎,你的感受对我们来说是非常重要的事,但这也改变不了药物治疗是正确的选择这件事。下周,我们会再和安东森医生见面,评估效果和剂量。给你开的药是赛乐特,和百忧解差不多,还有酒石酸异丁嗪,治疗失眠的。安眠药你要在晚上大概十一点钟的时候吃,吃完就去睡觉。一会儿结束后,你到医院右侧的药房那儿拿药就可以了,下周一我们继续聊。今天的时间到了。"

"今天的时间到了",我多么讨厌这句话啊,每次听到都觉得这是在提醒我,我不过是她工作的一部分罢了,跟她每天接待的其他失败者没有什么区别。我像吃了败仗一样回了家,拿着处方去药房拿药令我觉得羞愧,低人一等。

"怎么样?"一回家柯丝蒂就问道。

"不知道。"

"什么叫不知道?"她半带担心半带焦虑地说,"治疗有帮助吗?"

"也许吧,"我强迫自己让她放心,我没有浪费时间,"他们今天给我开了药,让我开始服用。"

"真的?"她听着有些不安,安德里亚抓着她的腿要抱抱,"你确定想这么做?"

"我不知道,但贝里特和安东森医生说我必须用药。"

"不然会怎样?"

"他们没说,相信我,他们非常确定。"

她一脸担忧地说:"亲爱的,你主宰自己的人生,如果有不想做的事情,没人能逼你。"

"我知道,但我相信贝里特。"

"我不知道说什么好,这是你必须做的决定,但你要知道,无论你做什么,我都支持你。"

她的话很暖心,但我知道她对药物治疗是什么态度。

"听着!"我摇着手里装药的袋子朝她喊了起来,"药已经拿了,好吗?我没得选了。"

我快速从她身边经过,走到浴室把门反锁,打开水龙头,把药瓶拧开，按照剂量说明把要吃的量放在手心，扔进嘴里，喝水，然后吞了下去。

任务完成。强烈的情绪冲击着我，我把浴缸的水龙头打开，以掩盖我的啜泣声。

虽然柯丝蒂在尽她最大的努力支持我，给我足够的空间做决定，但我知道她一直以来对药物持怀疑态度，而她模棱两可的表达经常让我觉得，吃药是一种逃避行为。每每讨论到这个话题，她总是置身其外，就像她完全不想干涉一样，估计是出于自我保护的本能吧。我哀求她尽可能理解我，给伯格医生或者贝里特打电话，把疑问都提出来，或者和我一样读一读相关的手册、书籍和文章。但她总说自己太忙了。有几次，我说服她看看我在门诊拿回来的资讯，但她的反应就像是受到强迫一样。这一点也令我很受伤，因为某种程度上，我想要她能够理解自己，与我分担。

我在心理治疗的过程中提过这件事，但贝里特总说我得尊重她，她有权以自己的方式来应对这件事情，我也需要给她空间。贝里特不止一次说过："记住！柯丝蒂现在独自带孩子，打理家庭，还要照顾一个生病的丈夫。她也很痛苦，她有权利划定界限，你也必须尊重这些界限。"但这些话只让我觉得自己更加不被理解，被抛弃，被忽视。

要是柯丝蒂真的在乎我，她至少会想知道我受苦的原因吧。要是她得了癌症，我会去问医生是什么情况。要是我连这个都不做，所有人（包括她自己）都会觉得我是个浑蛋。

但我的情况不一样，没人觉得我生病了。该死，就连我自己都不确定我算不算生病。

愧疚感越来越强，我在浴缸里坐了下来，慢慢地把头埋进水里，一直到感觉肺要爆炸。氧气耗尽时，对空气的渴望实在太强烈了，我难以想象那些溺水自杀的人是怎么做到的，我肯定做不到。但我既做不到不呼吸，也做不到改变人生。我陷入了进退两难的境地，我没有选择，也找不到任何理由。

12 波希米亚人之死

> 我的心完全被艺术所占据，无论在哪里我总能看到画面——脑海里或者现实世界里。我需要开始作画，我不知道该怎么开始，但我必须得画。这也许是出于我内心深处的需求或是绝望，要把我所有这些强烈的情绪释放出来。"释放它们，"我的心在呐喊，"拿起画笔画点儿什么吧！"
>
> ——2000年11月25日

陷入绝境的感觉是真实的，但好在生活里还有一些正面的力量，能缓解我的绝望和混乱。有股力量迫使我一定要破除迷茫——在贝里特看来，这是我内心的需要，而这种需要会给我战胜问题的力量。但她也说，我不应该对自己太严苛了，即使无法弄清也没关系。"我们可以努力，但有些东西是永远都没办法完全弄明白的，"她这么告诉我，"正因为如此，才需要其他人来帮忙，比如我和安东森医生。"

但盲目信任从来就不是我的强项。

我继续通过大量阅读来寻找答案——当然，在我有力气的时候。有很长一段时间，我连阅读的精力都没有。

我在特蕾西·汤普森的《野兽：抑郁症之旅》、爱德华·霍夫曼的《马斯洛传》，还有威廉·斯泰隆的《看得见的黑暗》中寻得了急需的共情。我会坐在阿尔比我最喜欢的长凳上，读伊丽莎白·沃策尔的《百忧解国度》。这本书最后成了我的圣经，我读了很多次，书页都翻烂了。我在一些段落上做了标记，在空白的地方写感言——有时只是几个感叹号，有时只写了一句"阿门"。伊丽莎白把我大部分的困惑都写了出来，虽然她粗暴的生活方式以及所使用的药物，看起来离我很远。要是我有机会见到她，我肯定要给她一个拥抱，跟她说："谢谢！谢谢你如此坦诚。"

随着书籍一起进入我生活的，还有强大的艺术世界——它那静默的语言更多地关乎感觉，而不是逻辑。那些在苦难中作画的人——凡·高、蒙克、卡罗、塞尚、基希纳、高更，在他们笔下，我发现了许许多多我正在经历的感受。当然，也有另外一些更加平和的画家——莫奈、夏加尔、西斯莱、马尔克、毕加索，他们画作里的色彩和表现形式，也吸引了我的注意。

尤其吸引我的是凡·高，他仿佛在通过画作和人生故事，触碰着我灵魂的最深处。我有生以来第一次感到一棵树、一片天，甚至是颜色本身，在直接与我对话。我对他日渐着迷，虽然没有受到同行和社会的关注，但他终其一生都在疯狂作画。他独自走进田地，在烈日下挥动画笔，画着普普通通的内容——邮递员、附近的农民，或者一张凳子。他笔下的风景和天空转动着，你看到的不再是你肉眼所见之物，而是一股强劲的、代表着他内在世界的能量。我通过他的画作所获得的对我个人感受的洞察，比阅读心理类书籍要多得多。

"我懂你，"凡·高仿佛告诉我，"你以为你孤身一人，其实并不是。"

有两次，我专程开了三个小时的车从莫斯去哥德堡的美术馆，然后虔诚地径直走到三楼看凡·高的画——红棕色的橄榄树映衬着亮黄色的天空。我坐在这幅画前，看了整整一个多小时，惊叹于这块他亲手绘制的画布。

其中一次，看着这一片橄榄园时，我的情绪凶猛得无法抑制，几乎要晕过去了。诚然，这些树象征的东西对于凡·高和我而言是一样的——客西马尼园①，我们的蒙难之地，我们挣扎着想爬出黑暗，在花园的橄榄树丛下祷告。

凡·高并不是一开始就追求艺术，他早年一直在研究神学，想像父亲一样成为神职人员。我读了他那扣人心弦的布道，还有他给忠诚的弟弟提奥所写的信。凡·高年轻时并没有大众所渲染的情绪崩溃，他极富激情，但他没疯。他关心穷人和受难者，我敢说，要是他经济上更加优渥的话，他肯定会更加慷慨。我无法想象他会受物质驱动，即便他时常担忧自己清贫的生活。到最后，他唯一在意的是用画笔向世界表达他的感受。

实在太痛苦了，像他一样对外界表达自己的感受——向家人，向他

---

① 耶路撒冷的果园，园中有橄榄树，传说为耶稣祷告之地，也是耶稣被犹大出卖的地方。

《橙色天空下的橄榄园》，1889年
文森特·凡·高
哥德堡美术馆

人，向自己解释内在的幻化。

凡·高很明显遭受着抑郁的折磨，自杀前不久，他跟提奥说："悲伤将永远留存。"他的最终屈服是悲剧的，但我知道如果继续下去，他的人生将是难以承受的。

我被凡·高与提奥之间特殊的纽带所吸引，提奥一直坚定不移地支持着凡·高，无论是经济上还是情感上。他们之间的信件，字里行间满是我所渴望的关爱。他们离不开彼此而生存，他们之间的故事如同小说一般。在我眼里，提奥是一名英雄，可惜的是，在凡·高离世的六个月后，他也撒手人寰了。最后，按照他妻子的意愿，他被埋葬在凡·高身边。

另一位对我产生了巨大影响的，是挪威表现主义艺术家爱德华·蒙克。在前往奥斯陆的蒙克美术馆看他的画作前，我仔细研究了他好几个月。他的作品令我觉得很熟悉，很亲近，因为我正好住在东福尔郡——他工作和生活的地方。他其中一处故居便在莫斯，每天在我所见的风景、房屋甚至是路人身上，我都能看见他作品的影子。

有一次，柯丝蒂答应和我一同去美术馆，即便她不是很能接受"我对艺术过度的兴趣"。随着亚马逊发来的装着书和DVD的包裹越来越多，她的反应也更加强烈。

"你为什么要在这上面花这么多钱？"她说，"为什么非要花这么多？"

"因为我想看书，有什么不对吗？"

我和柯丝蒂走进美术馆的时候，已经是午饭时间了，自助餐厅里挤满了游客，他们也占领了隔壁的书店，购买印着《呐喊》或者其他蒙克画作的纪念品——明信片、鼠标垫、毛巾、书籍……

我很兴奋能再来看看这些作品，柯丝蒂兴致也挺高，这令我很开心。这是我俩这么久以来第一次出来约会，我们特意请了个保姆来照顾孩子。但我真心希望她能对这些画产生兴趣，我很乐意跟她分享：我漫步展厅，看着《麦当娜》《呐喊》《吸血鬼》《嫉妒》《暗夜跟踪者》等，这些画作均让我感受到强烈情感。

蒙克的作品和凡·高一样，给了我同样的启发，只是蒙克给我带来的共鸣更深，也更强烈。他的每一幅画作都像在对我耳语"经历过，做过"。

凡·高的画跟抑郁的联系，并非一直都那么明显，那些温暖的人物肖像、澄黄的田野、生机勃勃的风景、明媚的天空，体现的是他对这些东西的热爱。我越加深入地了解他，就越能感受到他的画作与抑郁的联系——看着《星空》，怎么能不感受到创意的能量在涌动？再回头看看他的自画像，又怎么能不为他内在苦痛的强大表现而动容？凡·高在正与反之间撞出了火花。

而蒙克的每一幅画，甚至是风景画，都让人感到强烈的悲伤与内在的挣扎。不过，在看他的一些海景画时，我感受到他跟我一样，热爱大海以及它的平静。这一点，在其1902年名为《夏夜海滩》的作品里，体现得尤为明显，现在这幅画正在维也纳的奥地利美景宫美术馆展出。

蒙克看似从未从抑郁中得到片刻的解脱，无论身在何地作画。他的作品展示着他的挣扎与生命力。在他对于女性和她们的性权力的描绘中,他融入了自己为了得到女性的接纳所做的努力——而这是他从未成功的事情。他爱上了有夫之妇,可他的爱并未得到回应,取而代之的是嫉妒。

凡·高也面临过拒绝,无论是爱情还是事业。他多数的时间都孑然一身,只有过一次同居关系——和穷困潦倒还怀着孕的妓女西恩。他放下身段,无微不至地照顾着她,甚至在孩子出生之后也是如此。这段关系充斥着悲伤,只维持了大约一年,在这一年的时间里,凡·高将西恩画入了《悲哀》——他最富激情的作品之一。即使饱受痛苦,可他仍怀着同情之心。蒙克的作品反映了更加沉重的悲伤,一种直击心灵的空虚:永远得不到的痛苦,没有归属感的焦虑,如同克拉拉·舒曼之于勃拉姆斯的苦闷[①]。

我先是带柯丝蒂在美术馆里转了一圈,向她介绍那些给我留下深刻印象的画作。当我们站在展厅中间,小声讨论着欣赏这样的艺术作品有多耗费体力时,一位上了年纪的穿着西装的男人走了过来,自我介绍说自己是志愿导览员。

"这些都是很棒的作品,不是吗?"他用低沉的、充满敬意的声音说道,"虽然以前的人笑话蒙克的画,报纸评论也嘲弄他的作品,但他是一个意志坚定的人,不让社会的判定左右他的创作。"

"是什么给了他如此源源不断的动力啊?"我问道,"他产出的作品数量可太多了。"

"蒙克是一个性格固执、暴烈的人,也是一个天生的创造家。但人都难免会受外界的影响,而他受一个人的影响尤其深。"

"真的吗?"我兴奋起来,"谁?"

他指了指展厅另一端一幅巨大的画作说:"去看看那一幅,我一会儿就来。"说完,他便走到一群不知道从哪儿冒出来的日本游客那里。

带着强烈的好奇心,我们走到他指的那幅画那里,看了看标题,《波希米亚人之死》。

这个波希米亚人是谁?我不禁想,蒙克自己吗?

柯丝蒂在我身边站了一分钟左右,说这幅画太压抑了,便转身回到

---

① 舒曼夫妇与勃拉姆斯有着深厚的情谊,勃拉姆斯终生暗恋着克拉拉·舒曼。

《波希米亚人之死》，1915—1917年
爱德华·蒙克
蒙克美术馆

画着奥斯陆峡湾的风景画前。我没动，刚刚那个导览员已经给了我线索，我很喜欢这种猜谜游戏。他指的是什么呢？这幅画画的是一个死了的人躺在床上，爱他的人围在他身边，悲痛地悼念着，很明显，这是一幅悲伤的画。角落里的一个人看着很像年轻时的蒙克，虔诚地低头站着。但这些东西和蒙克的创造力和决心又有什么关系呢？

我陷入了沉思。当导览员突然在我耳边轻声说："对，这就是我说的那个人。"我吓了一大跳。

"老天，你要吓死我，"我说，"不过我很高兴你来了，这个死了的人是？"

"汉斯·耶格，一个挪威的激进分子，启发了那个年代很多艺术家。耶格反对主流社会，宣称对创作来说，最重要的是作者要将自己和国家割裂开来，忽略社会规则，敢于发声，讲述自己的人生故事。"

"这就是蒙克作那么多画的原因吗？"

《汉斯·耶格肖像画》，
1889年
爱德华·蒙克
奥斯陆国家美术馆

"你看他的作品，我们美术馆有几百幅，一年下来每周都可以做一个不同主题的画展，而他所有的作品都在跟我们讲述他的经历。"

"你是说，无论是他的风景画还是其他主题的绘画，都是他所分享的人生故事？"

"没错，年轻人。这就是我想说的东西，而且我们每个人都该这么做，我们都有自己的故事要讲述，不是吗？"

那天离开美术馆的时候，我很激动。当然了，耶格的理论肯定是对蒙克产生了影响，虽然他并没有变成波希米亚人，反倒过上了隐士一般的生活。毫无疑问的是，耶格诚实艺术的主张深深吸引了蒙克，在他感到被误解、孤独、焦虑所包围的时候，他也从不让这些复杂的情绪影响自己——蒙克把这些情绪都化作自己作品的点睛之笔。

可以明确的一点是，当我们觉得不被理解的时候，改变局面的唯一办法，就是去创造一些无法被误解的东西，就像《呐喊》，有谁会看不懂呢？

这次从美术馆回来后不久，我就决定要学习画油画。我走到镇里的工艺材料店，买了一套画具套装、几把刷子和一些画布。我一点儿都不懂该怎么用，我从没去过艺术学校，也没画过油画，只依稀记得那几次尝试画东西是在年轻的时候，有一次在盐湖城，岳母送给我一些绘画颜料当作圣诞礼物，但我从没学会该怎么用。

即便如此，我在犹他读大学的时候，选修了艺术入门和艺术史课程，这些课程给了我很多启发，这也要归功于年轻又厉害的艺术教授，是他将现代艺术和色彩的力量带到了我的眼前。通过他的课程，我很快就接触到像野兽派创始人马蒂斯和毕加索这样的艺术家，对着他们的作品惊叹不已。

我还记得他的课件里有一页展示的是法国画家安德烈·德兰画的一个公园。要是说有哪一幅画能在我心里激发出情感的话，就是这一幅了，让我感觉活跃而温暖。谁能想到，用色如此强烈的一幅画，竟能给人如此真实的感受。我仿佛置身公园之中，看着人们来来往往，做着各式各样的活动：一个男人抬着个陶罐，一个女人一边大步走着一边指着什么东西，还有

《弯道》，1906年
安德烈·德兰
休斯敦美术馆

095

一个男人顺着小道骑单车，一位母亲和她的小孩在野餐，附近一位独行的女士低着头经过。

德兰广泛地捕捉到了人类生活的各种境况，通过使用鲜艳的颜色来予以体现——红色的树透着一股庄严，黄色的路沐浴在阳光之下，天空是绿色的。为什么他要把天空绘成绿色呢？

截至目前，我仅仅停留在鉴赏他人的画作上。完成自己的作品看着有些可笑，但我内心却有股无法抑制的创作冲动。法国画家塞尚曾经说过："别成为艺术评论家，拿起画笔画吧，救赎就在其间。"说得没错。

接下来，最合理的做法是去艺术学校，但我都快30岁了，加上目前的心理状况，这件事显得不切实际。我要做的就是开始学习基础知识，我从图书馆借了一本书，介绍油画的不同技巧，包括什么颜料用什么溶剂，如何清洗刷子等。

有一天晚上，在家里人都睡着之后，我把一块画布放在客厅的壁炉上，点上蜡烛，把酷玩乐队的新专辑《麻烦》设置为顺序播放。把颜料挤到调色板的瞬间，我仿佛触电一般兴奋不已。我把笔刷放到画布上，不知道究竟会画出什么东西。过了一会儿，开始出现了一棵桦树的轮廓，然后我用调色刀刮了几下，秋日的风景显现了。颜料很厚（厚涂法）——我还不知道该怎么薄涂——最后我气不过，开始用笔杆来画线条。我画了一整夜，完成的时候，我将它命名为《生命之树》。

早上六点左右，我小心翼翼地爬上床，在柯丝蒂身边躺下。我躺在黑暗里，感受到强烈的满足感。我开始画画了！虽然不是什么大作，但我终归是开始了。

那天下午醒来时，我原本的激动已经不复存在，一想到自己可能一辈子都画不出什么有价值的东西，我怀疑起自己这么做的意义来，毕竟，凡·高和蒙克已经做到完美了。"为了你自己，"有个声音说道，"为你自己而画。"

第二天晚上，我决定走出舒适区，画点新的东西，而不是那些被画了几百次的物体（比如树）。我想专注于自我情感的表现，像耶格说的，那些能够讲述我的故事的东西。直到第二天早晨两个孩子光着脚丫跑进客厅的时候，我还在画。

《生命之树》，2000年
大卫·桑杜姆
艺术家个人收藏

  第二幅画的题材可没有第一次那么庸俗了，由于自己深感抑郁，没有意义，我画了一个被绑在柱子上燃烧的女性。柯丝蒂看到时，她皱起了眉头说："这是我看过最可怕的画了，我绝对不想让孩子们看到。"

  我愤怒至极，直勾勾地盯着我的妻子，把画从壁炉上扯下来，扔到火堆里。一瞬间，颜料燃烧的刺鼻味道充满了整个房间。不到几秒的时间，烟雾探测器响了起来，柯丝蒂赶紧跑去把窗户都打开了。

  "你这是怎么回事？"她质问道，"先是那张可怕的画，然后又整这出？"

  我没有回答，径直走到卧室，把门关上，很快就睡着了。

  这也许是让我放弃画画并且发誓再也不碰画笔的信号，但那股冲动还在，我还有很多话要说，有很多地方要去，也有很多东西要学。在一片漆黑之中，我有了一种全新的，甚至是充满希望的感觉，于是我拼了命地向

097

这些感觉靠拢。在下一次去镇里的时候，我再次去了工艺材料店，买了更多的画布和材质更好的笔刷。

店员是个年纪稍大的男人，叫雅各布森，他说自己曾经是个艺术家，但放弃了，他怯生生地回答着我抛出的问题，有时候感觉挺好笑的。

颜料要怎么打薄？不同的刷子是对应画什么的？为什么颜料之间的价格差距会那么大？

他耐心地回答着我的每一个问题，要是有别的客人来，我就在一旁等他。很快就听到他给我的讲解："想把颜料打薄的话，你用杜松子油，或者纯一点儿的亚麻籽油，两种混一起也行。那些硬刷用在粗犷的线条上，软刷用来把线条铺开。又大又平的刷子用来大面积上色，尖的小刷子用来勾勒细节。颜料之间的区别主要在质量和色泽，这就造成了价格的不同。"

我接下来的两幅画就更加抽象了。第一幅描绘了我当时的人生，画面底色是紫色的，正中是由黄色和浅蓝色描绘出的一个人的侧脸，他双手合十，不仅仅在祈祷，也在努力地想把火焰推开。他双眼紧闭，眼睛的部分打了叉。

左上角的部分露出了一角外面的世界，但对他而言遥不可及。右上角是一个干枯的树桩，带着七根树枝，代表着我的祖先和他们遭受的苦难。通过使用互补色——紫和黄，红和绿，蓝和橙，画面呈现出一种活力。最后的一笔，我用调色刀在这个人的躯体上划了明显的几刀。因为我不想给这幅画的主题留下任何不明确的空间，我在左下角不起眼的地方轻轻写上了标题：《抑郁祷告》。

第二幅《丛林法则》，我同样用了夸张的颜色——红、黄、绿，来打造出一个可怕的、长着巨爪的形象。带着尖锐指甲的巨爪伸出来，仿佛要把观众抓住撕碎。这些树代表丛林——贪婪、野心和自私，丛林里没有弱者，只有强者才能生存。我在经历了咨询公司和IT销售的挫败后，这个主题就一直在我身体里生根发芽。

看着这两幅画，不可否认，主题都十分压抑。但还有什么办法能让我描述我的经历和我的感受呢？一方面，把我的人生画出来好像又加重了我那窒息、毁灭性的感受；另一方面，《波希米亚人之死》又推动我分享、述说，进行精神宣泄。艺术有着真正的力量，一种我未曾知道的力量。

上：
《抑郁祷告》，2000年
大卫·桑杜姆
艺术家个人藏品

下：
《丛林法则》，2000年
大卫·桑杜姆
埃纳尔森·安德森藏品

13　困在两个世界之间

  我仍然希望有简单的逃离方式,快速解决我的问题。我多么希望那些说我不过是环境变化的受害者的人是对的,那些说我终将浴火重生,某天早上醒来就会恢复健康,而且变得更加强壮的都是真话。但直觉告诉我,要康复没那么简单,我这辈子就没有轻易得到过什么东西,凭什么我就能简简单单从抑郁中康复呢?我可能康复不了了——这是残酷的现实,关乎供求,关乎因果。

——2000年12月9日

  昨天夜里,暴风雪肆虐,现在目及之处都覆盖着皑皑白雪。天空没有一点儿云,也没有一丝蓝,只剩下接近灰白的颜色,模糊了天与地的界限。

  我再一次走在医院停车场到地区心理服务中心大楼的路上,准备去讨论我的悲惨人生。

  距离我开始服用药物已经过去了三周,这段时间简直是地狱般的体验。药物出现了许多令人痛苦的副作用,尤其是双腿发麻,就像皮肤下有蚂蚁在爬似的。还有头痛,伴随着阵阵的恶心和腹泻。

  喝可乐是唯一能够缓解的方法,但里面的咖啡因并没有改善我一塌糊涂的睡眠。

  最糟糕的是,我完全失去了希望,开始用厨刀伤害自己——没有割得很深,只要能出血就可以了,多数的伤口都在手臂外侧。最近一段时间,自残的冲动变得不受控制,成为我缓解紧张的一个途径。割手臂的时候,我几乎感觉不到疼,但之后伤口的刺痛感却很明显。

  渐渐地,我割得越来越深,甚至开始试探着割手臂内侧。不过,死亡还是让我惧怕,我觉得自己像个懦夫。为此,我也憎恨自己,这也是我自残的原因——每一刀都是为了求证我的失败。

  这种行为叫什么来着?自我惩罚?

  走廊尽头,贝里特的门开着,我偷偷张望了一眼。贝里特正在看文件，于是我轻轻地敲了敲门问："方便进来吗？"

"当然，"她脸上带着微笑，"门不就是为你而开的嘛。"说完，她笑了起来，示意我坐下。她能开玩笑真是太好了，我很喜欢。

但当我们坐下之后，从她的表情我就知道，她被我的样子吓了一跳。这也正常，毕竟我这一周都没刮过胡子，眼袋又大又黑。

有那么一阵，我们谁都没出声，我知道她想让我先开始，但我更想的是跑下楼到卫生间去吐。最后，她用手里的笔做了个手势，便开始说话了。

"你看着很憔悴，"她说，"最近还好吗？"

"不好……我不知道该说什么。"

"跟我描述一下我们上次分别后的情况吧。"

"情况没什么变化，但那些药真的要了我老命了，我一直在反胃，腿也快动不了……我唯一能确定的事情就是，我没有任何好转。"

"这样，"她说着在笔记本上草草写了点儿东西，"还有轻生的念头吗？"

"不算有。"我回答说，我深知要是我回答说有的话，接下来15分钟我们都要讨论这个事情，而且很可能会要求我住院。而且，"不算有"这个回答也不代表着"没有"。接下来，我大胆地转移了话题："听着，我们得讨论一下用药的事情，我想马上停药。"

看得出她在纠结着是不是要让我就这么转移了话题，但出乎意料的是，她顺着我的话接下去说："我知道你现在非常难受，但你必须继续服药，至少再吃个两到三周。这个我们之前也谈过——有时药物要连续服用六周才会见效，药物终归是会起作用的，只是需要些时间。"

"但那些永远都好不了的人怎么办？你之前也跟我说过，药物并不是对每个人都有效的。我看起来有变好吗？"

我感觉自己就像一个叛逆期的小孩在跟父母说话一样，虽然知道父母不会让步，但你就是想把事情搞复杂。

"老实说，"她非常平静，"那些吃了几个星期药就有好转的人，开始服药时的病情都没有很严重，至少没有你的情况这么严重。从这个角度而言，所谓的'快乐药丸'不过是个神话罢了。我从未见过任何重度抑郁患者能在短时间内出现好转，这是一个长期的过程。"

听到"长期的过程"并没有让我觉得泄气，因为我什么感觉都没有。

"行吧，"我说，"但你跟安东森医生说，我状态差，吃药坚持不了多久了。受不了了，你能理解吗？"

"是的，我向你保证，我今天就找他谈。你状态不好，我能看出来。我们可能需要调整一下剂量或者更换药物，但现在还为时过早。你必须继续按照医嘱服药，并答应我一旦有轻生的念头，一定要去急诊室，我们之前说过的，好吗？"

"是的，保证。"

我叹了口气，有那么一瞬间我觉得自己完完全全地被困在时间里，强烈地感受到一种不真实，一切都不是真的，我只是做了一个噩梦而已，要不了多久，我就会在大学宿舍里的床上醒来，赶着去上课了。

但还有别的事情在困扰着我，令我觉得万分难堪，甚至羞耻，我不太敢提出来。

"你看起来若有所思啊，"贝里特说，微微地抬起头，"你在想什么呢？"

"噢，没什么。"我感觉说不出口。

"你自己决定，"她说，"但有一点你要记住，这里是你的安全所，你可以毫无顾忌地想说什么就说什么，没有什么是不能讨论的。"

我盯了好一会儿天花板，然后又看着地板说："我甚至没办法做爱，"我像在说悄悄话一样，"就这个，但我不想多说了。"

"这有什么不能说的？性是生活的一部分，就像吃饭和睡觉，要是我们的疗程里提都不提的话，那才叫奇怪呢。而且，服用抗抑郁药物的男性，出现勃起或者射精障碍也很常见。你是什么问题呢？"

在阻止自己之前，我脱口而出："射精。"

我知道贝里特想知道更多细节，但我实在不想和她讨论自己的性生活，或者深入讨论我的想法和幻想。毕竟这完全是因为他们给我开的药导致我某些功能无法正常运行，让我觉得不像个男人而已。我知道到了某个节点会有讨论的必要，因为我可能好几周甚至好几个月，由于身体实在太疲惫完全没有性欲，又或者我满脑子想的只有性。

"好，"她语气很轻松，"就像我说的，这是非常常见的药物副作用，希望不会持续太久，有些案例只持续了几周的时间。这个副作用有对你的婚姻关系带来了什么问题吗？"

"没有，没有问题，我跟你说这个是想让你知道，这些药物在摧毁我的生活。这还不够严重吗？请给我停药吧！"

她低头看了看笔记本，摇了摇头说："我知道这很困难，也知道这种事情对你这个年纪的男士来说，是很大的打击，但在目前这个阶段，更重要的是要稳定你的病情，所以，我不能给你停药。但我今天下午就会找安东森医生讨论这件事，看看怎么处理。"

一听到还要继续吃药，我很想夺门而出，要不是身体疲弱，我会让她闭嘴，告诉她马上停药——这可是法律赋予我的权利。但我并不是那么强硬的人。我还能做什么呢？假装没有抑郁这回事，然后把自己扔回鬼门关？事实是我恶化的速度如此之快，自己实在不知道该怎么办了。

我能花上一整天的时间跟人们讲述我的人生，他们会点点头，尽力理解我的处境，但他们是无法真正理解的。

从诊室出来时，我多么希望治疗的时间能更久一点，因为直到快结束时，我才说出真正困扰我的东西。每次都是这样，我要先花上一半的时间来热身，之后才开始分享真实想法，但当我终于打开心扉，开始讨论一些有用的东西时，时间就到了。我多么讨厌她墙上那个该死的时钟啊！他们怎么好意思管45分钟叫"疗程时"呢？

外面天寒地冻，这是我经历过的最冷的冬天了，如同一面镜子映照着我内心的绝望。我要怎么渡过这一劫呢？此前，我也经历过不少磨难，但我从未感到像现在这般绝望。这些邪恶的脑细胞是如何在我脑袋里扎根的？它们快速地蔓延到我大脑的不同部位，侵蚀着我的心智。

罪恶感出现得很频繁，难怪患了抑郁的人总是首先承认自己是个不合格的丈夫或妻子，一事无成，所有的过错都是自己造成的。从各方面来说，我们给自己定了罪。

让我活下来的是我那两个可爱的小男孩，他们需要父亲。我的妻子是一个有魅力的迷人女性，再找一个男人完全不在话下，但孩子们的生父只有一个，这是我逃离不了的事实。有时，当事情变得再也无法承受时，我夜里会在他们的床边一坐就是好几小时，看着他们睡觉，他们是那么的纯洁、脆弱，轻轻地呼吸着。

我跟贝里特讲过这些事情，她也惊异于在此种程度的焦虑之下，我还能保持如此理智。

"你比自己想的要坚强，你是个斗士。"

我知道她经常要跟患者说这种打气的话，这是她的本职工作，但她还能说什么呢？说她觉得我是个失败的人，肯定没有赢的机会？当然不会。但有的时候，她一点儿都不友善，特别是当我提到有轻生的念头时。

对此，她经常用的一个办法就是恐吓——说一些没有自杀成功的后果，就像她认识的某个人故意服药过量，结果人没死成，肾坏了，一周要去医院两次接受治疗。这些故事让我很害怕。

我意识到自己神经紧绷，在取车的路上停了下来，轻轻地左右转动脖子，直到脖子发出咔嗒一声。这次的疗程有点辛苦，我真想离开这个地方，像尼古拉斯·凯奇在电影《逃离拉斯维加斯》里面一样，酗酒而死。至少，我有努力加速进程，而不是在这个破地方慢慢腐烂。

这个想法立刻让我放松了下来——要做到这个很简单，开车去到瑞典南部，穿过厄勒海峡大桥到丹麦，然后继续穿越欧洲，直到抵达西班牙。然后，我在那儿找一个漂亮的海滩，画夕阳。我已经能闻到来自海洋那股轻柔的味道，感受到沙子在我的脚趾间摩挲，远离医院，远离可怕的药物，远离这可悲的寒冬。

巴黎可能更好，毕竟这可是毫无争议的艺术之都，而且我身上的钱刚好也够支付机票和一周左右的酒店住宿。想一想就很不错——到卢浮宫去，欣赏达·芬奇、莫奈、马奈、高更、德加、毕加索、夏加尔，还有其他伟大艺术家的作品。人们说，需要至少两周的时间才能游览完卢浮宫，这个时间对我来说正好。到了晚上，我的双腿由于走了太多的路而疲惫不堪，我便在咖啡店休息，享受热气腾腾的可可和涂着卡蒙贝尔乳酪的牛角包。

待到钱用完时，我准备留下来，找一家小破餐馆当个洗碗工。我会长时间地工作，一天好几个小时不跟任何人说话，假装自己是个哑巴。结束工作后，我便回到自己破烂不堪的住所，一直画到体力不支。

但我突然意识到，抑郁不会因此离开我，它将会是我人生的主宰，不允许我有任何期望。很快,巴黎便会变得跟其他城市一样,我眼中只能看到街上的流浪汉和新闻里的暴力事件。巴黎的生活对我不会有任何改变,不久我就会重返心理咨询机构,唯一不同的是,那儿只有说法语的护士。

我走到车子旁边了,风吹得越来越猛,雪几乎化成了雨,我穿着的黑色羊毛大衣都湿透了。我跳进去,把车发动,暖气开到最大,然后抓住摸索到的第一个CD盒,开始执行酷刑——在不戴手套的情况下把挡风玻璃上的雪铲掉。弄好之后,我回到车里坐着,一边暖手,一边听着暖气工作的声音和硬邦邦的雨刷在玻璃上发出的刺耳声音。

突然,我觉得头很晕,大脑里回荡着我呼吸的声音,我感觉自己就像在德国邪典电影《潜艇风暴》里一样,坐在水下几百英尺的潜水艇里,专心听着即将到达的驱逐舰的回声,引擎声越来越近,就快朝我们投下深水炸弹。

贝里特说过,这些状况叫恐慌发作,虽然没什么伤害,但突如其来的猛击跟突发重疾一样吓人。

她告诉我:"觉得特别焦虑的时候,你必须专注自己的呼吸,吐气不要太快,做腹式呼吸,努力平静下来。如果你能坚持住,恐慌的强度会越来越小,最后自然而然地消失。"

一回到家,我就上楼去看儿子亚历克斯,他正在客厅地上忙着玩乐高。他看到我很开心,所以我必须努力隐藏住自己的绝望。

"看!"他说,"车。"

"不错啊,"我说,"什么车呀?赛车吗?"

"不,是我们的车。"他笑了起来。

"你不知道我们的车是赛车吗?"我故作严肃地说道,"我们的车还会飞呢。"

"真的吗?"他好笑地看着我。

"是啊,你居然不知道啊。但得我说三遍密码,车才会飞。"

"密码是什么?"

"噢,我可不能告诉你,要是你知道了,你就会开着车飞走了,对吧?"

他笑着跑进了厨房,嘴里喊着:"妈咪,妈咪,我们的车子会飞耶!"

我独自坐在地板上,柯丝蒂走过来,在我身边坐下。

"今天的治疗怎么样？"她问道。

"我觉得我在经历中年危机。"我认真地说。

她爆发出了大笑，好像听到了这辈子最好笑的事情。

"这有什么好笑的？"我说，"这种事经常发生在男人身上。"

"但不会在30岁前啊，亲爱的。至少不到30岁还不能叫中年吧。"

"那就叫中年前危机。那些去植发的、买摩托车的，或者抛弃妻子找了年轻女孩儿的男人，都不会被贴上抑郁的标签。这些只不过是面对年龄渐长的正常反应而已。我可能就是在经历这样的事情。"

"你是说一个阶段？"她问道，"突然出现，过了一段时期就会消失？"

"不知道，我不觉得，但有可能吧。"

柯丝蒂很久没有这么看着我了——就像她真的在花时间琢磨我的感受。

"我不知道你在经历着什么，"她说，"但也许你应该把你的感受和遭遇写下来，可能会有点儿作用。"

我很错愕，不知道该说什么。不出所料，我的回答充满着对自己的贬低："我不擅长写作，你也知道的。而且，把自己深深地埋在痛苦里，能有什么用呢？"

"这不是真的，你自己也知道，"她几乎是发着火说，"那你觉得人们写日记是为了什么？不是说你写的东西一定要给人看——这可以是完全私密的东西。再说了，你有写作能力，你在大学不是写了很优秀的论文吗？那为什么不把你的感受写出来？"

那天晚上，家里人都睡着之后，我在黑暗里坐着，想着她说的话和耶格宣扬的"讲述你的人生故事"。一开始，我只能想到绘画，毕竟耶格是一个波希米亚画家。也许柯丝蒂说得有道理，也许写作真的能让我弄清楚这个令人困惑的人之另类——大卫·桑杜姆。

我下了床，悄悄下楼去了黑黢黢的书房，我称之为"地牢"，因为里面没有什么光照。我在电脑前坐下来，看着屏幕上跳动的点。

有那么一瞬间我很害怕，就像你看着一张空白画布的那种不安。但我做了个深呼吸，写下了想到的第一行字："我觉得我被困住了，在两个世界之间徘徊……"

14 在梦中奔跑

> 我太累了,累得透不过气。无论怎么休息都没有用,我有时连续三天每天睡14个小时,但醒来仍旧筋疲力尽。其他时候则完全睡不着,这令我烦躁不安,听不得一点噪声。从某种程度上说,这是不安和忧郁的严重表现。
>
> ——2001年1月16日

我醒来时,床单完全湿透了。我呼吸急促,就像刚在梦里奔跑过。脉搏跳动的声音撞击着胸口,我摸索着找到闹钟,按下夜光键,时间是早上4点30分。这是怎么回事?是药的副作用吗?

我已经服用赛乐特两个月了,仍然没有好转的迹象。一开始,安东森医生加大了剂量,但在我又经受了几周折磨之后,他终于给我换成了百忧解(氟西汀)。换药之后,休息和性方面的副作用消失了,但头痛、恶心和疲惫并没有缓解。他们说,很难分辨出那些不适究竟是药物的直接副作用,还是抑郁和精神崩溃的普通症状。

要衡量改善程度其实很困难,因为我完全不知道什么才是正常。"正常"这个词其实很奇怪,正常与否之间是否有灰色地带?还是说如同黑与白一样分明?你能一眼分辨出正常人和病人吗?如果可以的话,怎么看出来的?我认识不少人,他们都被认为是正常人,但之后便成了怪人。也许这并不是正不正常,而是人与人之间的不同罢了。我觉得问题应该是,哭泣在什么时候是正常的,在什么时候又算是疾病的征兆?

在西方文化和医学中,若是被确诊了某种疾病或问题便为"异常"。我一共被确诊了两种问题:临床抑郁症和焦虑症。老天,他们听起来是不是很不正常,与常人不同。这是两种不同的疾病,虽然经常彼此密切相关。如同安东森医生说的,一个人完全有可能仅仅患有抑郁,却没有出现焦虑,反之亦然。

当我谈论起关于正常与异常的想法时,贝里特总是会像此前已经听过千百遍那样点点头:"人们总觉得那些相貌英俊、受过良好教育、才华横溢的年轻人不可能抑郁,"她说,"这当然是错误的看法。但你必须放下证明他们看法错误的执念,以你目前的情况,这么做只会让你更糟糕。"

她那么说是什么意思?我学过修辞学,我知道劝说的力量,比如说,你只要宣扬得当,就连牛粪都可以说服人吃下去。那我为什么不能说服大家抑郁无关背景、宗族、性别和社会地位,谁都可能患上呢?

也许她是想说,解释这些压根儿没用。这么说也有道理——多数时候我跟人解释,都落得生气或困惑的下场。

"你所做的这些努力很勇敢,"贝里特这么说过,"通过分享经历,你能帮助很多人。但抑郁是一种非常复杂的问题,你不能期望每个人都能理解。事实上,我觉得你想这么做,更多是因为你害怕独自面对。"

的确,每当跟大家提起我的诊断结果时,他们往往会给我提建议,而不是表示同情,要么就是一脸困惑,让我更加觉得自己不正常。在生病之前,我也跟他们一样好评论别人,即便一点都不懂,也要觉得自己懂得多。但现在的我不再是这样的了,我知道当人们倾诉自己的痛苦时,他们需要的是倾听,而不是创可贴。多数时候,我压根儿不在乎他们是不是明白这个道理,只要他们努力过了就好。但他们那些张口就来的建议令我生气——说什么有一天这一切都会过去,这段经历会让你成长和进步。他们完全不知道自己在说什么。

但归根结底,这些都跟我的性格有关。如同贝里特一针见血指出的那样:"罹患抑郁的人对自己是缺乏信心的,他们看到的往往是反面——昏昏沉沉地蜷缩在角落。"

我迫切地想改变人们的认知。人们很难把个人魅力和抑郁联系起来,因为个人魅力强调力量、自信和独立,而不是软弱、无望这样的污点。

我失眠时就盯着房间里各种各样的物什,慢慢看清它们具体的样子——头上的灯、旁边墙上的订婚照、床前的镜子映出我的黑影。有好几分钟,我坐起来倾听着一片寂静,思考发生在我身上的事情。有好几回,贝里特提起精神病,把我吓个半死。她说当人对现实的感知变得扭曲,并且无法控制自己做的事情时,便是精神病的状态。

我已经到了这个地步了吗?我经常跟她说痛苦是真实的。而精神病听起来好像能带来解脱,让人失去所有控制,忘记现实。但我想确认一下,

《挣脱》，2014年
凯特·奥斯特罗夫
艺术家个人藏品

我伸出手，摸摸自己五官——鼻子、眼睛等，还有满是胡楂的脸颊。还好，我还在，还活着，还有感觉，还有分辨的能力。

我在想，我是怎么变得如此懦弱、神经兮兮的，连电视都看不了。这些天，生活中充斥着恐惧、悲伤和痛苦。我身上开发出了高度敏感的痛苦探测雷达，扫描着生活中的每一处角落。我在一英里外便能看出一个人是否抑郁，通过他们走路和说话的方式，尤其是通过观察对方的眼睛，患有抑郁的人，眼睛通常是空洞的。

就在这时，汹涌的恐惧向我袭来，我快速地把手伸向床边，把灯打开，把注意力放在呼吸上，让自己冷静下来。我看向我的妻子，她平静地睡着，没有一丝恐惧。

在这种情况下，我们的婚姻还能持续下去吗？我们成了彼此的对立面：一个情绪高昂，一个情绪低落；一个生机勃勃，另一个正在消亡。这可不是什么好事，但我实在太累了，就连完成最简单的事情，像下床、吃饭，甚至是和别人共处一室，都要耗费我极大的精力。我就像行为学家马斯洛说的那样，处于金字塔的底端，为了生存而奋斗。但柯丝蒂不是。如此相反的两个人要如何在一起呢？

大家会说："关注你拥有的幸福，而不是这些泯灭自我的念头。你有一个爱你的家庭，那就足够了。"但光想这些有什么用？这种想法可是隐瞒了一个最显而易见的事实——要是我的运气用完了怎么办？这也会在未来的某个时刻带来痛苦。一想到这件事将不可避免地发生，恐慌从我胸口迸发，蔓延到了每一个手指。绝望的我下了床，在黑暗里摸着墙走到了厨房，我径直朝台面走去，挑了一把大刀。我迈着坚定的步伐朝浴室走去，把门反锁，往浴缸放满热水。

我颤抖着脱掉了衣服，在满是水的浴缸坐下，我必须要缓解自己的痛苦。我抽泣起来，几乎喘不过气，我感到身体的每一寸肌肉都紧绷着。我用刀在左下臂外侧的地方比画了一下，然后很快地割了一刀，接着又是一刀。看着血顺着手臂流下，我往后倚了倚，扔下刀，把右手放了下来。这样把隐形的痛苦化作可见的东西，让人解脱了不少。

筋疲力尽的我终于获得了宁静和庄严，就像结束了一天的辛苦劳作，我想象自己是一个罗马人，在巨大的大理石浴缸里割破了一双手腕。但我的伤口并不深，甚至无法把水染出淡淡的红色，而且割的地方也不是致命的地方。那个时候，死亡并不是我想要的，我只想减轻痛苦。

随后，我在医学博士理查德·莫斯科维茨所著的《迷失镜中》找到了解释：

> 无论是烧伤，还是割伤，或者是其他的穿透性伤口，这些自我造成的伤是强迫行为的产物。如同其他的冲动一样，逐步积累的紧张终将形成无法抗拒的冲动，通过采取行动，内在的紧张得到了释放。

那天下午，柯丝蒂像个骑兵首领带队冲锋一样走进房间，我便醒来了。她拉开窗帘,让阳光充满整个房间。

"早上好啊,小懒虫,"她微笑着说,"现在都三点啦,外面的天气可好了。"

我慢慢地睁开眼睛,刺眼的光线实在是难以忍受。我不耐烦地说:"我很累,我想睡觉。"

"我知道你很累,"她说,努力掩盖内心的不满,"但你还是得调整一下情绪,下床走走。我已经让你睡了大半天了,孩子们吵着要见你,晚饭也准备好了。"

我知道她不会放弃的,于是挣扎着爬下床,穿上牛仔裤,翻找出一件长袖T恤来盖住我的伤口。伤口很疼。我跌跌撞撞走进厨房,迫切地想要找点儿除水以外的东西喝,安眠药让我嘴里有一股特别难受的味道。

孩子们坐在地上看着我,我经过他们朝冰箱走去。但我一罐可乐都没找着,估计都被柯丝蒂扔掉了,因为对我的身体不好。我抓起一盒牛奶——橙汁太酸,苹果汁又让我恶心。在我大口大口吞着牛奶时,孩子们笑着鼓起了掌。

"我的孩子们,怎么样?"我强忍着想呕吐的冲动问道。

"很好,"亚历克斯看着他的弟弟回答,"我们今天和妈咪一起堆了一个很大的雪人。"

"真的呀?"我说,"雪人还在吗?"

"那当然了,"柯丝蒂接话说,"但先吃了饭再说,你睡了一整天,我们都饿死啦。"

晚餐可太丰富了:烤土豆,水煮胡萝卜,红椒番茄沙拉和鱼柳。我最爱吃鱼柳了,但吃东西是我现在最不想做的事,我满脑子都在想着怎么逃离它们回到床上。

在惯常的饭前祈祷结束后,亚历克斯突然很严肃地看着我问:"你生病了吗,爸爸?"

房子里突然一片寂静,我有点儿摸不着头脑,于是朝柯丝蒂看去,等着她回答问题。但她垂下了眼睛,一副难过的样子。我挺直了腰说:"是的,我最近不是很舒服,有时大人工作太累了,需要休息才能好。"这个说法并没有让局面有一丁点儿的好转。柯丝蒂把餐巾往桌上一扔,一句话没说便离开了厨房。过了几秒，传来卧室关门的声音。

这是几个月来，我第一次单独和两个孩子在一起。我和他们玩了一会儿，一切都还可以。然后，我给他们洗了澡，看着他们在浴缸里玩泡泡。看起来，这就是他们想要的，我和他们在一起，他们笑着，乐着。这是第一次我将抑郁弃置一旁，这也让我突然意识到自己变得多么自私——在自己的亲生骨肉需要依赖我的时候，我却成天躺在床上。

给孩子们洗完澡后，我用毛巾给他们包好，但很快他们就挣脱掉，光着身子在客厅追逐打闹。他们又笑又叫，从一个房间跑到另一个房间。安德里亚10个月大的时候刚学会走路，现在已经可以跑得很快了。一切都很有趣，但很快我开始走神。等到回过神来，我内心只想赶快安静下来。我给了他们一些饼干，把他们放在沙发上，放他们最喜欢看的《小乌龟富兰克林》，这部动画片经常让我们想起美国。

我觉得是时候去看看柯丝蒂了。我轻轻地敲了敲卧室的门，问道："我能进来吗？"

"好的。"她用很低的声音答道。

房间里很黑，她躺在床上。我把灯打开，看到地上散落着几十团纸巾。我想表达一下对她的关心，便坐到她身边，轻轻抚摸着她的背。

"你还好吗？"我又问。

"我没事，"她说，眼睛里仍然满是泪水，"但听到亚历克斯说出那些话让我很难过，我不知道你究竟是怎么了，他们也不知道，你的状况越来越坏，我真的很害怕。我听到你昨天半夜的响动，今天早上在你手上看到了伤痕。你真的以为我什么都不知道，完全不担心吗？"

我再次意识到，自己并不是唯一受影响的人，便说："对不起，我知道这听起来很傻，但真的不知道能说什么了……"

"你什么都不用说，"她慢慢坐起身来，"我们最好还是去看看孩子吧。"

15 违背我意

> 现在是下午4点30，我刚刚结束心理治疗。我曾经把心理治疗看作是终极失败，但现在我绝对是上瘾了——要是没有这些谈话，我就感觉没有任何盼头。现在的生活极其艰难，我的焦虑不断加深，觉得自己一直徘徊在崩溃的边缘。我努力想要呼吸，不停地来回踱步。每一个念头都令我痛苦，一天里的每一分钟看似都没有尽头。
>
> ——2001年3月9日

"冬季抑郁症"，更准确地说是"季节性情感障碍"，在斯堪的纳维亚是经常被提到的词。这里高居不下的自杀率肯定和这个疾病有关，对此我毫不怀疑。一年中有半年在黑暗中度过，的确会对人的精神造成某种影响。光疗——把人放在灯前一天照射30分钟——是一种很常见的疗法。很多人说效果非常神奇，但多数人还是更喜欢沐浴在自然阳光下。

冬季，斯堪的纳维亚的人均旅游率位居世界第一，人们包机出行，前往加那利群岛、马略卡岛和希腊。毫不夸张地说，西班牙的某些地方简直被渴求阳光的斯堪的纳维亚人入侵了，小镇无微不至地照顾着游客，甚至还能买到瑞典肉丸，读到来自家乡的报纸。但对我们这些负担不起出国度假的费用，或者不想旅游的人来说，能做到的就是尽量多点一些蜡烛，或者保持壁炉一直有木柴燃烧。当夏天到来时，无论身处何处，即便是市中心的公园，随处可见脱了衣服享受阳光浴的人——这一幕经常让一些美国游客惊掉下巴。

此种精神状态和斯堪的纳维亚孕育出忧郁的艺术家，肯定存在着某种关系，比如作家凯伦·白烈森、奥古斯特·斯特林堡和易卜生，画家爱德华·蒙克和恩斯特·约瑟夫森，导演英格玛·伯格曼，等等。

那个冬天对我来说尤为艰辛。到了晚上，当每个人都在睡梦中时，我便坐在书房看书，或者一遍又一遍地循环播放歌曲——悲伤的歌与我的心理状态交相呼应。

我一般会整晚作画，技巧也在不断提升。我认真地学习艺术书籍，特别关注色彩组合、构图和表达形式。

阅读成了我艺术发展的关键部分。但当我画画的时候，我总是把书放到一边，自由地创作。有时候，我完完全全地沉浸在作品里，忘记了时间与地点。其他时候，我总是觉得沮丧，所以就一遍又一遍地从头画起。

不管过程是否艰难，我现在已经完成了20多幅油画，还有15幅钢笔画。我把很多画都装裱起来了，看着挂在墙上的画，我幻想着自己开办画展。但在目前这个阶段，当艺术家像是一个梦——就像小孩子梦想着长大当一名职业运动员一样。

当我太过焦虑以至于无法画画时，我便出门夜游到腓特烈斯塔，这座城市比两个莫斯还要大，大概有七万五千人。腓特烈斯塔在莫斯南边30分钟左右车程的地方，以古堡垒著称，此前是抵御瑞典进攻的一大要塞。附近的古城有将近五个世纪的历史了，也是一处季节性景点之一。要是你选择夏天坐船前往奥斯陆峡湾，那这里的运河就是一个完美的停靠点。一到七月，木板路上挤满了各国游客，餐厅、酒吧、俱乐部充斥着音乐与欢笑。

但一到冬天，我便像游魂一般走在空荡荡的大街上，刺骨的寒风刮着我的脸。如今，这个可怕的地方却特别适合我。有好几次，我都想着要跃入冰冷的运河，那寒冷而强劲的水流肯定知道如何使人立刻消失。但每次我还是选择继续沿着河边走下去。

为了暂时逃离外面的天寒地冻，我一般都会去一家兼卖咖啡、热狗、糖果和苏打水的音像店。我通常会在那儿吃点东西，看着其他顾客包括出租车司机在夜幕降临时推门进来。吃完东西后，我也看看店里的音乐和电影。一般来说，我都会买点东西，我现在花起钱来一点数都没有。有一次，我一口气买了12张DVD，第二天晚上又过来再买了8张。

购物让我得到了暂时的放松，在那几个月，我花了几千美元买了DVD、衣服、书等。我每次买东西都不假思索，精神状态越糟糕，我钱花得就越猛。工艺材料店从我钱包里吞掉了不少钱，我在那儿买了很多笔刷、颜料、画布、溶剂和画框。我给自己找了借口，认为自己需要这么做才能勉强活下去。有时候我甚至会想，等到账单送到时，我估计都不在人世了。有那么一阵，在我的努力掩饰之下，这件事没有被任何人发现。但很快柯丝蒂就意识到，屋子里的东西越来越多，肯定都是用钱买的，她这才发现我们已经在债务里越陷越深。我的愧疚感也越发深重。

又一次"夜袭"了腓特烈斯塔之后，第二天我走进了心理科的板房，整个人处于几乎无法正常运行的状态。为了让自己看起来像个人样，我在洗手间用冷水和香皂洗了把脸，然后上楼走到贝里特的诊室。

短暂的寒暄之后，贝里特单刀直入地问起了问题："你最近两天怎么样？"

"没什么区别。"我强忍着疲惫和恶心说道。

"你有继续花钱吗？"

"有，昨天在工艺材料店花了大概250美元。"

"买了什么东西？"她的笔和笔记本已经准备就绪了。

"噢，就是几管需要用到的蓝色颜料，还有一个素描本。"

"这个颜料还挺贵啊……"

"是的，超级贵。"

"柯丝蒂知道你花了多少钱吗？"

"不知道，但她估计会要我把上周买的东西都拿去退了。"

"可以理解。"

听到这儿，我的胃突然一阵猛烈收缩，疼得我弯腰用手捂住了肚子。一提到钱，我的身体总是会出现这种反应。

"你还好吗？"她问道，"你看起来不太好。"

"你说呢？"我尽量不让自己听起来太冲，"我的整个世界都在崩塌，但你却问我好不好？这难道不荒谬吗？"

但她没有表露出一丝同情，反而继续拷问我。

"你还有轻生的念头吗？"

"有。"

"是很具体的想法，还是仅仅笼统地想到死亡？"

"要是你必须要知道的话，我就告诉你，我想过就在这里的洗手间把自己解决了。是不是很讽刺？死在这些可悲的板房里。"

我其实没有在胡说八道，我是真的有过这样的想法，因为我不想冒险让孩子和妻子在家发现我冷冰冰的尸体。死在这个充满专业人士的地方，看起来更加合适。

在听完我关于自杀念头的"口供"之后，贝里特暂停了提问，疯狂地在笔记本上写东西。但大概一分钟后，她又重启了提问。

"那自残呢？"她问道，"能让我看看你的手臂吗？"

在她的命令之下，我把袖子卷了起来，向她展示左手的20多道和右手的几道伤痕，大多是昨晚割的。平时这种情况会令我很难堪，但今天赤裸裸地把伤口暴露在她眼前，我甚至感觉良好。

她慢慢地摇了摇头，把笔记本扔到桌上，然后看着我的眼睛。我知道，不应该跟她说实话的。

"你告诉我，"她的语气变得非常严肃，"我该怎么办？我不能再眼睁睁地看着你这样受折磨了。在我看来，你需要专业的救助和监管。我跟安东森医生聊过，如果心理治疗不能改善你的状况，我们必须进行干预。你那些轻生的想法、自残的行为、夜晚在结了冰的路上开车、疯狂购物、不正常的夜间习惯等，意味着我们已经别无选择了，不能再让你这样继续下去。"

她的话让我脊背发凉。我完全不敢相信自己听到的东西，因为她知道我内心深处对医院的恐惧。

"如果你的意思是要让我住院的话，想都别想！"我的声音在发抖。

"要是住院能让你好转的话，你愿意去吗？"

"不愿意，这个你是知道的。"

她脸上带着坚定而坚决的神情，我开始意识到，她是认真的。他们已经决定让我住院了，甚至很有可能在我踏进医院之前就已经决定好了。这是个圈套。

"我必须非常明确地告诉你，"她说，"根据挪威法律，你有权对此决定提出上诉，也有请律师的权利。但我们已经形成决定，如果你本人拒不接受，根据挪威法律第3.6条，在你对自己以及他人构成威胁的情况下，我们有权利强行将你收治。而构成威胁的情况，刚刚你本人已经确认了。"

"但我跟你说的那些事情应该都是保密的，"我慌了起来，"我以为你关心我。"

"我是一名健康专家，"她冷冰冰地回答，"我在这儿是为了帮助你，在你目前的情况下，我不可能让你离开这间房间。当下，由于你无法做出对你最好的、最理智的决定，那么只能由我们来帮你做决定。"

她走到桌子旁边，拿起电话，联系了安东森医生，说道："没错，"她说，"大卫需要住院治疗，我现在在处理。"

挂了电话之后，她转过来对我说："这是为了你好。大卫，相信我。"

我感到被背叛就抗议道："你为什么要这么做？要是我不同意呢？要是我跑出去，或者直接从这里跳下去呢？"

"那可不是什么明智的做法，那样一来我就得打电话叫警察，你会被他们强行带去医院。"

听到"警察"这个词，我开始怀疑自己是不是从来就不了解她。她还是我信任的那个人吗？还是那个我愿意倾诉各种隐私细节的人吗？我以为她关心我，可她却背叛了我。

有那么一会儿，我考虑跟他们硬碰硬，夺门而逃。我想象自己逃离这个地方，跳上回哥德堡老家的大巴车，独自开启逃亡之路。

但这个画面在安东森医生进来时完全地破灭了。"一切都还顺利吗？"他用低沉平静的嗓音询问贝里特。

"是的，目前为止都很顺利，我们在讨论细节。"

"他能接受吧？"他好像当我不在场一样。

"是吧，他没怎么说话。"

"那就行，"他说着，朝我转了过来，"你能理解我们做的这一切都是为了帮助你吧？"

我没有回答，只是直勾勾地盯着地板。我一点都没错看他，他是恶魔的化身。但对于贝里特，我的心里有两种声音：一部分的我还是非常信任她，而另一部分的我则声嘶力竭地大喊，她辜负了我的信任。我下不了决心，因为有一部分的错在我，她不过是在做本职工作而已。我给她看了我的伤口，我有整整48小时没有合眼，也没怎么吃饭，自杀的冲动前所未有地强烈。

安东森医生离开了房间，门关上了，我放松了下来。我能确定，他是做决定的那个人，贝里特不过是个执业护士罢了。

贝里特填了好些表，又打了几个电话，我一直在思考要不要从窗户跳出去。她问我想不想给自己妻子打电话，跟她说住院的事情。当然，也可以让她来打打电话。

"你是说，我现在就得去医院？"我疑惑地说，"我不能回家拿点东西吗？"

"不能，你不可以离开这个房间，需要的话，让你妻子把东西送过来。"

我觉得自己在受惩罚，也担心柯丝蒂知道后的反应。我知道她肯定会表现得很坚强，但那不过是外在的表现而已，这件事对她来说，该是何等痛苦啊！我完全不知道她会怎么办，要是有人打电话跟我说，要把我的妻子送到疯人院去，那我会是什么反应？

"你打吧，"我几乎要撑不下去了，"我做不到。"

她一手拿着电话，一手翻着我的病历，拨了家里的电话。在她等待的时候，我的心狂跳不已。我希望柯丝蒂不要接电话，希望她跟孩子们出去了，或者没听到电话响，但事与愿违。

"你好，"贝里特说话了，"请问是柯丝蒂吗？太好了，我是DPS的贝里特，大卫的心理医生。很抱歉，大卫现在的病情比较严重，需要住院治疗……是的，能不能麻烦你给他带点换洗的衣物、牙刷等个人物品？……是的，现在就来。如果你没办法开车过来的话，我们会支付出租车费。"

贝里特朝我看过来："有什么特殊的东西想要让她带过来吗？"

"是的，毕加索和克利姆特的书，我的画板和一些钢笔，还有日记。"

贝里特努力重复着我刚刚说的东西，特别是"克利姆特"这个发音。最后，她挂了电话说："她15分钟后到。"

"车子被我开过来了，她要怎么过来？"

"她妈妈开车送她过来。"贝里特的声音很平静，"我们希望她能陪你去警察局那儿签一份表格。如果她同意而且你们双方都承诺遵守的话，我会让你坐出租车去医院。如果满足不了，或者说出现其他问题的话，我们会用救护车送你过去。"

等柯丝蒂过来的这段时间，是我一生中最煎熬的时刻。成千上万的想法在我脑海中奔腾，压力不停地在增长。这跟让她到监狱里看我有什么区别？我不想让她哭。

我不停地想着她会有什么反应，焦虑得无法呼吸。贝里特见状，赶紧把窗户打开。

"呼吸点新鲜空气会好一点，"她说，"把注意力集中在你的呼吸上。"

冰冷的空气流进胸腔，让我舒服了一些，但仍然很痛苦——我的胃很疼。

"要喝点儿什么吗？"贝里特恢复了她原本的样子，"要不要倒杯水给你？"

"好，"我如同被击溃一般，"我的嘴巴很干。"

"你能保证我走开的时候，你不会做不该做的事吗？"

"能。"我半说实话半撒谎，其实心里还想着逃。

她离开之后，房间陷入了奇怪的寂静中。要是说我此前的生活属于超现实，那跟现在这个时刻相比根本算不上什么。

我站起身来向窗边走去，窗户没关，像是刻意在嘲弄我。外面飘着细雪，在裹满积雪的松树的映衬下，显得尤为轻盈。透过树与树的空隙，我能看到那条直通停车场的路，我只要跳下去，然后开车跑就可以了。但我在的楼层还是有点高，地面又硬，还结着冰，我很有可能会摔断腿。

另外一个选择是跑到楼下大厅，从前面出去。但这样一来，我可能会遇到贝里特，甚至是安东森。而且现在已经到了下班时间，大门估计也锁了。不，最好的办法还是把窗开大一点，然后跳下去，我伸出手想用力推窗，手都碰到窗了，却仿佛有什么东西让我停了下来。

没过一会儿，贝里特拿着一杯水回来了。我看向别的地方，她把手放到我的肩上说："你看起来很累了，还是坐下来休息一会儿吧。柯丝蒂很快就到。"

等待的时候，贝里特在我对面坐着，一句话也没说。她看起来就像在监护我，我试着和她攀谈，想让她放我走，但她没有回应，就像她不应该与病人交谈一样。要是这样的话，那还有什么可说的呢？

柯丝蒂和安东森医生的声音从走廊传来，我听出来几个词——"自杀冲动"之类的。他们走了进来，柯丝蒂和贝里特握了握手，递给她一个小小的手提箱，达美航空的行李条还贴在上面。她还带了我的背包和一袋子糖果。看得出她走得很急，一头金色长发乱糟糟的，穿着卫衣和雨靴。

两位女士在旁边轻声交谈了一会儿，然后柯丝蒂朝我走来。当我们四目相对时，我哭了起来。泪水决堤而出，任凭我怎么努力都控制不住。她也开始哭了起来。匆匆抱了我一下后，她拉了张椅子在我旁边坐了下来，然后握住了我的双手。我能感受到，她在用尽所有力气保持镇定。

安东森医生和贝里特解释着入院的所有流程和形式。他们交谈的时候，我低着头——我完全不想参与其中，留下柯丝蒂代表我们发言。

安东森问柯丝蒂："你需要直接去警察局报到，我能相信你吗？"在DPS违背我意愿的情况下，我们还是得向警察局提交所需的法律文件，要么是柯丝蒂和我亲自送去，要么是警方或者救护人员来收。贝里特不希望我被强行带走，她觉得这样的话对我造成的创伤太大了。

"是的，你可以相信我。"柯丝蒂回答道，我的眼睛还是盯着地板。

"让出租车在警察局门口等你们，"安东森继续说道，"办完之后让他直接送你们去医院。"

柯丝蒂点点头，但"毒蛇"安东森看起来很紧张。

贝里特叫的车到了，大家一起下了楼。确认所有逃跑路径已被封锁后，贝里特用钥匙打开了前门。

走到外面时，我觉得自己像个囚犯。这也没错，毕竟一切都违背了我的个人意愿。被羞辱的感觉已经够糟了，而司机意味深长的眼神令我更加难受，他就像在说"我知道你们这种人"。司机的长相很吓人，又高又壮，留着一簇浓浓的黑胡子。

贝里特给司机下完最后的指示之后，走过来对我说："我知道这对你来说很痛苦，对我们来说也是个艰难的决定，但我知道这个决定不会错。我明天会打电话到医院去，好吗？"

"打给我吗？"

"是的，我会打给你的。"

贝里特回了板房，柯丝蒂坐进了后座，我提上我的包，司机想帮我放到后备厢，但我坚持要自己拿着。

车是奔驰轿车，这让整个画面变得更加荒诞。在美国和世界上的其他地方，出租车并不属于优质的交通方式。但在斯堪的纳维亚，只有最好的车才配得上跑出租。坐着豪车去精神病院，可真是太奇怪了。

我们坐在后座一言不发，车内的沉默令人难以忍受。车在警察局停了下来，柯丝蒂进去交文件，回来时带了更多文件。

《在外》，2007年
大卫·桑杜姆
艺术家私人藏品

车子又在路上跑了起来，我从司机那里得知，要去的地方叫维姆，就在腓特烈斯塔旁边。我们走的路线跟我前一晚还有之前其他晚上夜游的路线一模一样，这感觉实在是太怪异了。出租车的收音机里，正在播放小甜甜布兰妮的歌——压根儿就不适合这个场合，放点儿忧郁的拉赫玛尼诺夫的曲子还可以，其他都不行。最后，我终于忍不住让他把收音机关掉，他不情愿地照做了。

结果我们半路还得去加油。

司机刚下车去加油，柯丝蒂就抓住我的衣袖，靠在了我的肩上，就像要我安抚她一样——但我的身子马上就僵了起来。

"对不起，"我冷漠地说，"我现在没办法抱你，我的胃在翻滚，很想吐。"我在撒谎。

"我理解，"她说着挪开了，"我只是不知道该做什么，幸好你让他把音乐关了，我也被吵得很烦。"

16　精神病旅馆

　　在大学做阅读作业时，我看到了一张黑白照，斯大林格勒战役中，一名被俘的德国士兵独自站在冰冷的雪地里，只穿着夏天单薄的制服，头上裹着一条围巾。这名士兵全身上下都散发着绝望，他知道自己要么被冻死，要么被苏军的子弹打死。最近，我时常想到这张照片，一如我的感觉：麻木、徒劳、绝望。也如同那名士兵，我想活下去，但却无法改变自己的命运。

——2001年3月14日

　　到维姆精神病院这四个小时的路程，像过了一辈子那么长。我们到达急诊入口时，看到外面停着一辆救护车，戏剧性上升到了新高度。我知道，在接下来的白天与黑夜，我都要和那些被强行带到这儿来的疯子共处。

　　我们下车时，柯丝蒂让司机在门口等着，他点了点头，估计乐得边拿政府的钱边休息。

　　没有人出来接我们。等了一会儿，我们往门口走去，才发现门锁了。柯丝蒂想找门铃，但没找到。

　　"按一下盒子上面那个按钮。"我又补充道，"这儿究竟是什么地方，某种形式的监狱吗？"

　　"怎么这么说？"

　　"那是个对讲系统，没有门铃。"

　　"你好，"柯丝蒂按下了按钮，靠近话筒说，"有人吗？"

　　"你好，"有个声音传来，"有什么可以帮你的吗？"

　　"我跟我先生在一起，大卫·桑杜姆。你应该在等我们。"

　　没有人回答，但我们听到"哔"的声音，门开了。我已经处于失控的边缘了——我站在精神机构的门口，我的妻子正要陪我进去。

　　一个年纪大一点的护士在门口接待了我们，柯丝蒂把需要交的文件和DPS的通知递给她，她仔细看了看两份东西，让我们跟她进了等候室。

　　"在内科医生和精神科医生来给你检查身体之前，你都要待在这里，他们现在都在忙，会尽快过来的。"

我们往大厅走了几步，柯丝蒂突然停住了说："我得回去照顾孩子了，"她尽力表现得坚强，"而且也不能一直让司机在外面候着。"

"没问题，"我嘴上这么说，心里却在想她怎么可以就这样把我留在这里，"你说得没错，你还是走吧。"

她匆匆在我脸上吻了一下便走开了，一阵强烈的孤独感涌了上来，我被关在一个完全陌生的地方。

护士招手让我过去，然后指了指右手边的一个房间。我缓慢地按照她的指示走了进去，房间的朴素程度令我震惊：四面白墙，一张简易沙发，还有几张扶手椅，仅此而已。没有窗，没有照片，也没有任何能让人抓住的东西。我木讷地在其中一张扶手椅上坐了下来，护士坐到了沙发上。

坐下时，我再次觉得肾上腺素在身体里奔腾，突然袭来的恐慌告诉我，必须想办法在为时过晚之前逃走。出了这道门就是大门了，只有一小段路。

护士看起来很温柔，但要逃走的话，得先把她推倒，可我连碰她一下都做不到。

她好像看出了我的想法，稍稍靠过来跟我说："从现在开始，一切都没事了，你在一个很安全的地方，可以好好休息。你试着从这个角度来看，即便过程可能会非常痛苦。"

很显然，她对这种事情有着充足的经验。很快，我武力反抗的念头都消失了，因为她看起来是一个再普通不过的人了，就像某个人的奶奶。她甚至都没穿白大褂，只是穿着牛仔裤和简单的白毛衣，腰上别着工作证，上面有她的名字和照片，还有一个像警报的设备。

"我们要在这儿待多久？"我不安地问道。

"不清楚呢，要看医生们忙得怎么样，但不会太久的。"

"希望是这样，"我焦虑地说，"我的胃简直一团糟，我快坐不住了……你也知道，我不是自愿来这儿的，但这不是你的错。"

"谢谢你这么坦诚地告诉我，"她微微一笑，"觉得难过也没关系。"

我又一次发现自己跟一个不说话的人坐在一起，但这次因为我很疲累，沉默并没有让我觉得多难受。这里没有时钟，我猜肯定到晚上了。

我们坐了好几个小时。最后护士打开门，去询问究竟是怎么回事。她走回沙发时，把门虚掩着。

"真是抱歉，"她说，"我从没试过等这么久。"

刺耳的警报声穿透整栋大楼时，我正在打盹，吓得我跳了起来。一开始，我以为是火警，但很快就听到人们从各个方向赶来，朝一个一边捶着墙一边尖叫的男人跑去。

"我要回家！"他喊道，"把我从这个悲哀的深渊放出去！你们都去死吧！"

陪我的护士跑到了门边，但没有给我留下窥视的空间。我只能竖起耳朵听，心想我对医院的看法没错，贝里特和安东森医生说什么这是个重新开始的好机会，完全是在骗人。这里简直就是地狱。

我听到了女人的声音，也许是那个男人的妻子或者同伴，她正在努力想让他平静下来。"亲爱的，没事的，"她说道，仿佛这种事情已经见怪不怪了，"你现在病得太厉害了，回不了家，在这儿等到身体好了再回去，好吗？"

但男人还是在一刻不停地砸着墙，直到突然间，一切都安静了下来，估计是镇静针的功劳。

这一切把我吓坏了，我高度紧张，也很愤怒。这个求救的男人让我看到了自己未来可能经历的事情——他们肯定不假思索就会把我绑起来。我突然有种奇怪的感觉，那个陌生的男人和我之间存在某种联系，我们都被剥夺了自由，被迫服从。我完全不能理解一个文明社会怎么能有这种行为。

我的护士把门关上，坐到了沙发上说："很抱歉让你听到这样的东西，这种场面其实很少出现，真的很抱歉。"

我们继续等待。

我快受不了了——结束了危机干预中心的那场噩梦，现在我换了个地方，开始新的梦魇。一整个晚上，我都坐在扶手椅上等待。我的手提箱放在脚边，外套摊在大腿上。在经过外面这起吓人的事件后，我忍受了一整天的胃痛终于到了无法承受的地步了。我也考虑过砸墙——为了引起人们的注意。

最后，我决定跟我的监护护士说说话："你在这里工作多久了？"

"二十多年吧。"

"很久了。"

"是的，要不是我看到人们能得到帮助，我也不会留这么久。在这里，没有什么丢不丢人的，每个人都有可能患上心理疾病，这里各种各样的人都有，有些人只是需要通过短暂的休息来解决问题，而有些人却总是带着痛苦回来。"

我很感激她的坦诚，也跟她说了我在美国那些年的情况——我的大学，我的工作。有那么一段时间，我都忘记自己病得有多厉害了。终于，护士接了一个电话，她跟我说可以去办手续了。我突然感觉比过去几周都要正常——仿佛下一秒我就能跟她握握手，表扬她的工作能力，然后回家。

护士把我带到了一个大一点儿的检查室，里面站着三个护士，两个穿白大褂的医生。一个医生让我坐下抽血，护士把我的文件递过去。

我环顾了一下四周，这个地方看起来并没有我想的那么窒息——护士看起来都很和善；虽然医生黑着脸，看上去很疲惫。主管的医生让护士给我做一下药物、酒精和其他几种成分的测试，当她在我手上找血管时，我紧绷着看向了别的地方。接着，感到一阵明显的刺痛，她飞快地抽满了五管血，我差点晕了过去。

然后，她递给我一个装尿液样本的东西，说："尿到这里面。"从一开始就陪着我的那个年纪大一点儿的护士，指给我一个门上没带锁的洗手间。我松了口气，能单独待上个一分钟，可真是太好了。

接下来是身体检查。我把衬衫脱了，暴躁的医生把冰冷的听筒放到我的胸口，检查我的心肺，然后又测了脉搏和血压。

"你的血压有点儿高，"他说，"但在目前这个情况下也很正常。"

我满脑子想的只有睡觉——我将近三天没睡觉了，现在让我睡地上都行。但他们还没处理完事情。之后，我被带到房间里精神科医生的区域，问了几十个关于自杀倾向的问题，评估我的精神状态。我猜这位年轻的精神科医生之所以愿意来这儿上班，是为了"丰富临床经验"吧。

我向她保证，自己没有自杀倾向了，只想一个人待着睡会儿觉。她看起来并不相信我，估计还觉得我是最糟的那类精神病患者，假装正常，但实际已经严重不正常。

她建议给我来一份"舒缓鸡尾酒（助眠药物）"，说能帮我更好地休息，还对其效果大大吹捧了一番："你会睡得跟宝宝一样沉。"

终于做完了所有检查，能离开这个令人想起脑白质切除术和电击疗法的房间了。我被那位年纪大一点的护士陪着走过一条地下隧道（看着像），两边是迷宫一般的过道，通往不同的地方。不久之后，我们到了一扇铁门前，门是由漆成白色的栏杆做成的，就像监狱门一样。护士刷了刷她的身份识别卡，把门打开，我们便进到了医院里戒备森严的区域。

到现在为止，我一直把注意力放在医院上，还没想过这次要住多久的院。想到这一点，我突然停了下来，包也掉到了地上。

护士立马转过身来问："怎么了？"

"我得在这儿待多久？"焦虑犹如千军万马从我胸口践踏而过。

"受法律约束，你需要在医院待至少10天的时间。"这时的她变得没有那么友善了，"这10天之内，你不得离开医院。"

"10天！"我重重地垂下了头，眼泪涌了上来。

看到我的样子，她走过来，把手放在我的肩膀上。"我知道这很不容易，"她同情地说，让我差点哭了出来，"我们继续走吧，早点去房间休息。"

我们到了医院另一个区域的入口，上面写着"十二病区：精神科紧急收治站"，紧挨着的是另一块标识——火灾逃生图。

护士带我去了我要待的地方，又带我去熟悉许许多多不同的分区和房间，我觉得自己都要迷路了。

另一位看起来很累、面无表情的护士，把我接了过去。她让我把包放在一张小桌上，摘掉了我的手表、皮带，清空了我所有的口袋，告诉我，回头这些东西都会退还给我。这里与监狱相似得令人痛苦。

护士打开我的手提箱时，我感到很不自在，看到柯丝蒂在衣服的最上面放了《圣经》和家庭合照，我更加难堪了。护士草草地把照片放在桌上，然后开始搜查每一件衣服和每一个内袋。

完成任务后，她又带我穿过一个冷冰冰、空荡荡的走廊，两边分布着写有编号的门。我们停在了4号门门口，上面没有患者名字，看来我还没完成注册。

护士用钥匙开了门，我进去一看，房间的样子和陈设让我震惊了。房间很小，没有窗户，还有那张冰冷的铁制病床——如同一头监视我的金属兽，床腿的轮子被锁住了，但随时都能打开，医护人员不用费劲就能把我运走。靠近门的地方是一个洞，用作衣柜，只是里面没有衣架。床头挂着一幅庸俗且丑陋的油画，画的是一朵花，估计是之前住这儿的病人画的。画没有装裱，用圆圆的软钉固定在墙上。

床旁边放着一把椅子和一个床头柜，墙上装有一盏阅读灯，桌上放着一个装了水的纸杯。在纸杯旁边，我发现了一摞资料，护士让我仔细阅读，说这里面包括了所有法律细节，包括在第3.6条下所说我的权利，以及我如何上诉。

"门会被锁起来，"她说着拧开了阅读灯，"你需要出去用洗手间的话，必须喊坐在门外的护士来开门。"

"有人会在我的门口守着？"

"是的，她整个晚上每隔20分钟会来查看一次，这是标准流程。如果你的自杀倾向十分严重的话，她会一直在你的床边陪护。"

"没有那个必要，"我觉得难以置信，"我只想一个人待着睡觉。"

"好的，其他护士很快会把你的药送来。"

她离开了房间，传来锁门的声音，然后便是一片寂静。

我坐了好一阵子。然后，我躺倒在床上，床单又冷又硬，枕头又薄又软，我的头几乎直接落在了床垫上。我把枕头对折了两次，伸手关了灯。当周围都陷入黑暗中时，我像个胎儿一样蜷缩了起来，任由泪水决堤而出。这一整天我一直在强忍泪水——面对着我的妻子、护士和其他人时，假装一切都好。但现在，我只身一人被关在剥夺人格的牢笼里，我再也找不到需要坚强的理由。

万千思绪涌进了我的脑海里，发出无尽的疑问：为什么我要经历这种事情？要是我进了斯德哥尔摩的咨询公司，我现在睡的就是酒店了。为什么我（一个觉得自己可以征服世界的人）会被关在这样一个可怕的地方？我所有的问题都只有一个答案：我失败了，我迷失了方向。这是事实，而

《火烧云》，2001年
大卫·桑杜姆
艺术家个人藏品

我也觉得，自己已经没有回头路可走了。

当我逐渐冷静下来思考时，我想要申诉——以针对把我关到这里来的决定，我要努力找回尊严，恢复名誉。奇怪的是，我想起贝里特来，要是我申诉成功的话，我可不想让她卷入麻烦。我整个人筋疲力尽，而且申诉要耗费巨大的精力，我决定还是什么都不做了。

但是，对于他们开给我的"鸡尾酒"，我还是想反抗一下。为什么我要让一个只见过我一面的医生给我开这种强力的药？我决心已定，于是抹了抹脸上的泪，把灯打开，逐字地读那摞资料。在"法定权利"下面清清楚楚地写明，他们不能逼我吃药，除非我处于极度危险的状况，否则我就有法定权利拒绝服药。

我想，他们可能没想到，会有病人认真看这种东西吧，就像你租车时看都不看就签的协议。

我可是要逐字逐句好好研究。

我还在埋头苦读的时候，听到了敲门声，接着进来一个没见过的护士。

"你好，我叫玛丽安，给你送药来了。"她说着，给我递过来一只杯子，里面装满了五颜六色大小不一的药片。

"我决定不吃药了。"我说。

"能问一下为什么吗？"

"因为不想让你们随随便便给我开药。"

"我真的觉得你应该听医生的建议，你都好几天没睡了。"

"我不吃，我读了那本你们好心给我的资料了，我知道法律赋予我的权利。"

"如果你选择这么做，那我也不跟你争了，"她说，"但我不同意你的看法。"

"也许你是能帮我点儿什么，"我转移了话题，"我很饿，我在这里待了很久，但没有人给我一点吃的东西。"

"一般这么晚的时候，我们是不提供食物的，"她有点不耐烦地回答道，"我帮你去厨房看看还有什么东西吧。"

我安静地点了点头以表感谢。在她出去把门锁上之后，我把灯关了，用毯子紧紧地把自己裹起来，立刻就睡着了。

我满身大汗紧张地醒来，发现自己穿着外衣睡觉，迷迷糊糊不知道身在何处，但很快，残酷的记忆就涌了上来。

我把灯打开，看到桌上有一杯牛奶和一个芝士三明治，我狼吞虎咽地将所有东西都吞进肚子，噎得胸口发疼。然后我站起来，朝门口走去。

"嘿！"我喊道，"有人吗？"

"有，没事吧？"一个男声传来。

"我没事，我只是想知道现在几点了，然后去一下洗手间。"

"早上四点，你睡了一会儿——稍等，我把门打开。"

这位新的"守护士"带我穿过大厅，来到洗手间。他把锁打开，等我进去之后，又把门锁上。我又一次被眼前的景象震惊了，洗手间里最常见的设施这里没有——没有镜子，没有任何可能摔碎的或者锋利的东西。

"你在里面还好吗？"他紧张地问。

"没事，"我说，"不知道你叫什么，但我向你保证，我完全不可能在这里面自杀的，即使我真的有那个想法。"

回去之后，我一直睡了大概24个小时，就像我终于跑到终点，累得倒下了一样。中间我醒过几次，完全不在乎自己在哪里。所有那些在外面的压力就像被四面墙吸走了一样，烟消云散——这里没有时钟，没有日程计划，没有愧疚，也没有需要达成什么目标。

第二天，我醒来时觉得十分焦躁，伴随着羞耻感，觉得自己被困住了一样（多数专家都会认为这个情绪组合非常危险）。只要能离开这个地方，我什么都愿意做。我觉得，这种软禁让我的自杀倾向比以往更强，于是我不停地寻找着能够结束这一切的方法，甚至幻想着用头撞墙。这场逻辑与非理智之间的搏斗令我无比焦虑，哪怕轻微的刺激，都会激发出如刀般锋利的反应。最后，我还是克制住了，没有完全失控。

我反复幻想的新场景之一是如何让警铃大作——我和护士打架，冲着他们尖叫和嘶吼，就像刚到那天遇见的那个男人一样。最后，我被五六个护士控制住，五花大绑起来——这个画面使得这个想法更加诱人。

"有电话找你。"走廊的护士说。

"谁打来的？"我很是惊讶。

"你在莫斯DPS的心理医生，其他电话我们都不允许你接听，但你可以和她聊聊，跟我来吧。"

听到是贝里特的来电，我很欣慰自己没有被遗忘，但与此同时我又有点恨她。

我跟着护士走到一个休息区，那儿有个电话间。

控制着怒火，我把无绳电话放到耳边，我用低沉的声音说："我是大卫。"

"你好啊，"贝里特说，听起来和平常一样，"我答应了第二天给你打电话，我没忘，但接电话的护士说你一直在睡觉。"

"是吧。"

"你是不是很生我的气？"她直白地问。我很惊讶。

"没有，"我撒谎了，"只是真的很痛苦。"

"我知道，我之前也在这样的病区工作过，坚持住，我过几天会再打电话来了解你的情况。我也会给柯丝蒂打电话，让她知道你一切安好，你估计也猜得到，她有些担心。"

"谢谢。"我说，内心希望她不要挂电话，但这可不是什么社交电话，不过是一次医学检查罢了。

"好好照顾自己，我们回头聊，好吗？"

挂了电话后，旁边的护士投来同情的眼光，我扭过头去。我突然想明白了一件事：有时候我们必须忍受一些不该经历也无法理解的艰难。现在便是这样的时刻。

和贝里特打过电话的几个小时后，一个年轻的护士打开了门："你还好吗？"他努力想和我建立眼神交流。

"还活着，但很焦虑。"

"洗个热水澡，或许可以帮你放松下来，你一直在睡，我们也不想打扰你，但现在你想洗的话，可以洗。"

意识到自己好几天没有洗澡，我同意了。

我们离开了房间，一路上我都在想，接下来会把我带到哪里去，又会遇到谁。我差点就提出要回房间了，但忍住了，紧紧地跟在他身后。

最后，我们来到了一扇门前，上面写着"淋浴间"，护士递给我一条白色的浴巾、内衣和一瓶洗发沐浴二合一。他把铁门打开，当门在我背后关上时，撞击声在整个房间里回荡。这个地方很大，至少还能再容纳10个人。

就像这座大楼里的其他地方一样，这里也是冷冰冰的工业风——这种环境怎么可能让人好起来啊？这难道就是政府觉得我们这种人应该待的地方，用地牢改造的淋浴间？

这个房间虽然大，但也只有一个洗脸池，角落里是淋浴的地方。没有花洒头，只是一大块焊在墙上的大钢板，上面打了洞——估计是为了防止有自杀倾向的病人利用这个上吊吧。

我慢慢地脱掉衣服，把水打开时，仿佛也拧开了身体的开关，我开始发抖、哭泣，热水从墙上洒下来，落在我的脸上，打在冰冷的地上，我被一团蒸汽包围了起来。我站在那儿，感觉自己被侵犯，变得支离破碎。想要结束一切的念头冲击着我，我开始环顾四周，寻找可以伤害自己的东西。突然间，重重的门被打开，打断了我自残的念头。

"你怎么样了？"护士问道，"你看起来不太好。"

"请让我一个人待着吧。"我说着转过身去，面对着墙。我扭过头补充道："就连洗澡我都不能一个人待着吗？"

他很快地瞄了我一眼，点了点头，退出去了。

我把水开着坐在地上，毛巾放在对面的角落里，止不住地哭。整个世界一片混乱，所有事情都漫无目的，我甚至无法相信人的善。

我知道护士很快就会过来了，我做了个深呼吸，穿上衣服，敲了敲门说："我好了。"

他打开门时，我匆匆地从他身边经过，快步走向我的房间，感觉自己就像在噩梦里一样。这个地方不是真的——不可能是真的。我那空荡荡的房间，现在看起来是个令人向往的避风港，三天之前我可不会这么想。

我又把自己裹在被子里，心理医生进来了，问了我几百个问题，很多都非常荒谬无礼。我最后才意识到，他是想判断我有没有精神分裂。

"你有没有看见过天使？"他问，"会不会经常听到别人听不到的声音？觉不觉得自己有超自然能力？"

"听着，"我说，"如果你是想知道我是不是有精神分裂，我可以告诉你，我没有。我很同情他们，相信我，我没有那些症状。"

"噢，我知道，"他说，"这不过是标准流程而已，对每个人我们都要问同样的问题。"

"这儿是不让信仰上帝或者天使吗？"

"不是的，但如果你说你现在能看到我背后有天使的话，那我得记录下来。"

但心理医生的探访倒也带来了好东西——他把我的包和其他个人物品带过来了，这样我就能画画、看书和用CD机听音乐了。这也表示，他们不再把我视为对他人的威胁了。

我循环听着特蕾西·查普曼的专辑《十字路口》，歌词和旋律的配合实在是完美——像是我灵魂发出的呐喊。

我第一次听到这首歌是1989年的时候，那年我18岁，在瑞典高中读高年级。我在当地的一家音像店买了磁带，在很艰难的一段时期里反复地听。我现在知道，那会儿自己已经抑郁了，我很迷茫，对未来非常焦虑。那时，我还没从母亲去世的阴影中走出来，也无法理解父亲的再婚。我讨厌上学，没有方向。我得了很严重的湿疹，一周要去医院三次接受日光浴治疗，每次都要在一根大管子前站上30分钟。

还有更糟糕的。我和当时的女友安吉莉卡关系特别紧张，她是我妹妹的闺密，比我小一岁。我们谈恋爱谈了一年，我也是真心爱她和她的家人。但我们经常吵架，或许是因为我们的性格都比较倔，又或者，就像一次吵架时她说的那样："你要求太多了！我没办法满足你所有的要求！"

她的话就像刀子一样深深地扎在我的心上，虽然她说的基本没错。我暗暗下定决心不能被她甩掉，于是我表现得无所谓。但最后，她为了我的一个好朋友甩了我，看到他们在一起时，我体会到了心碎的感觉。这种痛深深地将我击中，痛楚慢慢地扩散开来，令我无法正常生活。我被深深地折磨了好几个月，靠听特蕾西·查普曼的歌聊以自慰。

如今，我坐在这间悲凉的房间里，读着《十字路口》的歌词，暗暗握紧了拳头：我不允许他人主宰我的人生，或者改变我。有好些年我寻找着理解与同情，却落得只身一人在这疯人院里，没有谁能明白我在经历着什么。

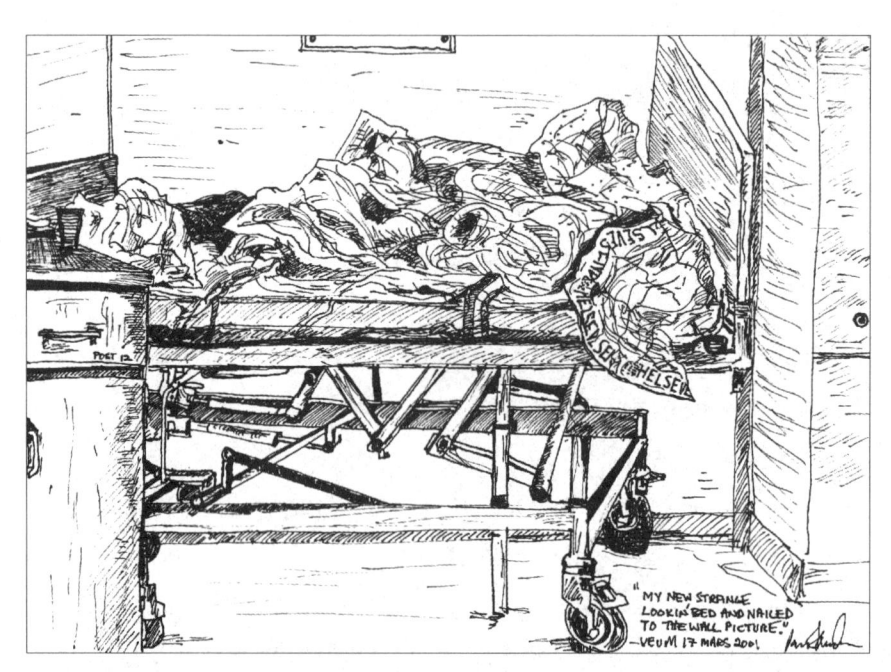

《我那崭新又奇怪、被钉在墙上的床》，2001年
大卫·桑杜姆
艺术家个人藏品

一直以来，我非常喜欢写日记，但现在我只能盯着空白的页面，无法用语言将我的感受表达出来。我打开我的画册，开始画画。

我画的第一幅画是我的床，我坐在椅子上细细端详着它，仿佛它是一个会呼吸的模特儿，而我需要将它的神韵捕捉到纸上——它的钢结构，床腿的轮子，床尾的板子。床上乱糟糟的毯子，完美地表达出了我的迷茫。最后一笔，我在右下角写上了这幅画的名字：《我那崭新又奇怪、被钉在墙上的床》。

我第二幅画叫作《垃圾桶》，反映的是我在这里的感受——处于食物链的底端，等着被扔到垃圾桶。这也是我对自己的新定位，我不再是以前那个雄心勃勃、追求远大目标的人了。

而第三幅画是我经过允许，从外面画我的房门的样子，是一幅写实的临摹，门上有房间号和姓名。我管这幅画叫《精神病旅馆》。

可见，我在下意识地做耶格和蒙克所倡导的事情——讲述自己的故事。

上：《垃圾桶》，2001年
大卫·桑杜姆
艺术家个人藏品

下：《精神病旅馆》，2001年
大卫·桑杜姆
艺术家个人藏品

17　CJ 和德古拉

  为什么？我问自己，为什么我的人生变成了这个样子？多数人在某些时刻都有过这样的疑问。但就像我见过的所有抑郁的人，答案已经明了——那就是没有答案，一切都毫无意义。只有理解这一点，没有抑郁的人才能理解抑郁的人。这和过于悲观没有任何关系，只是我们心里一直有一个声音，呐喊着让我们放弃、投降。

——2001年3月18日

  我躺在床上，翻阅着我的画册，分析着所有细节。我认真地研究这些画，就像里面藏着能解开人生谜团的线索一样。凡·高也住过精神病院，经历过一样的痛苦，因此我在他的作品上更加用心——不光是画作，还有他的文字。我很喜欢他1889年5月在法国普罗旺斯圣雷米的医院给弟弟写的一封信：

  对日常生活的一切，我都毫无想法。比如说，欲望，我没有见朋友的欲望，即便我一直惦记着他们，但一点都不想见。这也是为什么我觉得还没到离开医院的时候，无论在什么地方，我都是抑郁的。待在这里的话，医生能更好地观察出是哪里出了问题，我也才有更大的信心重拾画笔。

  凡·高说得没错——我得有耐心，急切想要逃离这里，对我一点好处都没有。而且，无论我去到哪里，这恶毒的抑郁也会跟到哪里。
  传来轻轻的敲门声，我越过毯子看去，玛丽安正走进这黑漆漆的房间。我对她没有什么戒备，因为她跟我说话的时候很尊重我，不像那个愚蠢的精神科医生和其他护士。
  "一切都还好吗，大卫？"她站在我床边问道。
  "好，也不好，"我仍然把自己裹在毯子下面，"还记得吗，我不是自愿来的。"

她把床边的灯打开:"也许,今天你该出房间走走,和其他病人一起吃晚餐。"

"和谁吃晚餐?"

"和你同病区的病人。"

我说:"不可能,我很害怕那些精神不稳定的人。警报一天起码要响两次,我怎么能确定那些疯子不会吃着东西的时候,忽然用叉子往我脖子来一下?那个砸墙的男人肯定也在这附近,也许就在隔壁房间。不,这儿的人我谁都不信,虽然我承认,去洗手间的路上,我对两边住着的人都很感兴趣,但他们看着有些很正常,有些疯疯癫癫的。"

"你害怕跟他们吃饭吗?"

"那肯定,我不知道他们是什么问题。"

"但你迟早要出这个房间的,一天到晚窝在这里可对你没好处。你不一定要跟人聊天,坐在那儿吃饭就行,吃完就回房间。全程都会有一个护士陪伴,没有什么好担心的。"

我想了想,叹了口气。她的理由很充分,而我也无聊死了。

"你穿衣服,我去外面等你。"

这里的用餐区也是休息娱乐区,里面有沙发、乒乓球桌,天花板上挂着一台电视机,就像廉价的汽车旅馆那样。

我们到达的时候,其他病人正在安静地吃饭。为了不和他们坐在一起,我问护士能不能先看电视。

"不可以,"她说,"之前可以,但几个星期前有个病人因为一直看新闻里的暴力事件报道,身体状况变得更差了。所以从现在开始,不能看电视了。很快,电视机就会被拆掉。"

"收音机呢?"

"一样的。"她温柔地说,"现在先坐下吃饭吧。"

我慢慢地走近那张长长的木质餐桌,已经坐了五六个人,没有人搭理我,一个男护士抱着胳膊站在旁边。我坐了下来,努力不去看别人,但我还是忍不住观察旁边的人:一个年纪有点大的女人在自言自语,一个戴着耳环、身上有文身的男人,还有一个年轻女孩儿低头盯着自己的盘子,眼泪快流出来了。每个人都有自己的故事,但我把注意力放在晚餐上,土豆、炖牛肉和水煮蔬菜——至少在饭菜方面，挪威政府还是很照顾这些患有心理疾病的公民的。

有几个病人观察着我，像是要弄清我的情况，其他人则是一副毫不在意的样子。但据我所知，他们都可能变得暴力、疯癫。就在一周之前，我看到报纸上说，一个男人到他前妻家里，在厨房强奸了她，把她打得差点不省人事，他还试图在她面前上吊自杀，不过很快就被他的前妻救下来了。新闻称，这个男人正在精神机构接受评估——可能就是坐在我身边的某个人。

最吓人的是一个又高又瘦的年轻人，留着一头及腰的金色长发，穿着一件长及脚踝的皮外套，外面套着一件厚厚的毛衣。他在病区里摇摇晃晃经过的时候，就像穿了一条皮裙子一样。有天晚上，我去洗手间的时候碰到了他，他径直朝我走来和我握手，把我吓了个半死。

"我是理查德，"他说，"我不知道自己今天是什么，明天又会变成什么。"

我抽开手没搭理他，同行的男护士让他走开。

"为什么他能到处走，而我不行？"我问护士。

"噢，他在这儿有一段时间了，"他说，"很快你也可以独自走动了。"

"就这样你们还觉得我是那个脑子有问题的？别让他靠近我。"

当我第一次见到他像吸血鬼德古拉伯爵一样在大厅游走时，便决定要不惜一切代价远离他，但现在他还是出现在离我几米远的地方。

我告诉自己，避免和他有眼神接触，千万不能给他一丁点儿过来攀谈的理由。

在桌子的一头，一个坐着轮椅的男人看起来很痛苦，不停地哀求护士给他止痛药。

"求你了，"他对站在旁边的护士说，"你为什么不能多给我两片呢？我受不了这个痛了。"

护士冷冷地盯了他一眼，说他吃得够多了，男人摇摇头，被完全击溃。他坐在那里，看起来是如此脆弱。但他又给人一种很犀利的感觉，及肩的黑发，乌黑的胡子，有些诡异的蓝眼睛。我总觉得他看起来有什么地方不自然，近看才发现，他有一只玻璃义眼。很难判断出他的年龄，如果撇开他因痛苦造成的疲惫和憔悴，将目测的年龄减掉5岁，我猜他35岁左右。

像其他人一样，我努力不注意他，可听到他持续不断的呻吟，我暂时忘记了所有的恐惧。"你为什么不帮帮这个可怜人呢？"我还是忍不住问了那个护士，"你肯定有能给他吃的药啊。"

整个房间都安静了下来，其他病人看看我，然后看看护士。

"不可以，"护士摇了摇头，"已经给他用了医生开的剂量了。"

像是被我所做的努力感动，轮椅上的男人朝我伸出手。"我叫CJ，很高兴认识你。"话刚说完，他又朝护士吼着咒骂起来，"你这个残酷的混蛋！我要离开这个鬼地方。"他推着轮椅离开了桌边，朝门口走去。

男护士等了几秒，看了看玛丽安，玛丽安朝CJ去的方向歪了歪头，男护士便追了上去。

第二天早上，他们允许我离开房间，可以自由地在大厅和用餐区走动，见见其他病人，或者跟护士打乒乓球。我甚至跟德古拉玩了游戏（我不敢拒绝他），把他打得落花流水。但在他指责我作弊之后，我心甘情愿地改口说他赢了，不想给他任何把我头骨打碎的借口。

接下来几天，我越来越大胆地观察起其他病人来，早餐、午餐和晚餐的时候都能见到他们。其中有一个上了年纪的女人，矮矮胖胖的，一头白发乱糟糟的，穿着一条20世纪50年代的裙子。她的脾气很暴躁，一点点小事就能让她抓狂。她经常抱怨吃得不好，告诉护士饭应该怎么做。我一点儿都不意外，因为我能想象出几年前她在厨房给孩子做饭的样子——而且，听她跟护士讲的细节和菜谱，她肯定做得一手好饭。从她眼里我能看出，她并不是长期以来都是这个样子。我也很好奇，她为什么被送到了这里。

一个脆弱瘦小的女孩子坐在餐厅的角落，每次看到她都在哭泣。她很年轻，不超过十六七岁，她身上的所有东西都吐露着抑郁：空洞的双眼，颤抖的双手，而且跟我一样，手指甲被咬得凹凸不平。我听人说，她有厌食症，需要强行喂食。一天晚上吃饭的时候，她崩溃地大喊："我不应该跟你们这些怪人关在一起！这可是维姆啊，老天！"

"放松点儿，"CJ冷静地说，一看就知道吃了药，"发泄在我们身上也没用，大家同在一条船上。"

她安静了下来，一脸羞愧，用手捂住了脸。一个护士扶她起来，陪她走了出去。

我再也没有看见过她。

第二天，我感觉十分压抑，没有踏出房门，早饭和午饭都没吃。工作人员频繁地来看我，想要说服我出去，但我一直待在房间里画画、看书。一个护士送了晚饭来，然后坐下看着我正在画的风景。

"你画得很好，很有天赋。我们这儿收治过一个真正的艺术家，名字我记不得了，但很有名。"她那句"真正的艺术家"惹恼了我，那她把我当什么？业余爱好者吗？我会有这样的反应也很奇怪，因为我还没有把自己当作是艺术家。

有一天晚上，我特别焦虑，睡不着，便穿好衣服，敲了敲门。

"有什么事吗？"门外的护士问道。

"我想活动活动，去外面走走。"

门开了，护士建议我服用医生开的药物。像往常一样，我拒绝了，在他继续跟我拉锯之前，我走掉了。

我顺着被漆成白色、墙面毫无装饰的大厅散步，沉浸在自己的思绪

《焦虑之云》，2001年
大卫·桑杜姆
索利家族藏品

中。突然，跟前的一扇门被猛地打开，一个肥胖的女人浑身赤裸着跑到了走廊上，用尽全力大喊："你们这些浑蛋，究竟要什么时候才电死我？"

她从我身边跑过。就在几秒之后，警报呼啸而起，护士从四面八方飞奔而来，强行把她带回了房间。一个护士问我有没有受伤，我摇了摇头，她便上前去帮那个女人了。

目睹这诡异吓人的场面之后，我不禁想，这种事情我怎么说朋友都不会信的。但与此同时，我也心惊胆战起来，不仅仅是因为看到了那个女人像一只野生火鸡一样飞奔而过，而是她提到的电击疗法，那是20世纪40年代我奶奶抑郁住院时的遭遇。

大厅又安静了下来，我继续走到用餐区，双腿的麻痛仍然难以承受。黑暗里，我看到在角落有个长长的身影，于是我把灯打开，想看看是谁。CJ面无表情地坐在那里，全身上下只穿着一条内裤和一件背心，腿上盖着一条毯子。

我在他旁边坐了下来。几秒后，他又开始痛苦地呻吟起来，他指了指他的背，然后在轮椅上难受地扭来扭去。

"痛得要命。"他一边说着，一边像猫一样蜷起背来，"大厅刚才吵吵嚷嚷，是什么事？"

"有个我没见过的女人没穿衣服跑来跑去，引起了一场骚动。"

他没心没肺地大笑起来："可能是个精神分裂，他们把我们全部关在一起，跟世界末日一样。"

"但她怎么能自己把门打开？"

"肯定是哪个护士查房之后忘记锁了，很正常。"

我的眼光停留在他前臂的伤痕上，一道道黑色的线就像干了的沥青，映衬着他苍白的皮肤。我也注意到，他喉咙和脖子上现在多出了一些新的、浅一些的伤痕。他身上的一切看起来都是如此惨痛，令我无法承受。

"希望我能帮上忙，"我说，"虽然我也知道帮不上你什么忙。"

"别担心，孩子，我反正很快就要死了。"他的声音让我不由得战栗起来。

"我不是想多管闲事，"我轻轻地说，"但你怎么会到这儿的？出了什么事吗？"

141

"几年前,我在美国遭遇了一场车祸,我当时买了比萨开车回家,在岔路口有个家伙闯了红灯,直直朝我撞过来。因为拐个弯就到家,所以我没系安全带,现在我一辈子都要背负着这件蠢事带来的后果;还有我对那个醉驾白痴的憎恨,我真想把他碎尸万段。"

"你之前在美国?"我用英语问他,"我之前也在那里。"

他立刻精神了起来:"你住哪儿?"

"盐湖城,我在犹他大学上学。"

"不错啊,我在佐治亚州,"他带着南方口音说道,"我们家1982年从挪威搬到了得克萨斯州,那会儿我才15岁,之后就一直住在美国,直到几年前才回来。因为背部要做手术,但保险不肯报销,从那以后我就一直活在炼狱里。"

"那你在美国住了有15年了?"

"差不多。"

接下来,他做了一件出乎我意料的事。他把轮椅转了方向,背对着我,然后撩起了他的背心,给我看他背上大大的刺青——烈日下,一只秃鹰翱翔在山间。真是一幅很棒的作品,秃鹰上方文着斜体的"自由"二字。

"我真受不了这里,"他说,"挪威一点儿都不自由——到处都是法律和官僚主义。"

"那你为什么不搬回美国呢?"我问出了这个不礼貌的问题。

"因为我刚刚说的该死的保险,我回去了要怎么办?在街头流浪,坐在轮椅上乞讨吗?"

"你有家庭吗?"

他顿了顿说:"几年前,我妻子为了别人和我离婚,回美国了。这件事令我很痛苦,但最让我心痛的是,我不能陪在我宝贝女儿的身边,她是我的全部。"

"其他家人或者亲戚呢?"

"都在那边——跟他们说话都是一种折磨。"

我不知道该说什么了,只能点点头。我知道这是美国南部一种特有的表达方式。

"那你是怎么到这儿来的?"他反问道。

"我不是自愿的，他们把我关起来，因为我有自杀倾向，治疗师觉得来这儿对我更好。"

"全是胡说八道啊，孩子。"他说着，又在轮椅里扭动起来。

"什么意思？"

"如果我们想死的话，他们是阻止不了的，他们做不到。你看到这些伤口了吗？"他伸出手臂，"昨晚我偷了个打火机，带到淋浴间弄的。我用打火机烧装纸巾的盒子，熔化了的塑料过一会儿就会变硬，像刀片一样。另外一种方法是把塑料杯子扯成两半——那样也足够锋利了。"

"我可不敢这样做。"

"那你就更该离开这儿了，这些浑蛋完全不知道自己在做什么。"

和他的谈话一直都很舒服，直到他刚刚说的话突然间令我陷入了汹涌的情绪之中。我觉得很难受，他为什么要这么热心地教我自杀的方式？

但一部分的自己还是想说服他活下来。看到他坐在那儿低着头，毫无气力，孤苦无援，我觉得自己有义务帮他。我在想，护士都跑哪儿去了？他们一整个晚上坐在我们房门口，然后呢？

"不要自杀，"我平静地告诉他，"一定还有别的办法。"

他摇起头来："你不懂，孩子，你的战斗才刚刚开始。你看看我，我一直处于痛苦之中，离不开这个破轮椅！我是个有着玻璃眼的怪物。我的妻子离我而去，投向一个健康男人的怀抱，还告诉我的宝贝女儿，我是个危险人物。我每天都尿裤子，要求别人给我换尿布。告诉我，这算什么人生？我以前还是跆拳道黑带啊，老天！"

这一刻，我的焦虑已经到了极点。我一跃而起，走开了，我知道这很残酷，但我必须得这么做。

"喂，听着，"他在背后朝我喊道，"跟他们说，你对发生的一切都很后悔，他们就会放你出去的，排队等着进这个疯人院的名单还很长呢！"

我差点呼吸不过来，一路小跑回到了我的房间。我感到天旋地转，先是那个赤身裸体在大厅大闹的女人，然后是CJ跟我讲他的悲惨人生，教我如何结束自己的生命。太多的悲惨和痛苦了！当护士打开我的门时，我说出了从未想过的话："随便给我点儿什么能让我马上睡着的药吧，我再也不想思考了。"

18 火灾

  我正躺在医院的床上写下这些东西,我不知道自己是不是真的有出去的那天。我的人生慢了下来,像是在爬行。从某种程度上说,我感觉自己不再是自己,一切就像都是一场梦一样。我很快就会醒来,发现我从来没见过坐轮椅的CJ或者这儿的其他人——他们都在现实中活得好好的。我真的很同情这里的每一个人,即便是在这里工作的护士,这里没有别的,只有淹没一切的悲哀。

——2001年3月20日

  在12号病区待了五天之后,他们让我收拾东西。"我们要把你转到另外的病区,那儿的管制没有那么严格。"早班护士说。

  我觉得这应该算是好消息了,但想到要离开这四面我才适应不久、能给我带来安全感的墙,还是有点紧张。"现在就搬过去吗?"我问道。

  "是的,我们也需要打扫一下房间,有别的病人要住进来,麻烦你尽快收拾好东西吧。"

  走出房间,我回头看了一眼,发现门上写有我名字的卡片已经被拿掉了,如同我从来没有来过。这个地方就像只属于无形的处于痛苦之中的灵魂,他们来来去去,不为世人所知。

  护士让我跟她走,我问她能不能先去一趟休息区,我想跟CJ告别。

  "没问题,"她说,"我知道你们俩走得很近,但你要五分钟之内回来哦。"

  我把包放下,朝着大厅走去。

  我在CJ平时坐的地方找到了他,他呆呆盯着地面,一见我走过去,就大声用英语咒骂起来。

  "先是有个浑蛋偷了我的烟,"他说,"然后连可乐也不给我喝?这些人都是撒谎的贼!"

  "他们把我转移了,"我跟他说,"我是来和你道别的,祝你一切顺利。"

"我以为你是要回家呢。你没照我说的做吗?"

"没,我太累了,不想跟他们争。而且,无论是在这里还是犹他,我都是抑郁的。"

"这倒没错,"他笑了起来,"我猜我很快能回家了,我跟精神科主任聊过了,他说因为我已经没有自杀倾向,所以他们很快会让我出去。我一直表现得很后悔,他应该是信了。我真的很想念我的女儿,我必须想办法去见她。"

"很好,你多想想她,"我感觉放下心来,"无论怎么样,你永远都是她的父亲。"

"是的,我得振作起来,不能再为难别人了。我出去之后找时间给你打电话?"

我不知道该说什么,我想帮忙,又害怕他会找到家里来。"不知道,"我说,然后补充道,"你知道我的名字,在电话本(美国部分人会选择将自己的联系方式刊登在公开的电话本上)上找就行,想打的话就打给我吧。"

"懂了,"他好像能读懂我的心思,"外面的世界不一样。"

在我就要起身走的时候,他抓住我的手臂说:"别让这个东西把你拖垮,你觉得自己被送到这儿来很糟糕,但你要知道,和我们一样的人比我们想象的还要多。"

"保重,"我说,"也许有一天,我会在得克萨斯碰到你呢。"

"噢,你可等着吧,人生总是有很巧妙的办法让人相遇。"

走到转角时,我回头看了一眼,他的头又垂了下去。

我回到大厅找到护士,给了她点钱说:"能请你到自动售货机那里买一罐可乐给CJ吗?就当作是我给他的礼物。"

"好吧,"她说,"一罐可乐不见得有什么坏处,但我得先把它倒到纸杯里……"

我们穿过地下隧道和锁着的大门,然后又出现在了另一个病区,这里的休息区更大,看着也更舒服。大概有10个病人坐在一起看电视。

"这儿的电视有四个频道,"护士说,好像是什么额外福利一样,"但无论看什么节目,都需要工作人员批准,不能看暴力、残酷或者极度悲伤的内容。所以，基本不能看电视剧。"

到新房间门口了，我很害怕打开门会发现里头坐着一个陌生人，就说："精神科医生昨天说，我可能要跟别人一起住，但我跟他说过，我绝对不会同意，换作是你，你会愿意跟这儿的人一起过夜吗？"

"放轻松，"她边说边打开了门，"你是少数几个有单间的，进去吧。"

"然后呢？"

"这儿的规矩很简单，"她说，"你可以在病区自由走动，或者在房间待着，随便你。你的房间在夜晚和白天的某些特定时候会被锁起来。早餐时间七点半，你必须过去吃饭，吃完了就开早会，我们会给你分配一些简单的活计，做完了大家一起锻炼。"

她离开后，我环视了一圈房间——常规的床，一张桌子和两把椅子。让我开心的是有窗户，虽然打不开，不难看出，他们不再觉得我有自杀倾向了。

我看了看9号病区的环境，我发现这里的病人更多——大概有15个。和此前一样，病患的类型和年龄分布都很广。就像CJ说的，"我们被扔到了同一个沙拉碗里"。

这个病区虽然也在锁和钥匙的管理下，但晚上在特定的时候会允许访客探访。我很快便注意到大厅里病人与家人、朋友来来往往。

第二天早上，我们围着一张大桌子坐着，安静地吃早餐。有些病人摆桌子，其他人则帮护士把食物端过来。早会的时候，大家围成一圈坐着，决定第二天的工作分配。

"明天谁能帮忙摆桌子呢？"负责的护士问道，"谁想来？"

一片沉默，但她没有放弃，她问其中一个女人："卡洛琳，要么你来？"

"不了，我不是很舒服。"

"好吧，那你呢？大卫。"她问我，"虽然你刚来，但你可以帮忙吗？"

"摆摆盘子什么的，我应该没问题。"

"太好了，"她微笑着说，"现在，谁能帮忙切晚餐的胡萝卜？"

天哪，我不禁想，要通过参与来获取尊严吗？我又不是自愿来的，为什么我要当志愿者，帮护士做他们的分内之事？让我帮忙摆桌子不是问题，但他们管这叫工作？可笑至极！

工作这件事简直侮辱人，但远不及接下来他们让我们做的事——围成一圈，彼此手拉手。没错，手拉手！就像回到了幼儿园！

护士拿出来一个小小的CD机，播放奇怪的非洲音乐。我身边的女人朝我伸出手来，我看了看护士，说："我不参加，这个太侮辱人，太莫名其妙了。"

"每个人都要做，"她说，"这是规定。"

"这又不是在军队里！"她的解释并没能说服我，我说得很大声，每个人都愣住了。然后我径直从她身边走过，穿过大厅，回到房间里。

另外一个护士追了上来说："别这样，大卫，没有那么糟糕。"

"真的吗？但要是我就不做呢？你们会把我赶出去还是怎样？我又不是神经病，而且我确定，我怎么样都不会变成神经病！"

我真的很怀念美国，仿佛更大的自由感便能包容更多自由的想法。我一整天都坐在房间里，回忆着以前的片段——我们在犹他买的第一辆车，一辆旧道奇；跟迪恩打完壁球后，我们去"派"餐馆吃午餐。我也回忆起在瑞典长大的时光，我的母亲会带我们几个孩子骑车去海边，在回家的路上采一些野花，放到厨房的餐桌上。我喜欢采花，母亲对海以及花的热爱，无疑在我身上也生根发芽了。

下午的时候，我听到敲门声，一个护士进来了——是其中一个见习护士，来观察一团糟的人看起来怎么样，闻起来又是什么味道。

"怎么了？"我问道，合上正在看的书。

"有访客找你，"她说，有些迟疑，"要是你想见的话，就让她们进来；如果你不想见她们，我就让她们改天再来。"

"是谁？"

"你的妻子和岳母。"

"我妻子在这儿？已经到了？"

"是的，她们在医院外面等着，但除非你同意，否则我们不会让她们进来。一般来说，住进来的第一周我们是不让探视的，但你的情况经我们判断，没有太大问题。当然了，除非你觉得不舒服，不想见。"

我意识到我们说话的时候，柯丝蒂和她的母亲一直在寒风中等待。我不知道该做何种反应，一方面我很开心见到他们，但另一方面我又害怕在这种地方和她们相见。

"没事，让她们进来吧。"

"你确定吗？"

"是的，确定。"

"我会告诉她们，不要逗留太久。"

等待她们进来时，我的心怦怦直跳，我要做什么呢？我应该说点什么？这里很不好——也不可能好。柯丝蒂估计也很紧张，一般我俩都紧张的时候，很容易起冲突。

一声礼貌的敲门声后，我的妻子和岳母微笑着探进头来。我邀请她们进来，她们分别很快地抱了抱我，然后就在椅子上坐了下来。我坐在床上。

在柯丝蒂用眼睛仔细地观察房间的每个角落时，我们没有人说话。我见到她有种奇怪的感觉，但她看起来很好，妆化得比平时精致，穿了一件很好看的新毛衣。她甚至卷了卷她的一头金发，像个货真价实的犹他女孩儿。

我的美国岳母没有一丝紧张，表现得就像是大伙儿聚在她的客厅聊天一样，我完全不知道她是怎么做到在这种地方还能如此轻松的。不过，这也是她的强项之一，在艰难的时候保持冷静，至少看起来是这样。也许是遗传了她的父亲，一位退役的美国空军上校。

"怎么样了？"我的岳母带着关怀的微笑问道。

"我不知道该怎么说，但我在这儿能得到一些休息。"

"那就好，至少我们在一个照顾人的国家，不是吗？"

我想反驳，但懒得说了。

"孩子们怎么样？"我问柯丝蒂。

"挺好的，他们很想你。"

"你跟亚历克斯说了我在哪儿吗？"

"不，我说你出差去了。"

"出差？"

"是啊，我还能怎么说？"

"不知道……跟他说我爱他，替我亲亲小宝宝。"

"好的。"她努力保持着镇定。岳母及时地救了场，指着我床头的桌子，问我在看什么书。我跟她大概描述了毕加索的早年时光，大家都平和了不少。

见习护士送来了一些饼干和果汁，放到了桌上。"不了，谢谢。"我的两位客人都婉拒了，我倒是吃了一些。

探访结束时，我跟着他们走到了走廊，时不时有病人和我们擦肩而过。我的岳母冲着每一个人微笑，至少在假装一切正常。看得出来，柯丝蒂很想离开。

到了出口，护士把门锁打开，但我却没有权利和她们一同离去，这让我觉得很别扭。

我们互相道别，妻子用手臂环抱着我的脖颈，在我耳边悄声说道："一切都会没事的，对吧？我们很爱你，想要你回家。"

"是的吧。"我说，虽然内心一点波澜也没有，甚至要逼着自己把手放在她腰上。我在想，她们是不是真的要把我单独留在这个地方。在此之前，她们的探访还算是可以承受的，但现在变成了撕心裂肺的痛。

"回去吧，"我跟她说，"一切都会没事的。"我们分开时，我的岳母靠过来说："这个地方虽然看起来可怕，但他们在帮助你，这才是最重要的。"

她们一走，我立刻赶回房间里，把窗帘放下来，关掉灯，在角落的地上坐了下来，开始号啕大哭。这次的痛撕扯着我，像潜藏在黑暗里一头原始、野蛮而凶残的猛兽。

我不知道自己坐了多久，我觉得能哭上好几天。我不想动，不想见任何人，也不想说话。有谁能理解我说的东西呢？护士和精神科医生吗？对他们而言，我只是工作的一部分而已。他们理解我，但是他们是因为得到工资才理解我的。我的家人和朋友完全无法明白我在这个地方的感受。

又传来了敲门声，一个身影走进了黑暗的房间间："我能打开床头灯吗？"一个女声响起，但在我回答之前，灯已经打开了。

她是前一天晚班那个年轻迷人的见习护士。被人看到自己哭的样子，我感觉很难为情，于是用手捂住了脸。

她看到我这个样子坐在地上，便拉过我身边的椅子坐了下来，问我要不要说说话。有好长一段时间，我一个字都说不出来，眼泪一个劲儿地往外流，直到她把手放到我的背上，温柔地摩挲起来，像在安抚一个小孩儿。她的手很温暖。

"是因为不想离开家人吗？"她平静地问道。

我点点头。

"你不是第一个有这种感受的人，大家都一样。"

听完她说的话，我站了起来，深深地、长长地吸了一口气。她也站了起来。没想到的是，她用手环着我的肩膀，给了我一个拥抱。这应该是禁止的，但又非常美好。应该有规定不能这样吧？但我不在乎，紧紧地抱着她，连她身上的味道都能闻到。她的毛衣又软又暖，我决定一直抱到她挣脱为止。

"没事的，"她还是抱着我，"一切都会没事的。"

那一刻，我相信那些病人爱上护士的故事是真的。她放开我的时候，我必须环抱双手来阻止自己要拉住她的冲动。

"你最好还是休息一下，"她说，"但晚些时候你不如出来，我们再说说话，或者跟别人一起看看电视怎么样？今晚好像有足球赛，你喜欢足球吗？"

又过去了几天，每一天都如同前一天沉闷乏味：早餐、早会、午餐、晚餐、夜间点心，以及杂活和无聊的电视节目。我至今还没有参加他们的跳舞环节，我发誓绝不参加。

之前在12病区的时候，我身心俱疲，分不清白天黑夜，现在我得到了足够的休息，只不过待在房间的日子很漫长，让我越发无聊起来。这促使我更多地去观察这里的人，这也成了我度日的最佳方式。通过观察一个人一分钟，所能获取的信息实在令人惊叹。

9病区的几个病人引起了我的注意。尤其是一个女人，她三四十岁，棕色的长发，把她放进20世纪60年代任何一个场景都不违和。她永远坐着，低垂着头，眼睛红红的。一个高高瘦瘦的家伙，估计是她的丈夫，抱着一个小婴儿去到她的房间。一天有好几次。看到她无法照顾自己的孩子，令人很是哀伤。我估计她得了产后抑郁。

还有另外一个女人，也是一天到晚坐在同一张椅子上，从来不说话。有一段时间我都以为她是失聪了，直到有一天护士提醒她要完成分配到的任务，结果她让护士不要烦她。

我房间隔壁住着的属于可怕的类型。一个中年女人,亮红色的短发,她看起来比其他人病得严重。她会大喊大叫,暴怒,一天至少两次弄得警铃大作。我真的希望她被送回12病区。有一次我甚至问护士为什么还留她在这里,护士说12病区住满了,只能把她放在这里。

整个9号病区,我只找到一个能说话的人,他叫汉斯。我们同一天生日,他比我正好大5岁。他和我有着相似的经历,都做过销售,突然有一天就崩溃了,再也无法工作。我们在医院最复杂的区域,在护士的陪伴下,一起打过好几次桌球或者乒乓球。这让日子好过了一些。

有天早上,汉斯背着包站在出口的地方朝我挥手告别。我的心猛地一沉,有个能说话的人实在不容易。我还得在疯人院再待几天,才能完成法律规定的住院时间。

住进汉斯房间的是我最不想遇到的人:12病区的"德古拉"——理查德,那个一头金发穿皮大衣的家伙。现在我左边房间是他,右边房间是红头发女人。

有天下午,我又在观察着往来的病人时,发现了"德古拉"全新的一面。他跟两个像是他父母的人一起从我面前经过,他的脸上带着微笑和羞怯,不再是那个吓人的、凶神恶煞的人,更像是一个幼儿园小朋友。当他的妈妈抱着他和他道别时,我看到了疾病背后的他:一位母亲在乎的儿子。想起此前对他苛刻的评判,我突然觉得很愧疚。

有一天,我接到了父亲的电话,他说一直在想我的事情,问我能不能让他来探视。工作人员同意他在非探视时间提前过来,这样他当晚能开车回哥德堡。我当下的想法是说服他不要来,但看到他心意已决,如果不让他来的话,他的心会很受伤,所以我最后还是同意了,但我提了一个要求。

"什么?"他有点儿紧张。

"给我带瑞典巧克力。"

到了他来的那天,我内心很忐忑。他会怎么想,又会说什么?我一早上都在画画来克服内心的不安。就在我坐在床上画海景的时候,突然闻到一股烟味。一开始,我以为是自己的错觉,但警报突然响了起来,而且和平时听到的不一样。我感觉是火警,于是慌慌张张地跑到房间门口,但房门被锁起来了,然后我又跑到被焊起来的窗边,用力地摇晃起来,但窗户一动不动。

烟从门缝下面钻了进来，除非有人来救我出去，不然我就要被烤死在这里了。在绝望之下，我用拳头敲打着门，大喊着开门。没有人回应。我把耳朵贴在门上，只听得外面一片骚乱，护士大声在指挥什么，人们四处奔跑。

在求生模式之下，肾上腺素飙升，我飞快地评估着自己的处境。我住在几层楼高的地方，从窗户跳下去风险太大了，但我决定，一旦烟雾变大，我就把门撞开，或许还有逃走的可能。

但事情并没有发展到这一步，几秒钟后，一个护士打开了门，大喊着让我快点出去，下楼去院子里等着。我抓住自己的外套，一个箭步跑进了烟雾缭绕的大厅。病人到处都是，我们跑到了出口，一起下了楼。

寒风里，几个护士命令我们排成队，清点人数。他们按一张清单点名，这个过程出乎意料地顺利，没有人尖叫，也没有人失控，估计都吓傻了。

我们站在院子里，但看不见一丝火苗的痕迹。火警警报声响彻天空，几辆消防车到了现场。消防员全副武装，穿着防护服，戴着面罩，拎着斧头和水管冲进了大楼，把我们看得目瞪口呆。

外面实在是太冷了，护士给我们发了毛毯。出来的护士越来越多，过不了多久，我发现工作人员的数量已经超过了病人。他们不停地问我们有没有事。对我来说，能从那个可怕的大楼里出来，已经是一种自由了。

过了不久，消防员也出来了，说安全了，可以回去。我们就像排着队的难民一样，按顺序走了进去。大厅弥漫着烟雾，回荡着排烟机工作的声音。他们让我们在休息区和用餐区等候，因为护士都忙着安顿病人，我便趁机去看看究竟出了什么事，来到了大厅。我偷偷看了看我隔壁的房间，怀疑这场火可能跟红发女有关。窗户两旁的墙都烧黑了，一直蔓延到天花板。很明显，她要么是把窗帘点着了，要么是把自己点着了。房间里的其他地方也烧得很严重。

我被一个护士发现了，对方大吼道："你在这里做什么？给我回休息区好好待着！"

看到的东西把我吓得不轻。我在那个沉默的女人旁边坐了下来，她出乎意料地说话了，问我发生了什么事。我跟她说了被烧焦的房间，说肯定跟那个精神不稳定的红发女有关，绝对是她放的火，危及我们的安全。

"太可怕了，不知道她有没有受伤。"

"不知道，她到现在都没有跟我们在一起。"

在这个最不合时宜的时候，我的父亲出现在了走廊，看着很警觉。一个护士对着我指了指，他走了过来，拥抱了我。

"儿子，你还好吗？"他问，"外面有四辆消防车呢。"

"有个女人把自己房间点着了。"我说，像在重复一个旧闻。

"她没事吧？"

"不知道……"

"没人受伤实在是万幸，搞不好会有人没命的。"他说，"护士说这里面肯定是没法儿探视了，但可以去外面走走。你可以吗？我大老远开车过来，要是要我马上掉头回家，我可受不了。"

我再次走进了刺骨的寒风里。这一次，我戴上了帽子和手套，跟父亲在医院附近的乡间小路上散步。他问了很多关于火灾的问题，我便跟他说了我被锁起来的房门、火警、烟雾弥漫，还有那个精神不稳定的女人，甚至还有她的一头红发。

突然，他停了下来，像要看穿我似的问道："你是怎么落得要来这样的地方？"他带着怨气，"你不应该和这些人待在一起。"

"我当时的记忆很模糊，"我开解道，"不过我一直很不好。"

"怎么了？有什么我能帮上忙的吗？"

有一段时间，我俩都没说话，我努力在想该怎么向他解释，也许得用比喻。

"你就像在问，士兵为何要去打仗一样。"我说，"他为什么要打仗不重要，只是他回来的时候，已经不再是之前的那个人了。"

"你的意思是？我理解不了你？"

"也许吧，但绝对不是三言两语就能给你解释清楚的，况且这外面天寒地冻的。"

他也知道还是不跟我争辩的好，于是我们打着寒战走了回去。

走到门口时，护士说可以回房间了，虽然里面的空气还是很差，排烟机要抽上一整晚。

"我还是一个人回去待着吧。"我跟父亲说。

"没问题，但这个你得拿着。"说着，他递给我一个塑料袋，里面装着一本书。这是摩门教领袖人物戈登·毕特纳·辛克利写的书，前言是由著名主持人迈克·华莱士——又一名抑郁患者写的。我父亲在内页写道："给我们最爱的大卫，2001年3月"，下面是他和我继母的签名。这份礼物对我来说，简直是更残酷了。

"我本来想自己看的，"他用一种诚实、关怀的语气说，"但我觉得你比我更需要。我很爱你，你知道的。"

我手上拿着书，想还回去，虽然我非常尊重作者和他要表达的意思。只是在这种地方收到一本宣扬信仰的书，实在是太奇怪了。另一方面，我觉得很冒犯，他居然认为要克服我正在经历的困难是很轻松的事情，但一想到他永远都理解不了，便跟他道了谢就算了。

那天晚上我没有睡着，一直想着过去一周发生的事情——12病区，那些号叫，我看到的人，以及他们悲惨的命运。还有妻子和岳母，父亲的探视，他们回去会怎么想。我还想到了CJ，不知道他现在是回了家，还是——死了。

但第二天，所有的焦虑都转化成了另一种更加强烈的情绪：愤怒。

午饭的时候，他们端上来一个大大的杏仁蛋糕，是我这辈子见过最大的蛋糕之一，上面铺满了糖霜，写着：致9病区全体患者和职工，昨天的事件处理得很棒。

院长也来了，员工和病人被要求围成一圈听她发表讲话。她公开感谢了每一个人，说"大家在火灾事件中表现得非常优秀"。她还表扬了工作人员，说他们的反应很迅速。听着她做作的话，看着那个蛋糕，我真想把蛋糕塞到她的喉咙里，再把剩下的都糊到墙上。

我从未如此勃然大怒。着火的时候，我被锁在了房间里，在恐惧中担忧着自己的性命。而现在，这个大人物居然用蛋糕奖励我们渡过生死大劫？这也太自以为是了吧？简直是侮辱人。但这些话我都憋在了心里，站在那儿听着掌声，看着病人和员工的笑脸，这些人吃着蛋糕，好像从未想过这个场景有多荒谬。

只有一个人没吃蛋糕——那个沉默的女人，她安静地坐在椅子上，目光呆滞地盯着前方。

19 我没疯

> 我坐在维姆的房间里，完完全全地麻木了。每个人都把我忘记了，我确定，是上天让我无声地滑出人们的视线。在犹他的时候，谁能想到我会落得今天这个地步？几年前，谁能预料到我会被诊断出心理疾病？我觉得很难为情，但很快又驱散了这种想法。在足够的压力之下，谁都有可能遭受这种事情。我现在知道了，自己此前一直活在巨大的压力之下。但现在又有什么关系呢？焦虑和抑郁在我身上生根发芽之前，我没能发现那些征兆，也什么都不懂。我虽然现在知道了，但已经太迟了——我已经踏上不归路，无法回头了。
>
> ——2001年3月25日

人很神奇的一点是，能很快地适应原本觉得充满威胁的环境，甚至在这个环境下越来越有安全感。

我第一次来到医院时，感觉自己像是被关在牢笼里的动物，但渐渐地，我对外面的世界感到越来越生疏，医院的白墙反而成为我熟悉的地方。我自愿同意再留三到六周，配合院方"进行诊断，评估新药物的使用"。这意味着强制留院治疗的10天已经结束了，接下来我算是主动住院治疗，其间可以外出，偶尔也能回家。

同意延长住院后，我也更加安心了。我把自己的画挂在墙上，衣服也都整整齐齐地叠好放进衣柜。就连"德古拉"也不再让我心烦，现在我已经完全习惯了他奇奇怪怪的话和乱发脾气的行为。有一次，我和他下棋，他说我作弊，我直接让他闭嘴，护士给我竖了个大拇指。

日子一天天过去，一天将近中午的时候，病区的精神科医生（刚毕业的瑞典小伙子）建议我走出医院，去镇上看看电影："出去走走对你有帮助，你需要重新面对外面的世界。"

我要做的就是坐公交车去腓特烈斯塔看电影，然后打车回来，看起来很简单，实际并不是。

那天晚上，我离开医院，我慢慢地走到医院附近的公车站，独自一人在黑夜里等待。离开医院的感觉真的很奇怪，身旁没有护士看守，什么都可以自己决定。

车到了，我很好奇司机能不能分辨出我是维姆的病人。我经常想起最近发生的一件事，一个新来的病人在大厅里看到我，要我帮助他。我跟他说我不是护士，他一脸震惊，仿佛觉得我在撒谎一样。

司机面无表情地给我找了钱。车子灵巧地钻进了车流，我走过过道，在最后面找了个位子坐了下来。透过窗户向外看，医院在视野里变得越来越小。你肯定觉得对我而言这是一个快乐的时刻，但我却觉得有点儿害怕，这种感觉很难描述。

到了下一站，一群青少年上了车，大声地聊天说笑。噪声让我很是焦虑，我差点就要阻止他们，让他们安静一点，但我想起来自己在这个年纪时也是这样讨人厌，便选择了沉默。

我对面的老先生没有一点被打扰到的样子，他穿着西装和长风衣，手提箱端端正正地放在大腿上，仿佛里面装的是金子。他完全地掌控着自己的情绪。我的人生可不是这样的——我不再生活在他那个没有痛苦、毫无怨言的世界了，我觉得这辆车不是我该待的地方。作为对社会有贡献的人，他有资格待在这里，而我——一个没有归属，格格不入的人——只配待在最令人厌恶的地方：精神病院。

车在腓特烈斯塔市中心停下来，我下了车，把薄薄的围巾紧紧地裹在脖子上，然后沿着主街前进。我在一家钟表店门口停了下来，看着橱窗里展示的各种品牌的表。多数牌子我都认得出来，还记得它们各自的特性和价格。不久之前，我还打理着这样一间店铺，闭着眼都知道该怎么卖表。我怀念起跟这种精密艺术品打交道的日子来。

我回忆起第一次去钟表维修店时，看着钟表匠独自坐在工作台前，在放大镜下用镊子和螺丝刀调试着小小的钟表机芯，这个场景激发了我对钟表的热爱。要是我没有离开犹他，我可能还在那儿工作，有着属于自己的生活。但现在我却成了一个精神病患者，站在一年前还没听说过的小城市的街上。这个想法激发了我的焦虑，我的呼吸开始变得困难。

坐在一片漆黑的电影院里，我却觉得舒服了不少。电影很有意思，我被逗笑了。但电影一结束，原本坐着的观众开始活动，焦虑又再次回来了。我必须马上离开人群，到外面去呼吸新鲜的空气。一走到外面，我马上拦了辆的士，跳进了后座。

本以为司机会是个吃着热狗的胖男人，没想到转过头来的却是一位漂亮的年轻女孩儿，看着有外国血统，估计是巴基斯坦移民后代。她跟我打了招呼，然后问：“去哪儿？"

"维姆。"

"是维姆区还是医院？"

"医院。"

"你是去上班吗？"车子开动了，她问道。

"不，我是病人。"我转头看向窗外，"生活有时是特别艰难的。"

她没有接话，打开了收音机，听起了巴瑞·曼尼洛。我知道她把我当成怪人了。我们一路沉默。内心的压力在胸口越堆越重，有好几次我都差点崩溃了。

到了医院，她把车停下，告诉我车费。我给了她一笔慷慨的小费，或许是想表达自己的态度吧，我说："我觉得你很漂亮，我也不是疯子。"

她看起来有些窘迫，回答："谢谢你，祝你有个愉快的夜晚。"

走回病区的路上，我的眼泪止不住地流。这种想立刻赶回医院的冲动，让我觉得很失败。我按下了大门口的按钮，对讲机传来了护士朱莉的声音。我喜欢她，她让我想起我的母亲。

"我是大卫，让我进来吧，我感觉不太好。"

她来了大厅接我："电影怎么样？"

"我感觉不太好。"这是我唯一能说出来的话，说完我痛苦地靠在了墙上。

"能看出来，但你现在安全了，如果你愿意的话，我们可以去你房间里聊聊。"

"不了，我想泡个澡，我冻得浑身冷冰冰的。"

"现在洗澡有点儿晚了，但是因为你坚持不吃奥沙西泮，洗个热水澡，能让你更容易睡着，我去给你把浴室门和热水打开。你先去房间把外套脱了吧。"

铁制的灰色浴缸放在空旷的浴室中间，像从天上滴下来的一大团深色金属。这里也是一样的白墙和冰冷的地砖。左边的墙上装着一面镜子和洗手盆。不经意照到镜子，让我吓了一大跳，有了自残的念头。

"你确定没问题吗？"护士朱莉隔着门问。

"是的，我只想好好平静一下……"

"好的，"她听起来不是很相信我说的话，"好好泡个澡，洗好了告诉我，我给你拿安眠药。"

我走到洗手盆那里，在镜子里仔细观察我的脸。我两眼乌青，像被打过一样，深色的眼皮，满脸胡子。我脸上的每一处都透露着暴力的倾向。自从蛋糕事件后，我一直有这种感觉，我想让警报呼啸起来，希望有人挑衅我，把我推到墙角，这样我就能一拳打掉对方的下巴。

我抓着镜子的边缘，想把它从墙上弄下来，但它粘得很牢。我有点儿气急败坏，纠结着是要冒着被抓的风险把它弄坏，还是就这么算了，最后还是什么都没做。"你真是个懦夫！"我大叫着用手掌狠狠地拍打着水泥墙面。

我抱紧了自己，准备迎来护士的敲门，结果一点儿声音都没有，朱莉肯定是走开了。

我脱掉衣服走进浴缸，闭着眼睛躺在热水里。我放弃了伤害自己的念头。想一想你热爱的东西吧，我这么对自己说。我首先想到的是犹他拱门国家公园，我奔跑在魔鬼峡谷里，脚踩着又厚又暖的沙子，沿着红色的岩石和步道跑跑跳跳。

下一秒，我便站在死马点，俯瞰着足以令人忘记呼吸的美妙风景，以及蜿蜒流淌着的科罗拉多河。没错，我必须记住这种活着的感觉。为了激励自己活下去，我暗下决心，一定要重回犹他南部。

在医院待了快一个月时，医生鼓励我周末回家过复活节："你得回去看看家人，习惯独处对你来说不是什么好事。"

起初我很抗拒，因为不知道该如何面对妻子和孩子。这段时间我一直专注于自己的生存，几乎忘记了丈夫和父亲的身份。

周五下午，柯丝蒂就来接我了，我一整天都在想这个事情——我看起来怎么样，我应该说什么；她看起来会是怎么样的，她又会说什么。我知道她不是很喜欢这个地方，就走到外面去等她，这样她会好受一些。

我告诉自己，见到她的时候要亲吻和拥抱，但当车子停在面前时，这

《与风景交融》，2001年
大卫·桑杜姆
艺术家个人收藏

个大胆的计划又被撤回了,我朝她招了招手,然后把包扔进后座。

我很快地在她脸颊上啄了一下,然后我们就上路了。

"能见到你很开心。"她终于说话了。

"我也是。"为了缓解我们之间紧张的氛围,我塞进一张斯汀的CD,放起了《金色的麦田》,但被她关掉了。"那么,你还好吗?"她语气里更多的是烦躁,而不是关心。

"不太好,但我说不出来为什么。"

"什么意思?"

"这么说吧,我看过坐轮椅的人痛苦地呻吟,一心求死,也看过精神状况极不稳定的人点火烧了自己的房间。告诉我,坐在这里,要怎么假装一切如常呢?"

"你是说,我没办法理解你?"

"大概是这样。"

"哦,这对我们的周末来说,实在是再好不过了。"她叹着气说,"不管你信不信,我本来还是很期待的……"

我们再一次解散,成了两个单独的个体,不再是紧密相连的一对了。盯着外面结了冰的田地和光秃秃的树,我知道,我们注定要分离。

到了家,5岁的亚历克斯冲上来欢迎我,见到我很是激动。我抱了抱他,感觉很愧疚,他是个好孩子,应该有个更好的父亲。走进客厅,我岳母从沙发上起来,给了我一个拥抱。

"你能回来实在是太好了。"她说,"书看得怎么样啦?这些天要知道你的进展可真是太难了!"

我尴尬地说:"噢,我看的基本是艺术书籍,不是你看的那些大部头,我总是很疲劳,看不了太多的文字,基本都是看图。"

"加油啊,"她说,"阅读能给人的心灵带来奇迹。"

习惯了医院那个又小又素的房间,我再次感受到一个装饰过的家带来的温暖,在家里想做什么都可以,不需要护士的批准。我再也不是医院里的那个我了,短短的时间内,所有事情都发生了巨大的变化。但最糟糕的是,我知道自己不能太沉浸在家的舒适氛围里,因为过两天就得回医院了。

那天晚上,虽然我仍然承受着不安和几乎要冲破极限的焦虑,但还是设法把亚历克斯抱上了床，给他讲故事。学会走路的安德里亚已经在自己的房间睡着了。亚历克斯没有说什么，我能回家他很开心。但当我们读完苏斯博士的绘本《脚书》，他看着我问道："你出差还好吗，爸爸？"

"挺好的，能回家真是太好了……但我很快又要走了。"

"去哪儿呀？"

"又要出差。"

"为什么？"

听到孩子问我为什么又要走，我差点崩溃。我多么希望自己能跟他解释，是因为我太焦虑了，无法像正常人一样生活。但大人是不会跟小孩谈如此深刻的话题的，我们必须保护他们不受悲伤的困扰。我把他放进被窝，把毛毯紧紧掖进他的身下。"你这么关心爸爸，真是个好孩子。"我说，"有一天，我会把所有事情都告诉你，但现在先让我给你唱晚安曲吧。"

只用了一分钟，他便进入了梦乡。有好长一段时间，我坐在黑暗里听着他温柔的呼吸声。我爱他，我爱我的两个儿子，我得提醒自己，是多么幸运才能拥有他们。除开要经受焦虑、抑郁、腿脚发麻、胃疼和胸口痛，在其他的事情上，我从来就不是孤身一人。过去几个星期，我在医院里见到太多无人关心的人了。但我有孩子，我的亲骨肉在关心着我。

柯丝蒂进了房间，轻轻在亚历克斯额头吻了一下，然后在我身旁跪了下来。她说："你能回家真是太好了，我们都很想你。"

我微笑着说："很好，要是你们不想念我可就糟了。"

她轻轻笑了笑，但语气更加严肃了："抱歉在接你的时候搞得那么僵，所有事情都不对头。"

"我知道，我也是，我们都不容易。"

我又不安起来，于是站起身想离开。但在准备动身的时候，柯丝蒂倏地站了起来，抓住我的手，放在了她的腰上。"我爱你，虽然你有时有点儿奇怪。"她说着将我拉近了，"我们已经有好几个月没有这样抱着彼此了。"

"我不知道还记不记得应该怎样抱你。"

"噢，别紧张，"她亲了亲我的脸颊，"别想那么多。"

这次回家过得异常顺利，虽然我还是睡不着，重拾了之前的坏习惯——在家睡的两天晚上，我一直在画画，直到孩子们起床，才筋疲力尽地睡着，一直到吃晚饭才起来。

星期天早上，柯丝蒂开车送我回维姆。到达的时候，我祝她复活节快乐。复活节挪威有一周的长假，很多人会到山上去滑雪。她计划带着两个孩子去岳父的山间小屋。我们互相亲吻了对方，然后道别。

我走进病区的时候累得要死，只想赶紧回房间睡觉。护士朱莉在大厅接到了我，从她脸上我能看出肯定有事。

我问她："怎么了？"

"周末的时候，我们被迫做了些调整。"

"什么样的调整？"

"你千万别难过，但因为我们的病人数太多了，只能把你转移到另外的房间，和另一位病人住一起。"

"你是说，在没有经过我同意的情况下，你们已经擅自把我的东西都搬过去了吗？"

"很抱歉，是这样，"她说，"是迫不得已的安排。"

"但你们为什么不能转移别人呢？你们也知道我有多害怕和别的病人一起住，我之前对你说过的！"

"真的很对不起，我向你道歉，但我们真的没有别的办法了。可能接下来会有空出的房间，但精神科医生判断你的病情是目前病区里最轻的。"

"最轻的？你们是疯了吗？先是强行让我住院，我好不容易有点好转了，又马上强迫我去跟陌生人同住，而这些人可是能把房子点着的。"

她别过头，知道自己怎么都反驳不了我的话。但我猜她只是想挽回些许颜面，按照规定处理这种紧急问题。她以一种专业人士的口吻，把新房间的钥匙给我，让我先去安顿下来。

我怒气冲冲地进了房间，但当我看到一张床放着别人的东西，我的物品被整整齐齐放在另外一张床上后，我停住了。我慌了起来，我绝不可能在这个地方和别人同住。我把自己的东西都塞进包里，把包都扔到外面。护士朱莉站在走廊里看着。

"你在做什么？"她平静地问道。

"我无法接受这种安排！"我冲着她大喊，"我要跟管事的人说话，让你的领导或者别的什么人来,你马上打电话。"

"冷静一下,理智一点儿,没有你想的那么糟。"

"谁说的?你倒舒服,今晚可以回家看电视,还能喝上杯红酒。我没办法冷静,你们这些人太恶心了,总觉得可以对我们为所欲为,但我可不是那些被你们用药控制、唯命是从的可怜人。做事要有底线,我要求和管事的人说话——马上!"

我怒气冲冲地从她身边经过,在背包旁边坐了下来。

她终于开口了:"我去找人来。"

护士朱莉回来后,说精神科主任愿意见我。我跟她去了他的办公室,办公室在我从来没去过的地方。很快,我就站在那个医生前面,我偶尔会在走廊遇到他,但我一直以为他是个病人,因为他一头白发乱糟糟的,眼袋也很大。

朱莉问需不需要她在场,我点了点头。

我们坐下来后,医生就单刀直入地说了:"我是罗森医生,这个病区的主任,我听说出了点儿问题。"

"问题"这个词真是意味深长。我说:"我刚刚回来,但被告知必须和其他病人同住,没有人提前问过我的意见,直接把我的东西都搬走了。我觉得我的权利受到了侵犯。"

"很抱歉,"他的声音冷如冰霜,"但这个决定是没办法的事。"

"为什么?你们在未经我同意的情况下随意调整,这合理吗?难道不违反什么规定吗?"

"听着,"他很明显不想再跟我耗下去,"我们有整个医院要管,当前我们没有别的选择了。"

我决定不能就此让步,便说:"我不同意,肯定有别的办法,只是你们笃定我肯定会大事化小。你猜怎么着?我要求住回原来的房间,同时你们要向我道歉,因为你们不应该在未经我允许的情况下擅自动我的东西。更离谱的是,我隔壁那个精神不稳定的女人刚点火烧了房间,你们就让我去和别的病人住!"

他往后靠了靠,一副你奈我何的样子,看着我说:"我向你道歉。一个病情相当严重的病人已经被安排住进了你之前的房间,这次我们真的没有别的解决方法。"

"那我就回家!"我说,"我知道我的权利,我现在是自愿住院,你们不能违背我的意愿要求我留下,并且,回家的车费要你们承担,因为我当时是被强行带过来的。这些在你们那本可爱的信息簿都有记录。"

"也许这是最好的方法了,"他冷漠地答道,"但老实跟你说,大卫,这里有很多人,他们完全没有活下去的盼头,有肥胖的、残疾的、嗑药上瘾的、离婚的、家暴的等,还有彻底崩溃的。无论什么原因,他们都不再有支撑他们活下去的东西。但是我看过你的档案,你受过教育,身体素质也很好,结了婚,有很多值得你继续活下去的东西。回家吧,重回工作岗位,一切都会好起来的。"

他是认真的吗?我转头看了看护士朱莉,她看着也很震惊,但没说话,反正这个巨大的体系也经常无视她的意见。

我慢慢地站了起来,身体朝他倾过去,侵犯着他的个人空间。"我必须得说,主任医生先生,我很惊讶,您这个教育水平的人居然完全不知道什么是焦虑。您在您那些高大上的书里写什么抑郁与年龄、性别、种族、教育什么的无关,它会发生在任何人身上,结果呢?您现在告诉我一切都会好起来?我看您才应该接受治疗吧。请您现在赶紧把我的出院文件签了,我好马上离开这个鬼地方。"

出院流程花了三个小时,我带着行李坐在大厅里,暗暗希望护士朱莉会回来,跟我说他们想办法让我住回原来的房间。但当她再次出现时,仅仅是让我在出院表格上签字,告诉我,会有车在门口等着送我回家。

我问:"这样就好了?我现在能走了?"

"是的,祝你好运,大卫,祝你一切都顺利。"

我向门外走去,我知道自己还没准备好离开,但没得选了。车到家门口时,我颤颤巍巍地走下了车。一路上我都在想着自杀——我要证明给医生看,他是错的。跟往常不一样的是,我制订了非常细致的计划,准备用药物来了结一切,一切看起来都很简单。我失去了对所有东西的热爱,只剩下对精神科主任、医院甚至是社会本身的强烈愤怒。我受到了创伤,我还没准备好回家。我不想死,但我也不知道该怎么活下去。

家里的车停在车道上,柯丝蒂和孩子们已经跟着岳父母一起去了山里。我在维姆的时候试过给她打电话，但她已经出发了。家里的钥匙放在门垫下面，车的钥匙在屋里。想起来觉得好笑——我现在想去哪里，开上车就能去了。

走进安静的家中，我立刻冲上楼进了卧室，在柯丝蒂的梳妆台里翻找治偏头痛的药。我不知道这些药里面有什么成分，但我见过柯丝蒂吃完一片的样子，吃上一堆肯定能要我的命。

我在一个抽屉的角落找到了药，我把它装进口袋里，我感觉自己充满了力量。但是，一个谨慎的念头出现了——一个理智得足以让一个男人悬崖勒马的想法。

我告诉自己，给柯丝蒂打电话，她随身带了我的手机。

我仍旧沉浸在恐慌中。我拨了自己的手机号，没有人接，我听到了自己当销售代表录的留言声："请留下您的联系方式和信息，我或者其他销售

《自画像：痛苦汹涌而来时》，
2008年
希瑟·霍顿
私人收藏

代表会尽快回电。"

"我到家了，"我说，"我解释不了，但我现在一个人状态很差，一切都发展得太快了，请你尽快给我打电话。"

我等了几分钟，然后又打了几次，还是没人接，我跑了出去，打算开车到急诊，按照医生之前多次叮嘱我的那样。

在开车的时候，我决定先把药吃了，然后再跑进去告诉他们，我都做了些什么，也许那样的话还有一丝生机。但当我开到医院时，我却突然不知道该做什么，只是待在车里，在急诊室外面颤抖着哭泣，发了疯地想要不要吃药。我现在没有刚才那么大胆了，也开始担心要是被抢救回来，会不会有并发症。贝里特之前跟我讲的那些自杀被救回来的人，命被救回来了，但肝脏坏了，或者大脑出现了损伤，这些事情清晰地浮现在我的脑海里。

最后，我决定先去朋友安德烈家里。到了他家，我把车停好，按了门铃。但没有人应门，好像整个世界的人都消失了。

接下来的几个小时，我都在海边的路上走着，直到脸、脚和手指都快冻僵了，我还是不知道该去哪儿。一直到冷得走不动，我才开车回家。

一进家门，我差点被几个大包绊倒，柯丝蒂在楼上喊道："大卫，是你吗？我担心死了，我听到你的留言想给你打电话，但路上没有信号。我让爸爸马上停车，幸好还没走太远。因为我们把爸妈家两辆车都开出去了，所以我开了其中一辆回来，他们继续出发去滑雪。"

一看到她，所有的混乱都结束了，仿佛神迹一样。她知不知道自己救了我的命？我走上楼给了她一个拥抱，把药放到她手里说："把这些东西放到我拿不到的地方吧，我不想再看到它们了。"

20　海豚精神

> 一圈接一圈地游泳，已经成为我生命中一个重要的部分，我觉得这是我仅存的生命形式。如果我说游泳对我而言是生死攸关的事情，多数人可能会笑，但这是真的。我想，是不是我身体里求生的意识在呐喊，让我不要失控。奇怪的是，这是我第一次有这种想法……
>
> ——2002年9月10日

我调整了一下泳镜，然后顺着短梯下了水。有好几分钟时间，我把胳膊枕在泳池边，听着水波荡漾的声音，想着接下来的运动量，内心很是忐忑。但我必须得游泳，我确信，如果周一、周三、周五我没有各游完40圈的话，就彻底完了。

摆好最佳姿势，我快速吸了三口气，向泳池底下游去，我贴着地面游，想象自己在碧蓝的湖里与海豚共舞。我一个朋友有一次在佛罗里达跟海豚潜过泳，说它们具有治愈的力量。与海豚共游是我的梦想，能感受它们无条件的爱。

浮上水面，我找了一条泳道，再次潜入水底。刚开始的几圈总是痛苦的，我必须坚持游，直到找到节奏。然后，我稳住速度，把注意力放在呼吸上。游泳是一门保持精神专注的学问，我状态好的时候，能体验到一种近乎灵魂出窍的感觉。在这个过程中，我也会思考各种各样的事情，一些原本想都想不到的念头也会在此刻浮现——可能得益于一成不变的水声和不断重复的动作。

今天游泳时我思考的东西是时间。距离医生强行让我住院，已经过去一年半了，但对于抑郁症患者而言，我们对时间的感知单位不是年，而是时空里一个又一个的黑洞。

在过去这个夏天，根据伯格医生的建议，我自愿返回维姆进行治疗，他说我需要进一步评估和休息。我真的很讨厌那个无聊的地方。多数的时间我都待在房间里睡觉，看关于抑郁症的书，画画。有时，我会跟其他人一起看电影或者电视。可怜的工作人员想方设法调动大家的积极性，但收效甚微。唯一有价值的团队活动是每周的排球运动，虽然参加的人都没什么运动细胞。

这次唯一的亮点是我的新治疗师，一位瑞典女士，她更多地把重点放在我的精神崩溃和休息需求上，而不是只想着用抗抑郁药。柯丝蒂觉得她的逻辑很有道理。

治疗师说："许多人只是因为工作强度太大，耗尽了精力，这只是人体的自然反应，不是什么精神疾病。"

我和妻子赞同地点起头来，完全支持她的看法。我不是之前那些人给我贴的标签那样。有没有可能，我完全没有抑郁，只是极度劳累？

看着柯丝蒂和我的医生来往，有种奇怪的感觉，毕竟之前她非常不配合。现在我意识到，她可能是害怕看到我被拖进万劫不复的深渊吧。她想要夺回她之前的丈夫，而这个医生能帮她实现这个愿望。

我也开始对这个新治疗师和她的理念有了信心。要是她没有去度假的话，或许能带来好转。可惜的是，我再也没有听说过她的消息。实际上，很多在这里工作的员工夏天去度假之后再也没有回来，取而代之的是几个冷漠的学生，他们为了能顺利毕业才来这里帮忙。

我在这里实在是太无聊，简直都要憋疯了。于是，我不顾所有人的劝说，在8个星期后签署了出院申请。连柯丝蒂也求我不要出院，估计还抱有那个医生会回来的希望。

"大卫，我觉得这次他们的确给了你很好的帮助。"

"我待不下去了，我多待一个小时都会死，一分钟都不行！"

那天晚些时候，我找到主管护士说："请给我办理出院手续，我今天要回家。"她告诉我不可能，因为医生不在。我再次声明了病人自愿入住的法定权利，要求他们立刻处理我的出院要求。这个做法奏效了。

跟第一次离开维姆一样，适应家里的过程很艰辛，这次更是如此。经济上，我们遭遇了前所未有的低谷，我两年没有工作了，现在只能拿最低社保，但家里有两个大人和两个小孩需要生活。每个月都是一样的情况，我们不知道该如何维持生计。因为没有购买画布和颜料的预算，我卖掉了一些自己的画来换钱。有时我只能勉强在纸板上作画。我知道几乎每一位画家都经历过艰难困苦的时刻，我也从中获得了一些安慰。

面对贫困生活带来的痛苦和愧疚，我做了一个病人所能做到的事情——努力无视。我把自己孤立开来，日夜颠倒地生活，谁都不见。我忍受不了任何噪声，无法应付日常生活。黑夜成了安抚我的朋友，它是唯一一个不打扰我，给予我宁静的东西。

我又陷入了另外的思绪，这次是关于我的妻子还有我们最近的争吵。她是家中的顶梁柱，而且从不抱怨，因此我没有理由发牢骚。但对抑郁这个话题，我们一直存在分歧。对她来说，好像无论生活有多么混乱，她都能心甘情愿地应对，只要我的目标是"康复起来，继续前行"——这句我讨厌的套话，因为我真的很想让她理解我正在经历的事情。

我们尝试过跟治疗师交流，一起去了莫斯的DPS和维姆医院，但除了和维姆那个新治疗师短短的几次面谈，其他的沟通结果都相当差。柯丝蒂有一次甚至夺门而出，在回家的路上，她跟我说，她觉得医生和我在联手对付她，仿佛她才是那个努力想得到别人理解的人。等等——谁才是病人啊？

正是这类的经历让我觉得自己孤身一人，无人理解，极度害怕被抛弃。在我强行出院后，贝里特经常说："你得学会信任那些你爱的人。"

我之前很信任他们，最后却深受伤害。我的母亲就是一个绝佳的例子，她去世的过程仍然鲜活地留在我的记忆里。在年仅13岁的时候，我目睹一个我爱的人从我眼前消失。没有平和的道别，只有凶猛的癌症张牙舞爪。癌症从她的乳房逐步扩散到了肺部，在她毫无防备的时候夺走了她的生命，身边没有能帮她的人。

在那个可怕的一月，我从学校回家，父亲在楼梯口等着我。"我很担心你妈妈，"他说，"她今天一天都很奇怪，甚至下床待了一会儿，看起来好像一点儿都不痛苦。"

当父母的卧室传出我17岁姐姐的尖叫时，我正在厨房，我立刻跑去找她。

"怎么了？"我问她，"出什么事了？"

"妈妈好像死了！"她哭喊着，惊恐地指着我们母亲的脸。她眼睛向后翻着，已经泛黄了。

我没有反应，在我那个年纪，我觉得自己需要表现出镇定和成熟。我抱了抱姐姐，冷静地告诉她，打电话叫救护车。她跑开的时候，我走到母亲的床边，惶恐地看着她挣扎着想呼吸，咝咝地喘着气，我不知道该做什么。然后，她的身体突然疯狂地抽动起来。

是真的，妈妈可能要死了。

父亲冲进房间大叫着："噢，不！"他一把把我推开，扒开她的嘴开始做心肺复苏。在他努力的过程中，她一度恢复了呼吸，但之后又失去了反应，最后父亲也放弃了。

"救不回来了，"他说，"我们让她走吧。"

"不，你不能这样！"我说，"你要继续做，一直到救护车来！"

但他站在那里，什么也没做，就让她这么死去了。我多么希望能够继续给她做心肺复苏，把她从鬼门关拉回来。

过了令人心碎的几分钟，他合上了她的眼睛，在沉默中等待，直到急救人员带着设备冲了进来。

他们脱掉了她的毛衣，把除颤器放到了她苍白的胸口，在电击之下，她那毫无生机的身体一下又一下地跳离床面。没有任何反应，急救人员摇了摇头，其中一个人问我是否还好。

惊恐万分的我离开了父母的卧室，去了客厅，我觉得她的灵魂还在我身边。我特别想看着她的眼，跟她说我爱她。

我下了楼，把自己锁在浴室，看着镜子里自己的双眼，直到额头碰到了镜子。"你杀了她。"我大声地说，"你应该把她救回来的，但你什么都没做。"

"你母亲的死给你造成了情感上的缺陷，"贝里特有一次说，"我们需要对此进行深入的探讨。"但讽刺的是，那年我经历过的最糟糕的遗弃就和贝里特有关。

"这次的疗程跟以往不同，"我们在她办公室坐下后，她说，"我要跟你说一些听起来不是很好受的事情。"

"我做错什么了吗？"

"不，完全没有。但我们这里是危机干预中心，主要对问题进行暂时性的处理。"

"所以呢？"

"你在我们这里治疗已经有两年的时间了,我也只是个护士,我们没办法给你提供更好的帮助了。我跟安东森医生聊过,我们都认为你需要长期的帮助,类似于心理治疗。"

"我不需要那些东西,我在这里就很好。"

"你这么说我很高兴,"她感动地说,"但是相信我,你的问题植根于很久之前,从童年的时候就开始了,比如说你母亲的死和父亲再婚给你带来的被抛弃的感觉,还有你较为严重的抑郁和焦虑问题。而且,从家族遗传方面而言,你患的可能是长期疾病,这些都需要更加专业的治疗。"

贝里特并不仅仅是护士,在相处的过程中,她简直成了一个母亲,可能她觉得我们之间的联系越来越紧密了。我在书上看过,治疗师最怕的就是对自己的病人产生感情,这会严重影响他们的客观判断。

我站起身来道:"那我也没什么多留的必要了。"

我的反应让她很惊讶,她也站起来,出乎我意料的是,她给了我一个拥抱。她眼里含着泪说:"祝你好运,我知道一切问题都能解决的,这一路不会容易,但你会成功的。"

"谢谢。"我还沉浸在错愕中。

我们看着对方,一句话也没说。我点了点头,慢慢地朝门口走去。

在我离开之前,我想起来有东西可以送她,一件可以让她放心的事情。"不要为了强迫我去医院的事情难受,"我说,虽然对接下来要说的话自己也不是完全确信,"我知道你放不下这件事,但你很可能救了我一命。"

"谢谢你这么说,继续你的艺术吧,很有前途的。"

离开的时候,我觉得非常难过,好像被判处了终生不得见某位亲人的刑罚。我真的把贝里特视为朋友,任何事情,只要不犯法,她开了口我就肯定会帮她。与此同时,我也觉得自己受到了背叛,我知道她肯定也清楚这一点。从专业的角度来说,她已经决定了我必须继续前行。

我也无法把她当作一个残酷的人,因为有一次,我在阿尔比的沙滩上看到她独自垂头坐着,就像在哀悼一样。我在远处望着她,看得出她很痛苦,需要独处。可能是她的某个病人突然自杀了,又或者是爱人离开了她。

是的,贝里特像我一样,也是一个人。我只能接受她淡出我生活的事实，就像此前经历过的许多次那样，我无能为力。

25圈了。很快我又坐在了新治疗师的办公室里，罗伯特是业内最优秀的医生之一，是贝里特推荐给我的。虽然我对于见他这件事并没有什么期待，毕竟我再次感觉到没有人尊重我的意愿，自己像皮球一样被踢来踢去，但他看起来还是非常友善的。有趣的是，很多关于抑郁症的书总会强调这样的理念，找到一个"和你有缘"的治疗师有多重要，就像抑郁症患者有足够的体力和毅力，像逛街一样挨个尝试不同的治疗师，一遍遍重复讲述自己的情况。

但至少他不是什么冷漠寡言、眼里充满疑问的奇葩。从很多方面来说，他看起来都非常普通，高高的个子，乱糟糟的头发，有点儿驼背，留着长长的大胡子，看着就像是《白鲸》里的主人公亚哈船长。他穿着朴素的松松垮垮的衣服——针织毛衣、灯芯绒裤，还有一双懒人鞋。

他的办公室装潢也非常简单，一张桌子，几排书架，摆满了期刊和心理学书籍。几张看着很舒服的椅子，还有一张床，上面放着个小枕头。床的上方挂着一幅挪威艺术家谢尔·努彭的石版画，橙色的背景，中间是黑色的几笔。罗伯特自豪地解释说，这是传统的玫瑰彩绘图案，但我一直都认为这是心灵迷宫的象征。

治疗过程中，我会躺在床上，罗伯特坐在我身后角落里的皮椅子上，一手拿着一杯咖啡，膝盖上放着笔记本，就像心理学家弗洛伊德一样。

我从来就不喜欢躺在床上，我更喜欢直视对方的眼睛。他在我身后让我觉得不自在，因为他有可能是在看小说，而不是认真地听我讲述那些毫无意义的想法。

罗伯特希望我尽可能多说，有好几次我跟他反馈说觉得自己像在对着空气说话，但他还是坚持这个方式。

"无论你想的是什么，都说出来，"船长说，"航程由你负责。"

游到第37圈，我更加用力地蹬腿提速。最后两圈时，我用尽全身的力气，感觉肺都要爆炸了。最后，我的手指终于触到了墙面，筋疲力尽的我趴在泳池边喘着气。

难以置信，我居然游完了，能够坚持到最后的感觉真好。但之前我也曾半途而废过——基本上所有东西我都放弃了。

我朝着梯子游去，慢慢地走出了泳池，感觉自己就像个举重运动员一样强壮，要不是我那日渐增长的大肚腩，可能还会博得某位女孩儿的爱慕呢。

冲干净身体之后，我在桑拿房里坐了下来——在莫斯这儿，桑拿房跟英国的酒吧性质差不多，是老男人聚会的地方，他们在这儿谈天说地，从政治到打猎无所不聊。你要是受得了热气的话，听他们聊天还是很有意思的。

桑拿房很大，有三排木凳，最高的那层最热。多数老年人会在较低的那两排坐着，有些人身边还放着拐杖。他们光着屁股，要么分享着自己的见闻，要么在背后议论其他老男人。我们年轻一点儿的一般坐在最高的那层，听他们聊天。

"见鬼，安德森真是一天比一天疯癫了，"年纪最大的那位先生说道，"上周，人们发现他穿着浴袍在商场里闲逛。"

"噢，别那么说他，"角落里的男人说，"所有人，还有大家的狗狗，之前可都受过他的照顾。"

"那是没错，可当你跟个傻子一样乱晃的时候，以前做了再多好事又有什么用呢？"他又补充道，"不过，至少他只是在商场乱走，没有打扰别人！"

听到他的发言，大家都笑了起来。

我得承认，生活还不赖，起码得抑郁症的家伙也能偶尔开怀大笑。

173

21 夏加尔在心中

　　有时，画画给我带来了强烈的满足感，甚至是平和的心态。但是，接踵而来的往往是焦虑，以及告诫自己千万别抱希望的念头。我坚定地相信，抑郁不会离我而去，所以必须管理好自己的期望。不过，我的确很享受看见"一丝希望"的时刻。迄今为止，我最好的体验是第一次看到夏加尔的作品和地中海的阳光。啊，这就是南法的魅力。我知道自己只要能学好法语，一定会成为一名优秀的法国人。他们的文化非常吸引我，法国人看起来更加直接，也更富激情。但他们不喜欢不会说法语的人，如果操着一口电影《粉红豹》里克鲁索探长那样的蹩脚法语，绝对无法博取他们的欢心。

——2002年10月20日

　　那个秋天，白天越来越短，阳光越来越少。我的朋友安德烈打电话来，他看到一些去法国尼斯的廉价航空机票，便说："你和柯丝蒂跟我们一起去怎么样？对你俩都好。"他知道我们深陷经济困难，还提出要承担我们的酒店费用。我们很感谢他如此的慷慨与好意，毫不犹豫地接受了。

　　一个寒冷的早晨，我们跟安德烈还有他的妻子丽丝一起出发。大约中午的时候，飞机降落在阳光灿烂的蔚蓝海岸，看着湖蓝色的地中海波光粼粼，我完全地放松了下来——阳光仿佛暂时把我痛苦的外衣褪去了。我完全能理解为什么马蒂斯、毕加索和夏加尔都在这里安了家。

　　"你敢信吗？"安德烈一边往海里扔石子一边说，"如果没来的话，我们现在可是惨兮兮地坐在工位上。"

　　"这真是太美妙了，"柯丝蒂挽着我的手说，"这是我第一次见到棕榈树。"

　　接下来的日子，我们享受着海浪冲刷礁石和海岸的声音，每天早上都到农家集市买布里干酪和牛角包，然后在尼斯老城区如画的街上漫步。我们探索了戛纳和意大利边界的山间村落，在月光下欣赏摩纳哥的港口。

　　对我来说，整个旅程最棒的时刻，是我们去夏加尔美术馆的时候。馆里收藏着17幅夏加尔1966年捐献的布面油画和其他作品。他的画作《人的诞生》《天堂》《亚伯拉罕与三天使》给我带来了巨大的冲击，我甚至觉得头脑发晕。

之前在哥德堡我也有过类似的体验，这种情况医学上称为"司汤达综合征[①]"。第一次听说有人在欣赏优秀的艺术作品时晕倒，那会儿我还笑了，但现在我相信这是切切实实存在的。在看到夏加尔用鲜艳的红色、生机勃勃的绿色和干净的蓝色等，描绘出飘浮在太空的动物、与人交谈的天使和温柔相拥的恋人时，我忘记了呼吸。

像蒙克和凡·高一样，夏加尔也能唤起我强烈的情感，但他的作品更有活力。夏加尔拥有我所渴望的热情——他画出来的正是我想拥有的人生。同时，他的作品也以全新的方式描绘着历史。我这辈子听腻了这句话——"人要向前看，不要老想着过去的事情"，但夏加尔不同意，他认为重现历史性事件有其价值与意义。他没有丝毫的恐惧，用大胆的笔触和鲜活的颜色绘出自己的所念所想。遇到一个敢于捍卫自己反思权利的人，对精神而言是一种解放，我想，这个世界需要更多像他一样能够触及我们灵魂的人。

我的三个伙伴已经看够了，在外面等我。而我安静地坐在长凳上，注视着《被驱逐出伊甸园的亚当和夏娃》，沉浸于我用贫瘠的语言只能描述为"爱"的情感里。

我沉浸在思绪里，真正的艺术具备其特有的语言，就像文字或者音乐。我还不是什么成熟的画家，但我有成为一名画家的动力、冲劲和渴望。我肯定会成为那类传递情感的艺术家，而色彩便是我的工具。

几周前，我刚刚踏上艺术之路，举办了第一个画展，名为"一段旅程"。一共展出了21幅油画和9幅素描，记录了我在抑郁折磨之下的三年。多数的作品都用画框装裱起来了，也有一些直接挂在了墙上。有几幅素描，包括那些在医院里画的画，都摆放在桌子上，我没有多余的钱可以装裱它们了。

[①] 指观赏者欣赏艺术作品时，由于受到强烈的美感刺激，出现心跳加快、头晕眼花，甚至幻觉的症状。

《被驱逐出伊甸园的亚当和夏娃》，1961年
马克·夏加尔
法国国家博物馆藏品

　　为了让人更好地理解画中的含义，我写了6页评论，讲述我的经历，以及每幅作品给我的启发和思考，这也令我受到了一些社会关注。当地报纸为我做了一次专题报道，写了我的抑郁经历，还有是如何"陷入人生的死胡同"的。我讲述了住院的经历、我的创伤，以及如何通过艺术奋起反击。

　　我很幸运，得到了许多朋友和家人的支持，我父亲和继母卡丽，还有我的姐姐和妹妹，都驱车从哥德堡来捧场。而柯丝蒂和孩子们看到我成功举办了画展，很是自豪。那个寒冷的夜晚，有上百个人来看了我的作品，令我感动的是，很多人认真地阅读了我写的评论，露出了被打动的神情。在《抑郁祈祷》这幅画前，一个陌生人失声痛哭；另一个男人走过来和我握手说："谢谢你如此勇敢地说出了其他家庭经历过却不敢开口的事情。"

　　画展结束后，我卖出了7幅作品。我的心情很复杂，跟自己的作品道别不是一件容易的事，我能理解为什么蒙克管自己的作品叫"孩子们"，并且在一幅画作售出后,他总是会对同样的内容再画几个版本,《呐喊》便是其中之一。

而法国印象派画家德加更特别,他会时不时地去收藏者家里看他卖出去的画,有时还让他们把画送回来做"维护",但很快藏家就不同意了,因为德加经常拿走了就再也不归还了。

我完完全全地沉浸在夏加尔的艺术世界里,觉得自己走上了正轨,一定要尽全力和抑郁症作斗争。很多患了病的人觉得自己失去方向,对任何事情都不抱信心,但艺术能够填补我的空虚。也许对我的人生而言,在被摧毁的废墟中,会有新的东西得到重建。

就在那一刻,在尼斯的长凳上,我决定无视敲打心门的焦虑,在这个地方让阳光沐浴我的脸,沐浴我剩余的假期。马蒂斯1916年的描述恰到好处:"我每天早上都能看见那束阳光,我实在难以相信自己会这般走运。"

《来自尼斯的灵感》,2003年
大卫·桑杜姆
凯茵家族藏品

22 过去的魅力

  我努力想相信美国电视节目主持人迈克·华莱士2002年5月16日在《拉里·金现场》说的话，他说自己的抑郁症已经痊愈，但要终生服药。我对药物的作用不抱什么信心，我试过三种抗抑郁药、两种抗焦虑药，但都没有任何效果，这是不是意味着我治不好了？好些医生都说，是因为他们还没找到适合我的药物，或者我需要调整剂量，配合精神评估。我凭什么相信你呢，迈克？

——2002年10月30日

  我反复回想着细雨绵绵的场景，我很怀念这种平静的时刻，也觉得自己需要恢复常态化的生活。

  最大的问题是，要如何做到？

  好在我最近的创作渐入佳境，我开始觉得自己有所好转。但随之而来的是逃离和重新开始的冲动，我总害怕自己有一天会回到维姆，再次被医院禁锢起来。

  我能想象到自己在一个空荡荡的房间里，瘫坐在角落的椅子上，在药物的作用下，整个人如同行尸走肉，家人都离开了我。要是说我别无选择，落得如此下场也没办法，但现在我恢复了一些精神，我想要挣脱出这个困境，永不回头。我甚至想过停止心理治疗，我跟罗伯特提过这件事，但他只是说："恢复是需要时间的，大卫，现在还不是时候。"

  他坚持让我继续接受治疗，但我不停地想着各种回归正常的方式，我也知道不容易。重新去做一份普通的工作是不可能的，因为我随时可能恐慌发作。钱是另外一个问题，我们没钱，所以我重返以前奏效的老路：美国和学校。

  我这一生，每次去美国都是为了冒险和逃避，一共在那里待了八年。这个国家幅员辽阔，有着无尽的平原、深不见底的峡谷，能完全将你吞噬。你总能在公车站这样的地方找到友善的人交谈，斯堪的纳维亚人有时觉得这种友善是一种伪善，这有时候也没错，但比起对着冷漠的脸，我宁可对面向我投来的虚假微笑。

迪恩经常说，我会成为一名优秀的老师，并且建议我在适当的时候努力拿个硕士学位，但那时候，我的生活还未变成一团乱麻。不过，进修现在看来也不失为一个不错的方向。要是能拿到奖学金的话，应该没问题。我能学习艺术，但如果继续深造传播学，拿到奖学金的概率更大，因为我能拿到很好的推荐信。这个念头让我振奋。

之前，我从未想过重新做回自己擅长的事情，重塑自信，找到目标。脑子里一个小小的声音提醒着我，慢慢来，不要冒险。但当好不容易有了足够的精力来对抗抑郁时，我才不会小心翼翼地慢慢来。

如果继续进修的话，我就必须放弃艺术，这令我很难过，我开始想方设法为自己的"变心"正名。要找到搁置艺术的理由并不难，有多少艺术家千辛万苦去到巴黎，却落得在街上给人画廉价画像的下场？多少年轻演员拼尽一切搬到洛杉矶追寻自己的演员梦，却只能在餐厅里伺候有钱人和名人？世上有抱负的艺术家很多，他们和我一样对艺术充满热情，但多数人只能为生活奔波。

要是我是二十来岁的单身汉，我可能就义无反顾地去追求艺术了。但我现在有家庭，孩子还没长大，追求艺术对我来说太奢侈了。而且，我的妻子和孩子因为我遭受了太多痛苦，他们应当有更加稳定的生活。我热爱艺术，但我回归生活的愿望更加强烈。

我要去哪里读书呢？犹他是我的第二故乡，在那儿我有很多朋友，但这样一来，我会非常想念大海。受"全新开始"想法的驱动，我摊开美国地图，认真地沿着海岸线检索。有些地方我立刻就排除了：加州有地震；东海岸太贵了；佛罗里达太潮湿，还有飓风。最后，我的手指落在了太平洋西北岸边，这个区域看起来非常完美，有茂盛的森林，四季分明，重要的是旁边就是海。

我把目标锁定在俄勒冈州和华盛顿州，开始向开设有传播学课程的大学发送申请，只有一所大学向我提供奖学金：俄勒冈州波特兰州立大学，是一间小规模的城市学院，位于市中心，对于已婚学生而言，这儿选择住房很方便。

一天深夜（这里与美国有着9个小时的时差），我向负责课程的人打去了电话，秘书让我稍等的时候，我又期待又紧张，手都抖了起来。我再次和这个此前觉得理所应当的世界建立了联系，第一次感受到弥足珍贵。

"你好，我是玛格丽特，"一个友好的声音在电话那头响起，"有什么可以帮你的吗？"

我们的对话推进得很自然，我没有丝毫的紧张，她的声音里带着一种我好几年都没感受到的尊重。她就像是另一种医生——不和你讨论剂量或者恐惧，但为你提供全新的、令人激动的机会。

"你可以申请参加助教项目来支付学费。"她说。

"我需要教什么课程呢？"

"公众演说，"她说，"但不是每个人都能教，你在这方面有足够的经验吗？"

"噢，这个我很擅长，"我说，"读本科的时候学过相应的课程，修辞学是我最喜欢的科目。其实，我也计划将修辞学纳入硕士论文的研究方向。"

"真的吗？"

"是的，我曾在挪威的IT行业工作，我也希望能够研究语义学和相关语言技能，提升商务演说的效果。市场上对此的需求非常大。"

她笑了起来，感觉非常满意，并鼓励我进行申请。不过，她突然意识到自己话说得有点儿早，停了停又补充说道："不过，前提是你的分数高于3.5，并且有很好的推荐信，因为申请的人很多。"

"噢，应该没问题，"我谦虚地答道，"我的分数还不错，我找这种课程可是找了好久了。"

"感谢你的认可，"她开心地说，"不过为了让你有个现实的考量，我给你一个参考。我们去年一共有70位符合条件的申请人，但奖学金只有三个名额，资金一直以来都是个问题。"

"能理解，但试一试总归没有坏处。"

"那是肯定的，祝你一切顺利。"

挂了电话之后，我兴奋得头脑发晕。先不管可能会遇到的困难，经历了三年的黑暗，我终于觉得自己活了过来，我的战斗精神卷土重来，一切都令我振奋。

我永远也忘不了跟柯丝蒂提起这件事的那个夜晚，她那会儿正躺在床上看书，我在她耳边轻声说道："你觉得回美国怎么样？"

"什么？你不是在开玩笑吧？"她说，"你知道我有多怀念那儿，但因为你的病还有我们的情况，我看不到回去的希望，还有钱的问题……"

"如果说我找到了回去的方法呢？你会跟着来吗？"

"那当然了。"这是她唯一说的话，我能看出她不相信我。

我想听听看之前的教授兼壁球伙伴的意见，于是几天后的晚上，我给迪恩的办公室打了电话。

"哇，"他听完后说，"我很开心，这是巨大的进步啊！不过，你确定吗？你要理解，我完全相信你有能力做好，但有压力，研究生的日子可不好过。"

"不确定，"我知道他说得没错，"但我又要怎么确定呢？"

"也是。"

"有时候你就得跳起来，看看能不能实现目标。"迪恩说，"跳不难，能不能在跌倒之后爬起来才是关键，而且你现在是要全家人跟你一起跳。"

"我知道，这是难点。"

"柯丝蒂怎么说？"

"她完全支持，如果我能拿到奖学金的话。"

"那就好，谁知道呢？"他说，"也许这次跳跃正是你需要的。"

打完电话之后，我开始觉得不安起来，虽然他很支持，但迪恩也提到了我这个狂野的新想法可能带来的严重影响。他强调了这件事的二重性：这个想法有一部分是完全不现实的，但另一部分却有可能让我重新回归正常的生活。他也暗示说，在不确定自己的健康状况，并没有经济基础的情况下，拖着全家人冒险的行为，可能有些……"失常"。

但最后，我用更加乐观的想法坚定了内心，说："若不试一试，永远也不会知道。"

迈出申请的第一步，我需要联系三位此前我在犹他大学的教授，让他们为我出具推荐信。迪恩肯定是首选，然后我又联系了我的修辞学和组织变革科目的教授，他们都表示很乐意帮忙。

等待是很折磨人的，当收到教授的推荐信时，我几乎哭了出来。也许推荐信都是这么写的，写满了对推荐人的称赞，但我真的非常感动。柯丝蒂也不相信，开玩笑说我一定是给了他们什么好处。

"好了，可千万别因为这个膨胀了，"她笑着说，"看来你真的给他们留下了很深刻的印象啊。"

看到她重新变得活泼，真是太好了。

接下来几个星期，我们的对话经常跟着我的情绪走。我情绪低落时，我们互相说着自己有多傻，应该放弃这种想法；心情好一些时，我们便会在网上搜索图片，憧憬着波特兰的生活。但我们深知，梦想成真的机会几乎为零，因为要是没有奖学金的话，我们是去不了的。

夜里我一个人的时候，便躺在外面的露台上，看着天上的星星，祈祷自己被录取。"请让我得到这个机会吧，"我祈求道，"给我打开一扇门吧，不要再当着我的面把门关紧了。"

一天早上，柯丝蒂冲进卧室，手里拿着一封信。"来了，"她说，"波特兰寄过来的！"她把信交给我，跑到客厅去了，仿佛承受不了结果公布前的等待。而我，做好了承受最糟糕结局的准备。

我两手发抖，差点把信撕成了两半。

我飞快地扫了一眼内容，简直不敢相信，我被录取了，而且最棒的是，他们给我提供了全额助教奖学金。

"我被录取啦！"我向她跑去。

"真的吗？"

"真的，太神奇了。"

当下，我们有着同样的、未说出口的愿望：多希望信上写的是相反的结果。因为到了这一刻，这已经不再是一个傻傻的梦了，而是真真切切的现实。而我们也终于意识到，实现梦想需要付出多少努力。

对我来说，我对未来有着极大的恐惧。我在医院手册里读到的那些信息，关于焦虑和伴随而来捉摸不透的症状，浮现在了我的眼前。要成功我就必须克服这些东西。但可能吗？我面临着两难的选择：是迈入未知，还是在令我觉得安全的现状里安定下来。

我想起一年前写的日记，那天夜里，我下楼去到书房里，在电脑上找到了当时的日记。

焦虑是一件糟糕的事情，你从来都不觉得自己能战胜它，但我看过别人说是可以的。我在危机干预中心看过一本关于焦虑的手册，挪威作家维格迪丝·加巴雷克写道："焦虑如同一场持续了一百年的潮汐波，当巨浪对着你掀起的时候，你感到恐惧。但那片巨浪终究会退去，焦虑也是如此。"我的焦虑会最终退去吗？光是想到这一点，就会引发接二连三的自毁性念头，想去冲动购物，或其他极端行为。我从来没想过自己可以战胜焦虑，因此我必须学会生存下去，不要妄想它会放过自己。如果我能安全度过迎面而来的大浪，也许有一天焦虑会离我而去。在接下来一段，维格迪丝提到："我在大量地出汗，但我突然想到，我活着，我可以忍受下去。我忽然就明白了，我拥有活在完全的痛苦中的力量。想通了之后，焦虑便消失了，我赢得了这场人生的战役。"

罗伯特在我身后的椅子坐着，我战战兢兢地提起了被录取的事情。他从一开始就反对我去读研究生，说我还没准备好迈出这么大的一步。

"我几天前收到了波特兰大学的信。"我说。

"信里说什么了？"他用深沉而平静的嗓音问道。

"我被录取了，他们提供全额奖学金。"

"那恭喜你。"他说，我能听到他往前坐了坐，"我猜你跟柯丝蒂应该谈过了吧？"

"是的。"

"做出什么决定了吗？"

"是的，我要去读研了，"我毫不犹豫地说，"这是一个天大的机会，要是我不去的话，我会一直惦记着，想着自己如果去了会怎么样。"

"也许吧，"很明显，罗伯特很失望，"但你确定这个决定不会太鲁莽吗？想一想去年的情况，还有你所遭受的事情，我非常不建议你现在做如此大的改变。"

我听到他说的了。

但我已经受不了让精神科医生来告诉我该做什么了，他怎么知道我没准备好？为什么我要让别人来决定自己能做什么不能做什么？也许这才是过去几年来最大的问题：我太过于听从他们这些人的话了。这么说也许不太好听，但万一我真的有能力做点有用的事情呢？而不是在小房间里耗费人生，跟医生讨论我的梦境和恐惧。

"这是我们的最终决定，"我说，"不是什么傻乎乎的想法，我已经被大学里的研究生项目录取了，而且还提供奖学金。我们现在谈的不是我的突发奇想。"

"看得出来，我是没办法让你改变想法了。"他有些不悦。

"没错，但我也知道自己有多脆弱。如果你愿意将我在患者名单上多保留几个月，我会很感激的。如果去了之后发现不合适，我也能回来。"

"哦？"

"是的，柯丝蒂说她不敢跟着我一起过去，我必须先证明自己有能力应对压力，没问题的话，她才带着孩子们一起过去。所以第一个学期我一个人过去，要是我应付、处理不来，还有家可回。"

"听着是个明智的决策。"他很明显高兴了不少，"有个后备计划总是好的，但我也不能为你保留太久的名额——你明白吧？"

"明白。"

"虽然我还是不大赞成，大卫，但我希望你知道，我尊重你的决定，而且我也觉得这也许是一个巨大的成就。"

离开的日子越来越近了，我们的计划也越来越经受着现实的考验。双方父母都试过说服我放弃，但我很坚定。无论何时，只要我觉得压力越来越大，我就回想被关在维姆的日子。

我把注意力放在旅程上，还有随之而来的焦虑。由于前一年的"9·11事件"，我对坐飞机有了强烈的恐惧。

2 3 信

  这是我有史以来第一次身处一个举目无亲的地方。我像一个流浪汉一样漫无目的地走着,看着那些街道的名字——西南百老汇大街、杰弗逊大街、鲑鱼街、亚姆希尔街——一切好像都在向我耳语:"你不属于这里。"奇怪的是,我现在一点都不想念柯丝蒂和孩子们,但很想念挪威。接下来,我要战胜对教学的恐惧,完成学业,保住奖学金。我的胃总是在疼,我经常觉得到这儿来是犯了个大错。但即便如此,我还是下定决心不能放弃,不能辜负那些信任我的人。

——2003年1月8日

学校里很热闹,各类社团和组织都在宣传招新,营造出了一种愉快的人才市集氛围。我走进传播大楼里的纽伯格大厅,就像进了蜂窝一样,学生们从四面八方蜂拥而来。

前一天夜里,我一直在准备教学大纲,一宿没睡,助教班主任两次否决了我的大纲,说不够详细。班主任是个前一秒还很亲切,后一秒就凶巴巴的女人,特别是事情不如她愿的时候。我不禁怀疑起自己是不是真的准备好了。一部分的自己想要逃跑,但已经走到这一步了,况且,这些都是我自找的,我不会因此而抱怨。

我不停地告诉自己,一定要客观地去看待这些事情,当觉得压力过大时,便开始回想过去几年的痛苦时刻:在斯德哥尔摩车站等车时筋疲力尽,身体不听使唤;被关在维姆时,丧失一切希望,CJ在轮椅里痛苦地哀号,用玻璃眼球盯着我。

现在,我在俄勒冈,过去的事情已是一片模糊。有三年的时间,由于严重的抑郁,我完全无法工作。但现在,我就要以教师的身份走进大学教室,多离奇啊!我做的这个决定在很多人看来简直是天方夜谭,但无论是他们的质疑还是我的自疑,都没有影响到自己。

我不知道自己最后能不能成功,也不知道是不是该让家里人搬过来。毕竟如果我的病情恶化,无法应对这么多压力的话,我们又得搬回去。但这次，我们没有家，没有车，没有任何财产。这是我赎罪的机会，我必须全力以赴，这样我的人生才能回归正常，一切就都靠这一次了。

我很早就去了教室，比任何学生都要早。教室的天花板很低，没有窗户，让我有点儿幽闭恐惧感。我走到讲台上，把手放在桌面上，没有坐下来，这里的布置让我觉得有些难受。于是，我走到第二排，挑了个位子坐下，把笔记本和一瓶水放在桌上，像个学生一样。

我坐着，在大脑里过了一遍自己如何开场，思考着公众演说的首要规则：分析你的听众，必须考虑到他们的年龄、性别、兴趣、价值观等因素。

我的学生组成范围非常广，各个年龄层的男男女女，大概是18到24岁之间，他们有着不同的文化背景，因此我必须非常小心，不能冒犯他们。

他们坐在这儿的原因也各不相同，多数人只是为了能及格，有一些则是为了拿A。很多人害怕做公众演说，这也正常，大部分人觉得公众演说比死更可怕，至少美国著名的脱口秀演员宋飞是这么说的。因此，我必须要经常表扬他们，慎重点评，更多地给出指导性意见。

第一个学生提前了约20分钟到，是一个女学生，看起来很累，单肩背着书包，手里拿着一大杯咖啡。她坐在后排的角落里，瞟了我一眼，就像在说："你能想象我们居然要上这种课吗。"

时间一分一秒过去，其他学生也陆续进来了，每个人进来时都看了看空荡荡的讲台。在上课前三分钟，学生们纷纷进入，当看到讲台上没有老师时，都露出了疑惑的表情。但我还是没站起来，大家开始窸窸窣窣坐不住了，有些人推测说课程是不是取消了，有个女孩子叫了起来："天啊，我真的很需要这门课。"我觉得是时候面对大家了，于是站起来，走到讲台，笑着跟大家说："看到了吗？谁都可以成为老师。"

有的人好笑地看着我，觉得是个恶作剧，我知道我得掌控好局面。

"我叫大卫·桑杜姆，"我试着让自己的声音听起来更有权威，"我会指导大家学习公众演说这门课。我知道对你们中的大多数人来说，要在30多个陌生人面前公开发表演说，会要了你们的命。但我们一生中，或多或少总会被要求做公众演说，无论是在工作上，还是去参加婚礼。当然了，很多课程也需要你们上台演讲。所以，这门课可以提高你们的演说能力，说不定以后还能帮你们升职，如果还想选这门课的同学，下了课可以来找我，不过就目前的情况看，应该是满员了。"

我查看起签到表来。这时，最神奇的一件事发生了，我觉得这是几个月来我第一次如此平静。我站在波特兰大学的教室里给学生上课，就在刹那间，所有的紧张感都消失了。没有学生能看出来我被确诊过临床抑郁症，我就像丘吉尔一样，虽然有着严重的抑郁，但还是能够带领整个国家度过最困难的时期。当然了，我无法和丘吉尔相提并论，但有一点是一样的：我遭受着肉眼不可见的痛苦，但在关键的时刻也能应对自如，铿锵有力地表达自己的想法，没有谁会相信我患有抑郁症。

结束了第一天的教学和自己的课程，我在波特兰市中心漫步，又在维吉妮亚咖啡馆停了下来，之前闲逛的时候，我发现了这家提供简餐和酒水的餐吧。我点了一份炸鸡肉玉米饼，来到这里之后，几乎每天都吃这个。要是说美国有什么东西让我特别怀念，那就是正宗的墨西哥菜了。

我头晕目眩，脑袋里装满了无数的想法。这是漫长的一天，而且最紧张的部分还不是教学，而是和这门课程其他八个助教的会面。他们中有些和我一样是新人，有些快毕业了。想到前面还有两年的艰苦学业，我就非常不安，只有一个词能形容我此时对自己的感受：渺小。

吃完大餐之后，我给了相当大方的小费，走回了学生公寓。

我打开那扇通往我空荡荡洞穴的门，这是一套宽敞而昂贵的两室一厅。至今为止，我只买了生活必需的东西：一张床垫、电视机柜和一台大电视。

我把登山靴脱在门口，把夹克挂好，然后走到浴室，给浴缸放满水。我花了好几天的时间才习惯水里浓重的氯仿味，现在已经无所谓了。我可能难受到无法正常生活，但无论怎样，我总是很享受泡澡。

浴缸装满水时，我听到楼上租客急匆匆走来走去的脚步声。有时候，我也能听到隔壁的声音。在大房子里住了那么久之后，我很难习惯公寓又冷又薄的墙。这种地方可住不了小孩，我很担心。外面也没有空旷的场地，说得好听是学生公寓，但实际上只是大城市里的一小块地方而已，而且就在高速公路附近。孩子们要来的话，可能得搬去曼哈顿。

孤身一人住在大大的公寓里，我觉得压抑和焦虑。就我的精神状态

《户外咖啡馆》,2007年
大卫·桑杜姆
艺术家个人藏品

而言，独处并不是什么好事——已经有好几次想要过量服用安眠药的冲动了。

我努力不去碰那些自残的想法，走到背包那里，拉出一张折得皱巴巴的纸。预想到可能会有一些难熬的时刻，我便把它带在身上。这是三年前迪恩给我发的邮件，他在哥本哈根开完历史学会议之后，带着妻子一起拜访了我。他们坐船到哥德堡，然后住在我父亲和继母的家里。我带他们参观了哥德堡，然后开车带他们去我们在莫斯的家，一起待了几天。

迪恩的邮件这样写道：

犹他大学
2000年7月12日 星期三

你好，大卫：

　　有时，我也会出现和你一样的症状，在你那个年纪的时候，出现的频率更高，即便是现在，我也会出现这些情绪，只想一个人待着。我最喜欢一个人待着的地方就是车里，我会开车到很远的地方去，一路上大声放着音乐。有时，我也会大声地祈祷，和上帝对话，可以说上很久。

　　我也注意到，这些情绪通常出现在我觉得不被认可或者受到低估的情况下，有时甚至是为了非常傻的事情。比方说教学评估出来时，90%的学生都给我打了高分，但有那么一两个学生给我评了低分，这时我便觉得自己是个糟糕透顶的老师，不配干这行。

　　对我来说，这种反应其实和我的童年经历有关，因为我觉得我的父母并不想要我。之前我也跟你聊过这件事，虽然我后来长大了，知道他们的确是爱我的，但那些儿时的恐惧很容易重新浮现。听到你说，你的恐惧与幼年失去母亲和父亲的退却有关，我丝毫不觉得意外。我觉得，试着分辨出那些恐惧可能会有所帮助。

　　但我觉得更重要的是学会理解。大卫，你要知道，有很多人很看重你，也很爱你。柯丝蒂是一个特别好的人，虽然我没能全面地观察到她的各种情绪和状况，但我觉得她非常理解你，深深地爱着你，并且愿意忍受你的情绪波动。当然了，你的孩子们也很喜欢你，你也是一个非常爱自己孩子的父亲。你也有一个很棒的父亲，他很聪明，心思细腻，人也很好，他很爱你，以你为傲。卡丽也这么觉得。

你还有那么多发小，他们都是很优秀的人，而且很明显，大家都很爱你，很关心你。最后，你还有我，有时候我会想，要是在你想哭的时候，我能出现在你身边抱着你，让你尽情地把一切都哭出来，那该多好。我自己尽情地大哭过一两次，哭过之后总是感觉好了很多。不过我也可能高估了自己的自愈能力。无论如何，大卫，你是一个很有毅力，取得了不凡成就的人，你很聪慧，是一个有思想高度，善于洞察的人。我常常惊叹于你的知识水平和理解能力。

所以，你要记住，无论是好的时候还是坏的时候，你的救世主总是与你同在，而且在犹他，还有一个老伙计在思念着你，把你当成朋友、兄弟和儿子一般爱着你。我知道，你肯定会没事的！

爱你的迪恩

24 自杀的解药

  我身边堆满了书、调研笔记和期刊文章复印件。我完全没想到自己能坚持到现在，既没有崩溃，也没有向头几天出现的绝望投降。我觉得自己还是一个斗士，我一直在努力，虽然一直担心失败。但今天的我觉得十分疲惫和孤独，当这两者携手出现时，很快便将我投入抑郁的深渊。凡·高写给弟弟的一段话精准地捕捉了我的感受："创作结束后，'残留'下来的东西太可悲了，过度投入后随之而来的是抑郁！生活瞬间被涂上了洗碗水的颜色……在这种日子里，多希望有朋友作陪啊。"

——2003年1月20日

  波特兰的生活跟我此前在美国的经历完全不同。人倒是没什么区别，但一切变化都令我感到恐惧和压抑。我跟自己说，埋头苦干吧，用工作驱赶消极的情绪。

  一周里的每一天都是一样的，我像个机器人一样，起床，步行去学校，上课，然后去餐厅吃饭，接着去图书馆看书、写论文、备课，直到眼皮打架。回家路上，我总会在史密斯熟食店买点中餐，然后回到那寂静的洞穴里，吃饭，泡澡，睡觉。

  周末就有点难熬了，毕竟我没有社交生活。我只认识其他几个助教，他们都很好，但大家都很忙。后来，我买了个DVD播放机，每周末租上四五部电影观看。我疯狂迷上了导演伍迪·艾伦的电影——他以讽刺的方式嘲笑着生活中的难事，这正是我所需要的。

  我一般都会点达美乐比萨，对绝望的人来说，真正的慰藉便是意大利腊肠、黑橄榄、蘑菇、青椒、新鲜的番茄，或者是加了加拿大培根和菠萝的升级版。

  我不看电影的时候，便躺在床上盯着天花板，陷入"酗思"。这个词是我自己造的，我觉得想事太多和酗酒差不多——有百害而无一利。想到最后，我总是被自我伤害的念头和说不清的"为什么""如果是"所包围。

到了星期天，我知道自己得去教堂。我在市中心找到了一处摩门教教徒集会的地方。这个地方太小了，而我头发长得长长的，也没戴领带，感觉格格不入。有几个教徒跟我打了招呼，但我避开所有交谈——除了跟主教，他同意我在礼拜结束后去办公室聊聊。

"是什么让你来到波特兰的呢？"我们在他的办公室坐下后，他问道。主教是个中年人，头发花白，穿着朴素的西装，戴着波斯花纹的领带，一点儿都不像精神导师，反而像沃尔玛超市门口的迎宾。但和我从小到大接触过的所有主教一样，他非常慈祥。

"读研究生。"我说，"你肯定见过不少我这样的人。"

"是的，很多像你一样的学生来了又走了——我是指好的方面。"他顿了顿，"你属于活跃教徒吗？"

"不确定，"我说，"我很久没到教堂了，但没有失去信仰，我只是对某些事情感到困惑。"

"人生不会一直简简单单的。你在烦恼什么呢？"他靠上前来。

"嗯，比方说，上帝为什么要让某些人得上情绪不好的病。"

"我很抱歉，"他说，"什么样的病呢？"

"抑郁，我跟它抗争很久，但感觉一直甩不掉它。为此我还住院了，但现在算是在恢复了。"

"你这个问题很有意思，"他温和地说，"从来没有人问过我这个问题，但事实就是我们不像上帝一样知晓一切，而且人生中发生的事情，并非全都源于上帝的意愿。我们在这个地球上得到了肉体，经受考验。要是上帝对每个祈祷的人都予以回应，治愈所有患病的人，那么这个世界就不再有反面了。"

"我也知道，"我对这个答案没有太多兴趣——毕竟从小听到大，"但我们也说，人生的目的是获得幸福，那为什么上帝会允许一种有悖于幸福的疾病存在呢？"

"我不是医学人员，回答不了你的问题。一旦大脑受到干预，我们也会随之受到影响，这很正常。我知道要是你努力去做对的事情，上帝会为你打开一扇门的。"

他说的话让我心头一颤，因为就在我收到大学通知书之前，我请求上帝为我打开门,而不是当着我的面把它们关上。

在我离开之前,我们一起做了祷告。"请保佑大卫,给予他力量,"他说,"帮他渡过考验,让他变得更加强大。"

我让他记录下了我的名字和电话,他承诺和我保持联系。但随着时间一周周过去,我没有听到任何回音。我像一只迷途的羔羊,或者说,是我故意让自己迷失。

出于好奇,我探索起各式各样的教堂来。无论何时,只要我经过教堂,我都会记下地址和礼拜时间。

我的宗教漫步止步于一个星期日的礼拜,一个教会领袖向我请求一份慷慨的善款。这是我第一次遇到这种事情,那天我也没有带钱包,因此面对着这个男人递到面前的捐款盘,我只能无奈地朝他耸耸肩。我这个不经意的举动引来了走道对面一位魁梧女士的犀利目光。我既尴尬又生气,决定还是先远离教堂一段时间。

我们的办公室在学校地下一层,很小,没有窗户。系里的老师都抱怨不通风。

我的桌子前有块公告板,我在上面钉了几张妻子和孩子的照片,还有几张打印出来的凡·高的画,包括一张花开烂漫的花园风景画,一张目光锐利的自画像,还有我最喜欢的《加歇医生的画像》。我还贴了一些意大利画家阿梅代奥·莫迪利亚尼的名言,比如"切勿自我牺牲,而要永远为了实现梦想而努力"。

一天,我正在办公室批阅学生的讲稿,听到有人敲门,抬头一看发现是玛姬,她第一次演讲就表现得非常出色,但近来感觉心不在焉,第二次演讲的分数刚好及格。

她看起来憔悴又疲惫。"嗨,会打扰到你吗?"她低声问道。

"当然不会——这可是办公时间,请进。"

她坐下时,我注意到她脸上有着我熟悉的神色,双肩耷拉着。

"我不确定我能通过这门课。"她说着,就像已经做出了放弃的决定。

"为什么?"我有些惊讶,想到自己要少一名学生就很难受,"现在一个学期也才过去三分之一,还有三次演讲,你这次多拿点分的话,期末成绩肯定没问题的。"

《加歇医生的画像》，1890年
文森特·凡·高
法国巴黎奥赛博物馆藏品

"我不觉得。"她说话的方式令我不知道该如何解读,我拿捏不准她究竟是真的很绝望,还是想骗取我的同情。我倾向于前一种可能,但妻子肯定会说是后一种,她经常说我太天真了。

"听着,"我稍带严厉地说,"你的第一次演讲给我留下了很深的影响——老实说,你是班里做得最好的学生之一。你第二次演讲的确有待提升,但你的台风非常好,其他同学都不由自主地专注于你的演讲,这一点不是每个人都能做到的,相信我。"

"谢谢,"她有点儿脸红,"我真的很喜欢这门课,但问题是我刚开始吃一种新的药,感觉不是很好。"

"这样吗?"我担心地问道,"希望没有什么大碍。"

"不严重,是很傻的东西……"她说着突然停住了,然后哭了起来。看得出来她想努力平静下来。我想把手放在她胳膊上,就像维姆那个护士安慰我那样。但由于性骚扰现在是比较受关注的问题,学校严格要求我们不得与学生有肢体接触,也不得与他们过于亲近。我只能沉默地坐着,等她冷静下来。

"真的很对不起,"她最后说,"我不知道该怎么说,但我有抑郁症,每天早上几乎都下不来床……我在思考是不是要退学。"

就在我横跨半个地球企图逃离的时候,抑郁这头猛兽再次出现了。它站在我面前,拨弄着我的同情心。我真想告诉她不要担心,我会给她的成绩打A。她是我的同类人,我知道她在经历着什么。她不需要严格的教授让她振作,她需要的是一个怀抱,一句能证明我没有看不起她的话。不过,按照学校规定,她还是得努力完成自己的学业,要不对其他学生就太不公平了。我希望她坚强一点,马上渡过这个难关。

我似乎已听到老家那位心理医生罗伯特的声音了:"大卫,你需要一些可以带来正面情绪的经历——达成一些小目标来提升自己的自尊心。"他说得没错,对玛姬来说也是如此。

"听着,"我看着她的双眼,"抑郁比你想象的要普遍得多,全世界有上千万的人遭受着抑郁的痛苦,需要药物治疗。但你不要因此觉得自己不再完整。最重要的是,无论外界的评价有多糟糕,你也千万不能放弃学业。至于这门课,你完全有能力做好,而我也会尽全力支持你。"

"但我最近缺课很厉害。"

"没错，你缺了三次课，但这是由于健康问题，因此，如果你能给我医生的证明，并且保证接下来都不缺课的话，我会免除其中两次。如果下一次的演讲你需要任何的帮助，我们可以在办公时间一起过一下大纲。"

她看着我，就像在说："你为什么要这么关心我？"但她最终还是坐直了身子，擦掉了脸上的泪水。

"我很抱歉，"她说着站了起来，"只是所有事情都压得我喘不过气。"

"大学就是这样的，我时不时也会有这样的感觉。但只要我们坚持下去，一切都会好起来的，一步一步慢慢来，记住了，一步一步慢慢来。"

时间一天天过去，我的洞穴现在有了家的感觉。我买了一张双人床，比我之前睡过的床都要大。我还买了电脑、几盏灯、一些厨房电器，以及香薰蜡烛和花草茶。当我情绪低落的时候，便把浴缸放满水，点燃柠檬味的香薰，放着鲍勃·马利和斯蒂尔·帕尔斯的歌。

搬到波特兰，本可以是我人生步入美好篇章的转折点，如同我期待的那样生活步入正轨，烦恼随风而逝。但那句话也说得没错，问题不是人可以逃避的。抑郁的迹象还在，让我觉得自己的生活仿佛是一场假象——头痛、胃疼、失眠、焦虑、极端的念头。但我无路可退了，只能选择忽略它们。我必须成功——没有妥协的余地。

孤独感越发严重，有时我觉得自己像在一艘遇了难的船上，被冲到了荒岛上——我是城市版的《鲁滨孙漂流记》，不爱与人往来，在做饭时自言自语，然后像个胆小的孤魂野鬼一样游荡在波特兰的大街上。我很想家，想我的家人。没有孩子们的日子，一切都太安静了，我也从来都没有如此想念过柯丝蒂，但还得独自再熬两个月。

一天晚上，我从图书馆回来，听到一条来自约翰的留言，他是我的瑞典朋友，住在盐湖城，他妻子在那儿读书，他自己则参加了很多创意项目。

我们两人都是摩门教教徒，打小就是好朋友，我还记得没上幼儿园时，我俩就坐在他家的地板上玩乐高。他就像是我的兄弟一样。我俩的笑点都很低，参加教堂的青年活动时，我们总是因为嘻嘻哈哈被赶出去。即便是和这个世界上最不好笑的东西共处一室，我们也能笑个不停。

随着年龄的增长，约翰成了我们当中比较悠然自得的那个。我则经常会有一些疯狂的想法，比如说凌晨两点出去跑步。但他情愿在黑暗中一边喝花草茶，一边听平克·弗洛伊德的歌。约翰很擅长发现事物之间的联系，总能通过拉关系来推动事情前进。当我在餐厅洗盘子的时候，他已经在跟老板打网球了。有时候，我很讨厌他野心勃勃的这一面，鄙视他年纪轻轻就只想着钱。我打工是为了买专辑，去听音乐会，或者去旅游，丝毫没有去高级餐厅吃饭或者开豪车的想法。他开玩笑说，我以后可以去他的酒店给他打工，打扫卫生什么的。不过，约翰不是什么贪心自大的人，虽然他说话可能有些刻薄，但他很关心人。

在我情绪异常低落的时候，经常能接到他打来的电话。

"我想帮你安顿下来，买点儿家具，"答录机传来他的声音，"不多，但也足以把你那个地洞变成家了。"

周五的时候，约翰过来了。他那高大的身材和金色的头发出现在走廊里，让我想起维京人。

"能再见到你，实在是太好了。"他用力地拥抱了我，在我背上重重地拍了一下，"你没变，就是瘦了不少，你在健身吗？"

"没，我就是到处散步，每天都吃鸡肉炒面。"

"有意思，我还没听过鸡肉炒面这个减肥餐呢！"他笑着说，"波特兰是个好地方，我不介意在这儿住。"

他就像个教官一样巡视着我的房间，甚至还打开了厨房的柜子看了一番。"不错的地方，挺干净。"他评价着说，"你过得确实挺好啊。"

"你以为我住在垃圾堆里啊？"

"不是，"他脸上浮现出一抹笑，接着，他坐到了地上，脱了鞋和袜子，把它们扔到角落去，"不过，你之前在盐湖城的学生公寓可没有这么好。"

"说得也是。"

"我只能待一个周末，"他说着，吐了口气，仿佛光着脚令他的呼吸更加顺畅了，"我周二有个很重要的会，所以周一下午必须回去。"

"我们学校也有很多事忙，没关系。你能来我已经很开心了。"

"真的？"他说，"你居然说自己见到我很高兴？"

"真的，我一个人在这儿挺寂寞。"

"我安排了温哥华的朋友明天开车来，带我们去西雅图的宜家转转。今晚我们就出去吃点儿好的，然后再去看个电影啥的，怎么样？"

约翰一如既往地做好了安排。

第二天下午早些时候，我们坐着红色的本田旅行车向北出发。约翰坐在副驾的位置上，司机是一个叫史黛丝的活泼女孩儿，我和她的丈夫埃里克坐在后排。埃里克是个很随和的人。我和埃里克中间放着婴儿座椅，坐着他们五个月大的儿子。埃里克也是瑞典人，我和柯丝蒂搬到盐湖城的时候，他跟史黛丝刚好结婚搬去了哥德堡。他们认识我的姐妹，我们之间也有很多共同好友。我们一路聊着家乡和认识的朋友，三个小时的车程感觉过得飞快。

快到西雅图了——垃圾摇滚、微软和浪漫喜剧的发源地，我胃里涌起一股奇怪的感觉，说不出为什么。

高速公路至少有四条车道，但由于到了晚高峰，每一条都堵得死死的。我们要下高速路了，出口在我们右边两条车道的地方。约翰跟史黛丝说"出口很快就到"时，她打了转向灯后直接并入了右边的车道。

"有车！"约翰看见隔壁车道的车也要并入，吓得叫了起来。史黛丝紧急向左打了方向盘。

车子颠簸起来，我知道史黛丝失去了对车的控制力。我屏住呼吸，只能紧紧地抓着扶手。突然，车子冲出车道，我抱紧了自己，准备迎接翻车的冲击。但车子疯狂转了360度，滑过所有车道。我们身后腾起了急刹车导致的黑烟，我害怕会有车子从烟雾中驶来，直直撞上我们。

意想不到的是，这种场面并没有出现，犹如神迹降临一般，我们的车子在晚高峰冲过三条车道，没有撞到别的车，最后猛地停住了。

我们各自坐着，大口大口喘着气，都在想自己差点就死了。我一点都动弹不了，我看了眼旁边的宝宝，问埃里克他有没有事。他摇摇头，然后起身去安抚他的妻子。

我和约翰下去看看车，出了这么大的事，我们以为车子肯定撞烂了，结果居然一点划伤都没有。我止不住地想着本可能出现的血腥场面。

"前右车胎爆了。"约翰说着靠了过来，"你能相信刚刚发生了什么事吗？"

在这个时刻，我们互相看了看对方，做了一件非常奇怪的事情——大笑了起来。也许这是我们应对惊吓的机制吧。之前听说过有人在战场上止不住地大笑，但那会儿我完全不能理解怎么笑得出来。

一个小个子亚洲人在我们后面停下来下了车，询问我们有没有受伤。看到我们笑得不能自已，他非常生气，批评我们说："你们怎么能对这种事情嘻嘻哈哈，大家可能都会在车祸中没命！"

我们点点头，但还是忍不住偷偷笑。那个人说他会通知高速公路巡警，然后就开走了。

约翰和我终于冷静了下来，我们准备回车里去时，他靠过来在我耳边轻声说："今天差点就有六个孩子失去父母。你有两个儿子，我老婆怀着我们的第一个胎儿，埃里克和史黛丝家里还有三个，这些孩子会失去自己的亲人。我们活下来是有原因的。"

我们沉默地坐着，等到巡警过来，巡警询问并记录了事故的经过，然后帮我们换轮胎。他离开前跟我们说，我们极其幸运。

"我做了很多年交警，"他说，"但从来没见过任何一个人，在高峰期的时段，以如此快的车速冲过这么多车道，还一点伤都没有。"

当埃里克启动车子把我们带离现场时，我们都胆战心惊，害怕会有别的事情发生。我建议找个汽车旅馆休息，别去家具店了，但约翰坚持按计划行事。

几分钟后，我们跟跟跄跄地进了"宜家"，挑了椅子、勺子、枕头和一张桌子。我完全不知道我们是怎么把这些东西都塞进车里，一路开回来的。

和死神擦肩而过，让我对于活着这件事心存感激，这对自杀念头而言，简直是最好的解药了。生命非常脆弱，我希望活在世上看着孩子们长大。

与此同时，这次经历也激发了更多的"酗思"。我觉得美国艺术家乔治·西格尔（以其极具表现力的雕塑闻名）说得没错："我们都迷失在自己的脑袋里、自己的思绪里。"

我压根儿无法专心学习，我意识到单独和思绪共处可谓是种折磨。噢，我多渴望画画啊，我想再次把情感和精力都释放在画布上！

但我做了抉择，我选择了书本而不是艺术，我也没有时间画画了。我深知，在绘画上要成功的话，就必须完全投身其中。对我来说，我无法将艺术当作闲趣或者爱好，实在做不到。我宁可不画画也不想当一个平庸的画家。我不停地告诉自己，一条没有保障的职业道路实在是太危险了。

因此，我极力忘却艺术。不过，我知道这是做不到的，因为艺术不仅仅是一种活动，它是我们看待生活，看待周遭一切的方式——昏暗天空映衬下的灯柱，云移动的方式，人们站立和凝视的样子，我无法将它抹去。

波特兰艺术博物馆也在帮倒忙，我到处都能看到他们新展览的宣传海报：印象派和后印象派大师带作品来到了波特兰。

我必须去看。

我第一次看这个展览的时候，再次出现了当时在夏加尔和哥德堡美术馆那种奇妙的眩晕，一种跟伟大艺术产生共鸣所带来的迷醉。

我在莫奈的《睡莲》前面停了下来，从不同的角度分析起每一处细节，颜色的结合和笔触。这幅画太大了，想象不到一个老人是如何创造出这么复杂、壮观的画作。但这就是成为艺术家的美妙之处，能够一直创造下去。谁听说过哪个艺术家到了65岁就要退休的？莫奈活了86岁，创作到了86岁；夏加尔在工作室去世的时候已经98岁了。

我在博物馆一直待到了闭馆，独自在偌大的展厅走动，认真思考起自己的艺术作品来，我该怎么办？很明显，我必须画画。

不过，我告诉自己，每一件事都有它该发生的时间和地点。我朝公寓走去。我已经做出了选择，现在要做的是投身于学业和教学，兑现自己的承诺。现在这个时候往做不完的任务单里再加一个画画，简直就是失智的行为。这一次要理智一点。

25 野兽归来

> 我们面对的最艰难的考验是那些毫无意义的考验。我现在算是理解了，焦虑会以多种形式出现，有时你只是觉得不舒服，有时它潜伏在表面之下，令你觉得心神不宁、无所适从。而严重的恐慌发作则会让你觉得自己像是活在惊悚片里。我看过书上说，焦虑可以是一种说不上来的原因感觉，浑身觉得不舒服，也可以是伴随特定活动出现的紧张感，像是乘电梯或者坐飞机的时候。
>
> ——2003年1月26日

这是非常普通的一天，我从学校走回家，就快走到横跨高速路的天桥时，出现了非常诡异的一幕——穿着白色厨师服，戴着高帽的厨师从四面八方跑到了街上，在我身边集合了起来。一共有好几百人！

我猜他们在拍意面酱或者比萨面粉的广告，于是走近其中一个人，那是个小伙子，眼睛都快给帽子遮住了。我问他在干什么。

"噢，我们是街对面烹饪学校的学生，"他笑着说，"楼里在做消防演习，让我们疏散。"

"可真是壮观，"我拍拍他的肩膀说，"我这辈子还没见过这么多厨师呢。"

"那是肯定的，估计给你看饿了吧……"

穿梭在这奇怪的人群里，我忍俊不禁，即便过去几天是我来这儿之后最难受的日子。内心的压力又回来了，我晚上躺在床上，担忧着所有事情——接下来的课，我的妻子、孩子们，钱，伊拉克战争，世界动荡，还有最关键的——孤身在离家万里的地方，我的抑郁又严重了起来。

那个星期，我得了几年来最严重的流感，又打寒战又流汗。我请了病假，另外一个助教替我上了课。

高烧特别严重，我虚弱得连给自己倒杯水的力气都没有，满脑子都在想自己会不会死掉。第二天，疼痛进一步加剧，我给学生健康中心打了电话，护士让我马上过去。

"但你们就在学校里，"我说，"我没有车，而且现在连下床的力气都没有。"

"我知道你病得很厉害，"她说，"但走两步应该不会有什么事吧。"

晕头转向的我努力穿上了几件秋衣，再套上我能找到的最厚的毛衣，戴上秘鲁羊驼毛帽，跌跌撞撞地出发了。

到健康中心时，我牙齿打战得太厉害了，只能勉强对柜台的女孩儿挤出几个字。她让我填表，我只在表格最后签了个名，然后递回给她。

"你得把整张表填完。"她有些不悦。

"填不了，"我说，"我什么都看不清了……求求你……让我看医生吧。"

那个学生走开了，马上就带了一个医生过来，是个非常温柔的女医生，40岁左右，她把我带到一个小房间，用听筒听了听我的肺，量了体温，让我张嘴看看喉咙。

"你觉得怎么样？"她问。

"就像给火车碾过了一样。"

"现在是流感高发季，今年的症状都比较严重，但好得也快。"

"还不够快。"我发着抖说——她听完笑出声来。

"好啦，是这样的，你现在发着烧，身体脱水。回去的时候，你到店里买点蔓越莓汁和佳得乐饮料，大量喝。然后每天再吃几片这种药。"她说着把一把止痛药装到牛皮纸袋里。

"谢谢你这么关心我，"我说，"能遇到一个用心的医生真的很开心。"

她停住了，说："谢谢你这么说，我们也是努力想照顾好学生，你说的话对我们来说意义非凡。你可以回去啦，也祝你学业顺利。"

两天之后我回了学校，头脑昏沉，四肢无力，但不仅仅是因为流感，也是因为前一天一整晚我都在备课。今天助教班主任会对我的教学能力进行评估。身体还病着，其实我本可以提出延期的，但不服输的那一面占了上风。

我提前进了教室，盯着空无一人的座位，很快这里就会坐满年轻人，这些或多或少都不是很想来的学生将会双目无神地看着我，仿佛在求我说点有意思的东西。当然了，助教班主任也会坐在人群中，盯着我的一举一动，对我的表现鸡蛋里挑骨头。

"别瞎想了,这些东西你全都会!"我大声说道,"你完全有能力教,你也热爱教学。"

还有10分钟上课时,班主任出现在了门口。

"嗨,大卫,"她朝我投来微笑,"你能来上课太好了,我听说你生病了。"

"是的,休息了一段时间,但现在我准备好了。"

"要是你身体还没恢复的话,我们也可以换个时间。"

"噢,没事的。"我说,我知道必须把这件事了结。

"祝你好运啦。"她说完,在后排坐了下来,在桌上整整齐齐地摆上了笔记本和笔。

官方旁听已经开始了。

很快,教室里就坐满了人,在讲课之前,我先点了点名,然后宣布了今天的主题"叙事的力量"。话出口的同时,我便意识到自己还没准备好。我的大脑一片空白,心跳加快。一般来说,我不会紧张成这个样子,难不成我高估了自己,不应该挑课本里没有的主题来讲?也许我该保险一点,准备点教师手册里的东西。班主任肯定知道这是个新主题,所以她要么因为我勇于创新给我加点儿分,要么就要把我钉在耻辱柱上了。

我有点慌,想方设法让自己冷静下来。我问了一个关于校园活动的问题,有几个学生搭腔,趁着这个时候,我飞快地瞥了一眼教案,重新回到了主线上。

我们讨论了如何构建一个好的故事,以及如何在演讲中讲好故事。大部分学生都非常热情地参与讨论,积极提出了一些有建设性的问题。有那么一两次在发表见解的时候,我看向班主任,寻求她的支持,但她总是低着头。

课程即将结束的时候,我拿出一个CD机,让大家仔细听一首布鲁斯·斯普林斯汀的歌。我一直很喜欢他的歌词,他的歌词里有故事,像《州警》《亚特兰大城》或者是今天听的这首——《河流》,关于一个男人回忆年轻时代的恋爱,他结婚之后却很快需要面对成年人的烦恼。我觉得这是一种非常巧妙的教学方法,可惜我的学生却没有我所期望的想象力,有些人听着听着睡着了,有些人脸上写满了困惑,好像什么都没听懂，用我老师的话来说，那叫"人在教室，心去遛弯儿了"。但还是有几个人在认真听，有些还做起了笔记。

我忐忑地看了看班主任，她正在笔记本上狂写。

这节课结束了，我觉得客观来说还是上得不错的，虽然我可能高估了这个年纪的学生有多少听过这首歌，或者知道布鲁斯·斯普林斯汀。不过，在课堂讨论环节，很多学生从歌词里找到了和自己生活的相似之处，这也是我的这节课要传达的重点：好的叙事者能够引发听众的共鸣。

学生们都离开教室后，班主任问我有没有时间把评估做完。

"没问题。"我说，可是我内心没底，毕竟这是苏珊——她来自明尼苏达，此前在波特兰大学读研，毕业之后留校在系里工作。尽管有时候她非常好相处，但总是要求事情按她的思路来办，而且她说话也是直言不讳，学校里经常有传言说她跟其他几个教授矛盾很深。她是那种忽冷忽热的人，因此，系里有一半的人很喜欢她，也有一半的人完全受不了她。

我们坐下来时，我感觉脉搏在疯狂地加快。我必须保住奖学金，没了这笔钱我就读不了书了。

"那我们开始吧。"她翻着密密麻麻的笔记说。

"首先，我不得不说，你是天生当教师的料子。你的台风很稳，也能激发起听众的共鸣；你的肢体语言和其他非语言沟通也做得很好，没有重复的动作，说起话来洪亮且清晰；你的课非常有意思，虽然主题不在课本范围内，但和公众演说这门课程有着非常紧密的联系。"

"谢谢。"

"话虽如此，可我觉得课上睡觉的学生还是太多了，而且这个主题对于入门课程而言也有些太深入了。也许你应该更多地以问答或者做练习的方式，让他们通过参与其中来理解你要传达的重点。你的目光交流也可以，但你看我的次数太多了，我知道这是因为我在给你做评估，但无论如何，你的目光应该遍及整个教室，确保和每个学生都有眼神交流。"

"我只是觉得，人在紧张的时候不妨在听众中找到一个比较支持你的对象做交流，这也是课本里头提到的。"

"我明白了，"她说，"如果是这样的话，我也赞成你的做法。"

"对于《河流》的听歌练习，如果选择当代的音乐，或者播放布鲁斯·斯普林斯汀唱这首歌的视频，来增加一些视觉感知，效果可能会更好。而且第一次的话很难听出歌词来，你至少也得给大家把歌词打印出来，让他们对照着看。"

这个建议她提得很不错，我为什么没有想到呢？

根据她说话的声调，我知道自己这次麻烦了，而她接下来说的话也很好地证实了这一点："我觉得最大的问题是，你教学的风格太过自由了，几乎是在即兴教学。在目前这个水平，你要想做好的话，就必须严格按照教学大纲来组织课程。"

她短短地叹了口气说："总的来说，你还是没有达到我对你的期望。我知道你之前生病了，但下一次的评估你必须好好准备，更好地表达教学目标，要让整个班级的学生都参与到课程中来。这次满分10分的话，我给你打6分。"

我感到天旋地转，匆匆地跑到办公室把门反锁。我感到泪水不停地流下来，但还是控制住了，我更多的是生气，而不是受伤。

我坐下来，又马上站了起来，感到四面墙壁都在朝我逼近，我的呼吸急促了起来。熟悉的疼痛充满了整个胸口，向我宣布那可怕的焦虑已经全速归来。我握住拳头，整个人被恐惧所淹没——害怕失败，害怕被否定，害怕焦虑。

"不！"我一拳砸在白色的墙壁上，"我不要这样！"

我觉得恐慌在四下扩散，我想要冲出这小小的办公室。但残余的理智告诉我，要是被哪个职工或者自己的学生看到，那就完了。于是，我留在了房间里。

刚刚那股强烈的、刀割般的痛，此刻化作了巨大的压力重重地压在了我的胸口上，我呼吸不过来。我在椅子上坐下，靠在桌子上。渐渐地，压力褪去了，留下了头昏脑涨和想吐的感觉。我必须得出去，不然就要窒息了。

我打开门，看到附近没有熟人，便一鼓作气冲进洗手间，用冷水洗脸。看着镜子里的自己，我意识到，没有帮助的话，我一个人是无法毕业的。这也是我离开挪威前医生提出的要求——我到美国之后，必须尽快联系好心理治疗师。但我一直太忙了，也可能是潜意识里担心自己一旦去见治疗师，过去的事情会再度重演。但现在我认识到，再不去我就要崩溃了。

我走进学校里的心理咨询服务中心时，觉得自己像个破破烂烂的洋娃娃，所有尊严都已不复存在。

我签了字，跟前台说自己必须马上要见心理医生，我发着抖说："我的状态非常糟糕。"

"别急，"她冷冷地说，"你可能要等几分钟，我去看看哪个医生有空，你先把表填了。"

意识到自己看起来很吓人，我环顾了一下房间，担心遇到学生或者同事。候诊区全是人，但好在没有看到熟人。

大概45分钟后，一个女人出现在门口，叫了我的名字。她把我带到一个房间——与其说是办公室，不如说像个多媒体教室。她自我介绍说是心理医生："我想和你沟通一下意愿，作为教育的一部分，能不能让我们几个心理学学生旁听一下诊疗过程？当然，所有内容严格保密。"

我应该预料到的。每次在犹他大学看过敏症的时候，总有学生旁听，医生会向他们介绍我的症状，我就像个展品一样。有一次，因为严重的花粉过敏，我的眼睛出了问题，去看病的时候，起码有五个学生来检查。当他们挨个儿检查完，我觉得自己的眼睛没掉出来可真是奇迹。

"我还是想单独谈话。"我说。

"没问题，"她笑着说，"那跟我说一下，你为什么来这儿吧，虽然你在表格上写了，但我还是希望你亲口告诉我。"

我不知道该说什么，要怎么把自己的人生用一句话给总结出来呢？"嗯，我经历了恐慌发作，"我简单地回答道，"我很害怕，需要和医生谈一谈。"

"你知道这次发作是什么引发的吗？"

"我收到教学评估的低分结果之后就发作了，至少我觉得是因为这个。"

"那些评估有时很草率的，"她说，"我自己也经历过几次这样的情况。那你现在有服药吗？"

"没有，之前有，但在来美国之前我擅自戒药了，我以为不吃药也能好。"

"那你之前吃的什么药？"

"我在表格里写了，我不知道在美国这边叫什么名字。"

"好的，你擅自停药很危险哦。"

"我知道，但药物带来的副作用太大——发胖，而且经常犯恶心。"

她飞快地记下一些东西，看着她，我回想起在把我送到医院之前，贝里特也是这样的，我有点想走了。

她抬起头来，问："你在波特兰大学学习多久了？"

"才刚刚开始，几个星期前我才从挪威过来。"

"结婚了吗？有没有小孩？"

"结婚了，妻子和孩子都在挪威，我们计划好了，他们三个月后过来。"

"所以你现在一个人住？"

"是的。"

她又看了看我的表格："你有自杀倾向的历史，你现在还有吗？"

"现在没有，但我担心今晚到家会有，因为我一旦焦虑发作就会有这种念头。"

"我明白了，"她温柔地说，"焦虑的时候独自一人会更加难熬，我会安排人今晚打电话给你，看看你什么情况。与此同时，尽量努力正常生活。如果状况越发严重，你必须拨打这个电话。"她给我递过来一张卡片，"这些人负责处理校园紧急情况，24小时待命，你随时可以打过去。"

我放下心来，能有人听我倾诉，关注我的状况，令我非常欣慰。我琢磨着以后的安排，问道："有没有什么办法能让我常规地过来做心理咨询？我可能需要这个才能度过接下来的三个月。"

"长期是没办法的，但我可以给你介绍一个人，他在市中心。其实，我非常建议你打电话给戈德斯坦医生——他是个心理医生。我把他的电话给你，因为你现在焦虑很严重，我也建议你尽快打电话跟他预约时间。"

从心理咨询服务中心出来，我出了校园，从路边的摊子上买了一大包烤土豆。吃完饭，教学评估带来的失望又出现了，伴随而来的还有一个挥之不去的想法：你做不成的，你又要被打趴下了。

我回到公寓打开灯，在地上躺了下来，盯着天花板，感到被孤独所吞噬，由内而外地被吃干抹净。我很想柯丝蒂和两个孩子，不知道要怎么熬这几个月没有他们的日子。

虚无感被无尽地放大，不再只是因为想念家人，而是因为抑郁在我的灵魂里烧出了一个黑洞，吞噬了所有的情感，只留下一种感觉——自己毫无价值，会一直孤独，无论有多少关心我的朋友，我永远只会孤身一人。

或许，死在这间孤独的公寓里，也不是什么坏事，反正这里也没有家人。我可以以我应得的方式死去——孤独地死去。

我哭了起来，在疲惫之中不知不觉睡去。

我被电话吵醒，因为睡在地板上浑身酸痛，我艰难地站起来，跌跌撞撞地走过去接电话。

"你好，我是琳达，"一个亲切的声音传来，"我是校园的心理咨询服务中心的，打来看看你是否一切安好。"

"噢，是的，我没事。"

"你确定吗？因为这上面说你今天经历了严重的恐慌发作。"

"是的，没错，但我回家之后睡了一会儿，现在感觉好多了，我觉得最糟糕的阶段已经过去了。"

"那就好，如果你需要和人说说话，就立刻联系我们。电话号码你有的，对吗？"

"是的，谢谢你。"

"好的，大卫，那祝你有个愉快的夜晚。"

挂了电话，泪水再次充满了我的双眼，但这一次我有了一丝希望，我知道有人在关心我。我想起来，正是生活中的小事让事情变得不同——在今天的情况下，便是来自素未谋面者的电话。

26　迷失的孩童

　　此前，我决心在波特兰以不用药物的方式对抗抑郁，但经过最近的几次发作，我开始思考自己应该怎么做。我是说，头痛的话，要决定什么情况下吃阿司匹林，什么情况下忍过去。抑郁之下，我吃百忧解，但我也希望在不吃药的情况下战胜它。情况变得越来越难以承受了：疼痛以及不受控制的恐慌，我需要倾诉，没有人发泄的话，我会做蠢事的……

——2003年2月4日

　　我沿着SW莫里森大街走，享受着这难得的春日般的早晨。我迫切需要在生活里找到积极向上的东西。

　　我再次看了看潦草字迹的地址，就在附近。我找人问路，他指向对面一座高高的灰色办公楼。走到里面，我扫了一眼楼层指示，看到"马克·戈德斯坦，心理学博士，12楼"。

　　我来早了，听着舒缓的冥想音乐，在空无一人的候诊室放松下来。11点一到，戈德斯坦医生就打开门走了出来，微笑着和我握了握手。他跟我想象中大不相同，通过电话里的信息，我猜他是个又高又壮的人。但真实的他又瘦又小，留着及肩黑发，小小的棕色眼睛，鹰钩鼻，修得整整齐齐的山羊胡。加上他的黑色高领衣服和西裤，他看起来跟刻板印象里的心理医生一模一样。

　　他的办公室很简单，摆放着一些舒适的家具，让我放松下来的是，这里没有躺椅或者病床——这意味着我可以和他面对面说话。

　　"告诉我，大卫，你为什么来这里？"

　　如此直接的提问让我有些不知所措，于是我把过去三年在六七个治疗师面前说的那套又给他展示了一遍。

　　他问我希望治疗以何种形式进行，是我多说一些，还是他来主导谈话。

　　我们越聊我越觉得放松。于是，结束的时候我又预约了几天后的治疗。

　　这天一大早，我便匆匆赶往学校附近的公交车站，准备按时去见蕾。

她是一名年轻的中国研究生，和我是跨文化交流课程上的同学，而且跟我一样，她也是助教。我们的作业之一是"志愿"参加社区项目。我和蕾都报名参加了"加油项目"——帮助低收入家庭的中学生顺利完成高等教育。那天早上，我们要去位于非裔和拉丁裔区的杰弗逊中学，和一些青少年谈谈关于大学的事情，回答他们的相关问题。

在公交车站，我和蕾打了招呼，她像平常一样对我报以微笑。蕾一向充满了无尽的正能量，很有冲劲和决心。她是去年秋天才一个人从北京过来的。

我们在后排坐了下来，她看着很腼腆，我也不知道说什么好。但车程有半个小时，我可受不了沉默地干坐着。

"你喜欢波特兰吗？"我开口问道。

"这里很好，"她的英文虽然不是很标准，但比我想象的好，"不过有时候也挺难的，因为这是我第一次离开中国。"

"你肯定很想家。"

"是的，我的父母对我来说就是一切，但我来到这里，他们也很为我高兴，因为他们知道这是个很好的机会。"她顿了顿问道，"那你呢？你肯定也很想妻子和孩子吧？我在你的办公室看到了他们的照片，很可爱。"

"是的，但学校生活你也知道，太忙了，根本没时间想别的。"

她点点头笑了笑。

没过多久，我就发现我们已经到了市郊，这儿的房子很小，环境也没那么好。从某种程度上说，就像进入了另一个国家。

教学楼是很典型的20世纪50年代的红砖楼，越往前走我就越觉得参加这个项目不是什么好主意，压根儿不适合我。不是说帮助需要的小孩去读大学是在浪费我时间，只是我实在太累了。

楼梯平台上挂着一条黄色的横幅，上面写着"大学是通往成功人生的跳板"。这里的很多学生很可能都不会读大学，我忍不住想，这条横幅会不会成为他们挥之不去的阴影。不过，这段时间的我本来就很悲观。

这里的学生都穿得跟说唱歌手似的，蕾说这让她想起了《危险游戏》那部电影，米歇尔·菲佛饰演的老师走进一家满是流氓恶霸的学校。我点点头表示赞同，但马上就意识到自己的偏见，愧疚不已。一句话浮现在我脑海里："我们惧怕未知。"

"加油项目"在学校里的办公室很不错，看上去很摩登。墙上挂满了各个大学的校旗，还有几台电脑供查阅使用。办公室里有三张大桌子，学生们正坐着填表和阅读信息。看到政府提供这种项目让我很是欣慰，现在门口那条横幅看着也没什么问题了。大学能提供很好的学习经历，每个人都不应该错过。要是我能帮助谁迈进大学校门，我肯定很乐意。

但我的激情很快就消散了，和我们约了见面的六个学生都没有出现，于是我们让协调员改到下周，然后回家了。

我们在波特兰中心下了车，我问蕾打算怎么解决午饭。

"我一般都在家吃米饭、蔬菜，"她说，"要么就随身带点儿水果吃。"

"你要是喜欢吃健康食品，要不吃点儿沙拉？"

"沙拉？"她疑惑地看着我。

"你是说，你没吃过沙拉吗？"

"没有，没听过。"

"跟我来。"

走到街角的餐馆，我推开门，招呼她进来："很荣幸带你进入沙拉世界。"

日子一天天过去，我全身心地投入到学业上，但焦虑并未因此减轻——反而更加严重了。我越来越难以集中精神读书和做调研。睡眠再次成了大问题，胃疼也没有消停过。

一天晚上，我打开邮箱，发现挪威的一个朋友给我发来了邮件。邮件的开头像平常一样，但接下来，他提起在健身房看到柯丝蒂跟另一个男人在一起。他说自己观察了他们很长时间，最后走上前去攀谈。那个男人是柯丝蒂的老板，在我到美国之后，柯丝蒂在一家餐馆找了份工作。这本来也没什么，但他写道："可能也没什么事，只是我觉得你应该知道，他们全程都在一起。"我马上就紧张起来。

我有担心的必要吗？柯丝蒂和我一直保持着紧密的联系，经常写邮件和打电话，但我们都很忙——她要照顾小孩儿，去餐厅工作，为搬到美国做准备，而我除了上课还要教学。过去几个星期，我们给彼此写了很多亲密的信，但分开这么久也不免让我们的关系有些紧张。

一开始，我选择无视朋友的信息，但焦虑接踵而至，于是我决定给柯丝蒂写邮件问清楚。我没有提朋友的名字，但传递了他的信息，明确地表示自己对此有所怀疑。落款的地方我写道："希望还是你的爱人。"虽然我觉得这么写很没品，甚至有些恶毒，但我就是控制不住自己。我盯着发送键，想起课程目录有一章叫"这封邮件可别发"，但我还是点了"发送"。

那天晚上，我一点儿也睡不着。柯丝蒂看了邮件吗？她会说什么？为什么她要跟自己的老板去健身房？她是不是背叛我了？不过，这也不奇怪，她可能很寂寞，毕竟她的丈夫已经患抑郁很长时间了。

然后我又想起她的老板来。那是一个阴险的商人，估计离了婚正单身，看到这个等待拯救的金发美女就按捺不住自己了。开始的时候，柯丝蒂应该马上就看清了他的意图，果断地拒绝了他。但随着他不断邀请她参加各种活动，一有机会就开展甜言蜜语攻势，她渐渐就招架不住了。

我一点儿都躺不住了，想马上给她打电话。但想了一会儿，觉得这次还是要谨慎一点，别表现出绝望的样子。我想，等着她的答复吧，听听她的说法。可能真的什么事也没有，是自己神经兮兮多疑罢了，毕竟比起死，我更害怕被抛弃。

我能睡着真的是未解之谜，跟前线士兵在枪林弹雨下还能坐在战壕里打牌一个道理。第二天醒来，胃还是痉挛得想吐，我打开电脑，看到柯丝蒂回了邮件。

有那么一段时间，我只是坐着盯着她的名字看，没有勇气点开。有时候，还是无知点的好，安于现状，而不是暴露问题，引发矛盾。但我从来就不是那样的人，我从来就做不到否认事实，尤其是当自己的感情受到伤害时，我做不到像外交官一样淡定，应对得游刃有余。我快控制不住自己的情绪了，愤怒之火在我内心熊熊燃烧着，我觉得她肯定对我撒谎了，于是点开邮件，准备看到最糟糕的回答。

柯丝蒂很难过，说自己从没有在下班后见自己的老板，说我太不讲理了——而这也把我放到了进退两难的地步。她怎么能说自己从未在下班后见她的老板呢？我朋友可不光在健身房看到他们在一起，还跟他们说话了。

这简直太糟糕了，于是我转发了朋友的邮件，问她对此又有什么说法。一整天过去了,她还是没有答复。

走进戈德斯坦医生的办公室,我几乎透不过气。

"请坐,"他说,"你今天看起来很焦虑,发生什么事了?"

"我觉得我妻子出轨了。"

他看起来很震惊地问:"为什么这么说?"

"一个朋友给我写邮件说,看到她跟她的老板在健身房待了一个多小时,但她拒不承认。"

"你有打电话问她吗?"

"不,我太害怕了,我担心她会告诉我真相,说她要离开我,我的孩子会给某个开餐厅的浑蛋来养!"

"冷静,"他挥挥手说,"我知道虽然看起来是这么回事,但你也不确定。还是不要匆忙地下定论,而且柯丝蒂可能是因为你不信任她而难过。"

"如果是那样的话,她为什么不直接告诉我,她是跟那个人去了健身房,但什么都没发生?"

"因为她不知道你会是什么反应。"

"我怎么反应?"我吼了起来,"要是她担心这个,她一开始就不应该跟那个人去健身房——谁知道他们还干了什么!"

"跟别人去健身房,并不等于不忠诚啊。"他说。

"但她骗我说下班后没见过他!"

戈德斯坦医生停了下来,用锐利的眼神看着我:"我一直在想,大卫,你的焦虑不停在恶化,目前这个节点,你的身体已经不能正常运行了。你不需要逞强,我有好几个病人进行治疗的同时服用药物来辅助,我觉得这也是你需要的。"

"什么药?"

"比如说左洛复。"

"左洛复!你疯了吗?那不就是科伦拜恩[①]那几个杀人的小孩儿吃的药吗?"

[①] 1999年4月20日,两名学生持枪和爆炸物进入美国科罗拉多州杰斐逊县科伦拜恩中学,造成13死24伤,然后两人自杀身亡。

"大卫，不要这么极端。好几百万的人都在吃这种药，效果也很好。"

"不，我不吃，"我说，"吃药的话我就无法继续学业了，这个你很清楚，那些副作用会让我彻底垮掉。"

意识到我不会妥协，他靠在椅背上，说："这样的话，我们的治疗必须提到一周三次，而且你每天要做身体锻炼。"

我头晕眼花，拖着疲惫的身体进了学校的泳池，我要怎么游完40圈？我每天都觉得比前一天更糟，越来越担心学生会发现我的精神问题。但身边的人只是说我看起来很疲惫，这在学校里是常事。幸运的是，我教授的那门课目前到了学生实践演说的阶段，我要做的只是点评和打分。

像平常一样，我潜进水底，想象有海豚作陪，然后浮出水面一圈又一圈地游。我要做的就是坚持住，不要去想最坏的情况。但到了第20圈时，我决定第二天给柯丝蒂打电话，结束对自己的折磨。就算她跟这个人出去了又怎么样？她也能质疑我啊，虽然我去哪里都跟她报备。我跟蕾一起看过电影，带她吃了意大利、墨西哥和美国菜。我们还一起看了话剧。老实说，我们看起来就像一对情侣一样，她穿着漂亮的红裙子，我穿着西装，看上去神采奕奕。

我游完之后，仰面漂浮在水上放松，可我的情绪在肆无忌惮地游走。我特别想要听到柯丝蒂告诉我，我们还是夫妻，她还爱我。我突然意识到，这是我们结婚以来，我第一次怀疑她。我年轻时从未想过任何一段关系里有背叛的可能，我还能如此天真吗？

我走进更衣室，努力想着柜子的密码。按照习惯，我将密码锁往左转两次，往右两次，然后再往左一次。但今天直到我试了三次才成功打开了柜门。悬着的心放了下来，我吐了长长的一口气。胃又痉挛起来，我不得不在长凳上坐了下来。我往前抱着双膝，听到一个声音在不停地说："大卫，你是个迷失的孩童，迷失的孩童。"

27 再次支离破碎

> 当我2001年被强行带到医院时,并不理解为什么不给病人看电视或者听收音机。现在,当自己处在高度焦虑的阶段,我开始理解,电视上放的新闻,无论是多小的悲剧,或者快速闪过的关于死亡、苦痛的内容,都会化作无法承受的情感,在我身上停留数个小时。我害怕黑暗,各种幻想猖獗地在脑海里闪现。我不住地祈祷:"求您了上帝,不要让我在痛苦中死去。"我能感受到恐惧近在咫尺,下一秒就能把我死死抓住。
>
> ——2003年2月25日

我一身冷汗地醒来,喘着粗气,那可怕一天的所有细节都犹如洪水般向我涌来。已经过去20多年了,但我还清楚地记得他的脸和难闻的口气。怪兽把我紧紧抓住,说什么都不放手。

小时候在哥德堡,有个叫拉尔斯的男人就住在我们楼附近,是一个很友善的人。附近大部分小孩儿都知道他,他时不时会给大家礼物。他很高,有些驼背,戴着大大的眼镜,薄薄的金色头发,留着厚厚的胡子,不超过30岁。

虽然他是个隐居的人,可孩子们都喜欢往他那儿跑,毕竟他给礼物很大方。不过,我母亲可不这么想,当她看到他在游乐场上递给我一把小折刀时——我一直很想要,但买不起——她让我立刻把东西还回去,并且再也不要和他往来。我很难过,哀求母亲让我留着刀,但她让我照做。即便如此,9岁的我完完全全地信任拉尔斯。

当我再次独自一人在游乐场时,他走上前来,跟我说要给我礼物,我便跟着他走进了公寓楼停放单车的地方,他说把礼物藏在了那里。这个地方小小的,像一个地窖,灰色的水泥墙,没有窗户。他把门关上,转过身紧紧地贴了过来。他很高,我都不到他的腰。

"我们来玩一个游戏,"他说,"我把这100块钱藏在身上,你来找,找到就给你。"

他关了灯，房间里立刻变得漆黑一片，我警觉起来，让他把灯打开，但他说这是游戏的一部分。我很害怕，胃绞痛起来，但我还是呆呆地站着，不知道该做什么好。

他一言不发地抓住我的手腕，把我的手塞到他的裤裆里，说钱就藏在那里。我祈祷着自己能快点找到钱，然后赶紧离开。他扭动时发出的呻吟声让我害怕。

我再次哀求他停下来把灯打开，但他把我抓得更紧了，让我闭嘴。我知道得赶紧逃出去，于是用力地把手扯了回来，结果把他弄伤了。他低沉地咆哮了一声，头脑一片空白的我设法找到门把手。我冲出去的时候，他在后面冲我大叫："我知道你住在哪里，你要敢跟别人说，我就杀了你！"

我一路跑回我们的公寓楼，冲上去撞开了家门。安全进入了屋里，我瘫倒在地上，大口大口地喘着气。我一抬头，发现母亲站在走廊里。

"出什么事了？"她说着在我身边跪了下来，"你像被吓着了。"

听到她充满关爱的声音，我只想扑进她的怀里大哭，告诉她自己有多么害怕。但想起拉尔斯的威胁，我编了个借口便走回房间把门锁上。一般这种情况，我母亲会坚持让我告诉她发生了什么事，但这一次她什么都没做。也许是我的弟弟妹妹让她分心了，又或者她决定随我去。

无论是什么原因，我感到完完全全地孤立无援，就跟所有小孩儿一样，出了什么事情都觉得是自己做错了事。我碰了自己不该碰的东西，也违背了母亲的命令，这让我觉得无比羞愧。我感到了真真切切的恐惧，一种只能自己独自承受的恐惧。有好多年，每当我回过头，都害怕看到那个高大的、没什么头发、微微驼背的男人——那个恶魔终有一天会回来，再次把我紧紧抓住。

但一年又一年过去，我再也没见过拉尔斯，可能他害怕被发现所以搬走了，我们也恰好搬家了。进入青少年时期后，童年发生的那件事渐渐淡出了我的记忆，就算哪天突然想起来，我也会庆幸自己逃过了一劫。

我20岁的时候在哥德堡一所小学当助教。那是一个下雨天，我在人头攒动的公交车站等车。我转过头时一眼瞥见了拉尔斯——这辈子我都忘不了他的脸和他的身材轮廓。他穿着米色风衣，还是戴着那副黑框眼镜，站在我所在的城市里。他一脸阴沉，面无表情，撑着一把红色的伞在等车。

我僵住了，从他威胁要杀掉我已经过去了10年的时间，但我现在已经不再是个小男孩儿了。我知道这可能是我唯一正面和他抗衡的机会，我的怒火在身体里沸腾着——快要冲昏我的头脑，足以让我空手把他的脑袋砸碎。但我只是站在雨里，透过人群看着他，当年的受害者正伺机化身为加害者。

我的脑海里闪过无数种计划——包括跑去叫警察，但我知道距离事情发生已经过去太多年了。也许我只需要走上前去，让他把脸上的蠢笑收起来，然后一拳把他打倒；或者冲着人群大叫，曝光他是个变态、猥亵儿童的人，我们一定要把这个恶心的罪犯绳之以法。我恨透了他那伪装的样子，就像一个再普通不过的人。他不该出现在这里，他看起来是那么地无辜和正常……无数的情感倾泻而出，但恐惧不在其中。

我等的车到了，我还是下不了决心该怎么做。我双拳紧握，做好了时刻出拳的准备。但有某种东西在告诉我，让我跟着人流上车。我双眼紧紧地盯着他，他就像一座冰冷的雕塑伫立在那里。我问自己，我怎么能什么都不做就离开呢？

坐在车上，我感到深深的挫败，并想起已不在人世的母亲，为什么拉尔斯这种人渣活得好好的，而那些几乎可以称得上是圣人的人却要灰飞烟灭。

"上帝啊，请您来复仇吧，"我悄声说，"公正地审判他。"

我朝窗外看去，直到他的身影越来越小，消失在视野里。

床头柜的闹钟显示现在是早上四点半。我渴得要命，走到厨房，从冰箱里拿出柠檬汽水。我浑身都在颤抖。为什么拉尔斯会出现在我的梦里？我多么希望将他埋在灵魂深处，再也不要想起来。那个可恶的"恋童癖"，可能现在还在祸害无辜的小男孩儿。但我也该庆幸自己逃脱了他的魔爪，庆幸事情没有发生到更糟糕的地步。要不然我可能会被性侵、殴打，甚至杀害。

但他的味道，黑漆漆的房间，还有当时的恐惧，现在一股脑地浮上了心头。也许是因为最近的压力太大，又是搬家，又要应对学业，现在还碰上妻子的疑似出轨，焦虑翻山倒海而来。我一口吞下柠檬汽水，决定要做点什么来防止焦虑进一步恶化到失控。我得给柯丝蒂打电话，把事情弄清楚。

20多分钟后，我如释重负地坐在了床上。拨电话的那会儿，算得上是我这辈子最紧张的时刻之一。我知道接下来听到的东西很可能会永远改变我的人生，我屏住呼吸，内心在疯狂呐喊，要求知道真相。电话里，我对柯丝蒂的态度非常直接，几乎算得上咄咄逼人，要求她把事情的来龙去脉都说清楚。

"你有外遇吗？"我问道。

她沉默了一会儿，说："绝对没有。"

"那你为什么骗我？"

"我没骗你，我不知道你在说什么。"

这一刻，我本可以拿出所有证据证明自己的说法，但我了解柯丝蒂，她撒谎的话不可能如此底气十足。我停了下来，接受了无事发生的事实。就算她跟她老板去了健身房又怎样？就像戈德斯坦说的，这并不代表她不忠于我。

"你能别再纠结这件事了吗？"她很平静，但声音听得出快哭出来了，"求你了大卫，别纠结了。"

就在那个瞬间，我觉得自己又恢复了呼吸。"我尽量，"我说，仿佛是在做某种妥协，"我还是没有完全弄明白，但现在我们最不需要的就是更多的问题。"

"我爱你，大卫。"

"好，"面对这句话，我又恢复了往常毫不热情的回答，"我很高兴。"

戈德斯坦医生用他那双能看穿人心的眼睛看着我。那天见到他让我安稳了不少。治疗初期，我对他抱有怀疑，有一次甚至打电话说我不觉得治疗会有什么效果。但现在坐在这里，我觉得他是唯一一个能帮我维持理智的人。

我们坐了下来，不出几秒，便哭了起来。

"我撑不住了……人生太难了。"说完这句话，我便完全哽咽了起来。

戈德斯坦没说话，从桌子对面给我递过来一盒纸巾。他一直等到我冷静下来，才说："我知道这对你来说很艰难，大卫。"

我还是没说话，但他坚持让我开口："发生什么事了？还是你妻子的那件事吗？"

一阵剧烈的胃痛袭来，我双手捂住胃部说："我给她打了电话，她说她爱我，可我还是没法儿相信她。我不知道是吃醋还是什么，但这种感觉正在由内而外吞噬我……而且我还有很多论文要交，还要给学生上课，事情太多了，我根本承受不来。"

《吸血鬼》，1895年
爱德华·蒙克
蒙克美术馆藏品

　　戈德斯坦做了一件此前从未做过的事——他把椅子挪近了说："大卫，我知道你想逃离。当一切都支离破碎的时候，你要活下来的唯一办法就是逃离，有这种想法很正常。但我坚定地认为，你必须坚持完成这三个月的学业。如果你在结束之前就放弃，你会后悔，觉得自己失败。所以，最重要的是，你要带着成就感重回正轨。还有，不要把是否放弃学业变成一个让你进退两难的抉择。我们要一起度过这段艰难的时期。"

　　在结束戈德斯坦的疗程之后，我不想回到空荡荡的公寓里。于是我在市中心逛街，买了点儿不是很需要的东西，然后去电影院看了一部关于内战的电影，电影又长又无聊，我连它的名字都记不得了。

　　晚饭我想打破常规，吃点儿跟平时不一样的，便去了杰克餐吧，市里最好的牛排店之一，服务员会把生肉放在银色大盘子里端上来供你挑选——大块大块的生肉以一种近乎野蛮的方式在展示着。这顿饭的花费足够让我去连锁快餐店"塔可钟",吃上整整三个星期的墨西哥卷饼。但我毫不在意,我急需减轻焦虑,而吃牛排看起来能起到和逃避相同的功效。

吃完饭后,我在黑夜里走遍了整个市中心,没有一丝恐惧。我慢悠悠地穿过街道,希望能迎面遇上一个瘾君子,一刀要了我的命。可我一个人影儿都没见到,这儿就像是一个被遗弃的地方。

直到累得走不动,我才在艺术博物馆前停了下来。我脱掉夹克外套,像地毯一样把它摊开,铺在冷冰冰的大理石台阶上。我在那里坐了一个多小时,想着凡·高、夏加尔和蒙克,他们的人生充满了逆境和苦难。艺术家的人生都不容易,但他们有着锲而不舍的精神——至少对他们的艺术是这样。

我抱着解决问题的心态来到波特兰,即便知道过程会很艰难,毕竟只有通过努力才能实现人生追求。距离家人过来只有几个星期了,我却一点儿信心都没有,我有太多的问题和顾虑。我病得如此严重,还拖着家里人下水,这对他们来说公平吗?还有孩子们,他们在挪威过得好好的,却要漂洋过海来美国,去新的学校上学,这对他们好吗?要是我崩溃了,那该怎么办?我们没有钱回挪威,要是我不能出门工作的话,我们在波特兰也生存不下去。

就像我冲动地决定来波特兰一样,我突然认为,让全家跟着我过来对他们没什么好处——他们最好还是留在家里,住在向我岳父母租来的房子里,有亲友做伴。而且,我也坚持不下去了,我必须离开波特兰回去。

回到公寓,我给迪恩打去了电话,关于放弃研究生学业的决定,我得找个人聊一聊,他是我能想到的第一个人。我焦虑得忘记了时间,当时已经很晚了。

电话那头传来沙哑的声音:"喂,我是迪恩。"

"抱歉,我是不是把你吵醒了?"我说,"我明天再打吧。"

"大卫,是你吗?"

"对,是我。我就是想和你说说话,我现在的状态很糟糕。"

"没事的,"他说,"稍等我一分钟,我去厨房和你说。"

我焦虑地踱起步来。

"可以了,"他的声音清醒了不少,"告诉我,怎么了?"

"我觉得没法儿继续读研了,"我听起来估计像个苦恼的青少年,"焦虑简直要了我的命,而且,在自己情绪如此不稳定的时候,让家人搬过来不是什么明智的选择。"

"大卫，在你过来之前，我们谈过这个问题的，读研就是很艰难的事情，你真的仔细想清楚了？"

"是的，"我叹着气说，"我不想全家搬过来。"

迪恩顿了顿说："你知道，我希望你完成学业，但如果这是你的决定，我也相信你肯定有着充分的理由。听起来你已经下定决心了，那么你是现在直接就回去，还是完成三个月的学习和教学再走？"

"我的心理治疗师坚持主张我完成三个月的教学和学业再走，但我现在烦乱得不行，我不知道要怎么写完论文，或者再教一天的课，但我知道必须竭尽全力。"

"很好，"他说，"你做了很明智的选择。柯丝蒂知道了吗？"

"还没有，我会尽快给她打电话的。不知道她会是什么反应，但我心意已决。"

挂了电话，我突然意识到这一切发生得有多快——到了波特兰之后，我一直在努力地和焦虑斗争，但我从来没想过离开。不过，一旦这个想法扎了根，就再也不会消失，只会不断地生长。我的防御墙顷刻间就瓦解了。我所有的力气、动力和目标都消失了，只剩下离开这个选项。

当事情变得困难的时候，抑郁和焦虑的人总是这样——我们从来不觉得自己有选择，一切都被恐慌包围，失去了理智。要是你想阻止我们，我们只会把你撞开。但我还是忍不住思考这个突然的决定会带来的影响，放弃研究生学业也是改变人生的一步。我的人生已是一片废墟，我的学术生涯茫然不知所向，工作机会不知所踪，还有重返美国的新未来也都消失殆尽了——更别说我的家庭会受到何种影响了。

有时候，我们必须承认，我们的渴望不一定与现实相符。这和信念没有任何关系。"试一试，但要清楚自己的能力范围所在。"人们总是这么说。我试了，但忽略了自己的能力范围。

现在，我要把这件事告诉柯丝蒂。我又焦虑又绝望，整个人疲惫不堪。我想立刻给她打电话，不是和她讨论这件事，而是告诉她我的决定。我无法承受任何被说服着留下来的风险。因此，那天晚上，我拨通了家里的电话，等待的过程中，我的手在发抖，有那么一瞬间我头脑一片空白，不知道要说什么。

把事实告诉她就是，我不停地告诉自己。

等了好一会儿，我差点就要挂电话时，她接了起来。

"亲爱的，是我。"我努力让自己听起来有底气，"你还好吗？"

"还行，我很想你，孩子们也是。我希望你没有还在为了健身房那件事生气——你想得太夸张了。"

"我知道，我很抱歉，但我打电话来不是因为那个。"

"怎么了？"她问道，"你还好吗？"

听到她语气里充满了对我的关心，我很想说我的状态很不好，就快死了，你压根儿想象不出有多严重。但我忍住了，说："我得告诉你一件事。"

"什么事？"她估计以为我要说自己跟学生好上了，或者发现自己其实是同性恋。

我停了一秒说："我决定停止学习，回家。"

一般来说，我那头脑清晰的妻子对于我的决定会立刻做出反应。但这次，对面传来长久的沉默，我很担心，害怕她说我如此砸碎她到美国生活的梦很不公平。

"是因为你的抑郁还是有其他原因？"她问道。

她完全没有责怪我，我无声地哭泣起来："我真的快撑不下去了，我完全不知道为什么会这样，我的焦虑已经失控了，我很担心你把家里的东西都卖了过来，却要面对我的精神崩溃。而且我觉得这里的公寓不适合孩子们生活。"

沉默再次出现了。

"我理解，"她说，"你跟学校说了吗？"

"说了，班主任苏珊明天会在助教会议上通知其他人，我很紧张。"

"哇，这个消息太突然了！"她说，"我很高兴你今天告诉我，因为昨天我才发布了卖车广告，好在还没人来看。我已经扔了很多东西，把我们的衣服和玩具都送了人。几天前我买了机票，希望能退，我记得买了退票险。"

放下电话之后，我觉得呼吸顺畅了一些。柯丝蒂能够明白情况的严重性，可也没有责怪我。这是她最好的地方之一：她从来不跟我吵架，在我最需要的时候，我总能依赖她，得到她的支持。

28　黑猫

　　就要离开波特兰了，我在想，我是不是一直在逃离。我之所以离开这座城市，是因为我知道自己的能力范围只能去到那里，还是说我一直都在逃离，寄希望于找到自己归属的地方？我想起了高更，他离开法国去到大溪地，画出了多彩的自然风光和引人入胜的当地人人物肖像。他刚到大溪地的时候，以为自己终于在这里找到寻觅已久的宁静，但事实总是不如意的，因为他最后了结了自己的生命。我很想知道，人是不是真的可以逃离抑郁？

——2003年3月18日

　　第二天早上，在去助教会议的路上，我思考起半途而废的人究竟是什么样的人。一些词出现在我脑海中：逃兵、输家、失败、懦夫——全都有着不够坚强、失去目标和走捷径的意思。"几乎成功"完全不在我们的字典里——我们只有成和不成。输家只有重回赛场并取得成功才会为人所敬仰，因为他们成了最终的赢家。

　　就像平时的早会一样，大家一边开会一边喝橙汁，吃甜甜圈。多数人看起来都很疲惫，一副急需休息的样子。

　　苏珊用手示意我们安静下来，她说："欢迎大家。在正式开始今天的会议议程之前，大卫有事情要和大家宣布。"

　　我措手不及——我以为她会直接跟大家说。现在，八张脸转过来看着我，我一句话也说不出来。

　　当我最终整理好语言，告诉大家我决定在三个月后退出项目时，每个人都一脸震惊。虽然有些人的神情像是在说："他真的做了那件我想了几百次的事情。"蕾，一个无论做什么都不会放弃的人，眼里满是泪水，另外几个人也是一样。看到他们这样，我不得不咬紧嘴唇，不让自己哭出来。

　　在我走去办公室的路上，感到我所有的希望和志向随着擦肩而过的学生一同散去。但这不是一种觉得不公平或者跟焦虑相关的感受。我陷入了一种沉重而严肃的心境。我走进办公室，把门敞开着，坐到了位子上。

蕾的身影出现在门口："你要离开，我太难过了。"

想到要谈论这件事，我不免紧张起来。我站起身来整理了一下几本书。

"怎么会这样？"她抱着我哭了起来。

有那么一瞬间我一动不动，说："我不知道，但别难过。至少我努力了，等以后老了回头看，也不会总想着当时要是申请了助教项目会怎么样。"

她松开拥抱我的双手，后退了一步，好像有些难为情。她擦去脸上的泪水，说："你是我在这里最好的朋友，大卫，我会想你的。"

我突然意识到我们变得有多亲密。在我最孤独的时候，是她陪着我；在我生病的时候，她给我带蛋卷和苹果——这是我从未想过的组合。也许在某种程度上，我也帮了她。我不想把气氛弄得很消沉，便说："我们会保持联系的，我的阳光与你同伴。而且，你要知道——能作为第一个介绍你认识沙拉的人，我非常自豪。"

她笑了笑，看起来恢复了不少。她说："不过，我得回去干活了，有篇论文要写。"

她走的时候把门带上了。我想，是哪个幸运的家伙会接到学校的电话，被告知奖学金项目空出了一个名额。来这里之前，我觉得它会让我的生活重回正轨，但我的问题并没有消失。它们埋伏着，伺机而动，就像无法治愈的癌症。

我关了灯，用鼻子吸气，嘴巴呼气。黑暗越来越深，离我也越来越近，我感到自己眼角余光所在之处有一个高高的黑影，是那个最近出现在我梦里的儿童猥亵犯。我赶紧摸索着开关，灯亮起来时，我望向墙上的凡·高自画像，瞬间觉得好受了许多。他知道我在经受着什么，也永远都不会对我妄下评论。

"文森特，"我大声说道，"你我从未谋面，但我敢肯定，你完全可以绘出我的人生。"

三个星期之后，期末就结束了，正常来说，我会觉得心里的一块大石落了地，然后跟其他同事一样，回去看看家人，休息度假。但现在留给我处理东西的时间不多了，我得尽快清空公寓，打包物品。

《自画像》，1887年
文森特·凡·高
约瑟夫·温特博瑟姆藏品

  我离开的前一晚，蕾带着两个大包来到我的公寓，我往里头装满了食物、清洁用品和其他有价值的东西。尽管是紧张的期末，她仍然像往常一样平静，对于她这种坚忍的性格，我很是羡慕。有些人对付压力的装备总是比其他人要更加齐全。

"我有礼物给你和你的妻子。"她说着递给我两包用包装纸精心包装过的东西，上面还绑着缎带。我打开我的那份，里面有一盒昂贵的古龙水，我知道肯定花了她不少钱。说："你不用买这个的。"

"你不喜欢吗？"她像个小学生一样扣紧了双手，"你一直都有擦好闻的古龙水，这是新品。为你的妻子，我准备了一只手工做的中国传统式样的手袋。这是我国北方传承了上千年的做法。我希望她会喜欢。"

"你真的太好了，"我说，"她肯定会喜欢的，噢对了，我也有东西给你。"

我从厨房的壁柜上拿出一个小盒子给她，说："没什么特别的，但这是向我们的友谊致敬。"

她打开盒子，是一个从艺术博物馆礼品店买的马克杯，她马上就猜到我买的原因。

"是黑猫！"

"是的，"我说，"别再想那些关于黑猫的迷信说法了，它们会给你带来好运的！"

这可不是普通的猫，是法国画家图卢兹－劳特累克的《黑猫》，在印象派画家的画展上，我和蕾看到了《黑猫》的海报。她说自己绝对不会在墙上挂黑猫的画，而我则努力给她解释这幅画的色彩和美学。

她拿着杯子笑着说："很棒的回忆，谢谢你。"

两人都累得不行，在地上坐了下来。现在的公寓空荡荡的——我来的时候什么

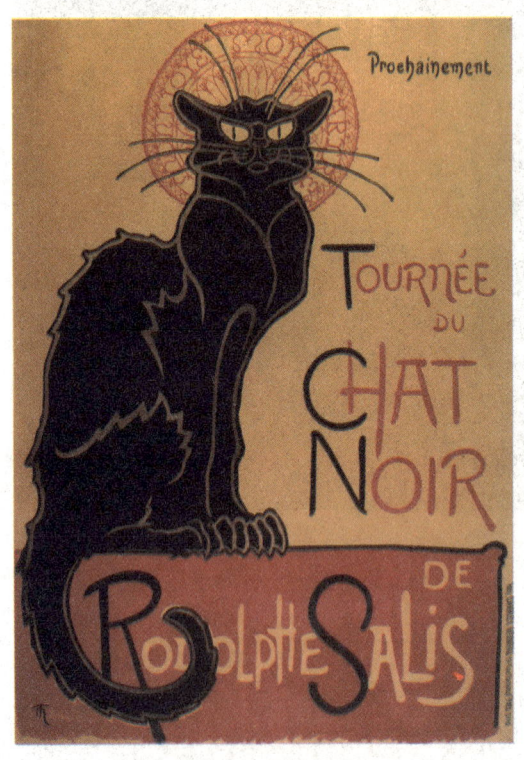

《黑猫》，1896年
亨利·德·图卢兹－劳特累克
罗格斯大学齐默里美术馆

都没带，渐渐地，我把公寓变成了家，而现在，它又重新回到了空无一物的样子。

靠墙坐着，我觉得自己离她很近，我知道，我一伸手就能够抱紧她，她也不会介意。但我结婚了，我爱我的妻子。

"你觉得10年之后，你会在哪里？"我问道。

"在中国某个地方教书吧，或者走运的话，我会遇到一个很好的美国人，然后在这里定居下来。"

"那你的父母呢？"

"这个就复杂了，但他们希望我能获得好的机会，我也会经常去看望他们。"然后她转过头来，看着我的眼睛说，"你准备回家做什么？"

"噢，我就是一头迷途羔羊，"我说，"但我必须做点儿自己的艺术。"

"你是说当一名真正的艺术家？"

"对的，叫什么都无所谓。这个年头，有人把两个空牛奶盒粘到一起，再钉到木板上，也管自己叫艺术家。但我决定要找一间属于自己的工作室，开始创作。我的抑郁太严重了，没法儿参加什么艺术课程，只能自学。"

"你会成为一名优秀的艺术家的，"她露出大大的笑容，"我从来没见过像你这么热爱艺术的人。在我们去美术馆之前，我从来没怎么想过艺术这种东西，直到你给我解释色彩、构图和艺术家，我才有所了解。"

"你有一天也会成为优秀的教授，"我接过来说道，"我很肯定。有些人必然会成功，不只是因为运气，是因为他们既有天分，又付出了努力。你就是其中之一。"

她的眼里噙满了泪水，她站起身来告别："天色晚了，我该走了。"

在门口，她吻了吻我的脸颊。这是一个等待回应的吻，有那么一秒，一部分的我向她靠去，但我停了下来，垂下双眼。她碰碰我的手臂说："照顾好自己，我不会忘记你的。"

蕾走了之后，我在浴室的地上坐了下来。不知道为什么，我总觉得坐在这里比坐在空荡荡的客厅要好受一些。我点燃了浴缸上的宜家蜡烛，打开早些时候买的中餐。

吃着东西，我的大脑里涌进了过去几天的思绪，关于蕾，关于玛姬——三个月前，玛姬来到我的办公室，说她患有抑郁症想退学，她最后拿了B-，通过了考试。在最后一节课上，她递给我一张卡片，说非常感谢我没有评判她。其他学生也说了类似的令我很感动的话。我会怀念教书的日子的。

我也想起了戈德斯坦医生。最后一次治疗分别时，他对我说的话深深刻在我的心里："大卫，我很开心能够认识你。通过我们共处的时间，我觉得你需要在这个世界里找到你的一片天地。在那里，你不会活在极端之下，不需要在把自己锁在房间里，或者让自己成为完美的领导者之间做选择——在属于你的天地里，你能够坦诚面对自己。而这需要时间。我最担心的是你非常好胜，而且这种好胜经常以自我惩罚、叛逆的方式出现。"

"听起来虽然像套话，但却很有意思。"我说。

"你想要变得独立，决定自己的人生。我本来希望我们能针对这些问题有更加深入的讨论。但你要记住，对你来说最重要的事是留在这个世界上。你必须抛去自杀的想法，你必须下定决心，永不放弃。"

他的话触动了我，我哭了起来。也许这是因为他早已看透了我，但更多的是他关心我。每个抑郁的人都知道，别人的同理心胜于一切。

并不是所有的心理医生都像戈德斯坦一样。我伸出手，说："谢谢你，先生，没有你的话，我也坚持不到现在。"

"不客气，"他送我走到门口，"要记住，我们一起完成了这个任务，你非常努力。我很期待在未来看到你的艺术作品，这将是你全新旅程的开始，也许你将找到自己在这个世界里的新天地呢！"

也许吧。我吹灭蜡烛，走到客厅。奔波、打包和大扫除，用尽了我所有的力气，我调好闹钟，在地上躺了下来。再有几个小时，我就要前往犹他，在回挪威之前和迪恩待几天。

人生很苦，说不苦的人都在撒谎。

29 大哭

> 我经常看着云，研究它们的形状、阴影和颜色。我和迪恩在去往犹他南部的路上，蓝色的天空之下是红色的山石，云朵铆足了力从我们上方呼啸而过，这一切都让我着迷。今天早上，我们驶过一个峡谷时，我让迪恩把车停一停，然后带着我的相机走进了外面的景色里。我在地面上躺了下来，久久地看着天上的云。迪恩也在我旁边躺下，然后笑了起来，说他从没有以这种方式看过天空。所有的烦恼看似飘入了我们与天堂之间的地方。虽然我还是抑郁得厉害，焦虑不已，但没有完全破碎。我只是肉体破碎了，但我有着艺术家的灵魂！
>
> ——2003年3月19日

我们一路向南。我和迪恩注意到，每隔30分钟温度就变得更高。春天已经开始造访盐湖城了，但当我们离圣乔治越来越近时，我们就要驶入夏天。

再次见到迪恩，有一种团聚的感觉，虽然距离我们上次见面还不到一年。现在的他看起来老了不少，头发更加花白，眼皮也下垂得更厉害了。

一路上，我们听着一张宋飞百老汇演出的CD，时不时捧腹大笑。我觉得像坐飞机一样——有种逃离一切的感觉。不仅仅是因为这趟旅程，也因为迪恩的随和、关怀与陪伴，让我放松了下来。从某种奇怪的方面来说，我觉得他也从我这里汲取了能量，我们的讨论给彼此都带来了新的启发。这也是我们这段友谊中最棒的地方——我们相互塑造着。

"那你回到挪威准备干什么？"他一边吃着葵花子一边问。

"我决定要成为一名艺术家，我知道听起来很疯狂，但那是我想做的事情。"

他停了停说："艺术家的人生是艰难的。我认识很多人，他们热爱艺术却无法靠艺术谋生。你打算怎么养活柯丝蒂和两个孩子？"

他的反应在我的意料之中。每个人都说追随你的梦想和内心，但当你真的采取行动时，他们又希望你不要冒险。

"我还不确定，"我说，"我只知道我得画画，这个冲动太强烈了，我已经无法继续忽视它。当我看着夏加尔和凡·高的作品时，它们在深深地吸引着我。"

"不要觉得我是在否定你，伙计！"他像个父亲一样说道，"你的画很棒，但也许你还有别的选择呢。不妨试试在教书之类工作之余，去学习艺术和画画？"

"你是说当作爱好一样？"我有些沮丧地说道，"我不喜欢'爱好'这个词，就像我得坐在花园里一边欢快地吹口哨，一边画玫瑰花一样，我对画画是认真的。不过，关于工作，我的确是一团乱麻。我不可能做那些常规的工作，我失眠，还经常焦虑。"

迪恩沉默了。这种场合我经历过太多次了，人们评判我，却不敢将内心所想直白地说出来。好在事情没有发展到这一步，他整了整棒球帽的帽檐，又抓了一把葵花子。

"我只是对你的决定感到担心，"他终于说道，"毕竟我们在这些事情上是完全不一样的人。我是个重视安全感的人，让我按照你那样做事，我一分钟都坚持不了，或许这也是我无法成为艺术家的原因吧。"

五个小时的车程一下子就过去了，我们到达目的地时，我感受到了这几周来从未体会过的平静。沙漠里轻柔温暖的风实在是太美妙了。

"我们要见的这些人是谁来着？"我问老教授，他正在活动酸痛的背。

"他们是我的好朋友，别担心。男的叫查尔斯，他之前是迪克西州立大学历史学院的院长，也是我今晚讲座的负责人。"

"又是教授，"我坏笑着说，"再来一个我可不嫌多。"

"噢，职称决定不了人。"迪恩走到阳光下，"你会喜欢这些人的，而且达琳做的鸡肉可是远近闻名的。"

我们走到门廊，迪恩掀开纱帘，敲了敲门，很快一对老夫妻就出来迎接我们。他们跟我们握了握手，看起来比我想象的要开心多了。

"这是你的儿子？"那位头发稀疏、矮矮壮壮的先生问迪恩。

"没错，"他咧嘴笑着说，"但不是亲生的，是我以前的学生，也是我的好朋友，他从挪威来看我，我就带他一起来体验真正的南方美食。希望你不要介意。"

"当然不介意了，非常欢迎，迪恩的朋友就是我们的朋友，"他说着，大大的手掌落在我的肩膀上，"进来吧，孩子。"

房子是典型的美式风格：厚重的地毯，墙上贴满了各种各样的小玩意儿和家庭照片，很舒服也很温馨，很快我就躺进了沙发里。

查尔斯看着我，问了最常见的破冰问题："那么，你是做什么工作的？"

我不知道该如何回答，要说真话也可以——那就是，前IT销售，由于耗尽了精力无法继续发展，还出现了自杀倾向。后来，自以为读研能使之重回正轨，但可惜的是也失败了，现在成了个半路辍学的人，不知道做什么，只想着成为艺术家。

还没等我开口，迪恩已经替我作答了："他是个艺术家，一个很优秀的艺术家。"

他没有提波特兰或者说我在考虑当艺术家，他说的是，我是一名艺术家。

"真的吗？"查尔斯有点儿惊讶，"很有胆量啊！你的画是哪种类型的，抽象还是写实？我的意思是，能看出来画的是什么吗？"

"能，我多数画风景画，但我才刚起步，在做各种不同的尝试。"

"我儿子也画画，"他说，"家里放了一些他的画，来看看吧。"他指了指隔壁的房间，我走到他身边，站在几幅峡谷风光画前。

他问："你觉得怎么样？是不是很棒？"

我不知道该说什么，评论别人的作品不是一件容易的事，何况我也不是伦勃朗。艺术是一种瞬间的东西——你要么喜欢，要么不喜欢。眼前的作品不是我看过的最好的，也不是最差的。

"很有前景，"我尽量说得很圆滑，"我喜欢它们的色彩组合。"

晚饭很快就好了，达琳不停地给我们上吃的——鸡肉、玉米、土豆泥、肉汁、玉米面包、沙拉……跟过感恩节似的，而且吃得比感恩节还好。迪恩说得没错。

但最近的折磨掏空了我的身体，我没什么胃口，只能勉强吃点东西。达琳不停打量我的盘子，就像在查看进度一样。当我的盘子终于被吃干净时，她笑容满面地站了起来，宣布道："甜点是草莓蛋黄派！"

迪恩的讲座很顺利，他抓住了所有人的注意力。讲座结束时，我松了口气，因为他让我负责播放幻灯片，我特别害怕在这么多人面前出错。如我预料，投影的过程中有那么几次跳得太快，重新调整回来费了不少工夫。

讲座结束后，迪恩问我要不要一起走走。

路上，他看起来心事重重的样子，很苦恼。

"怎么了？"我问他，"有什么烦恼吗？"

"不知道，大卫，我觉得讲座不是那么顺利。"

"你瞎说什么呢？几百号人都全神贯注地在听你的讲座，你却这么丧气？那些人排队排了半个小时，就是为了跟你握手的啊。"

"谢谢，"他说，"你从不吝赞美。我知道说这种话很蠢，但无论自己做得多好，我总觉得本可以做得更好的。"

"那就是我俩能成为好朋友的原因，"我笑着说，"我们都有这个毛病。我走之前，波特兰的心理医生跟我说了一个方法，也许有帮助。"

"快告诉我。"

"他说，大卫需要学会对大卫好一点儿，迪恩也需要学会对迪恩好一点？"

我的老导师停了下来，看着我的眼睛说："这可是我听过最具智慧的话了。你说得没错，我连苍蝇都不舍得打，对自己却总是特别残忍。"

第二天，我睡眼惺忪地走到民宿的早餐区。七点半对我来说实在是太早了，尤其是现在不用上课，也没什么事做，太不人道了。但迪恩是个习惯早起的人，他八点就把该写的东西都写完了，已经清醒了好几个小时。

"你看起来累坏了。"他说。

"真希望我也能对你说一样的话，"我打着哈欠说，"可你看起来精神得要命，真烦。"

"这个估计是我早年在农场干活的后遗症，"他笑着说，"我算不上是个合格的农民，也很讨厌干农活，可我还是坚持着每天早上五点去挤牛奶。"

"我这辈子都早起不了。"

"来吧，吃饭吧，"他指了指自助早餐，有水果、鸡蛋、香肠和培根。我们往盘子里装食物的时候，他问："你看到昨晚的新闻了吗？布什对

《巨石》,2004—2005年
大卫·桑杜姆
艺术家个人藏品

伊拉克发动进攻了。"

"看了,"我心烦意乱地说,"布什是个绝对的鹰派(主战派)。"

"是啊,我本来希望不会走到打仗这一步,但现在怕是回不了头了。越战之后,我笃定我们不会再让这种事情发生,但看吧,又开始了。"

"越战?拿越战来比会不会太过了?"

"是吧……希望你是对的,但这个事情怎么说都不会是好事。"

吃饭的时候,迪恩细数起附近的景点来:"回盐湖城之前,我想带你看看锡安国家公园的美景。查尔斯和达琳说一定得去科罗布峡谷,反正也不远。你觉得呢?"

"你知道我有多爱红石之乡,却没去过锡安。"

"行,那就这么定了。"

我们在沙漠景色中穿行,朝科罗布峡谷驶去。迪恩一路上都在讲关于这地方的知识。他就像是行走的百科全书,喷涌着各种各样的信息。

来到这个壮观的峡谷,我们在一处观景点停了下来。我们没有说话,只是眺望着这宏伟的景象。在摩门教里,科罗布是上帝生活的地方。看着眼前的壮丽之景,我能理解为什么第一批移居到此的人会赋予它这个名字。这个地方就像是梦境一般,红色的岩石,无尽的荒漠,这是早期移居者从未见过的景色,毕竟他们多数都是来自美国西部的拓荒者或者斯堪的纳维亚和英国的移民。

"锡安"是古希伯来语的一个词,指的是庇护之地或称避难所(当然也有其他意思)。而这个位于科罗拉多高原、大盆地和莫哈韦沙漠交界处的辽阔公园正是一个避难地,远离尘世所有喧嚣。这里太宁静了,一部分的我只想走进峡谷,待在那里——不是说一辈子待在里面,而是待到自己完成充分的思考,厘清大脑中所有的乱麻,解除关于人生、疾病、内在的痛苦,还有我人际关系的种种困惑。

"迪恩,你说,人们一百年前是怎么活下来的?"

"团结在一起,他们知晓团队协作的含义。其实,反倒是今天没有几个人知道团队协作是什么意思了。今天的我们更多关注于愉悦自己,忘记了要帮助他人,或者在需要的时候寻求他人的帮助。我们的社会是个人主义社会,他们的不是。"

在他继续之前，一群日本游客让他帮忙拍照，我便顺着路走下去，爬上一个山脊。我眺望着广阔无垠的景象，意识到自己正在履行此前的承诺，我两年前躺在挪威医院的浴缸里，那会儿我一心寻死，急需抓住什么救命稻草，于是我发誓说一定要回到犹他南部，再次感受自由。现在，机缘巧合之下，我俯瞰着科罗布峡谷这个绝美之地。

在开上回盐湖城的高速公路之前，我们买了一些路上需要的东西：迪恩的葵花子和无糖百事可乐，我的佳得乐和牛肉干。

车开了一个小时左右，迪恩终于提起了那个迟早要谈的话题。我真的不想深入探讨，害怕听到令我受伤的回答。

"你的抑郁近来怎么样了？"他随意地问道，"有觉得好一些吗？"

这个我从来就不知道如何作答的古怪问题又出现了。"觉得好一些"这个说法给人感觉是病快好了，就像抑郁是一种良性疾病，像感冒一样很容易就能治好。这个问题并没有减缓我的痛苦，反而加重了它，证明问这个问题的人完全不理解我所患疾病的复杂特性。通过问这个问题，他们得以甩开由于同情带来的不适的负担，却迫使我不得不向他们解释，某天看起来气色好很多，可并不代表痊愈。大家都希望我马上变好，而我只能咬紧牙关告诉自己，大家都是出于好意，我不能那么敏感！

"不知道，"我说，掩盖不住自己的沮丧，"我的人生不停地起起伏伏，一分钟前还好好的，下一秒发生点儿什么事，我就整个蔫儿了下来，每一天的情绪都无法预测。"

"我从没想过这种事会发生在你身上，毕竟，你是我最聪明的学生之一。我必须承认，当我听说你得了抑郁时，我很震惊，而且现在都过去好几年了……"

"这也是痛苦的地方，每个人都希望我赶紧好起来，渐渐失去了耐心。大家觉得要么是心理作祟，要么是因为还没找到合适的医生——都觉得我不应该是现在这样。"

一口气抒发了这么多，我感到焦虑又悄悄伸向我的胃和胸口，一鼓作气地冲了上来，这一波突然的重击让我绝望地在心里大喊："不！"

"你还好吗？"迪恩一边看着路一边问我。

"不太好，我不是很舒服。"

"怎么了？"

"我胸口疼，透不过气来。"

他把车停在路边，我往旁边缩了缩，两眼盯着窗外。

有那么一段时间，我们坐着不说话，我努力克制自己开门逃跑的冲动。我觉得自己随时都会崩溃，可我不想让迪恩看到这样的自己。大概过了一分钟，我终于有力气说话了："你怎么把车停了？"

"因为我想好好照看你，你最需要的就是压力，现在感觉怎么样了？"

"我不知道，"我摇了摇头，"我什么都不知道。"

迪恩摘下墨镜，转过头来看着我，把手放在我的肩膀上。

"听着，戴夫（大卫的昵称），"他慈爱又坚定地说，"你现在经历的是难以理解的事情，一部分的你想要把那些自我伤害的念头都从你脑子里扫出去，但我知道，这很复杂，也很困难。我刚刚说的话可能有哪里不合适，但我希望你能知道，我很关心你，就像对我自己的儿子一样，我很担心你和你的一些想法。不只是你，我也很担心柯丝蒂和你两个可爱的儿子，他们需要你，我也需要，大家都需要你。我从没见过一个人被那么多亲朋好友所关心。"

我知道他这么做是害怕我自杀，他触碰到了我无法启齿的核心问题，一个我从抵达犹他那一刻起就在抗争的问题。突然之间，我所有的悲痛都变成眼泪爆发出来，怎么都止不住，我觉得自己看起来傻得要命。老天，这可是我的教授啊！

但迪恩并没有被吓到，反而像等这一刻等了很久，欣慰地看到我终于宣泄出来一样。有那么一分钟，他的手一直放在我的肩膀上，我哭得更厉害了。在我觉得能稍稍控制住一点儿时，他紧紧地抱着我，就像一个真正的父亲一样。

"没事的，"他说，"哭吧，哭出来就好了。"

一开始，我觉得很难为情，但有了他的拥抱和尽情哭泣的示意，我把头靠在了他的肩膀上，任凭泪水决堤而出。我想起那封我读了不知道多少次的迪恩寄来的信，里头有这么一段话：

  有时候我会想，要是在你想哭的时候，我能出现在你身边抱着你，让你尽情地把一切都哭出来，那该多好。我自己尽情地大哭过一两次，哭过之后总是感觉好了很多。不过我也可能高估了自己的自愈能力。

"大卫，你比自己想象的强大，"他依然拥抱着我说，"我看到过你的力量，你必须继续坚持下去，听到了吗？答应我，绝不放弃。"

"如果放弃了会怎么样，会死吗？"我轻声说，"你是这个意思吗？"

"不，我绝对不会是这个意思。"他又把我抱紧了一些，"我只是想告诉你事情的另一面：人生很美好，放弃不值得。"

突然间，我平静了下来，就像压力开关被关上了。迪恩也察觉了。

"现在好点儿了吗？"他问道。

"是的，对不起……我不知道怎么会变成这样。"

"别说这种傻话了，"他慢慢地放开我，"我是个很简单的人，很少发牢骚，但这个世界上有三件事让我很烦恼。第一，在我们那个年代，要是一个男人对小孩儿太好，会引起别人的怀疑。诚然，这个世界有很多坏人，但你给小孩儿递口香糖的时候有那么多双眼睛盯着，这本身也是一件很可悲的事情。第二，一想到现在既没人搭便车，也没人愿意让别人搭便车，我就很难过。60年代那会儿，我还是个年轻的学生，我靠搭便车穿行了整个欧洲，这也是结识各种各样的人最美妙的方式。我有一次甚至一路搭便车去到了瑞典，我以前跟你说过吗？"

我点点头。

"第三，男人一直觉得哭是软弱的标志。为什么呢？难道说比起女性，我们的人性要少一些吗？我可不这么觉得。我们一样流泪，一样哭泣，所以不要因为哭而羞愧。看到你舒服了一点，我也很开心。"

他理了理帽子，把墨镜夹回鼻梁，重新开车上了路。他一脸心满意足地说："现在，我的斯堪的纳维亚朋友，到下一个汉堡王我们再点个皇堡——加双份培根。"

237

30 跌至谷底

> 人生已经到了无法承受的地步，我不知道该怎么熬下去。我总是匆匆做决定，急于下定论。我踩着的坚石已不复存在，双脚悬在空中。我每天都在愧疚和绝望中度过，不管别人怎么说，我都是败笔，是大家的负担。
>
> ——2003年4月3日

我伸手摸索着床头的闹钟，现在是凌晨三点。躺在挪威自家的床上有种奇怪的感觉，周围的一切都没变，空气也没变，但我变了。当我闭上眼睛时，看到的是SW杰弗逊大街上的公寓，波特兰大学在市中心的校区，街上的乞丐，以及各种各样的人——戈德斯坦医生、蕾，还有我的研究生同学。我想知道他们现在在做什么，谁在我的办公室，要是我留下来会是什么样子。但这些又有什么意义呢？我人在莫斯，在美国的日子仿佛是一场梦。

能见到柯丝蒂实在太好了，我只想抱着她永远不放手，这对婚姻来说是件好事。在经历了那么多事情，要是她情绪低落、心灰意冷，我是完全可以理解的，但她看着比过去更加坚强，更加快乐了。

有一阵子我也感到很快乐，但之后，柯丝蒂开始说像"能让我独处几个月实在是太好了"，又或者"我真的很自豪，因为我每天都很努力地工作，然后去健身房"这样的话。

"健身房"这个词让我的胃又抽动了起来。她是在笑话我吗？看着她往健身包里装紧身运动衣我就很不自在，她看起来过于快乐了，就像我不在身边是一大幸事。

我还是觉得她有外遇，于是我不停搜寻着让她露出马脚的线索——她的视线，文件纸张，说得磕磕巴巴的话之类的。我什么证据都没找到，但我的疑虑并未因此消失，它在抓挠着我的内心。

更糟糕的是，对于自己这些想法，我感到很愧疚。蒙克的一幅画经常在我脑海中蹦出来——《忧郁》，近距离描绘了一个在岸边的悲伤男子，

《忧郁》，1892年
爱德华·蒙克
奥斯陆国家美术馆暨国家艺术、建筑和设计博物馆

背对着码头的女人。可以看到，女人的身前站着一个黑影，可能是一个真实的人，也可能是他幻想出来的。这幅画准确地体现出了我的情绪状态。

我有这种感觉是合理的吗？要么是我在妄想，要么就是我打翻了醋坛子。如果说是吃醋的话，我都不知道是在吃谁的醋。我从没见过柯丝蒂的老板，而这种不确定又同时催生出了对爱的痴狂，以及对被拒绝的恐惧，激发起与内心的一系列对话，而我内心经常扮演的角色是恶魔使者。

"我能相信她吗？"我时常自问。

"必须得信，"我的内心会这么回答，"我本来不想跟你说这些的，但每个人都觉得你反应过度了。"

"我知道，大家都把我当成怪人。但我得提醒你，这些东西不是我凭空想象出来的，我的一个好朋友看到她单独和另外一个男人去了健身房，他们一起待了一个多小时，看着像是在约会——而她直到现在还对此矢口否认。"

"那你是在测试她了?"

"有什么问题吗?她可是撒谎了!"

"你自己也不是那么清白,你跟蕾吃了几次晚餐,还去看了戏。"

"可这些我都跟柯丝蒂说了,还征求过她的同意。这区别难道还不大吗?"

"也不是,你很可能也会跟蕾发展出关系来。"

"也许吧,但我没那么做。我必须确认她是不是在说实话。我要怎么提起这件事好呢?只要她承认跟她老板出去了,却没事发生,我就会忘掉这件事的。"

"是,但万一她真的对你不忠呢?你真的想知道真相吗?"

"我不知道……"

"如果你确定自己真的必须知道,你就得当面问她,生活中多数问题都可以通过开诚布公的沟通予以解决。这件事不确定的东西太多了,你得理清楚。"

我躺在黑暗里像个疯疯癫癫的老头一样自言自语,想着自己有多爱柯丝蒂,有多害怕失去她。在波特兰的这些夜晚里,我是多么地思念她,没有她在身边,我感到多么孤独。现在,听着她在我身边温柔地呼吸,我特别想抱住她。我躺近了一些,把我的脸埋在她的脖颈处。但她挪开了,嘴里嘟囔着梦话。我知道,她照顾孩子已经很劳累了,于是我又躺回自己的枕头上。

要是我所有的怀疑都没错,我很快就要一个人睡觉了,对于我这具备自我毁灭功能的心态而言,想象这个场景并不困难——她终有一天会告诉我,要离开我,直接而无情,不是因为这么做最简单,而是因为这是最好的方式。她无论说什么我都会坦然接受,直到她提出要把孩子们带走。这时,我内心的愤怒与伤痛沸腾起来,我知道因为自己的抑郁、住院治疗和失业,在夺取抚养权上是没有任何胜算的,法庭只会把完全监护权判给她。很快,我的孩子们就要在周末到破破烂烂的"离婚爸爸"公寓来看我了。

他们会问,为什么妈妈和我不在一起了,我就得给他们一个陈词滥调的回答:有时候大人会分开,但并不是他们的错。比说这种话更难受的是,要在前妻来家里接孩子的时候跟她打招呼。她可能会很礼貌地跟我说一句高效简短的"嗨",可能还会给我个拥抱,毕竟我是孩子的父亲。但她还是会和我保持距离,特别是她有了新的丈夫。只有在她听说我认识了新的女人,才会想起两人以前的美好时光。

这凭空而来的"被抛弃"的幻想压得我透不过气,我知道必须改变这种想法。

"这种事情几乎不可能发生,"戈德斯坦医生会这么说,"当过于焦虑的时候,你必须试着想一些别的东西,正面积极的东西——想一想自己的孩子,想象一下未来可能会创造出来的美妙画作。"

感到自己已经快沉到谷底了,我闭上双眼,幻想一扇红色的大门。我打开门,发现房间里满是人,有人发出笑声,有人面带微笑,有些人则看起来神情严肃。桌子上点着蜡烛,放着一盘盘满满当当的水果。我注意到墙上挂着几百幅画,很快,我便发现房间里的人都是历史上有名的艺术家,他们在讨论分析着墙上的画——这一幕让我很害怕,因为墙上挂的全是我的画。

蒙克不安地躲在角落里,而挪威画家卡斯滕手里拿着酒瓶子,醉醺醺地走来,和年轻帅气的意大利画家莫迪利亚尼说说笑笑;毕加索在和人争辩着什么;凡·高正坐着描绘眼前的向日葵,他的衣服破破烂烂,鞋子也磨损得厉害,他全神贯注在作画,仿佛身边的人都不存在。凡·高可不是爱社交的那类人。马蒂斯、高更和俄国画家康定斯基围坐在桌边讨论着色彩。

他们聚在一起可真是神奇的一幕,但也很让我受伤——因为他们多数都在嘲笑我的作品。没错,即便是在我的梦中,我也是被戏谑的那一个。

突然间,大家的目光都聚焦在一个姗姗来迟的人身上。一个长着奇特鼻子的矮个男人进来了,他的目光柔和却犀利,给人一种不屑的感觉。挂起大衣后,他朝周围的人点点头,一边背着手快步走着,一边端详起墙上的画作来。他一幅又一幅地过着,看得飞快,我心里一沉。我知道他讨厌业余画手,对此直言不讳。他在一幅画着飘浮在空中的女人的画前停了下来,招手示意我过去。

他把手放在我的肩上,说:"这是受我启发,不是吗?"

"是的,又有谁没被伟大的夏加尔唤起过灵感呢?"

《做着梦的玛莲娜》，2004年
大卫·桑杜姆
露西家族藏品

他说："你这可不是什么赞美的话，要是想当一名成功的画家，你就得找到属于自己的声音。你必须不停地画，直到别人对你的影响都烟消云散，只留下属于你自己的灵魂。我们都有向别人汲取灵感的地方，完全没问题，但只有找到属于自己的声音，才能称得上是个真正的艺术家。"

我不由得笑了。我的身体虽然有许多毛病，但想象力是没问题的。我按照戈德斯坦的建议，想着自己的艺术，虽然多数的场景都算不上乐观。

不过，话说回来，想着当一名挨饿受冻的艺术家又怎么乐观得起来呢？

冲动之下决定要当艺术家是一件容易的事，可要坚持下去就是另一回事了。很多人嘴上说着自己的梦想，可没什么实际行动。就像毕加索说的："行动是一切成功的关键所在。"

前路看起来很暗淡，我没有什么优势，就像迪恩在旅途中指出的，我既没有接受过正儿八经的艺术教育，身体条件也不允许我进行专业学习。购买材料需要大量的花费，而我也不能保证一直有人买我的画。而且，大家一开始肯定会嘲笑我，这对我的自尊来说会是不小的打击。但最大的挑战，还是找到一间能担负起租金的工作室，这是我最需要的东西——没有工作室，我就无法静下心来作画，我的灵感也会消失。

我在波特兰幻想了无数次——自己孤身一人站在屋子里，在废弃的厂房或者办公楼，穿着旧衣服，在几幅画布上埋头苦干。我会一连工作几个小时，完全沉浸在艺术里，根据自己的情绪和音乐，创作出不同的画作。感觉疲惫时，便躺在地上，盖着毛毯休息，直到恢复体力。我不会设定什么工作日程，也没有老板来命令我做事。

我把手臂放到枕头下，用毛毯把自己紧紧包裹起来。我告诉自己："画吧，会有机会的。"

这么想着，我进入了梦乡。

三天后，我从家里一路跑了出来，周围的一切仿佛紊乱了一般——树看起来很高，云很低，屋子很暗。我的恐慌发作到了极限，肾上腺素把我变成了横冲直撞的动物，我被愤怒、受伤和悲痛的情绪一波又一波地冲击着。

我和柯丝蒂"开诚布公"的对话完全走上了错误的方向，按照原来的设想，我准备以冷静和理智的方式讨论我对她有了外遇的怀疑，然而现实是我并没有按计划进行，取而代之的是我逼迫她说出真相。而她的沉默进一步刺激了我——并不是因为她看起来有罪，而是因为她很生气，说我只会胡思乱想，说一些荒谬至极的东西，她说自己一句话都不会多说了，然后便摔门进了卧室。

我所有的紧张和肾上腺素直冲脑门，从肩膀扩散出去，迅速地沿着手臂汇集到了我的拳头上，我想把门砸成碎片，把她按到墙上——但我没这么做。我的愤怒从对她转移到了对自己，我鄙视起自己来。

我径直走到浴室，找到安眠药还有之前剩下的抗抑郁药，一股脑儿地放进口袋里。我还在厨房里用一只苏打水的瓶子装满水。在这个过程中，我不停地回头，希望柯丝蒂冲出来阻止我，但她没有出现。

我的呼吸还是很急促，我冲出了家门。

我会让她好好看看，我不停跟自己说，我会让她看到，我不是一个懦夫！

这么些年来，我一直思考着自杀的地点，我会选择在树林里，或者沙滩上，听着海浪的声音孤独地死去。又或者在DPS的板房里，死在那个他们没法治愈我的地方，像是某种报复。

每一年我打算自杀的方式都在变。早期的时候，我有许多暴力的想法，比如说用枪或者割腕，那时我的力气更大，也更愤怒。后来，吃药看起来是最简单的方式，有好多次我差点就付诸行动了，但最后还是没有勇气。但现在我已经是一列脱轨的列车，没有什么能够阻挡我，我感到莫大的力量和冲劲，终于能够反手钳制住抑郁。

走到我们那条街尽头的树林，我停了下来，看看手里的药片，它们静静地躺在我的手心，像某些毒虫的虫卵，施展着浑身解数说服我听从愤怒和悲痛的指示，把它们吞下。

我往嘴里塞满了药，把瓶子递到嘴边，就着水把药都吞了下去。只需几秒钟，一切就结束了。

"都去死吧！"我大声喊着，"每个人都给我去死！"

我闭着眼睛站着，感到一身轻松。但我的身体突然开始发抖，就像所有的压力和焦虑瞬间屈服于某种生理反应，理智也回来了。

我真这么干了？

吞药是很简单的事，跟平时吃药没什么区别，只不过这次吃的不是两三颗，而是整整一把——而且还是足以致死的数量。我意识到自己发抖不仅仅是因为冷或者震惊，是因为我很害怕，打心底里害怕。

幻想自己的死是一回事，在现实生活里寻死又是另一回事。

我觉得自己肯定是要死了，开始担心人们会怎么发现我的尸体，尤其是两个孩子。我一直是个差劲的父亲，但我一点都不想让他们经历自己13岁经历的事情，看着我母亲毫无生气的身体躺在床上，脸发黄，身子僵直，她不再是我的母亲——只是一具发胀的尸体。我一辈子都活在那一刻的惊吓之中，我绝对不会对我的孩子做这种事。

这些回忆唤起了我对他们的爱，一想到自己见不到他们长大成人，我就很难过。我能想象他们出落成英俊的小伙子，带着他们的妻子。我的孙子们也在，都是长得非常漂亮的娃娃。一到生日或者假期，我们就全家团聚，柯丝蒂和我笑着和孙子们玩儿。

这些画面顷刻之间让我看到了活下去的理由——不仅仅是我的孩子们和他们漂亮的妻子，还有大海、新鲜的草莓，以及我那还未面世的画作。我急切地想挽救犯下的错误，用手指扣喉咙，想把吞下去的药都吐出来，可我的喉咙和胃紧缩着，什么也吐不出来，无论怎么做都无济于事。

恐惧充斥着全身，我慌忙跑回家。

我撞开大门，冲上楼到了卧室里，柯丝蒂正躺在床上哭。她两眼通红，身边堆着一团团纸巾。

"快叫救护车！"我大声喊道，"我刚刚吞了一把药，不知道会发生什么！"

我以为她会慌张地起身，结果出乎我意料的是，她头也不回，很明显她不相信我。或者，她真的想我死。

"我说真的——我可能会死！我想不起来挪威的救护车号码了。"

可她还是没动，我不理解为什么会这样，于是走到客厅，在地上坐了下来。几乎就在同时，药效上来了。此前，我的身体用恐慌和肾上腺素对抗着药效，但一坐下来，药效立马就反败为胜了。那一刻，我所有的恐惧都消失了，我也不在意自己的死活。

我头晕目眩，眼前出现了柯丝蒂的身影。我看见她咬紧了嘴唇，问："是真的吗？你刚刚说吃了药，是真的吗？"

"是的，我吃了一大把。"

她在我旁边坐了下来，把头靠在我的肩膀上。

"你叫救护车了吗？"我半昏迷着说。

"是的，几分钟前打了电话。"她的话让我意识到自己已经神志不清了，因为电话就在我身边，可我什么也没听到。

距离我服药已经过去一段时间了，我害怕起最糟糕的情况来，就说"我可能救不回来了。"言毕，我向一旁倒去。

她把我扶正："别说这种话，医院觉得你不会有事的，他们很快就来。"

我把头靠在她的大腿上，说："就算死了，能在你怀里离开，也不算太差。"说完我眼前一黑。

恢复意识的时候，我的身体正在抽搐，几个人正在往我喉咙里塞一个硬硬的东西。我呼吸不了，也动不了，他们的手臂和手掌正在我身上游走。

"再用力点，把他固定住！"一个护士喊道，"插不进去！"

看着他们模糊的脸，我又两眼一黑昏过去了。

再次醒来的时候，我看到手臂上有吊针。给我打针的护士看着我，很奇怪地对着我一笑。她身边一个男医生正在检查我的眼睛。护士给我一大杯黑乎乎的东西，特别难喝，我想把杯子推开，可是没有成功。她把杯子递到我的嘴边，把我的头往后仰了一些，强行灌了下去。房间里的东西又旋转起来，前一秒妻子还坐在我身边的椅子上哭，后一秒她就消失了。

第二天醒来的时候，我浑身酸疼，嘴巴里还有一股难受的味道。吞咽的时候特别疼，我觉得自己就像做了什么胃部手术。

迷迷糊糊，我看着一个护士迈着坚定的小碎步进来，毋庸置疑，这是她的地盘，上帝保佑任何一个出手救我的人。她走向窗边，一把拉开窗帘，阳光洒满了房间。

"你好呀，"她脸上带着假笑，"你今天感觉怎么样？"

"不太好。"我的头还很晕。

"我想也是，你吞了毒药，对身体肯定有影响。"

听着她如此粗鲁的回答，我很震惊，一个护士居然这样跟我说话。倒也不奇怪，这是一家普通医院，这里的护士主要面对的是摔断腿的病人，而不是什么精神病。任何一个精神科的护士都知道，挑衅一个有自杀倾向的病人不仅危险，还很蠢。

这个护士拉过来一张凳子，在我身边坐下。"我要问你几个问题，你要保证跟我说实话。"

我有些迟疑，为什么我要回答她的问题？法律不是有相应的规定吗，像美国的"你有权保持沉默"这种东西？但这是在挪威莫斯，不是底特律。

"问吧，"我说，"随便问……"

她停了停，说："你现在还有自杀倾向吗？"

听到这个问题，我身体有一部分像死了一样。残存的最后一点自尊也已经消失殆尽，从今往后，别人只会把我当成是有妄想症的疯子，再也不会相信我。更糟糕的是，她完全有理由这么想，毕竟法律是站在她那一边的，那些将自己置于危险的人是没有权利的。

"不，我没有自杀倾向，"我清醒地说，"这次的事情也不是有计划的。"

她说："这就是我需要知道的东西，别的你不需要说了。其他的你可以跟心理医生说，非常抱歉我要问你这个问题，因为正常情况下你早就被转移到精神病区了，但他们现在满员了，让我们暂时收治你，直到你稳定下来。这是我们这里唯一空着的病房，也有窗户，所以如果你仍然有自杀倾向的话，我们就得把你安排到大厅里。"

"我不会跳窗的，我非常恐高，这个没骗你。但我向你保证，如果有任何跳下去的冲动，一定马上告诉你。"

"很好，"她说，就像我们达成了某种协议一样，"你想吃点喝点什么吗？"

"不了，谢谢，就像你说的，我可是刚吞了毒药。"

"好吧，那我过会儿再来看你，"她露出了半带真心的笑容，"这里不是酒店，但如果你需要什么东西，就按那个按钮吧。"

她一离开，我就感到胃部一阵刺痛，痛得我叫出声来。绝对有什么地方不对劲，手臂上的留置针头，还有手肘内侧的淤青都证实了这一点。在被折磨得筋疲力尽之后，我很快就睡着了。

过了一会儿，另外一个护士拍了拍我的肩膀，把我喊起来。

"我给你带了晚餐。"一个男声响起。

我精神恍惚地抬起头，看到一个50岁左右的男人，戴着黑框老花镜，一头黑发，梳着大背头。

"你得吃点东西。"他把托盘放在我的床头。

"你是医生？"

"不，我不是医生，年轻人，这个世界上也有男护士的。"他带着东欧的口音，可能是俄罗斯人。

"对不起，我不是故意冒犯你的。"

"噢，别担心，我干这一行都20多年了，相信我，我都习惯了。现在有个事情，你妻子刚刚打电话来说要过来看你，你是想让她进来，还是想一个人待着？"

我犹豫了，这可能是一个决定性的时刻，不是说会改变人生，但我很紧张，不知道柯丝蒂会说什么。她会理解，还是不解、生气，或者承认外遇？是的，供认吧，毕竟我的怀疑还没有消失。

"请让她进来吧。"我说。

31 背后的故事

  为什么我如此迫切地想要向人们解释自己正在经历的事情？是需要人们接受我，还是担心人们把我当成怪物？我是觉得解释清楚抑郁这个东西之后，人们就会说："噢，原来是这样，所以大卫也没有我们想的那么奇怪咯。"直觉告诉我，大概就是这些原因了，但我也不希望就这样无声地消沉下去。在这方面，没有什么比艺术更有力量，想想蒙克，他是如何把焦虑转化为那幅著名的《呐喊》的。有谁能看着那幅画却感受不到由内而外的呐喊？就连大自然都在汇聚着所有力量为其赋能。

——2003年4月5日

  在等柯丝蒂的过程中，我慢慢意识到自己从自杀中活了下来，这件事也将伴随我一生，刻在我的脑门儿上。我知道肯定会这样，因为我从小到大就是这样看待企图自杀的奶奶。这件事既神秘，又是一个家庭禁忌，是父母拒绝谈论的事情。但在我自己也生病之后，我问了奶奶和爸爸究竟是怎么回事。

  当时是1946年，奶奶布里吉特还是个年轻的母亲，30岁，她的丈夫（也就是我爷爷）戈斯塔33岁。他们一共有三个孩子：8岁的大女儿，3岁的儿子（我的爸爸），还有一个不到1岁的小女儿。家里只有一间卧室，小女儿就睡在父母床边的摇篮里。两个大一点儿的孩子睡在小厨房里的沙发上。

  一天晚上，全家都睡着后，奶奶受着焦虑的折磨，在没思考过后果的情况下，她在炉子旁坐下，拧开了煤气，这时她的两个孩子就睡在旁边。她吸着炉子泄出来的煤气，很快就晕了过去。

  爷爷在小宝宝的哭闹声中醒来，闻到了煤气味。我完全无法想象爷爷发现全家都处于危险中是什么感觉，自己的妻子和孩子已经不省人事。家里没有电话，他只能把邻居喊醒，让他们帮忙叫救护车。好在大家都活了下来。

奶奶说她当时那么做完全是出于恐慌发作，她并不想伤害孩子们，但那会儿没几个人相信她。在那个年代，出了这种事情算是大新闻，也是终身的耻辱。她在精神病院待的三年里，精神科主任都管她叫"小希特勒"。

我一直都对她的故事抱有怀疑，她说的不想伤害孩子是不是真的。毕竟身为父母，怎么都不会伤害孩子，即便她患有产后抑郁，甚至有精神病。但经历了过去几天的迷茫、绝望和恐慌，我意识到当焦虑和抑郁达到一定强度时，是会扭曲你的理智的。

奶奶自杀未遂后，家散了。两个大一点儿的孩子在不同的亲戚家里颠沛流离，小宝宝则由奶奶的大姐照顾，姨奶两口子就住在附近，还没有孩子。他们为小宝宝提供了一个舒适的家，一年多之后正式收养了她。

我想起自己的孩子，要是有人在这件事情之后跳出来说，我没有当父亲的能力怎么办？或者柯丝蒂说，她对我再也没有耐心了——这一点估计很多人都会觉得合理，这样我会受不了的。对于奶奶来说，这些恐惧都一一变成了现实，这么多年来她一定非常内疚，在医院里挣扎着活下去，活在对工作人员的恐惧之中，还要跟一些病情严重的病人共处一室。

到了爸爸快上一年级的时候，奶奶出院了，一家人得以团聚——除了小宝宝。但我爸爸记得在接下来的八九年里，直到他16岁左右，他的母亲仍然频繁地出入医院，或者留在疗养院。

爷爷要承受的东西估计很多，有好多年他都独自一人居住，打着好几份工。一家团聚之后，他们一起生活了12年，直到1962年爷爷突发哮喘去世。

之后奶奶是什么样的呢？不难想象，她的生活肯定是孤独的，充满了愧疚和恐惧。但自从1985年我母亲死后，奶奶却奇迹般地好了不少。她一周来看我们几次，帮我们做家务，买好吃的面包和奶酪，做美味的晚餐。她还给我们熨洗衣服，把给父亲熨得笔直的衬衫整整齐齐地挂在衣柜里。对她来说，能够以一种正常的方式参与到我们的生活里，一定是非常开心的事情，我的父亲从不评判她，总是对她温柔相待。

我敢肯定，在独居了这么多年后重新回归社会，奶奶肯定做了很大的努力。我现在也能理解为什么每次到最后她总是又累又焦虑。要是我爸爸下班晚了，她就坐在门口的椅子里等他，手袋放在腿上，做好了随时回去的准备。我年少时，总是好奇她为什么老急着走，从来不留下来聊聊天。现在，我终于明白，那会儿她已经到了极限——如果她无视自己的极限，继续撑下去，焦虑就会开始蔓延。

随着我的状态越来越糟，我也越发想知道奶奶的经历。我给她打了电话，聊了好几个小时。我能感受到她想要与人交流的强烈渴望，于是我基本都在问问题，然后听她说。有一次，我问她有没有像我一样，夜里不睡觉，白天睡上一整天。

"我知道你的意思，"她说，"你觉得一切都难以承受。煤气事件后，我在医院醒来的第一个念头是——不，我居然还活着。"

和她不一样的是，对于活过来这件事，我并不难受。我还有画要画，有书要看，有新的地方要探索。我想要看着孩子们长大，只是我处理不来混乱。即便如此，我也知道从现在开始，人们看我的眼光会和看我奶奶一样，无论未来如何，我永远都是那个会突然神经发作的人，那个曾经试图自杀的朋友、丈夫和父亲。

要是我永远都好不起来怎么办？一个悲哀的想法就是——我可能永远都迈不过这道坎。

奶奶布里吉特也跟我讲了她患有抑郁的妹妹的故事。"我妹妹布丽塔跟我一样，"她用轻柔却紧张的声音说道，"应对不了压力和焦虑，于是她吞了一把从抽屉里找到的药，救护车到达时已经太晚了。特别悲哀的一件事情，她留下两个孩子，年龄都还很小。"

归根结底，这就像是扭曲的俄罗斯轮盘一样：奶奶和我活下来了，但其他人（像布丽塔）则未能救回来。这是一种可怕的、黑暗的想法。但出人意料的是，奶奶却以颇为乐观的态度结束了我们的对话。

她说："我知道陷入困境和绝望是什么感觉。当我在那可怕的医院一坐就是好几年的时候，我从来没想过会出现什么转机，一边担心我的孩子，一边听着医院的疯子在嘶吼。要不是我的母亲想方设法把我接出来，我可能就死在那里了。相信我，大卫，如果我都能好起来，甩掉焦虑的话，你也可以。"

柯丝蒂走进来时，我感到一阵背脊发凉。她看起来没有生气，径直地

《移民母亲》,1936年
多罗西亚·兰格
美国国会图书馆

走到我的床边，把头发拢到左耳后，在我脸颊上啄了一下。

"嗨。"她说完便在我旁边的椅子坐了下来。

我马上就注意到她眼里的变化——她往日清澈又充满灵光的双眼，现在只剩空洞。她看起来就像一个遭受了可怕打击的人，努力地抗争，但只是勉强地坚持了下来——就像绝望的母亲会有的眼睛，或者像美国摄影师多罗西亚·兰格在大萧条时期的摄影作品——那些走在尘土飞扬道路上的、饱受饥荒折磨的家庭——没有人能像多罗西亚一样捕捉到如此痛苦的眼神。

有一段时间，我们就那样坐着，像公园里道路两旁长凳上面对面的陌生人。

"你怎么样了？"她终于开口了，问了一个我不知道怎么回答的问题。我不知道她这么问是出于礼貌，还是她真的想知道答案。不过不管怎样，我只有两个版本可说，一个是小孩可以观看的PG级，一个是仅限成人的R级。

PG版本就是说我的自杀行为是个大错，我再也不会做了。而R版本则到处是断肠和鲜血，一路把你带到地狱的边缘。

我选择了PG版。

"还行，"我故作镇定地说，"但我的胃很疼，而且喉咙里面感觉有伤口一样。"

"噢，这个我知道，"她说，"因为在抢救室里他们需要吸掉你胃里的东西，当他们想往你喉咙里塞管子的时候，你拼命反抗，有个护士都给你踹飞了，场面特别可怕。"

"我做了什么吗？"我问，"有伤到任何人吗？"

"没有，也没那么糟，你只是不想被一条大管子插喉而已。换作是我，也会这样。"

"那他们还对我做了什么吗？"

"没什么了，就是给你注射了抗毒药物，强迫你喝了一碗煤炭水一样的东西来中和毒性。"

"这个我记得。"

"打了针之后，你还做了点儿挺好笑的事情，"她不禁笑出声来，"你甚至还跟护士们调情，你说她看起来'挺漂亮的'，看得出来是心里话。"

我笑了："我一点儿都不记得了，早知道就趁机亲她一口了。"

我突然意识到，我们对一件如此严肃的事情居然能随意地开玩笑，这也太奇怪了。但柯丝蒂突然用双手握住了我的右手大哭起来，完全说不出话来。

看到她如此痛苦，我感到身体内部有什么东西在快速地移动，然后构建起了一个坚实的防护罩，让我变得冰冷，避免精神崩溃。

"大卫，你必须相信我说的，我从来就没有外遇。"她流着泪哽咽着说，"我爱你，也不后悔嫁给你，即便你有抑郁之类的病症。我不知道为什么你会这么怀疑我，我一直来都对你很忠诚，从来没有质疑过我们的关系。所以，在你一次又一次地质问我关于'外遇'的事情时，我特别生气，也不知道该怎么应对。"

"不是你的错，"我决定消除她的愧疚，"我的抑郁与你无关，无论跟谁结婚，我都会抑郁。"

"不，那天我早该想到的，不管你怎么说，那天我就应该好好听你说的话，跟着你出去的。"

"听着，"我严肃地说，"我对我个人的行为负责，而且……"

"那我的行为呢？"她打断了我，"我不应该让你有这么大的压力，我对不对都无所谓，你生病了，而我却搞出来这么大的事情。那天你可能会死，这些对我来说都不合理，完全不合理！"

我感到焦虑再次钻进胃里，抬头看看天花板，我不喜欢这个话题的走向，她想讨论愧疚，但我一点儿都不想。

"我们过段时间再讨论这件事吧，"我说，"我不是很舒服。"

"没问题，"她用袖子擦掉眼泪，"你想要我走吗？没关系的。"

"不，请留下来吧，但不要为难我。"

我们换了话题，讨论日常的东西——孩子、邻居几家人。随着我的神志开始清醒，我想到自己可能又会被送到维姆去，那里的走廊壁上挂着病人创作的精神病艺术，地面摆放着70年代的家具。

我内心涌起复杂的情绪，维姆是个完全不一样的世界，在那里我能够远离一切"超负荷"的东西，也能好好休息。当我感到人生变得难以承受时，这里便是安全的避风港。但现在我并没有那么严重，一想到要和精神不稳定的人共处一室，他们身上散发着过期咖啡的味道，挥舞着拳头，或者神神叨叨地祈祷……那里就变得没有那么吸引人了。

"能得到帮助，你要心存感激，"有人可能会这么说，"得不到帮助的人有很多，那才叫悲惨至极。"

有人敲了敲门，我以为是护士来做什么检查的，但抬头看到的人让我太震惊了。

"希望我没有打扰到你们。"贝里特站在门口说。

"贝里特，是你吗？"看到我的前治疗师让我有些不安。在她让我接受进一步治疗后，有好几个星期，甚至好几个月的时间，我都陷入深深的空虚之中。但在我自杀未遂之后，她突然一声不吭就出现在我的病房里？

她走过来抱了抱我，然后看着我的眼睛说："你都做了些什么傻事啊？没有造成什么后遗症真的太幸运了，做这种事的人很多命都没了，我可不是随便瞎说的。"

我对她这种恐吓策略可不要太熟悉了，于是转开了话题："你怎么知道我在这里？"

"昨晚刚好轮到我在精神科值班，我看到你的名字在上面，便申请来给你做评估。"

"评估"这个词让我不禁打了冷战。贝里特之前强行把我送去了医院，现在，在我过度服药之后，我肯定要被关到那种管制病房里至少10天——除非维姆没有房间。

贝里特在我的床边，面对我妻子坐了下来。"我们必须讨论一下发生的事情，以便决定接下来的治疗。柯丝蒂，如果大卫没有意见的话，你想留下来也可以，但如果他不同意，我也就只能请你到外面等了。"

"我不介意，"我说，"她决定就好。"

柯丝蒂点点头，一脸担心。

"事情是怎么发生的？"贝里特带着坚定的表情问道。这个时候，我终于明白接受审判的人是什么感觉了。是否清白并不重要，重要的是你从什么角度去看待这件事。我如果想回家，唯一的机会就是充满自信地说话，让她相信我没有失控——这也是我公众演说技巧发挥作用的地方，没有让自己害怕的空间了。

"我要从哪里讲起？"我说，"我其实也不知道怎么就成了这样。"

"只要告诉我是什么事情导致你过量服药的。"

我决定跟她坦白，于是我讲了波特兰读研，焦虑发作，还有接受戈德斯坦医生治疗的事情。然后，我做了几个深呼吸，说由于最近频繁产生对妻子不忠的怀疑，导致最后的焦虑发作以至过量服药行为。

贝里特看着我，仿佛想把我看穿。她说："你刚刚说的这些问题，都是可以通过心理疗程解决的，我需要知道的是，你是否还有自杀倾向？"

为什么他们总觉得我会说实话？他们是觉得我笨到就连想死都会如实相告？不过，事实却是，得了抑郁的人非常渴望得到他人的关怀，要是别人充满同情地问问题，他们很少会撒谎。

"大家不停地在问我这个问题，"我觉得我肯定要被送到维姆，"我现在完全没有自杀的念头，一切就像做了一场噩梦一样。"

贝里特草草记下一些东西，让我很紧张。

别走神，我对自己说，并暗中默默祈祷起来。

她什么都没说，只是摆弄着手里的笔，像在纠结我究竟有没有说真话，脸色是我前所未见的严峻。

我知道我输了。

"老实跟你说，大卫，"她说道，"过去几年我一直在想，把你送到医院是不是正确的事，因为在那里的经历给你带来创伤，让你觉得受到冒犯。这件事让我很难受，难受到我跟其他的专家讨教，当然，没有暴露你的名字。有些人说，我别无他法，但也有些人觉得把你送到医院可能会让你的情况更加严重。现在，我们又面临着相似的场景，而我唯一知道的就是，任何在我这个位置的人都会选择将你送到医院。"

那就这样吧，把我绑起来，变为奴隶吧。

"我就知道你会这么说，"我对她说道，"但我说自己感觉好了很多的时候是实话。说来奇怪，这是这么几个月来，我第一次没有感到一丁点儿的焦虑。"

贝里特的肩膀垂了下来，我知道她在挣扎。看着这难能可贵的情感流露，我敢说是人性的流露，我将她看作是一位母亲，而不仅仅是一个能和行尸走肉沟通的超人。我知道，多数的抑郁症患者都是这样看待他们的治疗师的：他们并非和自己平等，而是高等的存在，俯下身来向我们这些活在阴影里的人伸出援手。

"你做的事情非常严重，"她说，"但这次我会给你签出院单让你回家——条件是接下来的一个月每周必须参加四次疗程；过一个月之后，每周末参加一次，持续三周。我会将你的情况告知治疗师和医生，他们会对你的用药进行重新评估。你也必须跟我保证，但凡出现一点点自杀的倾向，就马上去急诊。同意吗？"

"同意。"我全身都放松了下来。

但一直都安安静静的柯丝蒂这个时候往前倾了倾身子，直到对上贝里特的眼睛。这个举动我也不是第一次见到了。

"你怎么能确定他这样的状态可以回家？"她脱口而出，"要是他再做出同样的事情呢？到时怎么办？要我负责吗？"

听到自己的妻子说她担心我会再次危及自己的生命，我很震惊。贝里特看起来也很惊讶，她走过去，用手臂环抱住她，她完全理解这种情况对于家庭和朋友来说有多么艰难，他们感到愧疚、害怕，甚至愤怒。

我觉得自己像个罪人，作为柯丝蒂的丈夫，我本该是保护她、支持她的人，但现实生活中的我，却是反面。两个女人谈论着我，就像我并不在房间里一样，讨论着要是我变得情绪不稳定该怎么做，该给谁打电话。我无声地躺着，听着贝里特安慰柯丝蒂，跟她说她那些感受都是正常的，讨论那些关于我的令人难为情又痛苦的私人话题。

"我知道我往你肩上放了一个巨大的负担，"贝里特跟我的妻子说，"但我觉得一切都会没事的。"

"能见到你真的太好了，"柯丝蒂说，"在这里能见到认识的人真不容易。"我点点头表示赞同，她就像一个天使一样走进了我的病房。

"我不过是完成自己的分内工作。"她微笑着说。然后她朝我转过身来，"大卫，我希望你最终能解决你与之斗争了这么久的问题。你必须做到，因为这个世界需要你的才华，你一定要记住这一点。"

说完，她很快就消失在了门口。

天使离开了。

3 2　对　话

　　我坐在奥斯陆国家美术馆的长凳上，不禁想起之前看过的一幅巨幅画作——挪威艺术家本迪克·里斯的《阉割》。这幅画完成于1957年，描绘了一名精神病患者被四名医生绑在手术台上，医生手上拿着各种医疗器具，正在对他进行脑白质切除术和阉割。旁边站着一名帮忙的护士和另外一个病人，这个病人直勾勾地盯着外面，头上和臀部有缝合的痕迹。要是我生于那个年代，我早就被切除了大脑，只留下躯体慢慢腐烂，连身为男性的体征也都不复存在了。本迪克1946年被强行送往医院，一直被关到了1952年。他想通过画作表达些什么，他也做到了。

——2003年4月15日

　　我在阿尔比水边的长凳上坐了好几个小时，看着乌黑的天上飘着的云，手飞快地在素描本上移动。天忽然冷了，刚才还阳光灿烂，跟人间天堂似的。但现在，虽说已经四月了，我的手指还是冷冰冰的，耳朵冷得发痛，鼻子也冻麻了。我们斯堪的纳维亚人总是在春天中圈套，几个晴天就足以让我们兴高采烈地把帽子手套都收起来，结果过不了多久天气就来个大转折，让半个国家的人都得感冒。

　　画画能让我进入到一个不存在时间的世界里——这也是从医院回到家后我迫切需要的东西。由于过量服药所受的折磨，让我久久不能平静，多数的日子里我什么都做不了。我要么睡觉要么躲起来，避免任何让我想起和那起自杀有关的事情：孩子们让我想起他们差点就失去了父亲；浴室让我想起差点让我没命的药；卧室则让我幻想起妻子孤零零睡觉，或者和另外一个男人共眠的场景。有那么一两次，我甚至躺在了客厅那个让我崩溃后差点死掉的位置。

　　手虽然冻得冰冷，但还是很稳，我就像开了自动驾驶模式一样，继续画着眼前的大海。我深知只要有一丁点儿错，整幅画就都毁了。海水是最难画的地方，因为每一笔都必须精准又自然。我稍微停了一下，仔

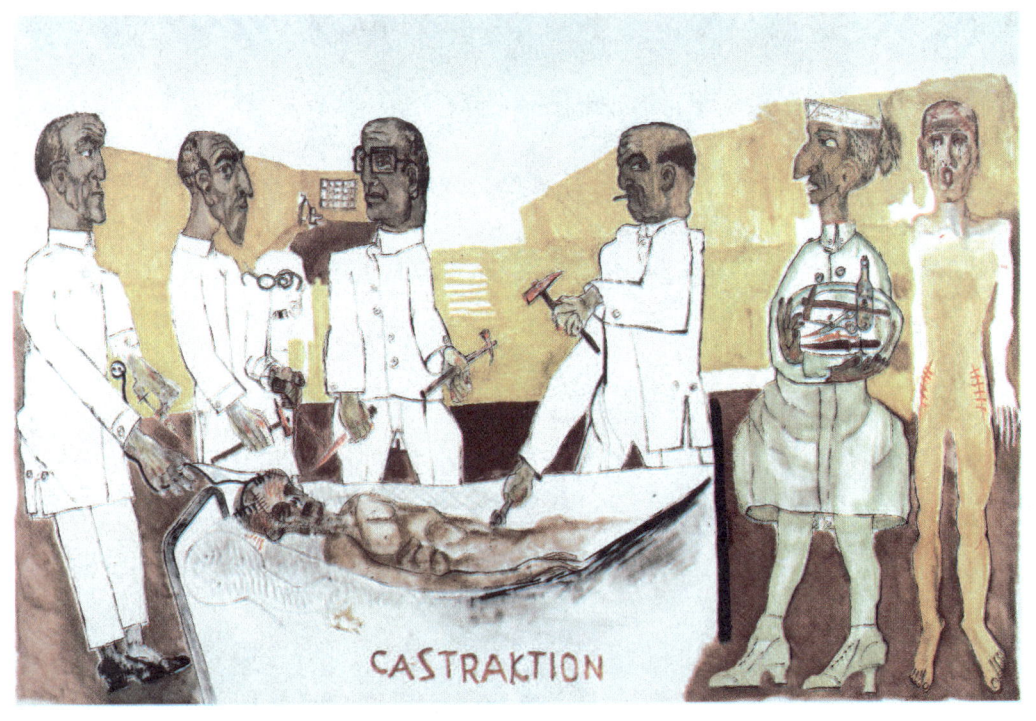

《阉割》，1957年
本迪克·里斯
挪威奥斯陆国家美术馆暨国家艺术、建筑和设计博物馆

细观察着海浪和激流，发现它们并不全是水平的线条。艺术就是观察云彩、形状、颜色、阴影和面部表情，然后把这些图像转化到画布或者纸上。这让我想起挪威作家克努特·汉姆生1890年出版的自传体小说《饥饿》里的一段话：

> 我开始观察起身边的人来，我见到的，从我身边经过的，看墙上贴的公告，甚至能注意到呼闪而过的电车上传来的一瞥，让我前进道路上发生或消失的每一件琐事，每一个小小的事件都在心里留下深深的印记。

当艺术家不仅仅是画画，还要观察生活，这也算是一种疯狂。要不是有着强烈的渴望去提问、去创造、去分享，即使双眼已经疲惫，自我怀疑

《饥饿》，2005—2009年
大卫·桑杜姆
艺术家个人藏品

从未消散，谁会选择这条路呢？我想，人们会发笑的，他们会嘲笑我，不愿给我前进的时间。

我又仔细地看了看水面，用笔往海岸线的部分加了阴影。不过，我很快就不得不把笔放下来，往手里哈热气。一滴雨水落在我的脸上，然后又是另一滴。我把素描本放进背包，转身跑着穿过树林。

接下来的几个星期，焦虑越发严重，我也不再画画，白天几乎都在睡觉，晚上便在家附近漫游。让我苟延残喘的是每周四次的治疗，我每次都不情不愿地去报到。

通过这几次的谈话，罗伯特医生意识到我的状况非常危急，在一次疗程结束的时候，他抽出一张纸，写了点儿什么，然后递给我。

"这是我家的电话，如果情况失控，你必须给我打电话，无论是白天还是晚上，同意吗？"

我点点头，但有点不安，担心他此举是不是把我划入"问题病人行列"的范围，那类电影里对治疗师依赖到跟踪他们的人。我下定决心，只有在万不得已的时候才打电话，虽然我做了很多事情，但不会变成那种黏人精。

在接下来的日子里，要做到这点实在很难。每次焦虑到了无法承受的地步，我都会发现自己拿起电话准备给他打过去，我产生了在情绪低落时就想和他说话的感觉，要做到不随便就使用这最后一发子弹，这需要极为强大的自制力。每当我接近电话时，一个严厉的声音就会在心里悄悄响起：

"你一旦给他打电话，你残存的那点儿自尊就没了。你就成了一个累赘，懂吗？你会成为他那些麻烦病人的一员。而且，在他老婆抱怨起'我真不懂为什么你要把自家的电话号码给那些疯子，你不可能时时刻刻都在照顾那些巨婴'时，他指不定也要气个半死。"

半夜一般是漆黑的，但按照斯堪的纳维亚春天的标准而言，黑暗只会持续一小段时间。很快鸟儿就开始歌唱，预示着黎明已经不远。远处黑压压的森林看起来还是很吓人，在郊外的泥路上走路时，我感到十分焦虑。一切再次陷入了混沌的状态，我头晕目眩，在某一刻我停了下来，抬头看看天空仅有的几颗亮晶晶的星星。但今夜并没有哪颗星可以指引我前进，因为我并不知道自己将前往何处。

"我究竟做错了什么？"我大声地喊了起来。

唯有一个看似像瑞典导演英格玛·伯格曼的身影答道："无人与你相伴，你永远都得不到救赎。"

引发这最近一次恐慌发作的原因，在大部分健康的人看来完全毫无道理，但对我而言，就像是世界末日。是前一晚一位朋友说得很简单的话："你打算什么时候再去工作啊？"

"不知道，"我说，"我觉得我现在的状态还不足以应付工作。"

"你没发现吗？这正是阻止你好转的东西。要回到正常生活，你就必须挑战自己。"

这个原则没有错，但却被无情的逻辑所曲解，这也是抑郁症患者须经常面对的。这激起了我的焦虑，萌生了类似"我永远都无法融入现实世界"的念头。

这个对话折磨了我一整天，那天晚上，当大家都睡着的时候，我被恐慌所淹没，不得不离开家到外面走路。我一路走，一路向自己重复说"找个工作"。手里攥着一瓶药，这一次，里头装着我妻子治疗偏头痛的药、安眠药和一些抗抑郁药——这个组合的致命程度大到我不知道自己是否有勇气吞下去，这可是意味着死亡。虽说吞下之后要过一阵才会发作，但在这个地方，没有人会及时发现我。

"这次可别做错了，"焦虑说道，"要有头有尾。"

但与此同时，我还听到另外一个声音："要是你再有自杀的念头，必须给我打电话，即使是半夜，同意吗？"

我在一大片麦田旁边停了下来，麦田像一大块地毯似的铺开，一直蔓延到远处的一个农场。要是继续走，穿过这个地方，我就会进入黑黢黢的树林里，对此，我并不是很有兴趣。

"我究竟在这儿做什么？"我大喊，低头看了看我的瑞士军表，3点57分。

我被绝望压倒，在地上坐下来，开始哭泣。在过量服药之后，我应该去维姆的，我不够坚强。活着让我觉得难以承受，但这一次，那些值得我活下去的东西，比如我的孩子，并没有浮现在脑海里。实际上，一想到死亡，我反而感到了某种平静，脱离痛苦的轻松。波特兰的戈德斯坦医生说

《无题》,2006年
大卫·桑杜姆
丁斯达德家族藏品

过："我感到你内在有很强烈的攻击性，一旦你伤害自己，你肯定会采取某种暴力行为。"

我没有愤怒的感觉。不过，我第一次过度服药的时候的确有愤怒的成分，但这次，一切都很模糊，我只是很累，过度悲伤。我甚至不知道自己是谁。每天看着镜子，我完全认不出眼前这个长头发、黑眼圈，因为吃药胖了30磅的男人。

罗伯特说过的一段话挣扎着在混乱中显现出来："尽管你处于焦虑的状态，你还是具有某种力量，也许你自己看不出来，但即便是在你的噩梦之中，你从未幻想自己死去，你梦过他人的死亡、自己的磨难，但你总是继续活下去。你不觉得这具有某种意义吗？"

他让我保证，要是又有自杀的冲动，就必须给他打电话，要是想兑现承诺的话，就是现在了。

我颤抖着从口袋里掏出手机，在通讯录里找到罗伯特的名字，犹豫了几秒钟后，我按下了拨打键。

电话响了几次，就在我快要挂断时，罗伯特的妻子接了起来。那一刻，我僵住了，陷入了她厌恶我的猜想里。天呐，这可是半夜！但我最后还是挣扎着说了话。

"你好，对……对不起，吵醒你了，我是你丈夫的病人，我……"

"稍等。"她用温柔的声音打断了我。30秒后，我听到了罗伯特熟悉的声音。

"大卫，是你吗？"他声音沙哑地问道，很贴心，"麻烦你稍等一下，我找个能和你单独说话的地方。"

我听到他在屋里啪啪的走路声。"现在可以了，"他说，"告诉我，你现在情绪很不好吗？"

"不，"我已经哭到无法说话了，"我不知道这次是不是能坚持下去，我觉得我会死在泥路上。"

"你现在在哪里？"

"离家里走路大概半个小时的地方——在树林附近的田地上。"

"听着，"他坚定地说道，"你必须走回去，到有人的地方，路上你要想着自己的孩子。你是他们这辈子唯一的父亲——你得好好考虑，要是你死了，他们心里就会出现一个永远都填补不了的黑洞。要是你找不到什么活下去的理由，那就为他们而活。"

正是在这个时候，我认识到了危机之下谈话的力量，我觉得不是因为他说了什么，而是因为我有种不再孤单的感觉。

他平静地说："你现在马上往回走，不要挂电话，我们不一定要说话，你只要保持通话就可以了。"

我一路走着，手机紧紧贴着耳朵，但一句话都没说。之后，我觉得半夜把他喊起来等了这么久，很不好意思，于是说道："我现在没事了，焦虑发作过去了，我现在觉得筋疲力尽。我们可以挂电话了。"

"你确定自己处于可控状态吗？"

"是的。"

"我还是很担心，但我相信你，如果你说自己感觉好多了，我也不怀疑。"

"我不会撒谎的。"

"行，那你要答应我，现在立刻回家，然后明天按计划来我办公室，你能向我保证吗？"

"能。"

"好，那明天见。"

回到家里，我悄悄地走进卧室脱了衣服。我发现自己浑身汗淋淋的，便开了灯想找一件干净的T恤穿上。我看了眼妻子，她睡得很沉。我可真佩服她，这些天来，什么事情都是她在打点——做饭，给孩子们念书，洗衣服，外出办事，打扫家里，甚至是赚钱——所有事情都是她一个人在做！但我刚回波特兰时见到的，她身上迸发出的那种活力的火花很快就熄灭了。我再也不担心她曾经对我不忠，可内心的我却多少希望她出过轨——起码对她是好事。

"你还好吗，宝贝？"她盖着毯子问道。

"没事，就是有点儿焦虑而已，我去散了会儿步，现在都好了。你睡吧……我把灯关了。"

33 坐牛酋长

> 我们很大程度上活成了这个样子——需要世界向我们"解读"的活法的样子。我一刻不停地执着于人们在想什么，以及为什么他们可以做到我做不到的事情。安德烈每天都去上班，每年都能携家带口度假；约翰早睡早起；西蒙觉得人生虽苦，但一直打气说我们必须坚持下去。那为什么我做不到呢？近来，我希望为他们感到开心，同时不让自己妒忌他们，这做起来可不简单。我必须放下这沉重的负担，不仅要做一个得体的人，还要避开总是觉得自己一败涂地的想法。一切只不过是因为我和他们不在一个世界罢了。
>
> ——2003年5月15日

在经过了几个月无尽的苦痛之后，我终于在某件事情上感觉好一些了，不是什么大事，但足以让我相信上帝从天上俯视着我说："我希望大卫·桑杜姆活下去，他是一个创造者，我将让他重获梦想。"

这个梦想就是找到属于我的艺术工作室。

我开始寻找适合搞艺术的地方——这件事挺难的，毕竟要求挺多：租金要便宜，要有窗户透气采光，要有足够的空间让我从不同的角度和距离审视自己的作品，还要有热水洗笔刷。当然了，这个地方还要能让我为所欲为，自由发挥。

我下了莫大的决心，很快就收到了几个不太靠谱的推荐——第一个来自于一个平面设计师，他说他在港口附近有个工作室，还有一个空房间。不过这个房间没有窗，光线很暗，中间还放着一个生了锈的大水箱。

第二个是朋友介绍的，说莫斯马勒贝恩区有个废弃的实验室。我对此充满了希望，心想肯定很便宜，也不会有什么维护的要求，我弄得乱糟糟的也不会有问题。但去了之后才发现，房间在四楼，楼梯和走廊连一盏灯都没有，我可想象不了自己独自在这种地方搞创作。

第三个地方是安德烈推荐的，他把我带到阿尔比附近的一个叫罗德加尔的农场，这是一个很受欢迎的旅游景点，有利于出售我的作品。业主跟我说，他一直很想把这里变成艺术社区，开设美术馆、工作室和商店。但这个地方没有自来水，而且要租下整个仓库，也不实际。

就要放弃的时候，我在镇上遇到一个老相识，当我跟他说了自己的想法之后，他说他认识一个美国的雕塑家在镇上有一个工作室，那儿前身是女子学校。他把这个艺术家的电话给了我，那天晚上我们聊得很开心。他说那栋楼是当地政府的，租金很低，房间虽然都在使用中，但估计很快会有一间空出来。我很激动，聊完之后就开车去了那个地方。我站在老旧的红砖楼前，这个地方实在是太完美了，既在市中心，又不是太喧闹，外面有停车场和大树。我能想到自己在这儿工作的样子，被其他艺术家所包围。

我第二天早上就打了电话过去。

"要等空房，估计得六个月到一年的时间，"负责的女人说，"我可以把你加到名单里，但前面还排着很多人。"

"没关系，"我说，"把我放到名单里吧。"

我又累又烦，就没有继续找了。大概一个星期之后，那个女人给我打电话，告诉我有好消息，"有房间空出来了。奇怪的是，名单上的其他人都选择退出。所以最早明天上午就可以签合同。当然了，前提是你还想要。"

"是的，我想要。"我说，"太好了，在哪层楼呢？"

"一楼，窗子正对着停车场。"

我意识到那正是我上周站着的地方，就在大树前。我毫不犹豫地说："明天几点？"

"九点怎么样？"

"那就到时见。"

不久之后，我就搬进了我自己的工作室，像个第一次拥有自己房间的少年。这是新纪元的开始，也是梦想实现之际。租金在承受范围内，还包电费——这点在挪威非常重要，冬天的暖气费用很高。这个房间光线很好，又有新鲜的空气，天花板也很高。这里过去其实是两个小房间，但中间有一半的墙被拆掉了。虽然也不是特别宽敞，但对于起步来说算是挺不错了。地板上铺着薄薄的地毯，墙是木质的，比我想象的厂房环境好太多了。这栋楼很老了，建于1889年。

唯一不足的地方就是我每次洗刷子要沿着石头阶梯走到二楼，这段路在晚上就显得阴森森了，特别是老旧的地板嘎吱作响，墙面开裂，水管生锈。但对于兴奋的我而言，这点缺陷根本不算什么。到这儿的第一天，我躺在地上，想起《亲爱的提奥》里的一段话，是凡·高1881年写给他弟弟的信，表达了他拥有自己第一个工作室的快乐：

> 莫夫（荷兰画家）觉得我的画还是能卖出去的，这给了我很大的希望。而且我现在有了自己的工作室，那些觉得我外行、找不到工作的人自然也无话可说了。

没几天，我的朋友西蒙就帮我把墙刷白了，还装上了聚光灯。用波特兰卖东西剩下的钱，我买了画布、松节油、颜料和刷子，我准备好开始工作了。

画着画着，我忘记了周围的一切，忘记了我的家人、朋友和所有的烦恼，脑海里只有我和画布。不管这一切看起来有多么疯狂，我得到了解放。就像罗伯特说的："有史以来第一次，你凭借抑郁做出了有建设性的事情。"

在工作室的时间过得飞快，我经常一画就画到半夜。每次结束的时候，我便躺在椅子里看从隔壁借来的艺术书籍。隔壁的租户是一个特别和蔼的女人，笑声大到足以穿透铁门。后来，我们成了好邻居。她时不时会过来看看我，有时还会在我门口放点儿她自己烤的面食，贴着小纸条说："别忘了吃。"

日子一天天过去，在自己的工作室里作画感觉真好。不管别人怎么说，我现在是个真正的艺术家了。

不过，无忧无虑的日子很快就过去了，新的挑战随之而来。热爱艺术，沉浸于艺术和真正做艺术是两码事。"看起来特别简单"这句话从未如此符合我的情况，虽然我并未因此退缩，但画得越多，我的薄弱之处就越发明显，这也经常让我陷入一阵阵的自我批评之中。

"别痴心妄想了，"我四周的墙低声说，"你这辈子都成不了艺术家的。"

"我会的，"我固执地答道，"实际上，我早已经是个艺术家了！"

一天晚上从工作室回到家时，我特别疲惫，站了一整天的腿酸得要命，脖子和肩膀也由于一直画而隐隐作痛。而且因为我时不时用嘴去叼刷柄，嘴里还有颜料的味道。

"你又这么晚回来，"柯丝蒂站在楼梯上说，"为什么你就不能早一点回家，大家一起吃晚饭呢？这个点，孩子都已经去睡了。"

她说得没错。我说："对不起，但画得起劲的时候，要停下来真的太难了，我能做到这样，你难道不高兴吗？"

"某种方面来说，是的，我很高兴。"她挥舞着手说，"但我们需要钱，我支持你做艺术，但我很担心我们要如何生存，如何承担你工作室的租金。你是不是考虑一下就在家里画，当作是一种爱好？"

我沉默了，"爱好"——又是这个可鄙的词。画画对我来说从来就不是一种爱好，是一种努力，说艺术是我的爱好简直跟往我脸上吐口水没什么两样。

"你就是这么觉得的？"我问她，跌坐在沙发上，"我的艺术从来就不是爱好！你看不到吗？我画画是为了活下去。"

她叹了口气，这个动作在我看来就是在说"又来了"。但出乎我的意料，她示意让我过去，说："那好吧，坐牛酋长，过来吃东西吧。"

"坐牛？"

"是啊，你满脸都是油彩，跟印第安人似的。"

我在厨房的餐桌坐了下来，吃了一片柯丝蒂做的美味比萨。

"我只是不明白，你为什么总要变成两耳不闻窗外事的样子，你有很多伟大的想法，可当你实现它们的时候，身边所有东西对你来说就像消失了一样，包括我们。你得多考虑一下孩子们，我们都需要你。"

我挣扎着，不知道说什么好，她说得完全没错。但我现在难道不比白天睡觉晚上出门，一心寻死好得多吗？至少我活着，在努力继续下去。她关于钱的话也深深刺痛了我，我知道，她想让我去找一份固定的工作，来履行养家糊口的责任，我没有轻视这个责任，可我真的无能为力。

我心里想着，但没有说出来，心里不明白：为什么那些没有抑郁的人总是想对抑郁者施加负罪感？他们真的觉得这样做会让事情有所好转吗？

等着我回答，柯丝蒂又往前靠了靠，进一步刺激着我，说："你在听吗？我说的东西你有听进去一个字吗？"

"在听，"我努力保持冷静，但还是不假思索地脱口而出，"我理一理——你的意思是对于画画这件事我应该感到愧疚，因为如果我是个真男人的话，就会找一份固定的工作。不愧是你，在事情好不容易开始好转的时候，你却告诉我，我是个多么糟糕的丈夫和父亲，因为我只想着画画。"

"我说的不是这个意思，"她说，"我是说你把自己封闭起来，长时间不在我们身边。"

"那好，那要是我花同样的时间在出差上面，你还会觉得我没陪伴你们吗？估计在那种情况下，你就没什么怨言了吧？毕竟那样的话我是在赚钱，没错吧？那会儿即便我成了镇上最不尽职的家人，你也毫不介意。"

"我就知道你会这么想，"她摇着头说，"你一直都有过度反应。是，我是担心家里的经济状况——你说得没错。难道因为这个我就成了坏人吗？你读大学的那些年，是我一个人在家照顾孩子好让你顺利毕业，找一份好工作。但现在你又开始醉心于这些艺术的东西。"

"太好了，罪名更大了。"

"但我是为了你好。"

"不！你才不是！"我大喊起来，把一块比萨扔到了地上，"你压根儿不知道抑郁是什么感觉——前提是你要先接受这是一种疾病。一直以来，你什么都反对——反对治疗、医院、药物——什么都不行！"我把头转到一边，哽咽起来。

看到我崩溃，她软了下来："冷静点，宝贝，"她说着往我的杯子里加了点儿水，"我们是队友，你知道的。"

晚饭之后，我洗了个热水澡，想着柯丝蒂说的每一句话。为了我的艺术，我俩都做了非常大的牺牲。所有艺术家都知道，成了家还要全身心搞艺术是非常困难的。圈子里都是关于找情妇、离婚的故事，虽然不一定都是真的——比如说瑞典画家卡尔·拉尔森，他的画都是关于阖家欢乐的场景，但他饱受抑郁折磨，要是那些关于他家庭的传闻是真实的话，他肯定画不出这种幸福的画面。

但艺术家也会深陷在自己的世界里，有些时候，他们做不到把感情关系放在第一位。看看毕加索和其他人，他们一生都沉浸在艺术中，对自己的家人糟糕透顶。当然，也有一些艺术家过着隐居生活。但无论从才华还是家庭生活来说，我都不是毕加索。靠艺术谋生的道路对我来说无疑是漫长、可怕的——至少需要十年起步。漫长十年的不间断努力，我可能坚持不下去，或者没有足够的技能在业内崭露头角。我连自己能不能办成一个画展都不知道。

画廊老板一般都喜欢"铁定能卖得出去"的画家，或者专注于某个小众流派，像抽象画、现代画或者俗气但好卖的画。我完全不知道自己的画属于哪个类别。事实上，我还没有明确的风格，需要时间进步。我们家究竟要怎么糊口的确还不清楚，但我又能做什么呢？在还没开始前就放弃吗？

但我知道，我画画不是为了这些。我之所以画画是因为必须做出选择，是半夜攥着一把药跑到外面去，还是把所有的精力都投入到某件有建设性的事情上去。在我心里，我并没有多少选择的余地。但我要怎么跟柯丝蒂解释，在她担心房租、抚养孩子的时候，强迫她支持我？我要求的太多了，远远超出多数人能接受的范围。没错，孩子永远是第一位的。但要是我死了，他们就没有父亲了——这会让他们的人生出现一大块空白。

洗过澡之后，我蹒跚地走下楼，去书房查看电子邮件。我有好几天没看邮箱了，希望打开能看到迪恩的邮件，几个星期没他消息了。我们的友情从大学那会儿持续到现在，真的很难得；我们总能找到写给对方的话题，他也一直有许多故事和我分享；最重要的是，他总是聆听我的倾诉，也是少有的几个让我能接受——接受说"一切都会没事的，你不用太担心了"这种话的人。

我想起他和他妻子来挪威看我们的日子，我得以有机会带他去看我的秘密基地。在瑞典的时候，我们坐在菲斯克贝克松软的沙石上，然后跃入大海；在挪威，我们在阿尔比长久地散步，一边赞叹着所见风景，一边探讨人生。

迪恩还跟我说他想写一本关于一个马戏团男孩儿的小说，这个想法从他刚上大学的时候就有了。这着实让我惊讶。他说，一直以来他都对马戏团很感兴趣,"当然了,这个故事肯定是虚构的。但我写了这么多基于事实的研究类文章,虚构小说对我来说是个不错的改变"。

我们还有一个进行中的新项目,对此我俩都兴奋不已。他同意和我母亲那边的亲戚一起写一本关于我的外婆和外公的书。我会将我们家族的故事从瑞典语翻译成英语,剩余的工作由迪恩来完成。我们已经联系上了犹他一个出版社,准备全力推进。我从波特兰回来前,和他在犹他南部的旅途中也花了大量时间讨论这个事情。

在某条偏僻的路上,我伏在他肩膀哭泣。他说他如同爱自己的儿子一样爱我,虽然我不是他的孩子,但知道他一直在身边,令我很是安慰——无论是在大学,在他办公室,在世界的另一头。现在我有了自己的工作室,开始了自己的艺术工作,这些好消息我也想尽快和他分享,听听他的想法。

我打开邮箱,迪恩的信息来了:

你好,大卫!

　　我是蒂姆,迪恩的儿子。希望你一切安好。我爸爸上周去世了。他从运动场的桑拿房出来时突发心脏病,虽然抢救过来了,但人陷入了重度昏迷,四天之后就去世了。我们怀着沉痛的心情举行了葬礼。爸爸被埋葬在哈尼维尔一处拓荒者公墓,靠近我们家族在北犹他的祖籍地。我们在尽力处理后事,他是个特别棒的人,我也知道他非常关心你和你的家人。

致上诚挚的问候
蒂姆

34 猫王永存

> 我回到医院的第一个晚上,梦到自己睡着,被开门声吵醒了。周围很黑,我看不清是谁进的房,但听到有人朝我走来。我挣扎着问道是谁,而没人回答。我惊醒了,从房间跑到走廊,找到夜班护士。我跟她描述了梦里发生的事情,说自己不敢回去。她给我递来一杯水,让我听她解释。她那会儿在夜巡,开了我的房门看看我的情况,因为不想吵醒我就没有开灯。她走到床边,见我睡得正香,便悄悄地出去了。这下我悬着的心才放了下来,这是第一次我的恐慌发作有合理理由。
>
> ——2005年11月12日

我独自坐在莫斯医院的房间里,努力想放松下来好让自己睡着。一个选择是去走廊跟当班护士聊天,虽然一聊就好几个小时。不过,医院不让夜班护士跟病人聊天,因此有些护士会直接拒绝。但还是有几个比较灵活,尤其是医学院的学生,他们也在想方设法不打瞌睡。

另一个选择是去吸烟室(那儿没有宵禁时间),在那里应该可以找到人说话。但一想到要吸二手烟,我还是决定选择第三个选项:留在房间里,继续画我的钢笔画。其中一幅名为《斗争》,描述的是我母亲和癌症、我和抑郁的斗争。这幅画我画了几年,中间搁置了,现在是时候重新拾起了。

我同意重新接受治疗,也完全不介意去莫斯2003年新开的精神病院。

我精疲力竭,浑身像散了架一样,过去几个星期一直疯狂地画画,几乎没怎么睡觉,现在我急需休息。罗伯特非常支持我这个想法,伯格医生也帮忙完成了我的入院申请。这个医院不像维姆那样吓人,虽然官方的入院声明听起来特别严肃:

"疲惫、倦怠、抑郁并伴有自杀倾向的病人,建议住院六至八周进行休整,恢复正常作息,并进行诊断,观察引入锂疗法的效果。"

这也不是我第一次主动入住莫斯的医疗机构——根据医生的建议,过

《斗争》，2003—2008年
大卫·桑杜姆
艺术家个人收藏

去两年我申请过几次三到六周的住院治疗。现在我已经非常清楚医院的流程，也认识了很多护士，甚至是一些病人。知道24小时都有人在身边提供帮助让我安心许多，最重要的是，我能尽情地释放迪恩去世给我带来的痛苦。

我在新医院的病房又舒服又干净，而且是单间。工作人员承诺，我不需要跟别的病人共享房间，我还有独立的洗手间和浴室。跟我2001—2002年住的维姆比起来，这里简直像豪华酒店。我把苏打水和零食放在小冰箱里，这个小小的设施无疑是为了保持人的尊严。病人的房间里甚至还有小电视，熄灯之前想看什么节目都可以。

虽然设施没有特别高端，但床是木头的，不是硬邦邦的铁床，床垫也很舒服。医院蓝白相间的纯棉床单很柔软，但有点儿冷——不过这正是我喜欢的，冷一点总比太热好受——而且我想要多少毛毯都可以。

我带了几本书到医院，两本放在床头柜上：保罗·高更的《此前此后》，里面有他对凡·高割耳朵的个人解读（当然还有其他内容），也有理查德·巴赫的《海鸥乔纳森》——我远离家时必带的书，书里有那么多的象征及精神维度值得细读，怎么都读不厌。

但这段时间要看书实在是很困难的一件事，我每每读完两三页就开始分神，有时读完一整个章节却发现自己什么都没记住。

柯丝蒂给我捎来了《圣经》，说我现在比任何时候都需要它，但我把它放在了床底。理查德·巴赫的《海鸥乔纳森》对我来说已经足够励志了，能让我在云端翱翔。现在这个时候，处于重创下的心智已经无法阅读那些关于信念、希望和慈善的东西，我更想看那些关于苦难的故事。

环视着房间，我感觉到的唯有空虚。具体说不清为什么，但这跟医院里所有东西都具有的临时性有关——病人、医生和病床。这个地方唯一做的就是让人们休息一阵子，然后再把他们扔回外面的世界。他们当然得这么做了，要不然的话，我们就会一辈子住在这里，那会是一种什么样的人生呢？

我翻阅着伊丽莎白·沃策尔的《百忧解国度》，这本书被我读得边

都卷起来了。偶然间,我看到一段话,讲的正是最近一直悬在我心头的事情:

> 开始锂治疗。一提到这个东西,我就害怕得不行。但它叫什么又有什么关系呢?不过是另外一种药和药片而已,进入我身体的又一种不友善的物质罢了。

沃策尔描述了她吃的百忧解和锂片剂:"每天还要吞下20毫克的心得安(一般用于降低血压的乙型阻断剂),用来减少服用锂片剂带来的手和其他部位颤抖的副作用。"

她的话让我警觉起来,要是我的手抖怎么办?我可是一个画家——颤颤巍巍的怎么行!

但最令我震撼的是她完美地说出了我对服药的疑惑:"任何一个神志清醒的人都会觉得吃的药实在是太多了。"

我仍然觉得浮躁不安,于是翻起从入院到今天积攒起来的一大撂油画和素描。多数都没画好,我估摸有十幅可以达到上展的水平,但结果只有三幅可以拿出手。可谁能不经历失败就学到东西呢?对此我完全可以接受。而且在医院,我的时间多到我已经不在意做什么了——不仅仅是艺术,几乎是所有事情。他们让我吃药我就吃,他们让我去什么地方我就去,我再也不关心为什么或者怎么做了。

距离第一次在维姆住院已经过去四年多了,当时我对所有和精神病相关的东西都持排斥态度。但现在我完全平和地参与其中。

我有一个专门负责我的护士,我们一起制订每周的计划,每天至少要有一项活动。周一我一般会参加音乐小组,小组的负责人是一个迷人的年轻人,他会弹吉他,然后参加活动的三四个病人跟着吉他的节拍唱歌。有时他也会带点儿别的乐器来——我很快就能跟着披头士乐队的《顺其自然》,以及《嘿,裘德》的节拍打手鼓。

周二,我会参加由医院神父组织的小组会,神父是个中年人,胡子花白,戴着金边眼镜。小组会,其实就是掺杂了一点宗教元素的团体心理治疗。我们想聊什么话题都可以,但无论讨论什么,总会出现一两个病人由于过于焦虑而中途离开的情况。

周三的活动对我来说往往是个挑战，因为活动安排在早饭后，那会儿我通常会犯恶心。讽刺的是，这个活动小组叫健康小组，是为那些喜欢瘫在沙发上的懒人准备的瑜伽课。为了"感受内心"，我们光脚站在温暖的石子上；然后躺在地上做腹式呼吸；接着又站起来，做一些有难度的体式，轻轻地推出双臂，就像在做空手道一样，嘴里喊着"停"和"不"。对一群压力巨大，身体被掏空的人来说，有什么比让压力和施加压力的人滚开更能宣泄情绪呢？这个活动的目的在于重新划清界限，因此做的时候大家都十分投入。

到了周四，我们就必须在护士的陪伴下离开医院，外出游玩。我们去咖啡厅，看展览，或者在医院外面的空地散步。还有一辆面包车随时供我们差遣。不过，多数时候活动都以失败告终，因为对于大多数病人来说，离开医院大楼就足以让他们焦虑不安了，他们宁可独自待在房间里。由于大家都是自愿住院的，护士也不能强行要求什么。

周五的时候，我们会和工作人员碰头，看看在出院或者周末离开前还有没有什么需要讨论的东西。

我对我的日程没有什么意见，除了每天早上的非洲舞环节，这是我在维姆坚定拒绝的东西。但现在我一点儿都无所谓了，也跟着非洲音乐动了起来，神奇的是，在舞蹈的过程中，我感受到了短暂的正常。

我疯了吗？

我不关心。

我很安全。

我有自己的房间和独立卫浴，还有属于自己的小冰箱。

我关了灯躺下来，想想点儿好的东西——什么都行，只要能消除压在我胸口那沉重的压力。很快，我便俯瞰着科罗布峡谷，活生生的迪恩就站在我身边。

"你值得活下去，"他说着，把手放在我的肩膀上，"你必须向我保证，永不放弃。"

人生给我们开了个如此大的玩笑——我还活着，而他，一个活力四射的人，却已经不在了。

距离他那颗善良的心停止跳动已经过去两年了，但我还没能从巨大的悲痛中走出来。我太想念他了，不愿相信他已经去世的事实。有时候，看着他的照片我不禁会想，他会不会没死，就像那些觉得猫王还活着的人一样，向"猫王永存粉丝俱乐部"汇报他们的见解。我一直觉得这种事情匪夷所思，但要是现在有个叫"迪恩永存"的网站，我绝对会注册加入，并且对上面所有见解和分析深信不疑。

有几次，我甚至给迪恩发了邮件，当然，从未有回音。但我还是照发不误，幻想着有一天能收到他的回信，跟我说他很安全，并给我一些找到他的线索。我的思绪游走着，我会在一个美丽的海滩找到他，他坐在一艘蓝色的小船上垂钓，就像电影《肖申克的救赎》结局——摩根·弗里曼和蒂姆·罗宾斯团聚的场景一样。迪恩会笑着给我一个拥抱，生活恢复了以前的样子。其他时候，我知道他死了，而死亡就跟地上一个深坑一样，别无其他。

我特别想念他的时候，便会闭上眼睛想着犹他州哈尼维尔的拓荒者公墓，那是他安息的地方。

我没看过那个地方的照片，但我想象那个地方就在山丘上，俯瞰着被葱郁山林和瓦萨奇山脉包围着的小村庄。四周零星散落着农场，人们在田里劳作；恋人在垂柳下亲吻，梦想着后代能生活在更好的世界。我在小小的公墓里散步，读着1876年到1912年的墓碑，上面刻着类似奥康纳、史密斯和拉尔斯这样的移民名字。要是真有"拓荒者精神"，那它一定栖息在那一小块叫哈尼维尔的土地上。

终有一天，我会像穆斯林到麦加朝拜一样前往哈尼维尔，在他的墓碑前，迪恩将和我好好聊一聊。我会告诉他我有多想他，他离开之后，我的内心出现了一大片空白。但只要任何一个爱他的人还活着，他的人生就不会被遗忘。也许到那时，我才能坦然地面对他已经离开的事实。

35　专家

　　我尽自己所能当一名好父亲，但我深知，自己既不能抚养孩子，也无法提供他们需要的安全感。相反，我整天睡觉，觉得自己无力改变悲伤，无法控制创造的冲动，以及为自己是个罪人而焦虑。自我辩护时，我说："我病了。要不是这该死的抑郁，我的人生会完全不同。"但一旦这么想，内心便有一个声音恶狠狠地谴责起我来："赶紧从床上爬起来做点有用的事情吧，找回你的自尊！你要还算是个父亲的话，早就去打工挣钱了。"

——2005年12月10日

　　莫斯这所新医院的理念可真令人佩服：让病人拥有独立的房间、卫生间和浴室，以保护他们的尊严；让病人自己准备晚餐，让他们感受到自我价值；允许病人周末回家，以便和家人保持联系。

　　不过，在医院和家之间切换消耗了我大量的精力。在医院，有护士给我量血压，拿给我要吃的药。在家里，我得自己记住给孩子们读完睡前故事后把药吃了。在医院里我一人独处，在家时我是丈夫和父亲。医院里的我得以在完全的寂静中独自睡去，家中的我和我爱的女人同床共枕，虽然每周五晚上我都觉得身边躺着个陌生人。

　　周一上午是最痛苦的，柯丝蒂开车送我回医院，一路上气氛紧张，我生怕她说出什么我应付不了的话来。我总是幻想最具毁灭性的场景。

　　我的心理治疗师罗伯特总是说我"皮太薄"了，需要提高忍受能力。"你强大的想象力对你的艺术很有帮助，但对生活却不是。人们说你是反应过度才会这样，他们错了，因为你的反应是基于你的真实感受，你没有夸大。"

　　即便如此，我的恐惧也不完全是空穴来风。很明显，柯丝蒂并不希望我去住院，也不接受我患有抑郁的事实。当然，没有人想看到自己的爱人受煎熬。但对我来说，这些不过是进一步证明了人们完全不懂。我不是说她自私，我没有什么可以怪她的，她不过是累了而已，担心医院、医生、强效药物的"大杂烩"对我的影响——更别提对我们关系的影响了。

一个周一的早上，我们到入口的时候，我下了车，从后座拉出来我的包，然后又从副驾探进身去，随意地说了句"周五见"。

她没说话。我关上车门还没走两步，就听到车子在身后呼啸而去。很刺耳，也很残酷，我朝大门走去，感觉很麻木。

再过五天，我一边想着，一边拉开门进去，再过上五天一成不变的单调日子。

回到我的房间，我立刻倒在床上睡着了，鞋子也没脱。两个小时后，我极度恐惧地醒来。

发现到了午餐时间，我从床上起来，脱掉衬衫，到洗脸池那里洗了把脸。随后，迈着不稳的脚步走到了最近的餐厅，我们那一侧的六个病人正在吃饭。我一般都不吃午饭，因为只有午饭是不强制吃的。

我在餐桌旁坐了下来，跟其他病人和护士凯伦打了招呼，凯伦双手十指交叉放在大腿上，面带笑容紧张地观察着每个人。

我从桌上的餐盘里拿了一个芝士三明治，然后把所有的精力都放在掩饰自己的不安上，这是很久以来我学会的一门技能。但通过凯伦看我的方式，我知道她在监视着我，这让我更加不舒服了。

并不是说我讨厌她，恰恰相反，我很喜欢她。她比其他护士都善解人意，而且很脚踏实地。她能注意到其他护士忽视的东西，或许是因为她本人经历过，甚至还在遭受抑郁的折磨，也有可能她有什么强迫症——苗头太多了：不停地抽烟；把泛黄的指尖藏在衣服的夹缝里；有时她给我们分药，手会微微发抖，也不敢看我，怕被发现。我总是装作自己没注意到。

她又矮又瘦，常常穿着宽大的衣服，一般都是手织毛衣，就像害怕展示自己的身材一样，这在我看来是缺乏安全感，或者过去曾经遭受过虐待的迹象。她微微有些驼背，我总想给她肩膀上绑上一块板子，让她挺直身子。

她有着最为温柔的双眼，无论发生什么，只要看到她的眼睛，我总能冷静下来——她眼里写满了关爱和真心想帮你的意愿，这在今天这个以自我为中心的世界，已经很少见了。

三明治干巴巴的，完全咽不下去，这些该死的挪威三明治！瑞典一般吃热腾腾的午饭，美国经常吃汉堡，墨西哥吃玉米饼或者沙拉，但在挪威,我们一年三百六十五天的午饭都只有这难以下咽的黑麦面包。

胸口疼到我想叫出声,我咝咝喘着气。

坚持住,我告诉自己,没必要让这些人看到我的痛苦。

我再也忍不了了,把椅子往后一推,起身快步向房间走去。我身后传来钥匙撞击的声音,护士凯伦追上来了。

在我快到房门口时,她赶了上来。

"冷静一下。"她说着把手放在我的肩膀上,但被我挣脱掉了。

"怎么了?"她问道,还是很沉着,"没事的,有什么事都可以告诉我。"

但我一句话也说不出来,只能靠在门上。

过了一会儿,我们一起进了音乐室,这么叫它是因为里面有一台CD播放机。房间里几乎没有什么陈设,为的是不让病人长时间待在里面。没有电视、游戏机与杂志,只有一个机柜放着小音箱,以及之前的病人留下来的几十本书与CD。

书名准确地提供了之前那些病人的线索,像《基督山伯爵》《男人来自火星,女人来自金星》,还有一本就叫《UFO》。一些老CD也留下了不少故事:布鲁斯·斯普林斯汀的《人情味》,平克·弗洛伊德的《藩篱之钟》,还有一张约翰尼·卡什的刻录光盘,当然少不了恩雅的CD。这就是整个医院所有的音乐,碟片被反复地放,都刮花了。

墙上挂着用画框裱起来的两张海报,我仔细研究着它们。一张是奥地利画家克利姆特的《吻》,另一张是法国画家雷诺阿的作品,画着船上的一个女人。多数人更喜欢后者,但对我来说,《吻》画着一个男人拥抱着一个非常美丽的女人,他的双手巨大,足以将她碾碎,这是我见过的对于人类情绪最为淋漓尽致的体现。这幅画包括了一切:温柔、脆弱、爱、激情、绝望,正是生与死的体现。依葫芦画瓢大多数艺术家都能做到,但却只有很少数能触及这位奥地利大师所创作的东西。我就是这幅《吻》,我是她,我也是他,我是里面的一切。

但就在这时,来自艺术的共鸣消失了。

护士凯伦在身后关上了通往走廊的厚厚的玻璃门,我不停地向外张望,生怕路过的人看到我如此窘迫的样子。有几个人匆匆经过,没有人停下来。

《吻》，1907—1908年
古斯塔夫·克利姆特
奥地利国家美术博物馆（美景宫）

"用肚子深呼吸"，凯伦说着，就像我在生孩子一样。

"不行，"我痛苦地呻吟着，"我胸口太疼了。"

她问我能不能自己待几分钟，她去拿点东西。回来时，她递给我一杯水和放着一颗黄色药片的小杯子。

"我觉得你可能需要这个，"她说，"能让你放松下来，如果你想的话。"

我认出来这颗药是复康素，一种抗焦虑药，于是点点头放进了嘴里。

护士凯伦在我身边坐下来说："是因为周末发生了什么事吗？你周五离开的时候看起来很期待回家。"

我没有说话的心情，盯着地上。

"记住，"她温柔地说，"你主动来这儿是因为你需要帮助，所以还是利用这个机会让我们帮你吧。当然了，一切都由你来决定。"

她那"不是必须，但你应该这么做"的策略，着实让我有些摸不着头脑，于是我双臂交叉放在胸前，讲了一半的事实。

"我没事，只是情绪有点儿过于激动了。"

"为什么？恐慌可不会毫无原因就发作的。"

"你想我说什么？你说得好像我很清楚究竟是什么原因一样。我真的不知道，这也是我来这儿的原因。一开始你说迷茫是抑郁的症状之一，但现在你又怪我搞不清情况。"

"不，我没有怪你什么。你好好想想，今天肯定发生了什么事情，让你反应这么强烈。"

"我真的不知道，"我摇了摇头，"我醒来就不是很舒服，然后跟我妻子说再见的时候也很糟糕；不停地往返于家和医院之间实在是太折腾了，我不知道能不能继续承受这种往返带来的情绪波动。"

"对了，"她说，"这就是你发作的原因——周末回家，但每周有五天要回到这儿。你能不能仔细讲讲你烦恼的点在哪儿？"

"很复杂，我不知道孩子们会怎么看我。每次离开时他们看我的样子，就像是我抛弃了他们。没有人告诉他们我为什么在这里，他们总是说'爸爸需要休息'。而且我的妻子看起来也很生气，可能算不上是生气，就是很沮丧，她觉得这个地方在阻碍我好转——她认为只要我别再听医生说这个那个，最后就能振作起来。她经常担心亚历克斯和安德里亚因为没有好衣服穿被人嘲笑，担心我最后要变成什么波希米亚的艺术家，早饭就喝红酒，然后画一些下流的裸体画。我跟她一样害怕，不是害怕我的艺术，是害怕外面的世界。现在你懂了吗？每个周末一切都无比混乱。"

"是的，你讲得很清楚，"凯伦说，就像我刚刚向她吐露了什么重大的真相一样，"但你并不是这儿唯一一个面对这种困境的人，很多病人都有一样的感觉。"

"不，我是唯一一个，"我摆起手来反对她的结论，"没有任何一个人能理解我，没有！"

"最让我心碎的，"泪水涌了上来，"是我每周五回家，看到我的两个儿子——他们看到我是那么发自内心的快乐，就像别的什么对他们来说都无所谓，在他们眼里我还是他们的英雄，可我觉得自己完完全全地辜负了他们。"

凯伦没有说话，耐心地等着我继续。

"今天早上，我6岁的儿子安德里亚用他蓝色的大眼睛看着我说：'爸爸，请你不要走。'你知道我怎么做的吗？我没有理他，表现得像全世界最无情的人一样。告诉我，究竟是什么样的父亲才会做出这种事来？"

"你肯定很难过，"这位身经百战的护士说，"但请不要把这种行为解读为你是一个差劲的父亲，相反，这体现了你对他们的关爱，这也是他们爱你的原因；这也是孩子身上最美妙的东西，他们无条件的爱。"

听到"无条件的爱"，我没吭声，只是一个劲儿地盯着地上，想着他们某天长大，突然意识到我对他们都做了些什么。

"我很高兴你跟我说这些，他们看起来很困惑。因为孩子是最具想象力的，他们也有可能会以为是自己的错。"

"你说什么？"

"我们可能得评估一下，看看在这种情况下，如何去帮助你的家庭。我会把我们今天谈话的内容写进报告，下午和莱森医生讨论一下。"

"为什么是莱森？"我未必能信任她。

"因为她是负责的医生，"凯伦微笑着说，"但你别担心，好吗？我有好的预感。我能看出你真的很关心你的家庭，我们也会竭尽所能来帮忙。

刚吃下去的药药效上来了吗?"

"上来了,我觉得累。"

"好,那就去休息一会儿——但只能睡半个小时左右,不然今晚你又要睡不着了。"

我走进了房间,倒在床上,把毯子拉到身上,面对着墙,几乎立刻就睡着了。

之后的几天,我都没听到关于"家庭谈话"的事。直到一个早上,在音乐室,护士凯伦又提起来这个事情,问我是不是有兴趣"就生病和与家人相处的问题获取帮助"。我点点头表示愿意。接受这个提议看起来是对的,但更多是出于自私的原因,我觉得这样做大概可以消除一些误会,也能让我的家人更好地理解我。

"好,医院的家庭治疗师中午会跟你见面,讨论你的情况。如果一切顺利,你妻子也同意的话,莱森会继续跟她还有孩子们进行沟通。"

"我觉得我妻子会同意的,"我说,"但我想知道,那位专家她人好吗?"

"噢,是的,"她小心翼翼地笑了笑,"她很受欢迎,而且也是医院里唯一一位儿童心理学家,非常靠谱。"

"但她人好吗?"

"很好,"凯伦说,"大家都特别喜欢她。"

凯伦一走,我马上又担心起来,不知道这么做是不是合适,也许太仓促了。没几分钟,我就想遍了这次家庭谈话崩掉的几千种可能性。要是我妻子提要求,或者难过、生气怎么办?要是孩子们承受不了哭了呢?我越想就越觉得自己压根儿无法做好准备,也无法为自己辩护。我得蒙着眼睛参加,因为从我眼里只能看到焦虑。

自从凯伦说孩子可能会以为我的抑郁是他们的错,我就别无选择了,因为那样的话,我受再多苦痛都无法弥补。没错,即便是饱受抑郁折磨的人也可以为了所爱的人,将自己的利益搁置一旁。

我在音乐室里等着家人的到来,外面又下起了雪,春天好像永远都不会来。今年我发誓不让自己冻僵,于是买了一件特别暖和、带因纽特式大帽子的外套。衣服是亮橙色的,在雪地里我就像个霓虹冰棒一样。

看到我们家的车在楼下的停车场停下，我感到脊背一阵发凉。但当看到门被推开，我的儿子们跑进大楼时，我感觉好多了。我想，到目前为止，一切还算顺利。

柯丝蒂紧紧地跟在两个孩子身后，但突然停住了，像在自问这么做是否正确。她站在那儿，双臂交叉在胸前，长长的头发在风里飘扬，看着很脆弱。但她随后抬起头，继续迈着坚定的步伐前进。

知道我的家人进了楼，我便坐了下来，等着他们在门口出现。想到把我的妻子和儿子叫到这儿经历这种东西，一股愧疚感油然而生。他们什么都没做错，他们要是感到任何的痛苦或者迷茫，那都是我的错。从各个方面来说，我就是个罪犯，他们是到牢里来探望我。

现在不是自我怜悯的时候。我决定必须抛弃所有以自我为中心的想法，把重点放在亚历克斯和安德里亚身上——因为这次治疗要是失败，可能会给他们心理造成长期的影响。我想，要是我到门口等他们可能会好一些，于是我飞快地出了门跑下楼。听到两个孩子打闹的声音，我不免有些紧张，害怕有人出来嘘他们。但我路上只遇到一个护士，她对我笑了笑，我也报以微笑。

几秒钟后，我的两个孩子向我扑来，伸出双手紧紧环住我的腰，大喊着："爸爸！爸爸！"我激动不已地抱着他们，尽力隐藏自己在这个地方和他们见面带来的恐惧和羞耻。

接着，柯丝蒂也走了上来，发自内心地笑着说："他们见到你实在是太开心了，他们很爱爸爸，你知道的。"

"是的。"我对她笑了笑，然后亲吻了她的脸颊。和他们一起走回去，我的焦虑又加重了。天哪！这算哪门子好主意啊？

一个护士在走廊等我们，几分钟后我们就在一个小办公室坐了下来。柯丝蒂给两个孩子脱了外套，让他们乖乖坐好，我则努力让自己显得淡定。看着两个可爱的孩子等着见儿童心理治疗师，我的泪水涌了上来。

要保持坚强的话，我必须找到分散注意力的东西。对艺术家来说，一般是在心里默默想着某个画面，但这个办公室里没有任何可以提供灵感的东西。几张小朋友画的画增加了点儿人情味，但这么点儿也不足以让我振作起来。

我现在特别渴望强烈、大胆的色彩来给我力气和共情，再没有什么比它们更能代表人类的情感了。我觉得医院都该好好读读俄国著名画家和美术理论家瓦西里·康定斯基的《论艺术的精神》，这本书写的正是色彩对人的影响。

很多人说医院的白墙传递出来的是平静、纯洁和正义的感受，但对我来说，只能想到"空虚"，康定斯基肯定也会同意的。换成绿色或者蓝色都比白色要好很多。康定斯基肯定讨厌死这个地方了！

心理治疗师终于到了。她优雅地绕过我们的椅子，在桌子后面坐了下来。她说："不好意思，委屈大家挤在这么小的办公室里，所有的会议室都被占用了。"

她自我介绍说叫维格迪丝，没说自己的身份，也没说姓什么。她看起来非常冷静。

"别担心，"护士凯伦之前跟我说，"这次会面肯定很顺利，就算有什么问题，我们也会处理的。你只管进去，听听大家的心里话。"

到现在为止，维格迪丝都应对得非常好，就像一个脚踏实地的专家，有本事，但不张扬，就是那种以全班第一的成绩毕业，但也会跟小孩一起踢足球搞得浑身脏兮兮的那种人。她约50岁，但浑身散发着活力。

在惯常的互相介绍之后，维格迪丝转向9岁的亚历克斯说："我能问你一个问题吗？"

"可以。"他点点头，显得有些紧张。

"你知道爸爸为什么在这里吗？"

我儿子很努力地思考了很久，脸色通红，估计是觉得不好意思，他说："爸爸在这儿是因为他很累……然后，也许还有点儿难过。"

听到他这么说，我差点控制不住自己。

"答得很好。"维格迪丝赞许地点点头。然后她又转向6岁的安德里亚，问了他同样的问题，但他只是踢了踢腿，抬头看着天花板，脸上带着尴尬的笑。

维格迪丝说："你要是不想说话也没问题，有时候很难知道要说些什么。这也是我们今天来这儿的其中一个原因。我们一起把困难说出来，坦诚地解释为什么你们的爸爸在这儿。你们肯定想过这个问题。其实，你们

287

的爸爸在这儿是因为他生病了,得了一种叫抑郁的病。有时候人们会不小心受伤,然后要去医院,就像摔断了腿一样。你们有没有见过有的人拿着拐杖走路呀?"

"见过,在学校。"安德里亚几乎喊了出来。

"对!"维格迪丝又点点头,"有时人们的感情也会受伤,但我们用眼睛是看不到的。他们也需要帮助,而这个地方就是感情受伤的人接受帮助的地方。这里是个很好的地方,你们的爸爸在这里得到了很好的照顾。"

亚历克斯看向我,眼里满是自信与爱。他看起来一点儿都不像个小男孩儿,反而像一个我可以依靠的大人。

与孩子们的交谈进展很不错,我不禁松了口气。我看向我的妻子,心想她的脸色应该很难看。没想到,柯丝蒂非常投入,治疗师说话时她频频点头。但我看不出她是真的在配合,还是为了孩子们在掩饰自己的情绪。我更倾向于后者,也佩服起她的坚毅来。她让我想起我的母亲,一个会为自己的孩子竭尽所能的人。

随着谈话接近尾声,维格迪丝问我,能不能让孩子们去我的房间看看,说要是能让他们知道我住的地方怎么样,他们也会放心很多。我同意了,虽然我并不是很想让他们看到这些。房间是我的栖身之处,当我从这个世界消失时,我便躲在那里画垃圾桶。我差点说让他们改天再来,但最后还是一起过去了。我打开房门时,孩子们马上就冲了进去,想阻止为时已晚,我紧张得透不过气来。

我想让气氛轻松一点,好好招待他们,于是打开小冰箱,给他们拿了一些苏打水。

"这个冰箱是你的吗?"亚历克斯问。

"是的,我住的时候就是给我用的。"

"哇!"他惊呼起来,"我也想要一个,妈妈,妈妈!爸爸有自己的冰箱。"

柯丝蒂笑着,拉着安德里亚到我的床上坐下,亚历克斯和我坐在椅子上。

一家团聚看起来让我的大儿子很是开心,而小儿子就有些不安,怯生生的,妻子则像陷入了沉思。她两眼望着天花板,我想起住院前她和我说的话:"这次我不会来看你了,对我来说太艰难了。"

"很难吗？"

"是的，请尊重我。"

当时，她那么说击垮了我，我为此难受了好几个星期，痛苦久久不散。

但看到她现在的样子，我觉得她那么说一点儿也不奇怪。她不属于这里，这个结论在我此前某个夜里盯着同一片天花板就得出来了。

这和她爱不爱你没有关系，我跟自己说，是她的挣扎——她的痛、恐惧和日渐衰弱的力量。这对你来说可能是从未想过的东西，大卫，但这个地球上不是每件事情都是围着你转的。

亚历克斯靠过来，把头倚在我的肩膀上。这是爱的表现，就像在告诉我，他知道我在苦苦挣扎。

"我觉得这个房间很不错。"他看着我的眼睛说，"你喜欢这里吗？"

我再次呆住了。

"是的，很不错的房间，亚历克斯。但我不会在这儿待很久的，圣诞节就要到了，我就快回家了。"

"太好了。"他说着抱了我一下，然后朝妈妈和弟弟走去。他拿起我的枕头抱在怀里说："我完全可以睡这儿，爸爸。"

然后我们开始讨论起一些日常的东西来，突然，安德里亚冲出了房间。

"他要去哪儿？"我站起来问柯丝蒂。

"不知道，"她一点儿也不在意，"他不过是想吸引我们的注意力而已，很快就会回来的。"

但一想到挥舞着斧头的疯子和发作中的精神分裂病人，我赶紧追上去，在餐厅附近找到了他。我既紧张又担心，紧紧地拉过他的手臂："不准你再那样乱跑！"

他被我的反应吓到了，抬头用大大的眼睛看着我，眼里充满忧伤，然后就哭了起来。

我意识到自己吓到他了，就赶紧松开了抓着他的手，后退了一步。

"我渴了，"他呜咽着说，"我就是想找点水喝。"

被内疚击中，我跪了下来，伸手抱住了他。"对不起，我爱你胜过任何东西，我只是有点担心你而已。我给你拿点儿水，好吗？"

回去的路上，安德里亚看着跟没事儿似的，但一到房间，他就扑到他母亲的怀里。

"怎么了？"柯丝蒂问道，恼火地看着我。

我说："我有点反应过激了，抓了他的手。我害怕他在这儿迷路了，这儿的病人一般都挺正常的，但世事难料……"

"好了，"她对着我俩说，"没事的，是时候回去了，孩子们还得做作业，我们也累了。"

"当然，"我说，"今天对谁来说，都是漫长的一天。"

"再见，"她说着亲了亲我的脸颊，"我爱你，你知道的，我们周末再聊。"

"好。"我尽最大的努力热情地说，我知道孩子们都在看着。我跟他们拥抱道别，叮咛说："听妈妈的话，就靠你们帮妈妈了。"说这番话时，听着就跟我父亲没什么两样。

他们点点头。我们互相抛了飞吻。他们走了，一切陷入寂静。我一动不动地在椅子上呆坐了很长时间，很快就要回到现实世界了，又要睡不着，遭受焦虑的肆虐。这个地方所展现出来的平静、寂静是个巨大的谎言，都是假的。

"想一想你还有多好的家人，"每次我情绪低落，人们总会这么说，"你不知道自己有多幸运吗？"

他们说得没错，我的妻子和儿子对我来说就是一切，但这个病扼杀了我过上正常生活的所有可能。这是一头不顾一切、毫无仁慈可言的邪恶猛兽。这样的话，情况怎么可能会有转机呢？即便是彻头彻尾的傻子都知道，个人动力是进步的关键，只要抑郁还牢牢抓着我，即便我拥有世界上所有的爱，都只能感受到冰冷。

我在日记里写道：

> 让一个因疟疾而徘徊在死亡边缘的人站起来奔跑，跟他说命悬于此，再看看高烧令他呓语、将他撕成碎片的情况下，他会怎么样。这跟他求生的欲望一点儿关系都没有，他只是在忍受煎熬，忍受着看不到头的痛苦。

36 最后的审判

　　疾病的诊断同样会为你打上标签，就像你的种族、性别或者宗教信仰一样。若是由正确的人做出了错误的诊断，那后果不堪设想。但正如硬币的两面，诊断也能提供答案，构建框架，协助重塑对自我的认同。所以诊断可能铸成严重的错误，也可能带来巨大的福祉。

——2005年12月15日

　　我走进餐厅准备吃早餐，阳光穿过窗户洒进来。白班护士问我要不要咖啡，但我要了杯薄荷花草茶。

　　今天的护士二人组是凯伦和年轻的卡莉安，卡莉安是一个迷人的医学生，年龄不超过20岁，穿着很潮的羊绒毛衣和牛仔裤。精神科护士穿白大褂、戴滑稽硬帽子的日子已经一去不复返了。不用细想也知道护士组为什么要这么搭配，跟电影似的——莽撞的小年轻和疲惫的、即将退休的导师。我近距离地观察着她们，想知道她们是否合得来，看起来的确相处融洽。

　　餐厅里弥漫着忧郁的气氛，没有人说话，两个护士努力想让大家活跃起来，但很快就放弃了，两人单独聊起了天。

　　"你还好吗，大卫？"安娜问道，她是一个20来岁的病人，我们互相认识。这个漂亮的女孩子有着清澈的蓝眼睛，温柔的长相，但可以瞬间变脸。我从来没见过如此矛盾的个体，既可爱又可恶。

　　安娜正在吃全麦面包配鲭鱼和番茄酱——我渐渐喜欢上的一种挪威特色美食。安娜说："我特别喜欢在早上见到你，你看着就……巨颓废。"

　　"谢谢你啊，"我说，"一早就听到赞美的话可真不错。"

　　"但你真的看着很颓废，"她说着像高中生一样撞了撞我的手肘，"像是完全不属于这个地球。"

　　"谁说我想待在这儿的？你真以为我吃这么些药是为了能记起人生的烦恼？"

　　"有道理。"她笑出了声，坐在我们对面的男人绝望地看了我们一眼。

护士凯伦看着有点儿疲惫，她站起来说："今天会下雪，但这也不能阻止咱们下午的散步对吧？下午三点，谁想一起出去呼吸新鲜空气呀？"

这就是自愿住院导致的尴尬时刻之一，至少对护士来说是这样。他们不能强迫我们做任何事情。而对病人来说，不配合和精神不稳定之间有着一条线，超过这条线就有被转送到维姆的风险。工作人员和病人对此从未公开讨论过，但对于不会导致什么不良后果的散步，我们多数人还是得以坚守自己的立场。这次只有一个患有糖尿病和抑郁的肥胖女人举起了手，接受了护士下午散步的提议。其他人都低头看着地面。

凯伦说："哎呀，加加油，我不能强迫你们出去，但大家需要活动身体，能舒服一点儿。大卫，你不来吗？"

我知道她觉得我肯定会配合的，我也想这么做，可是这次只能让她失望了："我今天要去市中心的游泳池游上40圈再走回来——这个运动量我想应该够了。"

"那绝对够了，"她说着拍了拍手，"这个计划非常不错，那你就不用参加啦。你呢？"她转向另一个病人。

"不了，谢谢。"那个病人答道。

"能问问原因吗？"

"我觉得有点儿不舒服。"

"好吧，"凯伦叹了叹气，"不过大家还是再考虑一下吧，我会在记事板上给下午班的护士贴个条儿，下午三点带你们散步。希望大家都能参加。"

短短几秒，其他11个病人一下子都散去了，回了各自的房间。我没动，茶还没喝完。

"听说你们一家人和治疗师的会面很顺利。"凯伦说。

"不知道……我希望孩子们没事。"

"噢，他们肯定没事儿的，他们很爱你啊。"

我想问她怎么知道，但最后还是保持了沉默。

"听着，"她用最温柔的声音说，"我知道人生很艰难，但要是你坚持散步、游泳和创作你的艺术，总会有回报的。我有很好的预感，你在进步，会有好结果的。"

第二天早上，我听到有人敲门。

"我能进来吗？"护士凯伦在门外问道。

我正在桌上画一幅水粉画，我飞快把它塞到别的纸下面，换了一幅我觉得能见人的放了上来。

"请进。"

她慢慢地打开门，探进头来："你怎么样？"她严肃地问道。然后进到房间来，站在我身后看着我，"你今天早会的时候看起来像有心事。"

"没事，就是有点儿累。"我撒了谎。

"你在画什么吗？"

"画点儿水粉画。"

"什么？"

"水粉画，就是用一种干得很快的水溶性颜料画的。我在夏加尔的书里读到这种画，想试一试。我现在掌握得挺好的，诀窍就在于画的时候要快，颜料要稍微重一些，因为干了之后颜色会变浅。最妙的部分就是干了之后，你还能再上第二层，水彩就不行。"

"真的啊……噢，这幅画我很喜欢。"她拿过那幅风景画，像个专家一样拿近又拿远地看了起来，"你真的很有才华啊，大卫。"

"谢谢，喜欢的话可以送你。"我冲动地说了出来，"我待在这儿的时间够画上好多的了。"

她轻轻地把画放回我的桌子，说："你太好了，不过工作人员不能接受病人的馈赠，医院对这种事管得很严。我会留意你下次的展览的。"

"你又怎么知道画展会是什么时候、在哪里办呢？"我失望地说。

"上次你可是上了报纸呀，"她笑着说，"我肯定还会在报纸上看到你的。"

她走了之后，我感到很轻松，因为她喜欢我的画。这些天，但凡一点点不好的评论都足以让我大乱阵脚，一切关于作品的东西我都过分敏感。艺术家们常说学会应对批评是一件很重要的事情，要稳住，学会忽略那些消极的话。有人说："优秀的艺术家是能够承受打击的。"

对此，我并不是很确信。艺术是带着个人色彩的东西，当人们批判我的画作时，他们也在批判我。当然了，接受建设性的批评是一件事，任凭

293

那些自以为什么都懂的人践踏尊严又是另一回事了。塞尚说得最好了："不要当艺术评论家，拿起画笔，救赎尽在其中！"

我挺想看看有人当着毕加索的面说他的画太幼稚，或者跟马蒂斯说他画里女性的手臂太粗会是什么样——这些大师才不会允许任何人胡说八道呢。但话说回来，在花了大量的时间将自己的技能打磨到完美之后，他们有足够的信心进行还击。我很难获得同等的信心和才能，我还在学习，还在成长。与此同时，还在努力地卖画来买材料，好继续画下去。我成为一名成功艺术家的梦想看来是没有希望的，但我停不下来——对于画画的渴望就像一股大自然的力量一样，与此同时，创作艺术并不是一项"好玩儿"的或轻松的追求。虽然我觉得创作的过程可以实现情绪的宣泄，但归根结底其实还是在和问题抗争，寻找解决方法。

我完全可以选择不公开自己的作品，但我需要通过艺术来传递信息，来和人分享我的感受与经历。唯一的做法就是通过展览，但这样一来，公众不可避免会发表意见。因为害怕听到拒绝的声音，我焦虑不安，这也成了我前进的绊脚石。我花了很大的努力才不让自己因为别人的评论去改变自己的创作，关于这一点，我和罗伯特进行了充分的讨论。我的朋友约翰和其他人会这么说："你为什么不多画点儿海景呢？海景画是最受欢迎的。"类似的评论时不时就会出现，但我并不想为了卖画而改变自己。

"这点很重要，"罗伯特说，"要是有人跟你说天空是蓝色的，不是红色的，你可千万不能改。为什么？因为如果你自己不坚持的话，你的自我价值就变成是由他人来决定的了。"

归根结底，艺术并不是为了赚钱，是为了创作。凡·高说得好："绘画是一种信念，它要求我们无视社会舆论。"

凡·高知道自己必须无视社会对他的看法，才能将内心的东西创作出来。在他那个年代，人们嘲笑他，但现在全世界都在歌颂他。

快到中午的时候，护士凯伦来到我的房间说："10分钟后我们得去莱森医生的办公室了，可不能迟到呀。"

"当然了。"

"好，那我去抽根烟，我们五分后在楼梯口见。"

走到莱森医生办公室门口时，凯伦整理了一下自己的毛衣，然后恭敬地敲了两下门。

走进莱森医生的办公室，我很紧张，她是医院的精神科专家主任之一，也负责做我的精神评估。

"嗨，大卫。"莱森医生说着向我伸出手来，然后朝凯伦点了点头。

我们坐了下来，我看着眼前这位名医。她长得有些滑稽，瘦瘦的身材，深色眼睛，鼻子很突出，尖尖的嘴，就像在筑巢的鸟儿。与此同时，她染成黑色的短发和大大的方框眼镜又衬托出一种时髦来。看得出，她不好惹。她说话简洁明了，倾听的时候很专注，像在分析你说的每一个词。

她第二次低头看表了，预示着她要么得去开会，要么是接下来还有病人，我们还没开始，她对我就已经不怎么上心了。这种事情我之前也经历过，主要是那些忙得不可开交的心理学家和精神科医生。

不幸的是，这也可以理解，毕竟他们要看这么多病人也不是自己决定的。医院不仅做关怀，还抓效率。护士负责照顾病人，医生则像高效运行的机器，即商务上所谓的"成本效益管理"。在精神病学领域，他们估计有个听起来更加委婉的叫法，像什么"工作量合理调配"，意思就是为了达成预算目标，你得过滤掉那些情况不太紧急的病例，把重心放在救治病情严重的病患群体。

医生顶着巨大的压力，一旦有哪个医生对病人的诊断出了差错，或者不小心忽视了什么细节，导致出了大问题，总会闹得沸沸扬扬。政府要求缩短病人等待入院的时间，但由于社会节奏过快，抑郁、过劳、嗑药、自杀和患精神疾病的人越来越多。这一切组成了一个难解的公式：

心理医生人数不变 + 病人数翻倍 = 悲剧

"过得怎么样呀？"莱森医生脸上挂着大大的笑容，"你看起来挺不错的，比我们第一次见的时候好很多。"

"真的？我听了你的建议，停了可乐，但过程挺煎熬，毕竟门口摆着自动贩卖机。你不觉得这很虚伪吗？一边让人不要再喝有咖啡因的东西，但一边又提供自动贩卖机。"

她说："是的，我也想过这点，我会向行政反映这个问题的。"

"我每周还去游泳池游两次泳。"

"太棒了！"她说，"我希望我所有的病人都能和你一样努力。事实证明，运动能够减缓焦虑。"

"这个我也听说过，但运动过后我还是很焦虑，特别是晚上，很难睡着。多数时候我要等到三四点钟才会困。"

"是的，夜晚总是容易想事情，而且你越想就越难受。不去想的话，那些念头才会消失。你有按要求吃安眠药吗？"

"有。"

"一般几点吃？"

这个问题是我没预料到的，每次遇到吃安眠药的问题，我总能轻轻松松地敷衍过去。

我犹豫了一下回答："有时按照要求的时间，有时会迟一点吃。"

"你是说，有时候你把药带回房间，过了11点才吃？"

"有时候是这样。"

"有多晚？"

"大概几个小时之后吧。"

莱森医生对护士凯伦说："跟夜班人员说一下，要确保大卫11点把安眠药吃了，这个很重要。"

"你还会恐慌发作吗？"莱森继续问道，一边飞快地在纸上做了笔记。

"时不时地就发作，但没有那么频繁。"

"你有做一些呼吸技巧吗？"

我发出了疑问："你指的是……类似拿个塑料袋套着呼吸？"

莱森没有理睬我的阴阳怪气。"不是。老实说，我个人也不觉得那样做有什么用。哪个极度焦虑的人能有心情好好坐下来练瑜伽？"

凯伦笑出了声。

"锂片剂的效果怎么样？"她明显竖起了耳朵。开药是她擅长的事情——毕竟，她是个精神科医生。护士凯伦跟我说过，她是个化学奇才，在这方面全国名列前茅。

"还行吧，没有我想的那么糟。但我嘴巴特别干，而且容易累，一天要躺好几个小时。另外，胃很难受，小便也很频繁。"

"这些都是正常的副作用，"她的笔杆又轻快地动了起来，"它们应该很快就会消失的，但要是没有好转或者更加严重的话你得告诉我。还有，大量喝水，不要喝苏打水或者果汁这些含糖量大的饮料。小便频繁是正常的，疲倦感的话希望过段时间会好转。手抖吗？"

"没有。"

莱森又转向凯伦："他的血检和肾脏检测的结果都没事，但下次复诊前你要给他预约再做一次。加大药量，回头我跟你说剂量。"

一个疗程才过去20分钟，我就被莱森高效的推动能力所折服，甚至开始觉得她也许可以带来改变。

"在你今天离开之前，"医生说，"我们需要为你做出诊断。确切的诊断并不容易，多年来我的同事一直没能完全确定。但我看了你所有的档案，也将它们跟我的笔记和观察做了比较，我很有信心。"

我感觉远处有万马千军奔腾而来——大地在震动，丛林的野兽即将朝我扑来。但我也受够了一直处于不明不白的状况，不知道哪里出了差错，我也想知道答案。我已经接受了6年的治疗，医院给出的结论也不少。一开始，他们大多说其实我没病，就像维姆的精神科主任，2001年的时候他跟我说别抱怨，回去工作就好。而在我重返医院之后，医生从来没质疑过我的抑郁，但他们的诊断结果都是说我心身耗竭，需要休息。

但当我的症状没有好转时，他们对我做了一次彻底的调查，问了我几百个问题，把我的答案都输入到电脑里，电脑提示三种可能的诊断结果：双相抑郁症、边缘型人格障碍、焦虑相关抑郁症。

一开始，他们判断为边缘型人格障碍，因为我经常自残，还有自杀的念头。但看了这个病症的介绍，我自己觉得压根儿不符合，我的朋友们也这么认为。于是，我找了另外一个医生来协助判断，他完全同意我的看法。

另外一个很受欢迎的方法就是将各种疾病的诊断都结合起来看，比如双相抑郁症、边缘型人格障碍、创伤后应激障碍等，将问题复杂化。另外一些时候，诊断的必要性则遭到质疑。如同我的精神分析师罗伯特有一次说的："做出诊断很可能会适得其反，在今天看来也不是那么重要。诊断结果会改变你对人生的看法和别人对你的看法。对一些严重的病，比如说精神分裂，有个诊断是合理的。但对于你来说，大卫，我并不确定。这里面很多是心理的问题，不单纯是基因。"

"我知道你的计划,"我跟莱森医生说,"你打算在我的档案上写上诊断结果并盖章。但罗伯特说过,诊断并不是那么重要。你们两个怎么好意思说你们研究的是同一个领域?"

"别用那种角度去看,"她出乎意料地镇定,"不要觉得一个说法是对的,另一个就是错的。这个领域60年代的时候和今天也不一样,当时主要的分歧在于遗传学和弗洛伊德理论。而今天我们一般会推荐病人同时采用心理治疗和药物治疗,因为我们认识到多数的病人需要双管齐下。诚然,有些观点是相互矛盾的,但你的病例并不存在这种情况。你的祖父母辈和其他家庭成员遭受过抑郁的折磨,与此同时你又有创伤性经历。这点我跟罗伯特讨论过,他并不反对。"

罗伯特这是屈服于政治压力了?我不觉得,他们估计是达成了某种一致。这些专家拿了钱也不是来给我当朋友的,每次我以为谁站在我这边,这个人就会立刻说出一些我从未预料到的东西。

接着,莱森说出了我最害怕的话:"我非常肯定,你是双相抑郁。"

她直接判了我死刑。

我说不出话来,低头看看自己的鞋,长长的鞋带蜿蜒地缠绕着我的双脚。两个女人都不说话了,等着我的回应。

"这是什么意思?"我最后问道,虽然我知道双相是什么意思:他们过去称为狂躁抑郁症的一种严重精神障碍。

"这个问题不是三言两语能说清的,简单来说,就是生活中缺乏平衡——呈现出情绪在高涨和低落之间起伏的趋势。"

"可算找着原因了,"我皮笑肉不笑,"人们总说我有点儿极端。"

听到我的笑声,莱森脸色更加阴沉了,说:"这是个非常严肃的诊断,但从我们第一次见面,我就有所怀疑了。你自己觉得符合你的情况吗?你看了很多书,我知道你有很好的理解基础。"

"我觉得也算有道理,"我说,"人们经常说我做事情要么不做,要么就要做到110%。我读书的时候,成绩要么是A要么是D。所以,我要么全身心地热爱某件事,要么就完全不在意。读大学的时候,我努力想改掉这个习惯,但新的想法和计划总是不停地消耗着我。不过老实说,我不确定像你说的那样是生病了。"

"我并不是说，你一直都在生病或者处于不适的状态。"她说，"很多双相的病人都能正常工作，也有很多如果接受适当的帮助，可以正常生活，取得成就。而且，值得注意的一点是，双相的症状通常在20到30岁出现，这也符合你的描述。"

"有一点我不理解。"我很好奇，这个医生接触我的时间这么短，此前在医院只有过一次会面，怎么可能了解我呢？

她说："请说。"

"嗯……你看过理查·基尔演的《伴我情深》吗？"

"当然了，以前看过，非常戏剧性的一部电影，讲的是关于一个患有高度狂躁症的人。你问这个做什么？"

"我想象不出来我会是那个样子的，我从来没有爬到楼顶，或者有飞翔的冲动，也没试过在交响乐现场突然走上台去指挥乐团。"

"某种程度上，你说得没错，"她终于说道，"你没有那么极端，但你也要理解，同样的病症有不同的表现，每个病例都是独特的。在我们深入讨论这个之前，我想和你聊一聊你对你的艺术是什么感受，你怎么看待有些时候你长时间地画画，心情极度愉悦，但其他时候却整个人沉浸在空虚和低落的情绪里……"

"我不觉得这种表现能证明我有狂躁症，"我难以理解地打断了她，"大家在做喜欢做的事情时总是情绪高涨。那些热爱高尔夫的人一打就是几个小时，难道能说他们狂躁吗？问题在于，我对艺术的强烈情感是病症的一部分，还是说单纯就是个人的特性？是的，我试过站在一幅美妙的画作前，或者在参加某个特别棒的展览时激动得无法呼吸，但哪个热爱艺术的人没有过这种经历呢？"

"所以你的意思是，你的创作欲是正常的，你的感受也是艺术爱好者都会经历的东西？"

"是的，正如高尔夫爱好者着迷于不停地打一个小球。"

"好吧，但普通的创作欲和我们所说的躁郁阶段有着重大的区别，跟平衡相关。这里最突出的问题不在创作本身，而是创作之后紧接着来的情绪低落期。多数的高尔夫爱好者即便打了一个星期的球，也不会在结束之后出现自杀倾向。"

她说得有道理。

"跟我们说说在那些'心情愉悦'的时期,你的感受是什么样的。"

"我记得有一次我特别想看一幅很喜欢的凡·高的画,于是直接开了三个小时的车去了哥德堡美术馆。当我到美术馆的时候,一路跑上楼,径直站在这幅画前,一直到闭馆。我心里想着,这样的杰作绝对是上帝的旨意。但其他时候,当我去到同一个展馆,我就像变了个人,什么感觉都没有。对于这些剧大的转变,我总是很警觉,害怕自己只有在重获这种高度激情的时候,才能成为艺术家。"

"大卫,"她说着靠了过来,"如果你仔细想想,你会看到其实你符合双相的症状。那些伟大的艺术家多多少少都有过自我怀疑和绝望的时刻,但我要说的不是这种情况。我们没办法忽视你那些极端的症状,即便我并不认为你有过精神病或者完完全全的狂躁。但是多年以来你不停在创作和情绪低谷之间徘徊,极少有处于中间的时候。这点其实很需要我们的关注,因为许多双相病人能够保持处于中间阶段长达数年,有些甚至一生中只会经历一到两次的极端时期。"

"也就是说,双相其实有多个种类?"

"对的,主要有三大类。Ⅰ型是指那些在躁郁阶段出现精神病发作,就像你刚刚提到的理查·基尔扮演的角色。Ⅱ型是指在创造性阶段中没有出现精神病发作,但在创造性阶段结束之后伴随着精疲力竭和严重抑郁。最后一种是单相——病人从未有过任何情绪高涨的阶段,只有情绪低落,之后便能够恢复正常了。"

"我怀疑你是双相Ⅱ型,虽然我从来没有完全确定过,因为有些时候你发作起来非常极端。锂片剂可以帮你实现平衡,但你必须答应持续服用至少一年,以充分发挥功效。你愿意吗?"

"愿意,除非这个药让我特别难受。"

"这就是我们需要了解的东西了。"莱森医生说着合上了笔记本,"我知道现在一切都很难理解,但我们慢慢来。你要记住,我们是来帮忙的,没有别的想法。关于锂片剂,双相的小册子能够解答你的很多问题,我们下周继续聊。"

那天晚上我睡不着,整个世界都被颠覆了。这么严重的诊断是真的吗?

但与此同时又感到轻松不少，莱森医生描述的东西令我感到惊人的熟悉，原本的碎片现在开始拼出了雏形。

我别无选择，只能相信专家，虽然身边的人对这个诊断可能持有不同的看法。当然了，有些会持反对意见，我得好好想想如何应对。如果有所动摇，我的亲友肯定会嗅到我的困惑，这并不是我想要的。如果诊断真的没错，我就得接受现实，好好前进。问题是，我能做到吗？

就这一次，你要忠于自己，一个深沉的声音从心里说。人生并不是什么东西都必须要有完整的答案的。

但要是莱森医生诊断错了怎么办？要是费尽一生我对自己的认知都是错误的怎么办？更糟糕的是，要是身边的人觉得我是个怪物呢？躺在床上，我想象自己在富人区散步，两旁是白色的尖桩栅栏、草坪和参天大树。在一栋房子前，我看到一条黑色的拉布拉多犬躺在两个玩耍的小女孩儿身边。我认出她们是我好友的女儿。看到她们我很兴奋，便打开门走了进去，摸摸小狗，在草坪上坐下来和孩子们聊天。

突然，前门猛地被推开了，母亲冲了出来，招手让孩子们马上进屋。她对我说："请你离开，离我们远远的。"

我突然清晰地意识到：我将成为被驱逐的人。

37 圣尼古拉的放逐者

  我明白焦虑和抑郁就像守着看流星一样难。有时你盯着天空好几个小时,什么也没看着,但当你毫无准备的时候,一颗流星便会突然从天上划过。你能花上一辈子来理智地了解抑郁,但突然有一天你看到、听到或者经历了什么事情,又让它变得迷雾重重。这些迷雾往往来自于你爱的人。我得出的结论是,那些患有抑郁却没有得到帮助和支持的人,最后都将枯萎、消亡。

——2005年12月20日

  还有几天就是圣诞节了,我要回家过节,元旦之后再回医院住一周调整一下,然后出院。我本该高兴的,但我很害怕,因为出院的日子越来越近,大家都很不能理解我为什么会害怕,毕竟我有美好的家庭,这对多数病人来说是不曾拥有的奢望。不像我,大多数病人出院后只会回到空荡荡的公寓,屋里残留着烟味和枯死的植物。

  我知道有一个关心自己、这么久以来一直不离不弃的妻子,有多么幸运。但我们还在一起并不意味着我们就相互理解。她完全不懂我为什么害怕回家,每次我提起这件事她都非常难过。她说:"要是你真的把家庭放在第一位的话,你就不会对回家这件事感到紧张,而是急着想见到我们!"她没得说错,但她错的地方在于说我不爱或者不需要他们。我再也不觉得和他们紧密相连。

  要是柯丝蒂知道,药物给我带来的影响和疲劳有多严重就好了。她说是药物让我疏远了他们,而且她对于我的治疗说得很难听:"我觉得贝里特强行让你住院,是个特别蠢的错误。你究竟有没有想过他们对你做了些什么?想想你在美国的时候是什么样子的,再看看现在……"

  在莫斯的医院,过圣诞节比在像维姆那种全封闭院区还要复杂。这儿的人周末要回家接受所有的假期压力:买礼物,大扫除,装饰家里,还要为家庭聚会准备食物。要是你一个人住还好,可我有孩子,像所有的好父母一样,我也希望他们能笑着过节,留住美好回忆。但是我没有钱,我感到很焦虑，也不确定自己该怎样当爸爸。

我想，要是能卖出一幅画，我就能给全家带来惊喜，让他们过上快乐的圣诞节！我甚至考虑要把我的一些作品送给孩子。但转念一想，要是我在他们这个年纪，圣诞节礼物是爸爸的画，该有多失望啊！我小时候的礼物愿望清单可长了：要有弓箭来射南瓜玩儿，最新版的玩具枪和战机模型，或者KISS乐队的最新专辑。爸爸画的画？我可不要。

同时，我也觉得自己被挤出了生活的圈子。前一周的周末我在家，柯丝蒂一个人去参加公司的圣诞晚宴。我让她自己去就行，不用带我，但当她穿着一条漂亮的浅蓝色裙子走进客厅时，我被深深地刺痛了——不仅仅是因为嫉妒，而是因为我觉得自己就像是个被驱逐的人，吃着锂片剂，看不到康复的希望，我不属于这个社会。

"我看起来怎么样？"她转着裙摆问道。

"太美了。"我说。

"你确定我去没问题吗？"她问道，"我可以留在家里的。"

"当然没问题了，你应该去，"我掩饰着自己受伤的情绪，"不能因为我生病就不让地球转啊。去吧，玩儿得开心些！"

我抱了抱她和她道别，然后走向窗边，看着她的男同事打开车门让她上车。随着他们远去，强烈的空虚涌了上来。

极度的焦虑让我想要一走了之，甚至想拿刀割自己。但孩子们还等着和爸爸度过美好的夜晚，于是我努力让自己振作起来，我跟自己说，这都是为了他们，我不能焦虑。很快，他们就快乐地嬉笑起来。我在地上跟他们玩起了游戏，看电视，让他们躺到双层床上，给他们讲故事，甚至唱起了歌儿。与此同时，我尽最大的努力不去理睬双腿不受控制的抖动。

"好了，你们两个小家伙得睡了。"我最后说道。他们没说话，就像是能跟我在同一个房间里就很满足了。于是我强迫自己多留一会儿，直到他俩都沉沉睡去。

我小心翼翼地站起来，踮着脚走出房间，进了客厅，把灯都关了，在沙发上坐了下来，任由情绪将我淹没。压力翻山倒海而来，有一阵子，我甚至想过要打电话让人来帮忙看孩子，然后我开车回医院，砸门求着他们让我进去。但之后，解脱的时刻到来，我终于找到力量将这些想法通通抹去。

其实一切都还不错，我跟自己说，除了有幸福的家庭，你还拥有多数人求之不得的东西。你是个画家，一个艺术家。大多数人都没办法说自己活在自己梦想的生活里，现在也许是黑暗的时刻，但也是作画的时刻。

画画是唯一一件能让我把痛苦转换成生存动力的东西，这也就意味着我的存在有赖于自己是不是被当作一个真正的艺术家。也就是说，这一切都要看我的家人和朋友是不是觉得我有点儿名气了。

那我要怎么才能被视作一个真正的艺术家呢？那天晚上我想了很久：社会和当前的潮流是如何定义艺术家的。

有些艺术组织和画廊要求画家本人有美术硕士学位，才会考虑展示他们的作品，虽然说凡·高是自学成才的。也有些画廊完全不在乎教育背景，他们找的是已经成名的艺术家，他们的作品定价很高，也已经在一些知名画廊，最好是博物馆展出过。

在被一家画廊以我缺乏正式教育为由拒绝了作品之后，我正在莫斯的布兰德斯特鲁普餐吧吃鸡肉沙拉。那天正是挪威数一数二的风景画家奥德·斯库勒鲁德新展开幕的前一天。我正坐着看着外面的鸟儿啄食着地上的面包屑，突然瞥见这位著名画家正拿着一大幅画。他把画靠在栏杆边，正在拍照，一幅接着一幅。很明显，他正在为这些作品做名录，但可以看出，不停地搬动这些大幅的画作让他很是劳累。

我鼓起勇气朝他走去，问他需不需要帮忙搬画。他笑着说："好啊，你人真好，不介意的话帮我一下。但得小心一些，不要刮到。楼梯上还放着很多。"

我上楼帮他搬下来一幅漂亮的海景画，跟他说了我有多喜欢他的作品。

"你这么说真是太好了，"他说，"现在的年轻人其实不怎么喜欢风景画了。"

"真的吗？我觉得你的作品特别美妙。"

这次他没有理会我的赞美，又拿起照相机拍了起来。

"你个笨蛋！真的丢人现眼。"我想着，跑上楼拿另外的画。

斯库勒鲁德拍完最后一张后，我脱口而出："我不知道该不该说，但我自己也画画，如果你有空能到我的工作室看看，给我点儿意见的话，我会

《挪威山脉》，2005年
大卫·桑杜姆
艺术家个人藏品

感到非常荣幸。"

"你的工作室在市里吗？"他问。

"是的，很近，离这儿车行五分钟。"

"嗯……"他摸了摸灰白的胡子说，"距离我回家还有30分钟，我想应该没问题。"

斯库勒鲁德开着送货卡车前往我的工作室，我的心跳快得就要晕过去了。我这是在干什么啊？邀请这个著名画家去工作室，批评我那不值一提的作品？要是说上一个拒绝我的画廊老板说话很难听的话，那这次绝对要被批得体无完肤了！

进了工作室，他认真地审视起墙上挂着的十几幅画，有些是风景画，有些是肖像。他什么都没说，仔细地看着每一幅画，时不时地走近看看笔触。我完全沉默，几乎是虔诚地站在一旁。有一次，他转过来说："地平线的地方你得画直了，看的人会不舒服。"

他看着一张小小的、暗色系的挪威峡谷的画说："我喜欢这张，有很强的深邃感和孤独感，你必须朝着这个方向继续。"

之后他在我的椅子上坐了下来，我又给他看了大概15幅画。有几次他凑近了看，然后咧嘴笑了笑。其他时候，他往后靠了靠说："往下。"

我跟斯库勒鲁德讲了一些画作背后的故事和我的抑郁。

"许多艺术家都有类似的困扰，"他说，"我是觉得这恰好推动了他们的作品。他们也许活得很艰难，但却创造出了非常优秀的作品。"

他给我提了几点意见，包括如何在颜料里混入亚麻籽油，如何洗画刷等。很快，他给我的20分钟就到了。

我锁着工作室的门，说："你介意我再问一个问题吗？"

"没问题，你说。"

"我一直在想要不要报名读奥斯陆国家艺术学院。有些人建议我去，说这种训练是我成为艺术家唯一的机会。因为你也在这个学院就读过，了解那儿的艺术氛围，你的作品也被国家美术馆收藏过，我想听听你的看法。"

"我觉得就你的情况来说——没必要。因为你已经做了大量的练习，这才是最重要的。很多人说练习和灵感无关，但我不同意。灵感是不存在的——磨炼才算数。养成了固定的作画习惯之后，好作品自然而然就出现了。我每天八点去工作室，喝咖啡，然后就开始画。中午我吃个午饭，然后再画到四五点，就锁门回家，一天的工作就算是完成了。当然，有时候我也会一画画很久，一直到晚上，但我把画画当作自己的职业，我的一门手艺。你还有很长的路要走。唯有大量的磨炼才能决定你能不能成为艺术家，而不是你是否科班出身，在哪个学院上学。通往艺术的道路有很多条。"

"但我还是有很多必要的东西得学，关于这方面又怎么办？"

"的确，但你也跟我说了你身体的问题，要完成艺术学院的学习是很困难的。而且这个过程很容易让你走偏。你已经明确了自己的方向，所以只要努力朝着这个方向走就可以了。"

说到底，作画的欲望才是最重要的。当然，有恰当的教育、令人耳目一新的简历、高昂的作品定价是不错，但没有这些也不应该阻挡我前进的脚步。英国哲学家詹姆斯·艾伦说得没错："人如其想。"

圣诞前的那个周二，我和安娜一起去小组治疗。进了房间之后，我们给自己倒了点儿潘趣酒，拿了点儿曲奇便坐了下来。没多久，其他病人也都姗姗来迟，12点整，牧师准时出现。他做了自我介绍，再次强调了治疗的规则：不得嘲笑他人，治疗过程中大家如果想离开可以自行离开，每个人都有平等参与的机会。

"好了，"牧师微笑着说，"今天我们来讨论圣诞——一个以家庭团聚和圣诞颂歌出名的节日，也是孩子们期待礼物的节日。但圣诞节伴随着压力、苛刻的期望还有消极的思乡之情。有些人可能觉得很难参加到这个话题的讨论中，没关系，但也请你们稍作努力，因为我们希望尽可能倾听大家的想法。有谁有什么想分享的想法或者经历吗？"

谁都不想第一个说。他的开场很吸引我，我想举手分享关于柯丝蒂参加圣诞晚宴引起的那次发作，但最后还是打消了这个念头。一个六十几岁的女士勇敢地发言，说她不再跟自己的女儿还有孙子们庆祝圣诞，因为受不了吵闹的声音。她说："有一年我发了脾气，跟我年幼的孙子们说让他们安静。我女儿听到了，对我很是不满。她说：'再也不准你那样跟他们说话。他们只是孩子——还是你的孙子！'"

所有人都能找到共鸣：那些嘈杂声，还有为了变成别人期望的样子带来的压力。

"之后我非常愧疚，"她继续说，"自从那以后，每年的圣诞节我都自己过，而且似乎没有人想念我。有时我收到一些卡片，有时也会寄出去一些。但多数时候我就假装自己是地球上唯一的人类。"她哽咽了起来。

"我同意，"另一个女人说，"孙子和抑郁简直是最可怕的组合了，就像祖母已经不是人了，只是人生走到了尽头的老女人，唯一能做的就是发红包。"

估计是觉得气氛太过压抑，牧师打断了自由发言："谢谢你们分享这些感受和经历，这也恰恰证明了圣诞节可以变得非常复杂。"

大家都点点头。

"但所有这些情况，"牧师继续说，"我们能不能做些什么来缓和呢？提醒大家，我不是心理医生，我是神职人员，我来这儿是为了减轻大家的负担。"

他应该让大家继续分享的，而不是这么快就切换到解决方法的环节。没有哪个心理医生会这么做。现在所有人，包括护士和医学生，都低下了头。他措辞应该更加谨慎的。

我举起了手。

"大卫，"牧师说，"请分享你的想法。"

"我想谈一谈刚刚讲的孙子的问题。"

"好的，请说。"

"我觉得除非她的孩子能够理解，要不然这个情况是得不到改善的。我是说，我们就像得了癌症的人，凭什么要她一直生活在愧疚之中？明明她的孩子至少可以尝试去理解她为什么会这样。告诉我，要是她得了癌症的话，她女儿会不会同意让孙子们安静下来？我觉得会的，那就是问题所在。人们觉得我们是故意这个样子的，但其实不是。"

"你的观点很好，"牧师说，"让家庭接受关于医学状况和症状的教育非常关键，医院实际上是有相关的项目的，能让亲属有机会咨询专业人士。而且也有许多全国性和本地的家庭支持小组。你说得非常好。"

安娜俯了俯身子，也举起了手。

"安娜，"牧师说，"我很高兴看到你参与进来。"

"你知道，"她说，"我妈妈陪着我一起长大，她一直很理解也从来没有对我的诊断说过什么。但我不确定自己能做到。说服别人是一件事，自己能不能接受是另外一件事。"

"安娜指出了一件非常重要的事情，"牧师摸着自己的胡子说，"这适用于每个人，不论是病人还是健康的人。我们需要爱邻如爱己，没错，要爱自己。"

安娜和牧师说得都特别对。我经常在意别人是不是爱我，但我爱自己吗？爱自己经常和"以自我为中心"联系在一起。我觉得"自洽"这个说法更加妥当。我可以理解那些健康的成功人士可以做到爱自己，对自己感到满意。他们的成就博得了别人的尊重，这和做到爱自己有着很大的关系。

但对抑郁的人来说，爱自己几乎是不可能做到的事情。也许这是由于我们无法接受自己？也许爱自己指的是对自己拥有的东西感到满足和感激：我的生活、我的身体、我的家庭、我的才华，还有我所处的环境。

虽然我讨厌抑郁，但我同时也意识到并没有什么事情是非黑即白的。患有双相使得爱自己变得很复杂，因为我的人生充满了对立面。我情绪好的时候爱自己，也很自信，没有什么能阻挡我前进。可当我情绪低落的时候，我憎恨一切关于自己的东西。没有我的家庭会更好，我的画烧掉了才好，我甚至不值得人生中有任何好事。

我的人生就是互相矛盾的：公平与不公、善与恶、了不起的与可鄙的、杰作与垃圾、呐喊与沉默，在热情与创作带来的振奋和肌肉疼痛、焦虑与抑郁带来的低落之间疯狂游走。

这就是我。奇怪的是，我并不想成为不一样的人，而爱自己正是要接受自己的一切。任由其他人发言，我安静地思考起这一点来。

当小组治疗结束时，牧师跟大家说："谢谢你们，今天的谈话非常棒，也非常坦诚。祝大家有个愉快的节日，圣诞快乐！"

我不禁微笑起来。

38 拉里和笨蛋

  我花了三个月的时间才写出来八页没有含金量的东西。我不停地写了撕,撕了写,一直在原地打转。放弃不难做到,只要对外说我努力过,但这辈子都成不了作家或者画家,那就行了。在这种时刻,我总会想起一个艺术家,出了严重的车祸之后,她一生都在忍受着剧烈的背痛,和她的丈夫——墨西哥国宝级壁画大师迭戈·里维拉带来的混乱生活作斗争。"人生从来就不公平",我想象着著名画家弗里达·卡罗这么说,"你越快明白就越好,大卫。我嫁给了大名鼎鼎的迭戈·里维拉,你当真觉得我刚开始画画时,人们在乎我的作品吗?当然不,他是神一般的人物,但我还是照画不误。"

——2006年1月2日

  圣诞来了又走,也带走了我大部分的焦虑。柯丝蒂脸上带着笑容,岳母超常发挥,做了一桌好菜,还把屋子布置得漂漂亮亮的。孩子们都很喜欢他们的礼物,家里的每个人对待我的样子,就像过去两个月的住院完全不存在。我没有什么难过的时候,除了大家在拆礼物时,我突然想起了其他病人。

  回到医院,我再待五天就要走了。我很害怕。病房对我来说已经变得像是自己的房间,而且我也才刚刚适应独居的生活。

  我觉得很疲倦,于是走到浴室打开淋浴。我听着水声,一动不动地站在镜子前,直到镜子蒙上了一层雾气。我慢慢地把水汽擦掉,看着自己再次出现在镜子里,但很快又消失了。

  洗完澡,我打开门让水蒸气散出去,瞥见水池上放着两个装着药的小杯子。一般来说,工作人员会看着我把所有的药都吃下去才走,但因为我很快就要出去了,他们知道不能搞出来什么插曲,于是把药递给我就走了。

  第一个杯子里放着两片大大的锂药片,它能够让我冷静下来,克制自己的情绪,成为大家希望看到的正常人。但这个药片真是大得吓人,为什么不研发出小一点儿的药片呢?

我把药放进嘴里，把杯子举到嘴边，喝了一大口水，然后吞下去。一开始吃这个药的时候我担心它们会卡在喉咙里，但久而久之我知道只要喝大量的水就没问题。

第二个杯子里放的药和锂片剂相比就无害多了，但只要量足够，也能要了你的命。这些忠实的盟友在让我沉睡方面是最优秀的。

"这只是临时的方法。"6年前伯格医生第一次给我开安眠药的时候这么说道。但现在，这成了日常生活的一部分，我不会让任何人把它们从我身边夺走。不是说我把它们当成了逃避的途径，而是每天的亮点就在于药效出现的时候，我没有办法抵抗睡觉的魔力——而这个时候是焦虑和抑郁把魔爪从我身上拿开的时候。有时我会努力让自己多清醒一会儿，好享受这平静的时刻。我不会说它们令人飘飘然，但它们能带来一种温和的、暂时的解脱。我不会发展到要去贝蒂·福特中心（药物成瘾治疗中心），在波特兰的时候我已经用实际行动证明了自己能够进行自我戒断。

确定吃安眠药的时间并不是什么简单的事，因为要是没有在一个小时之内睡着，药就会失效。但一口气吃两颗又不是什么聪明的做法，因为第二天早上醒来的时候会特别恶心。因此我一般在凌晨两点的时候吃，这样一来三点半左右能睡着。老实说，一开始他们给我开安眠药的时候我是拒绝的，我更希望在睡不着的时候画画或者看书。但护士一直追着我不放，莱森医生也要求工作人员确保我在晚上11点前就把安眠药吃了。

但我还是想办法说服护士早一点把药给我，这样我就能自己安排服药时间。"今晚有比赛，"我这么说，"所以我早一点过来把药领了。"或者我再找其他借口。有几个星期的时间，莱森医生叮嘱夜班护士一定要看着我把药吃下去，那段时间我的确好转了不少。但之后她度假去了，其他护士也忘记了这回事，我又回到了老样子。

"你是傻了还是咋的？"有一次我提起自己的睡觉习惯时，一个所谓的朋友这么说道，"你这完全是自找的。我可没办法像你这样活着，一周都做不到。我每天早上都是五点起床，按时吃早餐，你难道不想修复一下你的生活吗？"

这些话可真是太"贴心"了，就像其他自以为是的人一样，觉得我要是照搬他们的成功经验就能好起来。他们在想什么呢？我吸收他们无比伟大的智慧之后，会洗心革面一般请求大家原谅我做傻事？一想到这个就让我恶心，这些目中无人的笨蛋。

我说："谁说要修复什么的？抑郁的人什么都不想修复。"

"但那样的话你要怎么康复？"

"我们不会好起来的，我们只会早上四点半呆坐在电视前，看着没营养的广告和脱口秀节目《菲尔医生》的重播，疲惫不堪，头痛欲裂，强忍睡意。"

但一个正常的安睡之夜对我来说也不完全陌生。虽然少有，一般在长时间的埋头工作之后会出现。就像伯格医生有一次说的那样："大卫，你没有什么入睡困难。"要想睡着，放慢节奏、清空思绪是关键，而且我真的非常需要睡眠。年轻一点儿的时候，长时间不睡觉也没多大问题，但经过了多年的磨难和大量的药物治疗，我觉得自己像一台破旧的车，等着拆件报废。我的身体很疼，肠胃一团糟，连走下楼的力气都没有。

莱森医生给我的医治双相情感障碍的小册子里提到，狂躁阶段的一大症状就是思绪狂乱——这也是睡眠最大的敌人。从记事起，我就有这种情况。虽然不是一直都有，但它们一直在思绪旁伺机而动，瞄准时机猛地将它们撞翻，让一切失控。制服它们，我就有了重回正轨的机会，但它们的消失会带来什么后果呢？我的画画和写作都有赖于它们，我不想赶尽杀绝。

思绪狂乱也让我失去耐心，当没有耐心遇上完美主义时，危险便诞生了。每个画家都知道在一幅画上过度修改的风险，而我的画布现在已经累积了厚厚的颜料，覆盖住了之前原本完美的画面。

最糟糕的是各种分析和自我贬低的想法。我情绪低落的时候，它们便会把我引向无尽剖析的道路，剖析着那一天每个人说的每一句话，而且总能得出最差的结论。

幸好，双相病人的思绪狂乱体验并不总是消极的。在情绪高涨的时候，我们能利用这额外的力量做好事情，让自己全身心投入到项目里，或者是为陌生人做慈善。不过，狂乱总是以精疲力竭告终，往往伴随着深重的愧疚。

我想起来一件事情，在当时觉得很奇怪，但现在完全说得通。几年前，我站在维姆的大厅里，一个年纪大一点儿的病人向我走来，说："思绪可以扼杀你，也可以带来创造。"

也许他也饱受思绪狂乱的痛苦,想与我分享他的所悟所得。现在看来,史上最优秀的那些作家很多都带着双相的标签:海明威、济慈、马克·吐温、爱伦·坡、狄更斯、西尔维娅·普拉斯,还有弗吉尼亚·伍尔夫——这些人都有着"创造新事物"的能力,但与此同时,也承受着同等的自我毁灭。

这是艰难的人生,最令我恼怒的就是听到别人说,这是我自己选的。很少有人能理解我的痛苦有多深、多严重。在我跟一个前同事解释完什么是双相之后,对方问道:"哪一种更糟,是一直处于创作高峰,还是永远陷在抑郁之中?"

"你是让我在鼠疫和霍乱间必须选一个?"我说。这是一句我非常喜欢的斯堪的纳维亚谚语。人生并不总是只有对与错、好与坏,有时你还必须在两个糟糕的东西之间选一个。

对于他的问题,答案其实是情绪低落的阶段——情绪高涨的阶段在很多人看来,其实很快就结束了,但从高涨到低落的过渡对我来说才是最困难的。我突然间屈服于自我仇恨、过度完美主义和疲劳,一个劲儿地坠下深渊。

我从来没说过自己能够理解这些东西,我也问过自己,这究竟是双相还是倒霉。在顺利的日子里,我觉得自己休息充分,充满自信,全身心想把生活拉回正轨,反抗每个说我无法在社会上正常运作的人。

我经常会想起法国画家欧仁·德拉克洛瓦的代表作《自由引导人民》。这幅画给了我力量,让我相信自己能够征服重返社会的恐惧,结束治疗和药物,坚定地迈出给我带来安全感的医院系统。这幅画代表着挣脱一切,获得自由。

是的,我需要革命,在圣诞节前的那些日子,我越发坚定地想要重获对自己人生的掌控。但要是想一口气解决所有问题,无论如何都做不到,我必须一步一步来。

我先从睡眠习惯入手。住院时,医院有一套严格的日程和密切的监督,让我保持作息正常。但在家的时候,我缺乏自律能力,总是会变成通宵不眠,白天睡觉。要想恢复正常,关键就是像别人一样睡觉。

我知道这个过程会很困难,因为夜间是我最喜欢的时刻。当世界沉睡,

《自由引导人民》，1830年
欧仁·德拉克洛瓦
巴黎卢浮宫藏品

也是我感到最舒服的时候。实际上，"上白班"这件事有悖我的本质。可要革命就必须要有极端的手段，于是在家过圣诞的那个星期，我决定采纳伯格医生的建议：通宵过后白天不睡觉，确保第二天晚上一点精力都没有。

第一天晚上，一切照旧，到了早上六点，我开始觉得极度疲惫。柯丝蒂起床了，接着孩子们也醒了。两个孩子看到一家四口都坐在餐桌边吃早餐，别提多开心了。他们时不时发出愉快的笑声，聊着今天的计划。我的妻子没怎么说话，估计是在生我通宵没睡的气。接着，我感到了强烈的睡意，于是我喝了罐可乐，洗了冷水澡。不到一个小时，家里的人都出去了，屋子回归了寂静。一整天我都在让自己忙碌起来，画画、写作，去社区的泳池游泳。

到了夜晚，我从容不迫地哄孩子上床，给他们读故事，尽可能跟他们聊天。他们睡着之后，我踮着脚尖走到客厅，我妻子正在看电视。我在她身边坐了下来，几乎要将我的革命计划坦诚相告。但我忍住了，害怕自己最后做不成又让她失望。

过了不久，她说："我好累，眼睛快睁不开了。你也快点来睡吧，行吗？"我点点头，表示一会儿就去。她进了卧室，我留在客厅，把电视静音继续看着。我听到她刷牙的声音，然后卧室的门轻轻地关上了。

我不知道自己为什么不马上起来，我应该这么做的。结果，我却被一个关于英格玛·伯格曼的节目吸引了。是什么让这个人如此有创意呢？是什么推动他去探索人类灵魂的深度？

我一下子精神了。我想，再看一个小时，节目一结束就去睡觉。但节目结束时，我的脑海里翻腾着各种想法，我赶紧在忘记它们之前记下来。已经凌晨2点45分了，我还沉浸在刚才各种创意带来的兴奋里，不得不洗了个热水澡让自己平静一下。

害怕计划失败，我想着必须马上去睡觉。但到了3点，我又重拾老习惯，看起了《拉里·金现场秀》。我的老朋友拉里总会在夜里出现，跟或是迷人或是愚蠢的嘉宾谈话。我有点儿上头，开始幻想起被他采访，他带着他那标志性的背带和大大的框架眼镜，露出幽默的笑，坐在我对面。他问起我的艺术和写作，然后他说："现在我们谈点儿严肃的话题，好吗？"

"来吧。"我说着双手相扣。

"我听说你发起了一项革命，进展如何？"

"看不到胜利的影子，恐怕是一次失败的战斗了。"

"我听说你晚上通宵不睡觉，很多人会说那其实是自我折磨的表现，因为你也知道，剥夺一个人的睡眠是一种常见的酷刑。所以，我也想知道，你是不是一个彻头彻尾的傻瓜？"

他的坦率可谓犀利，但我轻轻抿了口水，说："是啊，金先生，我觉得我是傻瓜，像我这样活着的人只能是傻瓜了。"

"所以你是同意我说的，你是个傻瓜了？"

"是的先生，我同意。"

"这就奇怪了，"他用铅笔指着我说，"对于这样的评价，正常人是不会承认的。"

"但我不正常，不是吗？"

《夜游者》，1923—1924年
爱德华·蒙克
蒙克博物馆

39 她的身边

> 有多少作家花了一辈子的时间在写作，但仍然不为人所知？又有多少画家渴望成为家喻户晓的名家，但却落得默默无闻的结局？有多少音乐家谱出了在今天看来十分卓越的曲子，却被埋灭在历史长河中？我们不知道他们是谁——历史长河里有着成千上万这样的人，他们没有找到欣赏自己作品的伯乐。
>
> ——2007年3月22日

我在工作室里等着，听着大车压过碎石路的声音。医院的车就要来了，我对这即将到来的访客有着复杂的情绪。距离离开莫斯的医疗机构已经过去一年多了，一部分的我不想再跟那里的病人有所联系，但另一部分的我又感觉跟他们紧紧相连。

但我为什么要担心呢？几个月前，第一批病人才来参观过我的工作室，我给他们展示了我的画作，和他们讨论了有一个多小时。他们离开的时候，都有着类似的感受："我不是很懂艺术，但这幅画让我想起一个多年没有联系过的老友。"

是的，大家"意会"到其中的感受是一件很美好的事。因此，在我接到医院一个工作人员的电话，问我能不能再接待一批病人来参观时，我毫不犹豫地答应了。

"你在这儿可是特别受欢迎啊，"护士在电话里说，"很多上次去参观的人回来都说获益匪浅，在看到报纸上说你最近有个新展之后，很多病人都找医院的工作人员，说要用病人瓶子回收基金买一幅你的作品放在医院里呢。"

听到这个消息，我很震惊，也倍感荣幸。

"居然……那可真是太好了。"

"我会带几个病人过去选画，他们很固执，说得他们自己选，不能让员工来。"

我从椅子上起来，确保工作室干净整洁能见人，然后把放在窗台上的几管颜料转到颜料架上，把放在地上翻得卷了边的塞尚的书捡起来，把小白桌上的面包屑扫掉。我还看到地上有一些黄色的颜料，便用了点松节油想把它们擦掉，但很快就放弃了，毕竟这是我工作的地方，又不是家里的客厅。

我扫视了一下房间，觉得画实在是太多了，不太方便筛选。于是我从墙上拿下来三幅，把它们整齐地放在角落里。画就像人一样，需要空间和合适的光照，还有许多的关注。你在博物馆可不会看到塞尚或者毕加索的画紧紧挤在一起，是吧？

我打算就放10幅，最多15幅。要是成功卖出去一幅，我就带全家出去吃晚餐。我真的很喜欢看到跟两个孩子说去吃中餐时，他们脸上发光的表情。

也是时候卖出点儿东西了，起码得有什么访客来工作室看看我的作品。有好几个月我都觉得自己所向披靡，可现在，我开始怀疑人们心里是不是已经容不下艺术了。

艺术是条曲折的道路，但我还是会继续往前走，慢慢来。

多数人会选择退出，改行做别的事情。朋友经常说，他们很佩服我能追随梦想。但画画对我来说，并不是什么职业选择，虽然罗伯特和别人经常建议我把它当作事业来发展。

艺术对我而言，是处理抑郁和焦虑的方式。我画画是为了活下去，就这么简单。而且我很清楚，我是个艺术家——我无法逃避那些经常在脑子里冒出来的画面，它们要求我让它们诞生，成为作品。

这真的是一种疯狂，看看蒙克和凡·高，要是说他们选择这条路是为了赚钱，那可真是荒谬。

要是有哪个有钱人敲门，提出要给我付几个月的租金，或者买上几幅我的作品以示支持，会不会容易很多？要是所有东西都易如反掌的话，我可能不会有同样的动力奋力前行。不过，多数艺术家也认为，要成功还是需要赞助人的，在经济和情感上给予支持。那些没有得到任何鼓励的艺术家，通常变得越发胆小内向，最后陷入绝望。

我很幸运，有家庭和朋友的支持，即便近来这种支持的力度有所下降，有些人可能觉得我应该换种生活方式。"千万别慌，"一个朋友跟我说，

"你不能期望每个人都理解你当画家的疯狂梦想,有些人关心的是你家庭的幸福。"难道我就不关心吗?

当你感到被误解、被抛弃的时候,该如何活下去?你会看看那些有着相似经历的人,凡·高就是一个很好的例子,不仅是因为他也有心理问题,更是因为他也被人所忽视,但他用艺术战胜了一切。当然了,他的弟弟提奥·凡·高是坚定的支持者,提奥并没有质疑凡·高,或者试图改变他。提奥认可哥哥的才华,也希望他能过上好的、多产的人生。提奥给哥哥买作画材料,付租金,也经常写信支持他。

我的生命中也有像提奥·凡·高这样的人,柯丝蒂就是第一个。虽然我们经常为了钱的事情争吵,她时不时也会让我控制好自己,找一份真正的工作。但试问哪个创意型的人能有完全正常的情感关系呢?

一般在那种时候,我们总会讨论"对我来说什么最重要"这个话题,柯丝蒂会让我知道,我把艺术置于家庭之前。我爱我的艺术,我也爱我的妻子,但这两者是分开的。她可能会指控我活在自己的世界里,但无论如何,她还是我的提奥,是我力量的源泉。

有时她会问我:"你爱我吗?"

"爱,"我会随口回答,"但不会是每天每个小时都能有这种感觉。"

"那就好,"柯丝蒂会这么说,"只要你过段时间就跟我说爱我,关心一下我的情况,就可以了。你还是不懂女人,对吧?要哄我们实在是太简单了。"

医院的面包车到了,我看着病人们从车上下来,他们走路的姿势和看起来的样子都一样。从很多方面来说,我讨厌自己曾是他们中的一员,第一次被强制入院时的创伤还压在我的心口。我努力想说服自己那件事对我没有影响,但我知道,我永远都会把医院和某种羞辱联系在一起。与此同时,当人生变得艰难时,我又渴望待在医院里,在安全的环境里休息,被那些不会对我指指点点的人照顾。简单来说,我对医院有一种又爱又恨的感情。

我很同情我的这些访客,但又想避开他们。在情绪不好的时候,焦虑和抑郁是会传染的,被那些跟你遭受着同样痛苦的人包围,只会加重症状。但另一方面,我又感到和他们紧密相连,他们知道我走过的路,我也知道他们的。在他们面前，我从来不需要解释什么，这也让我感到一种莫名的舒适。

我打开工作室的门，迎来的是一小群人，都想跟我握手然后赶紧进来。跟他们在一起的是我之前住院时就认识的护士。她是一个心直口快的好人，留着黑色短发。她有时会批评病人，说他们没做好，就像对待笨拙的小孩一样。

我认出其中一个病人，我住院时他也在，他是一个魁梧的金发男人，20多岁的样子。看到他还活着，我很惊讶。我最后一次见到他时，他看着就快不行了，重度肥胖，有个巨大的肚子，黑眼圈很严重，走起路来跟游魂一样——只有蒙克才画得出来——传递着死亡、焦虑和极度的痛苦。但现在他就站在我眼前，看着年轻了10岁，我甚至能嗅到成功康复的味道。不过，很明显，他还是个病人。

"好啦，人都齐了。"护士兴奋地说，"这是大卫，你们在病区久闻大名的本地艺术家。"

接着，她挨个介绍了每个病人。我站起来跟大家握手，相比起一个热情的主人，我感觉自己更像个政治家。

"本来还有几个要来，"她说，"但你也知道，有些人会在出发前决定退出。"

"理解，"我微笑着说，"我很感激所有过来的人。"

"好了，"护士说，"那我们开始吧。之前也跟你沟通过的大卫，我们想买一幅画放在病区里。但也需要你知道，我们的预算非常紧，请你给我们看一些价格比较低的吧。"

"价格是次要的事情，"我说，"先告诉我你们想找什么类型的画吧——风景画或者是带有人物的？"护士耸耸肩膀。于是我转向病人问道："你们觉得哪一类比较合适呢？有什么想法吗？"

那个大块头往前靠了靠，看着我的眼睛说："给我们展示一下你的作品吧，看了才能选。"

"行。那么，要是有了解艺术的人，就会知道艺术的重点在于是否能引起共鸣。"我一边走一边一幅幅展示起来。我们一起至少看了25幅，比计划的要多得多——小丑、风景画、海景画等，对每一幅都进行了深入的讨论。

可看起来没有哪一幅画激发了他们的兴趣，有一阵子，我开始怀疑他们也许没有喜欢的。

"这幅呢？"大块头终于说话了，指着我身后的角落。

"哪幅？"我问着回头看，"那边大概放了有20幅。"

"贴着墙反着放的——就是我们看不见的那幅画。从进门那刻起，我就很在意。"他的要求让我很为难。因为那幅画我不确定究竟是留下来，涂掉画别的，做些改动，还是就扔了。但我想自己先留着。

"噢，那个啊，"我决定打哈哈糊弄过去，"那个我不确定是成品。"

"别这样，"他说，"让我们看看。"

"行吧。"我走过去把画拿出来，放在了最大的画架上。

这幅画叫《在她身边》。一开始，我是受朋友委托，对方买了一幅水粉画，想就同样的内容让我画一幅布面油画。我画了两个月，骄傲地给他发去了照片。结果他说色彩过于大胆，不是他想要的。我拒绝做任何修改，于是这幅画就被搁置了好几个月，靠墙放着，就像在接受惩罚。

从画架上再次看到这幅画，我为画里自信的女人所折服。在蓝色的背景下，她被红色的火焰包围。同样令我惊讶的是，这群人不约而同地拍着手说："就这个了！"

护士温柔地打断了他们："这幅画太大了，我们没有这个钱，还是看看那些小一点儿的吧。"

但那个大块头眼里露出了哀求我的神色："你是我们的一员，这幅画会在你待过的地方挂着，帮助更多的人。这难道不是艺术真正的目的吗？"

如此激烈的反应让我受宠若惊。想到自己此前对这幅画没有信心，我不禁有些难为情，也终于明白了有些东西虽然为某些人所拒，也会被另外一些人视若珍宝。

"对我来说，没什么问题。"我对护士说，"你们能给多少就给多少吧，只有一个条件。"

"这要看……"

"这个条件就是，你们要在这幅画旁边挂一块金属牌，注明艺术家的姓名和作品的购入年份。最重要的是，要写上该作品由病人挑选及出资购买。"

《在她身边》，2005—2006年
大卫·桑杜姆
莫斯区立心理治疗中心

"可以，"她看起来很满意，"这个可以做到。"

病人们轮流摸着画检查了起来。我很感动，见证着此前我讲的"作品的共鸣"。

在送他们离开之后，我站在工作室里，陷入了沉思。这一切太奇妙了，十年前有谁会想到，我的作品会被一所精神病院购买，而我曾是里面的病人。

40　接受馈赠

　　无论何种病痛，疗愈的过程都包括帮助其他有着同样问题的人。如果你在跟酗酒作斗争，那就要帮助其他酒鬼；如果你正在戒赌，就要帮助其他赌鬼；如果你患有抑郁，那就去帮助其他受抑郁折磨的人。我曾经很好奇，为什么人们觉得有必要这么做。现在我明白了，因为这么做弥合了一个纯粹的受害者和做一个完整的人之间的鸿沟。也许这就是我一直在写作的原因。

——2007年5月10日

　　我坐在阿尔比的长凳上，闭上眼睛享受着温暖，然后又睁开，看着水里太阳闪耀着的倒影。我松了口气，又熬过了一个漫长且黑暗的冬天。春天是焕发新生的季节，但对我来说，它更多是夏天的催化剂——那是一个夜里有光，人们看起来没那么压抑的阶段。

　　克服那种空虚感是非常难的——世上没有什么值得你在意的事情，这是由还在服用的锂片剂导致的。当前，我的重中之重就是重新找回感知。

　　要是能够存在于当下，不再思忖过去，我就能成功——至少这是大家都在不停跟我强调的事情。但现在，过去给我带来的烦恼已经没有之前那么严重了。最近某种智慧开始在我心里冒泡，我感觉用"接受"这个词来概括挺恰当的。在抑郁了那么久之后，我开始珍惜起每一个没有痛苦的瞬间，就像现在这个时候——放开所有的紧张、疼痛和达成目标的压力。

　　待在我最爱的阿尔比，我听着海浪的声音，还有海鸥闲聊的叫声，关于这个地方的回忆涌了上来。

　　当时的我就坐在这张长凳上，在寒冷的天里画画，直到冻得两手发抖。我和焦虑抗衡着，不确定自己能不能活到第二天。不过，这里也有我和家人的美好回忆。夏天的时候，我们在这儿游泳，坐在海滩上吃新鲜的橄榄、草莓和西瓜。孩子们能在水里玩上几个小时，柯丝蒂就坐在一旁给他们加油。一般我也会进水里跟他们玩一会儿，天气比较暖的时候，柯丝蒂也会去海里，我们几个就像一群海豹似的，围着彼此游来游去。

《与妈妈对话》，2006—2009年
大卫·桑杜姆
艺术家个人收藏

在阿尔比的时候，我经常会想起我的母亲，有时候感觉她就坐在我身边。我时不时地幻想和她在聊天。

我的母亲是一位非常动人的女性，绿色的眼睛，黑色的头发。她的魅力极具感染力，认识她的人都把她当作朋友。她做事非常认真，对于抗压力不强的人来说可能有些难以共事。

"人生不可能事事如愿，"我能听到她对我这么说，这是成年人之间的谈话，"有些人觉得这样的天气太热，有些人觉得太冷，只有少数的天选之人无论天气如何都觉得刚刚好。为你还活着而高兴吧，别想那么多。"

"我尽力了。在我小的时候，我觉得你看起来一直都非常自信，你难道就没有对自己产生疑惑的时候吗？"

"当然有，"她眺望着海平面，"要是我从没跟你说过的话，我很抱歉。我只是想在你们孩子们面前坚强一点。"

"你当时是那么痛苦，现在想起来我还是很难受。我当时想帮忙，可身子却怎么都不听使唤……我才13岁。"

"我知道啊，我亲爱的大卫。这不是谁的错，都是自然规律。但这些都不重要了。看到没？我什么事也没有，而你在这个世上也活得好好的。"

"是，我是活着，可你不是。"

"别这么多愁善感，多关注你的妻子和孩子。"

"你知道他们？"

"那当然了，他们很漂亮。要我给你什么建议的话，那就是，授予他们你所知的，多拥抱他们，鼓励他们发挥自己的才能。还有一件事，但你已经完成了，你已经将我们对大海的爱传递给了他们。"

然后，我会想象母亲卷起裤腿在水里漫步，她笑容满面地指向海鸥，跟我说它们是神圣的动物。

我捡起背包，沿着草地走，然后右转去海滩。我站在水边深吸了一口带着咸味的空气，单膝跪下用手指试了试水温——对游泳来说还是太冷了。

退而求其次，我把鞋子和袜子都脱了，把牛仔裤的裤腿卷到膝盖的地方，然后踏进了温柔的波浪里。海水的寒气一下子蹿了上来，冷得我差点跳了回去。但我把脚深深埋在海床的沙子里，双臂交叉，挑衅似的站着，直到两脚失去知觉。

回到沙滩上，我用毛衣仔细地擦干脚，穿上袜子和鞋子，然后在布满碎石的沙滩上躺了下来，不停扭动着身体，直到身体和地面完美贴合。

我想起那周早些时候一起吃午饭的朋友，他想知道我的抑郁有没有一些正面的影响："你有没有学到些什么？"

对于这个问题，我没有答案，但这个问题在我脑海里久久不散，引着我思考。学习意味着成长，会推动疗愈，也会带来失望。

就在那时，我想到了维姆，想起我在那儿情绪最差的日子。我写过一些总结人生的东西，细节不记得了，但现在感觉很重要。也许看看当时身处最黑暗的时刻写出来的东西，会让我感受到自己的改变。我特别想找到当时的笔记，于是离开了海滩，朝着车子走去。

回家的路上，我在想，我为什么从来不敢思考，其实我已经在向前走了。抑郁不会让这件事发生，所以不停地跟我说没有希望。

与此同时，康复的想法也让人害怕，因为这意味着我必须回归正常生活，面对那些我无法应对的压力。生病某种程度上能带来安全。它能暂停压力和焦虑，告诉我要害怕，继续沉浸在自我设定的安全日程里。

但我的朋友并不是想把我扔回到狼群里,他只是想知道我从困境中学会了什么有价值的人生道理。

柯丝蒂正在除草,看到我靠边停车,她关掉了除草机,擦了擦额头的汗水。"散步散得怎么样?"她微笑着问。

"挺好。"我有点不想承认自己很享受日光的感觉,因为那样的话她就会让我帮忙。

"要不你过来跟我一起弄?"她问道,"要除的草太多了,我们利用孩子们去踢足球的时间把草坪都整理好。"

"我马上回来,我先去找点儿东西。"

她翻了个白眼,知道这是徒劳,就把除草机又打开了。

我在存放旧笔记的盒子里找到了那张纸,看了起来:

我现在在维姆,独自坐在这儿,完全不知道周遭发生着什么,也不知道大家说的是哪种语言,更不知道我是谁,我从哪里来。我是自己从未见过的人,对自己来说,我是一个陌生人。这是最糟糕的感受了。四周的墙是如此枯燥,一阵又一阵的焦虑击打着我,它们让我害怕,因为它们总是突然出现,一拳又一拳地砸在我的下巴上。

我意识到从那个时候起,有些东西变得不一样了——即便抑郁仍然沉重得令我难以前进,但我知道它长什么样,也能认出它带来的症状。我能够告诉自己:"大卫,你现在处于情绪低落时期,你在经历的是疾病带来的症状。你有点儿精神失常,但这是你的一部分。"焦虑还是像拳头一样打在脸上,我也仍然很惧怕。但我知道通过治疗和大量的谈话,恐慌发作和所有不适的感觉都会慢慢消失。所有事情都会过去的。

我认识到,人们受抑郁困扰并不是因为他们懒,或者只会坐着怜悯自己。任何人都可能抑郁。抑郁会持续几周、几个月、几年,甚至一辈子——像其他生理性疾病一样,令你无法前进。

我曾经觉得自己是超人,能轻而易举地驮起任何负担。我以非常艰难的方式认识到,自己的能力是有限的。虽然我挣扎着和身体对抗,但我也知道,如果不听从自己的身体,焦虑会袭来,大手一挥将我扫荡出局。

过去这些年，我失去了自爱、自尊和作为人的价值。焦虑会在我疏忽、睡眠不足、持续压力和不切实际的个人期望下出现，我无情地逼迫自己，设下不合理的目标，最终在黑暗中崩溃。

现在我才理解，我是无辜的，无论我做什么都无法预防疾病的出现。现在回头看看，我本可以辍学，或者休学一个学期，推迟搬回家的计划，更早地寻求专业协助，但这些都是假设罢了。人生就是它本来的样子，不存在怪罪谁，也没有人陷害我。到最后，我已经尽了自己最大的努力。

最近，我学会了没有畏惧地享受美好时光，我知道痛苦还会回来，我还会和这个"疾病"共度更长的时间，甚至是我的余生。抑郁改变了我，但我仍然是这个世界的一部分。也许，这个道理已经深深植根在我的内心：海鸥乔纳森还能继续飞翔，探索未知——它还是那只海鸥，只是有些东西变了。

在患有抑郁之前，我有时候看着药物成瘾或者绝望的人，认为他们为了自己应该走出困境。但现在，我能和他们感同身受，再也不会评判他们。真正的同情和善意才是最重要的。

我为自己的想法所动容，于是跑上楼进了卧室，换上运动裤和一件旧T恤，然后又跑出去。看到我过来，柯丝蒂关掉除草机说："你这是来帮忙的？"

"不，"我说着从她身边跑过去，"我要去学校找孩子们，好几天没见着他们了，我明天帮忙除草，我保证。"

我非常想和两个儿子在一起，用尽全力和他们踢球，感受作为他们父亲最纯粹的快乐，而不是沉浸在缺席他们大部分生活的愧疚里。我爱他们，就这么简单。此时此刻，我得以和他们玩乐，与他们欢笑，完全地意识到自己的人生并不只有痛苦，是时候度过美妙的一天了。

"别等我了，"我回头喊道，"我有事要做，我觉得我会一直跑，直到太阳下山。"

我跑得越来越快，感受风吹过双耳。我跑到了道路尽头，那正是几年前我吞下一把药的地方，我停下来靠着树喘口气。

正在这时，我有好几年没有体会过的感觉出现了——为自己仍然活着而心存感激。我听到了迪恩的声音："没事的，大卫，人生值得活下去。"

《青山》，2004年
大卫·桑杜姆
艺术家个人收藏

致 谢

写这本书是我做过最有挑战性的项目。把文字变成真正可以拿在手里的产品,没有这么多有才能又体贴的人支持,是不可能做到的。虽然我无法罗列出所有人的名字,但我希望借此向你们中的一部分人致谢。

首先,我想向我的妻子柯丝蒂,表达我深深的爱与感激。在这个艰难的过程中,她一直在我身边支持我。谢谢你成为我的终身伴侣,赋予我作为人和艺术家成长的自由。

我的儿子亚历克斯和安德里亚,我将一个父亲能给予的爱都给你们。你们都是非常特别的年轻人,能够一路看着你们成长和发展,是我的荣幸。

感谢我的父亲比格尔和继母卡丽。写这种敏感的家庭话题有时会伤感情,但你们一直尽全力支持着我。我还要感谢我优秀的姐妹伊娃-琳达、梅莱纳、玛蒂尔达和艾玛-卡琳,还有我的兄弟马库斯,以及我的舅舅汉肯·帕尔姆,非常感谢他过去这么多年来的宝贵支持。

向我的岳家斯瓦涅维克一家表示郑重的感谢。我压根儿不觉得自己是加入了你们的家庭,而是一直都是这个家的一分子。

有很多支持我的人已经离世。感谢我的奶奶布里吉特,她毫无保留地向我讲述了她在20世纪40年代和心理疾病作斗争的故事,向我提供了非常独特的视角去看待心理疾病的历史和与之相伴的污名,向我展示了我们取得的长远进步。我们的对话对我写的这本书有着非常关键的意义。她在2009年以高龄去世。

我真正的朋友和导师迪恩·梅组成了我所讲述的故事的一大部分。我能有今天,大部分得益于他的善良。虽然他已经不在我们身边,他的妻子谢丽尔还有孩子们都鼓励我完成这个项目,也同意我将他寄来的信件和与我共度的时光公之于世。我希望他留下的精神财富能随着这本书继续被传递下去。

来自新墨西哥的杰森·布兰肯希普,他是前言的作者,也给我提供了特殊支持。他多年以来都在帮助我的写作——从许多方面教会我如何写作——在我写作的过程里,他给我提供了许多极其宝贵的反馈。2010年,我前往阿尔伯克基与他见面，我们在新墨西哥州沙漠里的幽灵牧场一起画画。2013年11月，杰森在一起摩托车事故中不幸身亡。他给我们留下的遗产是无条件的爱和精神追求。

在这部作品的内容上，我做了几版不同的稿子，其中的文字也在很多人的帮助下经过了数次校订。在此，我要特别感谢挪威的乔斯坦·罗斯比、犹他的玛丽安·沃特森、马萨诸塞的佩楚拉·罗达托、加利福尼亚的纳特·乔治，以及我的出版商桑德拉·乔纳斯，她在科罗拉多不辞辛劳地代我做着努力。

我也希望向英国的尼尔·高尔斯致谢，感谢他大方地接受了我设计封面的请求，我对设计结果非常满意。他设计的封面传递了我对艺术和色彩的热爱，同时又体现了抑郁这个沉重的主题。

在对我作为艺术家的支持上，我想感谢西蒙·佛斯伯格，他为我布置了我的首个工作室，为我的作品拍摄照片；感谢约翰·斯文森，从早期就代理销售我的作品；感谢布兰德·博特内米尔，为我提供画框。

有这么多好朋友，我是幸运的。感谢奥伊文德·安德烈·福斯伯格让我开怀大笑，感谢约翰-奥洛夫·尼尔森，也就是本书里的约翰。年纪越大，我就越发珍惜那些从童年起就结识的密友。在艺术方面，承蒙佩尔·克里斯滕森的艺术辅导、照顾和友情，我与这位朋友有着"同样的艺术疯狂"。我也非常感激汤姆-阿特尔·贺兰德，他说我的人生使命是留在这个地球上。

借此机会，我要为所有社交媒体上的朋友热烈鼓掌，我们可谓是真正的一同学习、一同成长。你们中许多人的才华、梦想和诚恳的人生想法启发了我，也令我感动。

最后，我发自内心地感谢过去这些年帮助过我的心理医生、医护人员和其他健康专家。精神领域的工作没有得到外界太多的关注，但我想告诉你们，你们的付出和努力非常重要，拯救了许多生命。